ro
ro
ro

rororo

Petra Schier, Jahrgang 1978, lebt mit ihrem Mann in einer kleinen Gemeinde in der Eifel. Sie studierte Geschichte und Literatur und arbeitet mittlerweile als freie Lektorin und Autorin. «Tod im Beginenhaus» (rororo 23947) war ihr erster Roman mit der Apothekerstochter Adelina.
Mehr Informationen zur Autorin unter www.petralit.de.

Für Paul.
In Liebe.

Ich machte sie satt,
doch sie trieben Ehebruch und
waren zu Gast im Dirnenhaus.
(Jer. 5,7-9)

Wenn die Flut heranbraust,
erreicht sie uns nicht;
denn wir haben unsere Zuflucht
zur Lüge genommen und uns
hinter der Täuschung versteckt.
(Jes. 28,15)

Prolog

Das Haus *Zur schönen Frau* lag in einer der übelsten Gassen Kölns, der Schwalbengasse beim Berlich. Das hielt den Ratsherrn Thönnes van Kneyart jedoch auch heute, am heiligen Sonntag, nicht davon ab, an die Tür des Dirnenhauses zu klopfen.

Ein paar Schweißperlen rannen ihm über den Nacken in den Kragen. Der Spätsommer gab sich jetzt, Mitte September, noch einmal größte Mühe. Die Sonne stach von einem beinahe unwirklich blauen Himmel herab, und die Luft flirrte vor Hitze. Über allem lag der Gestank der Abortgruben. Es war erst kurz nach Mittag, und die Menschen hatten sich in ihre kühlen Häuser zurückgezogen.

Mutter Berta, die Hauswirtin des Dirnenhauses, war in Wirklichkeit niemandes Mutter, sondern stand den Hübschlerinnen vor. Sie öffnete den Freiern die Tür, hieß sie mit einem überaus wohlwollenden Lächeln willkommen und sorgte dafür, dass jeder das bekam, wonach ihn gelüstete. Nachdem einige Münzen den Besitzer gewechselt hatten, führte sie den Ratsherrn persönlich die Treppen zu den Gemächern hinauf. Elsbeth erwarte ihn bereits sehnsüchtig, behauptete sie, nicht wissend, dass dies sogar der Wahrheit entsprach. Van Kneyart wusste es im Gegensatz zu ihr jedoch genau, und auch er war, wie so oft in letzter Zeit, voll ungeduldiger Vorfreude.

Zur gleichen Zeit, als der Ratsherr die Kammer der

Hübschlerin Elsbeth betrat, schlenderte ein hochgewachsener Dominikanermönch an dem Hurenhaus vorbei. Beim Anblick der allzu üppigen steinernen Frauenfigur vor dem Eingang verzog er missbilligend das Gesicht und blieb stehen. Dies war also der Sündenpfuhl, von dem ihm seine Kölner Mitbrüder erzählt hatten. Die Schlangengrube. Beim Gedanken an die unaussprechlichen Dinge, die hinter den weißgekalkten Mauern des zweigeschossigen Hauses vor sich gingen, durchfuhr ihn ein Schauer. Unzucht war ihm verhasst. Er hatte es sich zur Aufgabe gemacht, Kuppelhäuser auszuräuchern und die Bewohnerinnen mit allen Mitteln wieder der Heiligen Mutter Kirche und dem Herrn zuzuführen.

Als der Kutscher eines vorbeirumpelnden Ochsenfuhrwerks ihm eine obszöne Bemerkung über lüsterne Ordensbrüder zuwarf, verdüsterte sich die Miene des Mönchs. Er schob seine Hände in die Ärmel seiner makellos weißen Kutte und verschränkte sie vor dem Bauch.

Die Hitze schien ihm nichts auszumachen. Vielmehr umgab ihn eine kaum greifbare Kühle, die aus seinem Inneren zu kommen schien. Die wenigen Menschen, die ihm begegneten, wichen ihm unbewusst aus.

Mit geschmeidigen Schritten ging er den schmalen Pfad zur Rückseite des Hauses und spähte in den von einem niedrigen, mit Efeu überwucherten Zaun umgebenen Garten. Dort lagen Wäschestücke zum Bleichen im Gras. Ein junges Mädchen in Holzpantinen und einem fadenscheinigen Kittelchen hackte Holz. Ehe sie ihn bemerken konnte, hatte er bereits den Rückzug angetreten. Er überquerte die Gasse und wandte sich Richtung Zeughaus. Für heute hatte er genug gesehen.

Als ein gutes Stück hinter ihm lag, hörte er aus dem Hurenhaus plötzlich hysterisches Schreien. Er blieb stehen und drehte sich um. Auch zwei Fuhrknechte, die einige Häuser weiter eine große Karre mit Bierfässern entluden, wurden aufmerksam, und etliche Gassenjungen kamen herbeigerannt und gafften. Aus dem Geschrei waren deutlich die Worte «Zu Hilfe!» herauszuhören. Der Dominikaner verzog den Mund zu einem wölfischen, fast triumphierenden Grinsen. Die Frucht der Sünde schien einmal mehr herabgefallen zu sein. Mitleid mit der Kreischenden empfand er keines.

In diesem Moment flog die Tür des Hurenhauses auf und ein hünenhafter Bursche, wohl ein Knecht, rannte an ihm vorbei, als habe er den Teufel gesehen.

«Zum Büttel, Mattes! Lauf zum Büttel!», schrie die Hauswirtin dem Burschen nach. Dann fiel die Tür wieder ins Schloss.

Der Dominikaner wollte sich keinesfalls der Sünde der Neugier schuldig machen, dennoch blieb er noch einen Augenblick stehen. Lange genug, um mitzubekommen, wie sich eine alte, ziemlich große und spindeldürre Frau in aller Heimlichkeit aus einer kleinen Pforte an der Seite des Hurenhauses stahl. Ihr Gesicht und Haar waren von einem grauen Tuch fast vollständig verhüllt. Am Arm trug sie einen großen runden Korb, dessen Inhalt sorgsam mit einem Tuch bedeckt war. Die Frau blieb an der Hausecke stehen und blickte sich in alle Richtungen um. Dann lief sie zielstrebig los. Als sie an ihm vorbeikam, konnte er einen kurzen Blick auf ihr Gesicht erhaschen. Seine Augen weiteten sich, und er starrte ihr mit offenem Mund nach, wie sie die Schwalbengasse hinaufeilte und dann in einer winzigen Seitenstraße verschwand.

1

Adelina war gerade dabei, das Nachtgeschirr ihres Vaters in die Abortgrube auszuleeren. Auch nach beinahe einem Jahr hatte sie sich noch nicht daran gewöhnt, diese unangenehme Arbeit ihren Mägden zu überlassen. Sie presste die Lippen zusammen, denn der Gestank bereitete ihr Übelkeit. Schon seit Tagen kämpfte sie dagegen an, und jetzt hätte sie sich beinahe übergeben. Das heiße Wetter begünstigte das Entstehen der fauligen Gase noch und übertünchte den lieblichen Duft der Kletterrosen, die sich über den neuen kleinen Hühnerstall rankten. Daneben hatte sie ein Gemüse- und Kräuterbeet angelegt, in dem neben Pastinaken, Möhren und ausladenden Kohlköpfen üppige Petersilien-, Minze- und Melissenstauden gediehen. Auf ihre Bohnen war sie besonders stolz, denn die hohen Stangen waren unter dem Grün des Laubes und der großen Schoten kaum noch zu erkennen.

Doch heute hatte sie keinen Blick für ihren gepflegten Garten.

Zähneknirschend ließ sie den schweren Deckel zurück an seinen Platz knallen und wandte sich rasch ab. In der Hintertür stand ihre junge Magd Franziska und winkte.

«Herrin, in der Apotheke ist der Ratsherr Georg Reese und wünscht Euch zu sprechen.»

«Reese? Du liebe Zeit.» Adelina atmete tief durch und drückte dem Mädchen das Nachtgeschirr in die Hände. «Stell das in die Kammer meines Vaters und dann lauf los und versuche, die Goldgräber dazu zu bringen, noch heute unseren Abort auszufahren. Nimm die zwei silbernen Groschen aus der Dose im Küchenregal, das sollte sie überzeugen.»

Franziska nickte zustimmend. Adelina ging mit grimmiger Miene an ihr vorbei ins Haus.

Bevor sie den Apothekenraum betrat, wusch sie sich rasch in der Küche die Hände, fuhr sich über ihr Kleid und prüfte, ob ihre weiße Leinenhaube noch ordentlich auf ihren schwarzen, sorgfältig geflochtenen Haaren saß.

«Herr Reese, wie nett, Euch wiederzusehen!», begrüßte sie den hageren Mann, der in seiner dunkelgrauen Kaufmannskluft wie ein gestrenger Schulmeister wirkte.

«Adelina … Meisterin Burka», verbesserte er sich und lächelte wohlwollend. «Gut seht Ihr aus. Die Ehe hat Euch noch hübscher gemacht.»

Adelina legte den Kopf auf die Seite. «Nun kenne ich Euch schon eine ganze Weile, Herr Reese, aber ich wusste nicht, dass Ihr auch ein Schmeichler seid. Und nennt mich nur weiterhin Adelina.»

«Wie Ihr meint, aber dann wenigstens Frau Adelina, so gehört es sich.» Reese sah sich in der ordentlichen Apotheke um. Die Wände waren von hohen Regalen gesäumt, in denen neben allerlei Arzneien und getrockneten Kräutern auch Phiolen mit seltenen Essenzen und Tiegel mit geheimnisvollen Pulvern und Pasten aufgereiht waren. In der hinteren Ecke, neben der Tür zu den Wohnräumen, stand eine geschnitzte Holzkiste mit gewölbtem Deckel und Eisenbeschlägen und daneben ein Korb mit frischem Grünzeug. Dieses verströmte einen süßen Duft, der sich auf faszinierende Weise mit den scharfen Gerüchen der getrockneten Kräuter vermischte. Über allem schien eine leicht metallische Note zu schweben.

In der Mitte des Raumes stand die große Verkaufstheke mit der Waage und unterschiedlich großen Gewichten.

«Euer Geschäft ist eine Wohltat für das Auge, meine Liebe. Kein Vergleich zu den Räumlichkeiten Eurer Berufsgenossen.»

Adelina gab keine Antwort, sondern sah ihn nur abwartend an.

Der Ratsherr faltete die Hände vor dem Bauch und sah sich noch einmal um, dann schien er sich dazu durchgerungen zu haben, zu sprechen.

«Wie Ihr sicher schon vermutet habt, bin ich aus einem bestimmten Grund hier. Wir haben uns seit der Sache … der Sache im vergangenen Winter nicht mehr gesehen. Und es hätte sich auch wohl nicht ergeben, wenn nicht …» Er machte eine Pause.

«Was führt Euch zu mir, Herr Reese?»

«Ich brauche Eure Hilfe. Es geht um eine etwas … delikate Angelegenheit. Ich meine … ich weiß, Euer Gemahl ist derzeit nicht in der Stadt …»

«Er macht einen Besuch bei seiner kranken Mutter in Kortrijk, wird aber in wenigen Tagen zurück sein», ergänzte Adelina freundlich.

Reese nickte ihr zu. «Ja, nun, ich weiß. Und ich glaube nicht, dass es richtig ist, Euch gerade jetzt zu behelligen, wo Ihr mit der Apotheke und dem Haushalt und allem alleine seid.»

«Herr Reese», unterbrach Adelina ihn ungeduldig. «Ich habe auch früher schon einen Haushalt alleine geführt und ebenso die Apotheke, wenn es meinem Vater nicht gutging. Würdet Ihr also bitte endlich sagen, worum es geht?»

«Natürlich.» Der Ratsherr schien sich immer unwohler zu fühlen. «Aber ich weiß wirklich nicht, ob Magister Burka damit einverstanden wäre. Ich …» Als er ihren strengen Blick sah, zuckte er mit den Schultern. «Es hat vor zwei Tagen einen Mord gegeben.»

«Ich habe davon gehört», sage Adelina. «Die Leute sagen, dass ein Ratsherr getötet wurde.»

«Ja. Thönnes van Kneyart, der Goldschmied. Er wurde vergiftet.»

«Und warum kommt Ihr damit zu mir?» Adelina hob spöttisch die Brauen. «Oder glaubt Ihr wieder einmal, ich habe ihm das Gift verabreicht?»

«O nein, Gott bewahre!» Reese hob abwehrend die Hände. «Ganz gewiss nicht. Dennoch habe ich gehofft, dass Ihr mir bei der Aufklärung der Sache behilflich sein könnt. Allerdings …», wieder hielt er inne und wischte sich umständlich den Schweiß von der Stirn. «Warm habt Ihr es hier drin.» Auf ihr Stirnrunzeln hin nickte er. «Also, die Sache ist die, dass Ihr Stillschweigen über die Angelegenheit bewahren müsst. Van Kneyart hat sich nämlich an einem denkbar ungünstigen, will sagen unziemlichen Ort umbringen lassen.»

«Tatsächlich?» Um Adelinas Mundwinkel zuckte es. «Ist bei Mord nicht ein Ort so unziemlich wie der andere?»

«In diesem Falle nicht. Er befand sich nämlich zum Zeitpunkt seines Ablebens in der Schwalbengasse, genauer gesagt im Haus *Zur schönen Frau.*»

«In dem Hurenhaus?», fragte Adelina gelassen. Ihr war klar, dass Männer unterschiedlichster Schichten das Dirnenhaus aufsuchten, interessierte sich aber nicht für die heimlichen Vergnügungen der Reichen und Mächtigen.

«Wie es aussieht, starb er mitten während des …»

«Ich verstehe.» Nun lächelte Adelina. So fahrig und unbeholfen hatte sie den Ratsherrn noch nie erlebt, war er doch sonst ein Respekt einflößender Mann, der unnahbar wirkte und meist eine gewittrige Miene zur Schau trug. «Und woran ist er nun gestorben?»

«Eisenhut. Wir haben die Dirne, die bei ihm war, festgesetzt und befragt. So, wie sie es beschrieben hat, kann es sich kaum um etwas anderes gehandelt haben.»

Adelina schnalzte.

«Ein sehr unangenehmes Gift. Brennen und Kribbeln im Mund, das sich schnell über Arme und Beine ausbreitet. Schweißausbrüche, Übelkeit, Erbrechen, Krämpfe, zum Schluss Atemstillstand», zählte sie auf. Reese zuckte zusammen, nickte aber.

«Ein gefährliches, aber leicht zugängliches Gift.»

«In Italien ist es sehr beliebt, sagt mein Gemahl.» Adelina stützte sich auf der Theke ab. «Aber auch hierzulande findet man es nicht selten. Nun weiß ich aber noch immer nicht, wie ich Euch helfen kann.»

«Ich muss wissen, wo hier in der Gegend Eisenhut zu finden ist und wie es in den Magen des Opfers gelangt ist.»

«Wo man Eisenhut findet, kann ich nicht sagen, dazu müsste ich meine Sammelfrauen befragen. Verabreicht wird es normalerweise über das Essen oder als Essenz in Wein oder Bier.»

«Wir haben das Essen, das van Kneyart in dem Hurenhaus angeboten wurde, beschlagnahmt, ebenso den Wein. Beides haben wir einem Straßenköter gegeben, aber er lebt noch. Das kann es also nicht gewesen sein. Außerdem beteuert die Dirne, dass sie ebenfalls davon gegessen habe.»

«Und sonst hat er nichts zu sich genommen?»

«Soweit wir wissen, nicht», bestätigte Reese.

«Eisenhut ist ein schnell wirkendes Gift», erklärte Adelina mit Bestimmtheit. «Die ersten Symptome treten schon nach wenigen Minuten auf. Er muss noch etwas anderes gegessen haben.»

«Gibt es wirklich keine andere Möglichkeit? Würdet Ihr Euch dieser Frage annehmen? Ich wäre Euch sehr dankbar.»

Adelina verschränkte die Arme vor dem Leib. «Ich kann mich umhören, aber versprecht Euch nicht zu viel davon. Ich glaube nicht, dass es noch andere Wege gibt, jemanden damit zu vergiften. Versucht lieber herauszufinden, was der Mann sonst noch gegessen oder getrunken haben könnte.»

Reese nickte erneut und trat zur Tür. «Was Eure Sammelweiber angeht ...»

«Ich befrage sie», versprach Adelina. «Wie kann ich Euch erreichen?»

«Ich komme in ein oder zwei Tagen wieder her, wenn es Euch recht ist. Gehabt Euch wohl und grüßt Euren Vater von mir. Und Euren Herrn Gemahl, falls er bis dahin schon wieder im Lande ist.»

«Natürlich.» Adelina sah ihm durch das Fenster nach, wie er zielstrebig über den Alter Markt schritt und kurz darauf in der Menge der Käufer, die sich zwischen den Marktbuden drängten, verschwand.

«Wenn er wieder im Lande ist», murmelte sie vor sich hin und seufzte. Die beinahe sechs Wochen, die Neklas nun schon fort war, kamen ihr wie Monate vor. Allmählich machte sie sich Sorgen, dass ihm etwas zugestoßen sein könnte. Schließlich hörte man immer wieder von Wegelagererern und Räuberbanden, die selbst große Handelskarawanen überfielen. Einer solchen hatte er sich Anfang August angeschlossen, nachdem ein Bote ihm die Nachricht überbracht hatte, dass seine Mutter schwer erkrankt sei, vermutlich sogar auf dem Totenbett liege und ihren jüngsten Sohn noch einmal sehen wolle. Adelina rieb sich über die Stirn. Sie selbst hatte Neklas ermutigt, so rasch wie möglich zu reisen, wusste sie doch nur zu genau, wie es war, die Mutter zu verlieren. Doch nun …

Entschlossen griff sie in eines der Regale und nahm ein Kästchen heraus, das mehrere kleine, furchtbar teure Glasfläschchen mit Duftessenzen enthielt, die alle säuberlich in Wachstuchbeutelchen genäht waren. Eine Lieferung für Ida vom Stein, eine reiche Patrizierin, die in der Nähe des Neumarkts wohnte.

Es war erst kurz nach Mittag, also Zeit genug, die Ware dort abzuliefern und dann einen Umweg über den Heumarkt zu machen und nach Hilka oder Eva Ausschau zu halten. Die beiden Frauen versorgten sie regelmäßig mit frischen Kräutern und Wurzeln aus den Feldern vor und den Wäldern hinter den Stadttoren.

Doch wen sollte sie mitnehmen? Allein konnte sie nicht ausgehen. Nicht nur, weil es sich für eine verheiratete Frau nicht schickte, sondern vor allem, weil die Straßen nach den Unruhen der vergangenen Monate ziemlich unsicher geworden waren. Nachdem sich die Gaffeln, wie sich die Kölner Zünfte nannten, über die im Rat vorherrschenden Patrizier erhoben und diese gewaltsam gestürzt hatten, trieben sich noch immer etliche Soldaten und Kriegsknechte herum, die nach dem Rückzug vieler Adels- und Patrizierfamilien nach Bonn arbeitslos geworden waren und ihre Langeweile in Bier ersäuften, Wirtshausprügeleien anzettelten und ehrbaren Frauen auflauerten.

Sie entschied sich für Magda, eine ruhige ältliche Magd, deren zahllose Lachfältchen um Mund und Augen von ihrer angeborenen Heiterkeit zeugten.

Trotz der Hitze hüllte sich Magda, bevor sie das Haus verließ, ein adrettes weißes Tuch fest um den Kopf. Sie nahm Adelina das Kästchen mit den teuren Duftölen ab und lief immer einen Schritt hinter ihr. Adelina blieb stehen.

«Magda, wie oft soll ich dir noch sagen, dass du neben mir gehen sollst? Ich kann mich doch unmöglich mit dir unterhalten, wenn du ständig hinter mir her läufst.»

«Aber es schickt sich nicht, dass die Magd neben der Herrin geht», protestierte Magda.

«Dennoch erlaube ich es dir. Der Weg zum Neumarkt ist weit, und eine Unterhaltung käme mir sehr gelegen.»

Zögernd schloss Magda daraufhin zu ihr auf, und Adelina begann über allgemeine Dinge des Haushalts zu plaudern. Sie gab es ungern zu, aber auf diese Weise konnte sie sich für eine Weile von den Gedanken ablenken, die sie belasteten. Sie vermisste Neklas und sorgte sich um seine wohlbehaltene Rückkehr. Aber das war nicht ihr einziges Problem. Sie war nun schon beinahe ein dreiviertel Jahr verheiratet und noch immer nicht schwanger. Niemals hätte sie gedacht, dass sie sich das jemals wieder wünschen würde. Nicht, nachdem sie vor Jahren heimlich ein Kind abgetrieben hatte, weil ihr Bräutigam sie hatte sitzenlassen. Niemand wusste davon. Nicht einmal ihr Vater. Nur Neklas hatte sie es erzählt. Und nun wollte sie so gerne sein Kind unter dem Herzen tragen. Kurz vor seiner Abreise hatte sie gedacht, es sei so weit, und hatte sich darauf gefreut, ihm bei seiner Rückkehr die frohe Botschaft verkünden zu können, doch dann hatte sich herausgestellt, dass ihre morgendliche Übelkeit von einer Magenverstimmung herrührte, von der nach und nach der gesamte Haushalt befallen worden war.

Nun sorgte sie sich, dass die frühere Abtreibung vielleicht der Grund sein könnte, warum sie bisher noch nicht empfangen hatte, vielleicht niemals empfangen würde. Zwar hatte Ludmilla, die Weise Frau, bei der sie seinerzeit gewesen war, behauptet, sie sei wieder vollständig genesen. Aber konnte nicht auch eine Weise Frau einmal irren? Und was wäre dann? Wäre Neklas von ihr enttäuscht? Manchmal, in den einsamen Nächten, wenn sie nach der leeren und kalten Betthälfte tastete, malte sie sich aus, dass er vielleicht nicht mehr zu ihr zurückkehren würde, weil er lieber eine jüngere Frau wollte, die ihm noch viele Kinder gebären konnte. Sie zählte jetzt einundzwanzig Jahre, zweiundzwanzig im Winter. Sicher, das war noch nicht alt, aber eben auch nicht mehr ganz jung. Die meisten Frauen bekamen ihre Kinder mit sechzehn, siebzehn. Manche sogar noch früher, obwohl eine zu frühe Mutterschaft auch schädlich sein konnte.

Adelina merkte, wie ihre Gedanken trotz des fröhlichen Schwatzes mit Magda abzuschweifen begannen. Doch da hatten sie auch schon den Neumarkt erreicht. Sie pochte an die Tür des Anwesens derer vom Stein und gab die bestellte Ware ab. Während sie auf die Bezahlung wartete, beobachtete sie die rege Betriebsamkeit auf dem Marktplatz. Der Neumarkt war ein großes Rechteck, an der Seite, die zu St. Aposteln führte, stand eine große Viehtränke. Der Platz wimmelte von Rindern, Schweinen, Ziegen, Schafen und Hühnern. Etwas abseits waren an einem langen Holzgestell mehrere gedrungene, kräftige Pferde angebunden. Der Neumarkt diente hauptsächlich als Viehmarkt, und dementsprechend roch es auch. Mehrere Knechte waren von früh bis spät damit beschäftigt, Dung und Kothaufen zu beseitigen, damit die Käufer sauberen Fußes die Waren begutachten konnten. Das Muhen und Blöken der Kühe und Schafe mischte sich mit dem aufreizenden Meckern der Ziegen. Doch beinahe noch mehr Krach machten die Armbrustschützen im hinteren Teil des Marktplatzes. Die verschiedenen Schützenbruderschaften trugen hier regelmäßig ihre Schieß- und Kampfübungen aus und brüllten sich dabei Befehle und Anfeuerungsrufe zu. Im Frühling und Sommer wurden auf dem Neumarkt immer wieder Wettkämpfe, Turniere und Schützenfeste ausgetragen. So konnten sich die Anwohner an der Kunstfertigkeit der Schützen erfreuen und wurden ein wenig für den alltäglichen Lärm entschädigt.

Ein rostbraun gekleideter Diener kam an die Tür und überreichte Adelina einige Münzen, die sie rasch in ihrer Gürteltasche verschwinden ließ.

«Dame Ida wünscht zu wissen, wann Euer Herr Gemahl wieder in der Stadt ist», lispelte der Diener. Ihm fehlten die beiden oberen Vorderzähne. «Sie leidet arg unter ihrer Gicht und wünscht eine Behandlung ihres schlimmen Fußes.»

Adelina setzte ein freundliches Lächeln auf. Ida vom Stein war eine betagte Dame und immer sehr freigebig, wenn es um Arzthonorare ging. Und damit unterschied sie sich von den meisten reichen Patienten, die sich gerne Zeit mit der Bezahlung ließen oder diese auch schon mal vergaßen.

«Tut mir leid, dass es Dame Ida so schlechtgeht. Leider ist mein Gemahl noch nicht zurück. Ich erwarte ihn jedoch jeden Tag und gebe ihm gleich Bescheid, dass er herkommen soll.»

«Vielen Dank.» Der Diener verbeugte sich knapp und schloss nach einem kurzen Gruß die Tür.

«Und nun», Adelina wandte sich lächelnd ihrer Magd zu, «gehen wir zum Heumarkt. Dort kannst du mir helfen, die beiden Kräuterfrauen zu suchen, die mich immer beliefern.»

«Haben sie Euch nicht erst am vergangenen Freitag Kräuter und Wurzeln gebracht?», wunderte sich Magda und wischte sich verstohlen ein paar Schweißtropfen von der Stirn.

«Das ist richtig, aber ich muss etwas mit ihnen besprechen.» Adelina beschloss, nicht weiter über Reeses Anliegen zu reden, denn sie fand, dass ihr Part in dieser Angelegenheit durch das Gespräch mit den beiden Sammelfrauen hinreichend erfüllt wäre. Danach sollte sich der Ratsherr selbst um die Aufklärung des Mordes kümmern oder die Schöffen damit beauftragen. Nach der Einsetzung der neuen Stadtverfassung vor wenigen Tagen hatte es schließlich geheißen, dass das Kölner Hochgericht nun endlich wieder seine Arbeit aufnehmen würde, nachdem es fast ein ganzes Jahr nicht getagt hatte.

Adelina wollte auf keinen Fall weiter in die Sache hineingezogen werden, sie kannte den getöteten Mann nur oberflächlich – er war Kunde in ihrer Apotheke gewesen – und hatte außerdem weder Zeit noch Lust, noch einmal in eine solche Ermittlung zu schlittern. Die Ereignisse, das inzwischen geräumte Beginenhospital betreffend, und die menschlichen Abgründe, die sich dabei aufgetan hatten, jagten ihr noch heute manchmal einen Schauer über den Rücken.

Zum Heumarkt war es nicht mehr allzu weit, und auch dort herrschte ein buntes Treiben, wie auf allen Marktflecken am hohen Mittag. Nur roch es weitaus angenehmer, denn wie der Name schon sagte, wurde hier hauptsächlich Heu angeboten, daneben aber auch Getreide.

Der würzige Duft des getrockneten Grases kitzelte angenehm in der Nase. Adelina sog die Gerüche tief ein und sah sich um. Auch andere Dinge des täglichen Lebens gab es hier zu kaufen. Vor allem Zwiebeln, Kohlen und Salz. Die Händler dieser Waren hatten ihre angestammten Plätze an der Nordseite des Marktes. Im Ostteil fand man einige Stände mit Gewürzen, Käse und Gemüse. An der Westseite stand eine Fleischbank, desgleichen in der Mitte des Platzes, direkt neben dem Kax, wie hier in Köln die Pranger genannt wurden. Heute hatte sich eine Gruppe keifender Weiber um den Schandpfahl geschart. Sie bewarfen einen kahlköpfigen Mann in Metzgerkleidung mit faulenden Gemüseabfällen. Was er wohl angestellt haben mochte, dass die Marktbüttel ihn den öffentlichen Schmähungen seiner Mitbürger ausgesetzt hatten?

Doch Adelina verfolgte den Gedanken nicht weiter, denn Magda zupfte sie am Ärmel und deutete auf die Fleischbank am Marktplatzrand. Dort stand vor dem Ladeneingang eines Gewandschneiders die Kräuterfrau Eva mit einem Korb voller Pilze, wahrscheinlich den ersten in diesem Jahr. Sie war eine kleine stämmige

Frau mit abgearbeiteten Händen und ausgemergelten Gesichtszügen. Ihr grauschwarzes Kleid wirkte schon etwas fadenscheinig, und sie trug eine gleichfarbige Haube, die an den Rändern leicht ausgefranst war.

Adelina nickte ihrer Magd zu und bedeutete ihr, mitzukommen.

Die Sammelfrau lächelte erfreut, als sie die Apothekerin erkannte.

«Frau Adelina, was führt Euch zu mir? Braucht Ihr noch einmal Kräuter? Ich kann erst morgen wieder losziehen. Oder möchtet Ihr Pilze?»

«O nein, Eva», wehrte Adelina ab. «Bei uns werden kaum Pilze gegessen. Du weißt doch, Vitus ist da sehr mäkelig, und mein Vater verträgt sie nicht. Und was meinen Mann angeht, so hat auch er andere Vorlieben.»

«Dann ist er endlich wieder zurück? Wie schön für Euch!», freute sich Eva.

Adelinas Miene verdüsterte sich kurz. «Leider noch nicht, Eva, aber ich erwarte ihn täglich. Heute möchte ich nichts von dir kaufen. Ich habe nur eine Frage, die du vielleicht auch an deine Schwester Hilka weitergeben kannst.»

«Aber natürlich.» Eva nickte eifrig. «Sagt mir, wie ich Euch helfen kann.»

«Ein befreundeter Ratsherr, ein sehr wichtiger Mann, hat mich gebeten herauszufinden, wo es hier in der Gegend Eisenhut zu finden gibt.»

«Eisenhut?» Eva kratzte sich am Kinn. «Den findet man um diese Jahreszeit manchmal auf den Wiesen und Weiden vor den Stadttoren. Aber richtig häufig kommt er im Bergland vor. Soweit ich weiß, gibt es Vorkommen in der Eifel oder im Westerwald. Und im Siebengebirge soll er auch zu finden sein.»

«So weit von hier?»

Eva nickte und zuckte gleichzeitig mit den Schultern. «Na ja, kann sein, wie gesagt, dass er hin und wieder auch hier in der Nähe wächst. Aber was wollt Ihr denn mit der Giftpflanze? Oder geht es etwa um den ermordeten Ratsherrn?»

Adelina hob bei Evas neugierigem Gesichtsausdruck amüsiert die Brauen. «Hast du also auch schon davon gehört? Es geht in der Tat um diese Angelegenheit. Aber ich bitte dich, darüber Stillschweigen zu bewahren. Ich habe meinem Bekannten lediglich versprochen, mich bezüglich des Eisenhuts zu erkundigen.»

«Natürlich, ich sage nichts», beteuerte Eva und senkte dann ihre Stimme. «Dann ist es also wahr, dass man den Goldschmied vergiftet hat? Man munkelt, er sei in diesem Dirnenhaus am Berlich gewesen.»

«Darüber weiß ich nichts», wehrte Adelina rasch ab und warf Magda einen raschen Blick zu. Doch die tat so, als ob sie dem Treiben am Kax zusehen würde. Adelina ahnte jedoch, dass ihr bestimmt kein Wort der Unterhaltung entgangen war. Dazu waren die Neuigkeiten zu interessant. Sie wandte sich wieder an Eva. «Also wäre es möglich, dass sich jemand das Kraut vor den Stadttoren geholt hat?»

Eva runzelte die Stirn und schnalzte. «Glaub ich nicht. Oder es müsste schon ein Kräuterkundiger sein. Eisenhut findet man nicht so leicht. Dazu ist er hier wirklich zu selten. Man muss schon genau wissen, wo man suchen muss. Ich selbst wüsste es nicht.»

«Und wer könnte deiner Meinung nach Eisenhut finden?», hakte Adelina nach.

Eva hob wieder die Schultern. «Da fragt Ihr mich was. Ich kenne niemand … halt, doch. Einer würde ich es zutrauen. Sie heißt Ludmilla. Vielleicht habt Ihr schon von ihr gehört. Sie lebt in den Wäldern, die an der Straße Richtung Aachen liegen. Sie nennt sich Weise Frau, verrichtet manchmal Hebammendienste in der Stadt. Aber man sagt auch, dass sie unheilige Künste anwendet und eine Engelmacherin ist. Ihr wisst schon, sie hilft Frauen, ihre Kinder vor der Zeit loszuwerden.» Bei dieser Bemerkung zuckte es um Adelinas Mundwinkel, doch sie riss sich zusammen.

Eva hatte den Schatten, der über Adelinas Gesicht gehuscht war, nicht bemerkt und fuhr fort: «Von ihr hat man schon so manches gehört. Wenn eine weiß, wo es Eisenhut zu finden gibt, dann bestimmt die.»

«So, so, Ludmilla also?» Adelina nickte Eva verbindlich zu. «Das werde ich mir merken. Vielleicht hilft es dem Rat ja weiter. Ich danke dir, Eva.» Sie kramte aus ihrer Gürtelbörse einen kleinen Kupferpfennig heraus und drückte ihn der Sammelfrau in die Hand. «Nun müssen wir aber weiter. Ich kann die Apotheke nicht den ganzen Tag geschlossen halten.»

Auf dem Heimweg schwieg Adelina nachdenklich. Ludmilla war auch ihrer Ansicht nach eine Person, der zuzutrauen war, die Fundstellen von Eisenhut in dieser Gegend genau zu kennen. Ob sie das Gift vielleicht im Auftrag des Mörders gesammelt hatte? Adelina kam das eher unwahrscheinlich vor, denn Ludmilla hielt sich, wenn möglich, von den Stadtbewohnern fern und bemühte sich, jedem Ärger aus dem Weg zu gehen. Normalerweise kam sie nur in die Stadt, wenn sie aufgrund einer schwierigen Geburt geholt wurde. Wie damals, als Adelinas Bruder Vitus zur Welt gekommen war. Damals war etwas schiefgegangen, und ihre Mutter war bei der Geburt gestorben. Und es war nur Ludmillas Heilkünsten zu verdanken, dass das Kind überlebt hatte. Allerdings hatte Vitus dabei Schaden genommen, war ganz blau angelaufen, und schon bald war klar gewesen, dass er ein Simpel war. Ein inzwischen fünfzehnjähriger Junge mit etwas schiefen Gesichtszügen und dem Verstand eines Dreijährigen.

Adelina seufzte innerlich. Vitus war zwar schwierig, doch bei weitem nicht das größte Problem in ihrer Familie.

Als Adelina und Magda den Alter Markt überquerten, kam ihnen eine aufgeregte Franziska entgegengerannt. Ihre klobigen Holzpantinen polterten auf dem unebenen Pflaster.

«Herrin, Herrin, kommt schnell!» Außer Atem blieb die junge Magd stehen und brach in verzweifeltes Schluchzen aus. «Es tut mir so leid. Ich dachte, er wäre in seinem Zimmer und schläft. Aber als ich von den Goldgräbern zurückkam ... Wir müssen ihn sofort suchen!»

«Franziska, beruhige dich!» Adelina schüttelte das Mädchen heftig. «Wen müssen wir suchen, was ist passiert?»

«Euer Vater ist verschwunden.» Tränen quollen Franziska aus den Augen. «Ich kam nach Hause und wollte nach ihm sehen, da war er weg. Einfach weg.»

«Liebe Zeit!» Adelina fasste sich an die Stirn. Ihr wurde ganz kalt. Albert Merten, ihr Vater, der noch bis vor kurzem die Apotheke geführt hatte, war krank. Er vergaß oft, wo oder wer er war, verwechselte Namen oder redete wirr. An schlechten Tagen durfte man ihn keinen Augenblick aus den Augen lassen. An guten Tagen jedoch war er wieder vollkommen normal und half ihr sogar in der Apotheke.

Sie hatte gedacht, dass heute ein guter Tag sei. Doch nun war er allein fortgegangen. Einen Moment lang überwältigte sie die Panik. Mit aller Kraft rief sie sich zur Ruhe und atmete tief ein, um sich zu beruhigen.

«Franziska, such nach Ludowig. Er soll losgehen und die Schänken absuchen. Du fragst die Leute auf dem Marktplatz, ob sie Vater gesehen haben.»

Das Mädchen nickte und rannte wieder los.

«Magda.» Adelina wandte sich ihrer Begleiterin zu, die stumm und erschrocken dastand. «Du gehst nach Hause und kümmerst dich um Vitus. Nicht dass er auch noch etwas anstellt. Ich laufe rasch zum Zunfthaus Himmelreich.»

«Aber Herrin, Ihr könnt doch nicht alleine gehen!», protestierte Magda, doch Adelina hatte sich bereits umgedreht und war losmarschiert. Sie musste ihren Vater finden, und das so schnell wie möglich. Bisher hatte es sich noch nicht herumgesprochen, dass es ihm nicht gutging. Der Zunftmeister wusste es natürlich, und einige Zunftbrüder wie der Schatzmeister Ludolf Beichgard, der einst um ihre Hand angehalten hatte, jedoch aufgrund von Alberts merkwürdiger Erkrankung seinen Antrag zurückgezogen hatte. Adelina fürchtete, der Ruf ihrer Apotheke, ja ihrer Familie könnte unter dem Geschwätz der Leute leiden, sollte sich die Sache allzu sehr verbreiten. Schon Vitus mit seinem zuweilen kleinkindlichen Verhalten gab oft genug Anlass zu Tratsch und gehässigen Bemerkungen.

Als Adelina im Frühjahr ihre Meisterprüfung abgelegt hatte – Neklas hatte darauf bestanden und die hohen

Gebühren, ohne mit der Wimper zu zucken, bezahlt –, hatte sie dem Zunftvorstand vom Zustand ihres Vaters berichtet, die Übernahme der Apotheke bekannt gegeben und um Aufnahme in die Zunft gebeten. Diese war ihr inzwischen auch bewilligt worden.

Merkwürdig, dass ihr ausgerechnet jetzt die Sitzung der Zunftmitglieder in den Sinn kam, in der über ihre Aufnahme abgestimmt worden war. Da die anwesenden Männer und Frauen sie alle kannten, seit sie ein Kind gewesen war, hatte es keine Gegenstimmen gegeben. Alle wussten um ihre Fähigkeiten. Ihre Meisterstücke, eine komplizierte Kräuterarznei und eine Kostprobe ihres nach altem Familienrezept hergestellten Konfekts, hatten großen Beifall gefunden. Sie wollte sich damit einen Namen machen und ihr Geschäft zur besten Apotheke Kölns machen.

Energisch richtete sie ihre Gedanken wieder auf das Hier und Jetzt. Sie eilte über den Laurenzplatz und bog dann in die Schildergasse ab. Wenige Augenblicke später stand sie vor dem Zunfthaus. Schweiß rann unter ihrer Haube hervor. Hastig wischte sie ihn mit dem Handrücken fort und klopfte an die Tür. Der Zunftmeister, Johann Leuer, öffnete ihr persönlich.

«Frau Adelina, wie schön, Euch zu sehen. Kommt herein und erfrischt Euch …» Er kniff die Augen zusammen, was seinem faltigen Gesicht noch mehr Runzeln hinzufügte. «Ist etwas passiert?»

«Meister Leuer, habt Ihr meinen Vater heute gesehen?»

«Aber ja doch, er war vor nicht ganz einer Stunde hier.» Der Zunftmeister verzog besorgt den Mund und fuhr sich mit den Fingern durch das schüttere weiße Haar. «Ich habe mich noch gewundert, dass er allein herkam, aber er schien guter Dinge und wohlauf. Er hat mir den Vertrag über den Lehrjungen zurückgebracht, der im Frühjahr zu ihm hätte kommen sollen. Nachdem Ihr die Apotheke übernommen habt, mussten wir ihn ja an einen anderen Meister vermitteln. Euer Vater bedauerte noch, dass es Euch als Frau nicht gestattet sei, Jungen auszubilden, denn Lehrmädchen für das Apothekergewerbe sind rar.»

«Wisst Ihr, wohin er gegangen ist?», unterbrach Adelina seinen Redestrom.

«Ist er denn noch nicht zurück? Er wollte geradewegs nach Hause gehen.» Meister Leuer wirkte nun richtig erschrocken. Ihm wurde offensichtlich erst jetzt bewusst, in welcher Klemme Adelina steckte. «Du meine Güte!», rief er. «Soll ich Euch suchen helfen? Ich könnte ein paar Burschen bitten, einen Suchtrupp zu bilden.»

«Nein, vielen Dank», wehrte Adelina entschieden ab. «Einen Knecht und eine Magd habe ich bereits losgeschickt und werde selbst auch noch weitersuchen. Ich möchte kein großes Aufsehen. Ihr seid aber sicher, dass er sofort nach Hause gehen wollte?»

«Ja, auf jeden Fall. Das sagte er mir.» Der Zunftmeister nickte heftig. «Ich meine auch, gesehen zu haben, dass er in Richtung Laurenzplatz gegangen ist.» Er seufzte. «Liebe Adelina, es tut mir so leid. Ich konnte ja nicht wissen … Nein, ich hätte wissen müssen …»

«Meister Leuer!» Adelina schnitt ihm mit einer ungeduldigen Handbewegung das Wort ab. «Es ist ja nicht Eure Schuld. Vielleicht ist er in einer Schänke oder Garküche eingekehrt.» Und hat noch nicht einmal Geld dabei, um seine Zeche zu zahlen, schoss es ihr durch den Kopf. «Ich laufe zurück und frage bei den Tavernen am Laurenzplatz nach.» Sie wandte sich zum

Gehen, drehte sich aber noch einmal kurz um. «Danke für Euer Angebot, uns zu helfen.»

«Gebt mir Nachricht, wenn Ihr ihn gefunden habt!», rief Meister Leuer ihr noch hinterher.

Sie rannte beinahe bis zur Einmündung am Laurenzplatz. Die Sonne stach vom Himmel und ließ die Luft flirren. Der Schweiß hatte mittlerweile ihr Kleid am Kragen durchnässt, und ihre Haube klebte ihr feucht ums Gesicht.

Unentschlossen blickte sie über den Laurenzplatz. In welche Richtung sollte sie sich nun wenden? Wo mochte ihr Vater in einem Anfall von Verwirrung hingegangen sein?

«Platz da!», brüllte plötzlich eine harsche Stimme hinter ihr. Sie fuhr erschrocken herum und sah mehrere bewaffnete Berittene in den Uniformen der Stadtsoldaten auf sich zukommen. Mit einem Satz brachte sie sich in Sicherheit vor den klappernden Hufen der Streitrosse. Dennoch traf sie einer der Soldaten schmerzhaft mit seinem Stiefel an der Schulter.

«Dummes Weibsbild!», schimpfte er, blickte sich jedoch nicht einmal mehr nach ihr um. Adelina rieb sich die geschundene Schulter und sah ihm böse nach. Sie hatte ihn an seinem dunklen, zu einem glatten Zopf gebundenen Haar erkannt. Tilmann Greverode, ein Offizier der Stadtsoldaten, mit dem sie schon einmal aufs unfreundlichste Bekanntschaft gemacht hatte.

Weshalb wohl die Stadtwache zu den Waffen gerufen worden war? Falls es zu Unruhen kommen sollte, wie so häufig in letzter Zeit, war es noch wichtiger, ihren Vater bald zu finden.

Auf dem Heimweg betrat Adelina jede Schänke und

Garküche, hatte jedoch kein Glück. Auf dem Alter Markt hielt sie Ausschau nach Franziska, konnte diese aber in dem Gewühl von Händlern, Hausfrauen, Bauern und Kleinvieh nicht ausmachen. Unschlüssig, was sie nun tun sollte, umrundete sie den Marktplatz. Als sie fast wieder an ihrem Haus angekommen war, fiel ihr Blick in die Judengasse, auf das Rathaus. Und dort – sie atmete erleichtert auf – erblickte sie auch die untersetzte Gestalt ihres Vaters. Sein schütteres rotblondes Haar mit den grauen und weißen Strähnen war zerzaust, und er fuhr sich mit den Fingern ein ums andere Mal fahrig durch seinen dichten Vollbart. Dann ging er los, leider jedoch in die falsche Richtung. Adelina raffte ihre Röcke und rannte hinter ihm her. Dabei rempelte sie einen Mann in der Zunftkleidung der Zimmermänner an, der ihr unflätig hinterherfluchte.

«Vater, warte!», rief sie und war erleichtert, als Albert stehen blieb und sich zu ihr umdrehte. Außer Atem blieb sie vor ihm stehen. «Wo willst du denn hin?»

«Adelina, Mädchen, du sollst doch nicht allein in der Stadt herumlaufen! Geh sofort wieder ins Haus. Ich muss mit deinem Zukünftigen ein Wörtchen reden. Es geht nicht, dass er die Hochzeit noch weiter hinausschiebt.»

«Mein Zukünftiger? Hochzeit?» Adelina starrte ihn verblüfft an.

«Ja, natürlich, du weißt doch, wie lange die Heirat mit Ludolf Beichgard schon verabredet ist. Wie ich hörte, ist er ja nun im Stadtrat, also eine noch bessere Partie für mein Mädchen.» Er lächelte ihr liebevoll zu, wurde jedoch gleich wieder ernst und runzelte die Stirn. «Aber stell dir vor, im Rathaus sagte man mir, dass er im Augenblick gar nicht in der Stadt sei. Er wird sich doch nicht vor seiner Pflicht drücken wollen? Das werde ich nicht zulassen.»

«Vater.» Adelina bemühte sich um einen ruhigen Ton in der Hoffnung, damit bei Albert durchzudringen. «Ludolf ist nicht mein Bräutigam. Ich bin doch längst verheiratet.» Zum Beweis hob sie die Hand mit dem schmalen goldenen Ehering, auf den eine stilisierte Lilie eingraviert war.

«Was redest du da?» Albert kniff die Augen zusammen und musterte sie, als sei sie es, die den Verstand verloren habe. «Was willst du damit sagen, du bist längst verheiratet? Hast du etwa ohne meine Zustimmung irgend so einen dahergelaufenen Tunichtgut geheiratet?» Seine Stimme wurde immer lauter. Die ersten Neugierigen drehten sich bereits zu ihnen um. Verlegen nahm Adelina ihren Vater am Arm und führte ihn zurück zur Apotheke. Er machte Gott sei Dank keine Anstalten, sich zu wehren.

«Ich habe nicht ohne deine Zustimmung geheiratet. Und mein Gemahl ist kein Tunichtgut, sondern ein angesehener Medicus, der sogar für den Rat und die Schöffen arbeitet.»

«Medicus? Davon weiß ich nichts.» Albert schüttelte vehement den Kopf, dann fing er plötzlich an, laut zu schluchzen. Erschrocken stieß Adelina die Haustür auf und schob ihn hindurch. «Ich kann das einfach nicht glauben!», weinte Albert. «Du hast einfach hinter meinem Rücken einen Fremden geheiratet! Wenn das deine Mutter erfährt! Sie wird am Boden zerstört sein.»

«O Vater, so ist es doch gar nicht. Und Mutter ist schon lange tot. Was soll ich bloß mit dir machen?»

«Mit mir?», regte sich Albert auf. «Mit mir? Hol lieber diesen angeblichen Medicus her, damit ich ihn mir ansehen kann. Wenn du schon nicht den Anstand hattest, ihn mir vor eurer Hochzeit vorzustellen.»

Adelina biss sich auf die Lippen. Nun saß sie wirklich in der Klemme. «Ich kann Neklas nicht holen. Er ist fort, auf Besuch bei seiner Mutter in Kortrijk.» Wie sie befürchtet hatte, lief ihr Vater nun vor Zorn rot an.

«Was sagst du da? Er hat dich hier allein gelassen? Ich wusste es, wahrscheinlich ist er ein ganz ausgekochter Hund, der dich nur ausnutzt und deine Mitgift vergeudet! Was hast du dir nur dabei gedacht? Und nun hat er dich sitzengelassen. Womöglich ...» Wieder musterte er sie, und seine Augen wanderten zu ihrer Leibesmitte hin. «Bist du schwanger? Hat er seine schwangere Frau sitzengelassen? Dann soll ihn ...»

«Nein, Vater!» Verzweifelt schüttelte sie ihn. Ihre Stimme kippte über, sie musste sich mit aller Macht zur Ruhe zwingen. «Neklas ist nur zu Besuch bei seiner kranken Mutter. Und ich bin nicht schwanger.» Der letzte Satz gab ihr einen leichten Stich, den sie jedoch zu ignorieren versuchte.

In diesem Moment öffnete sich die Tür zum Hinterzimmer und Magda streckte den Kopf in die Apotheke.

«Was ist denn hier ...? O Herrin, Ihr habt ihn gefunden! Gott sei Dank.» Die Magd bekreuzigte sich und kam herein. «Geht es Euch gut, Meister Merten? Soll ich Euch einen Becher Bier bringen?»

Albert sah die Magd einen Augenblick verblüfft an, dann schüttelte er den Kopf. «Nein danke, Magda. Meine Sieglinde kümmert sich schon um mich, nicht wahr?» Er sah Adelina an, die zögernd nickte.

«Ich bringe dir etwas. Geh schon mal vor in deine Kammer.»

Sie sah erleichtert zu, wie ihr Vater zu seiner Schlafkammer ging. Als die Tür hinter ihm zuklappte, stützte sie sich erschöpft auf dem Verkaufstresen ab.

«Er hat Euch wieder Sieglinde genannt», sagte Magda und trat zu ihr. «Er hält Euch für Eure Mutter, nicht wahr?»

«Er hatte einen schlimmen Anfall, Magda. Wir dürfen ihn nicht aus den Augen lassen. Ich bringe ihm einen Kräuteraufguss, vielleicht schläft er dann ein wenig. Was macht Vitus?»

«Er sitzt im Garten und spielt mit seiner Katze. Soll ich das Abendessen zubereiten?»

«Nein.» Adelina richtete sich auf und löste ihre Haube. «Das mache ich schon. Geh und such Franziska. Sie braucht ja nun nicht mehr nach Vater zu suchen. Und schaut dann gemeinsam, ob ihr Ludowig findet.»

Als Magda mit einem «Jawohl, sofort, Herrin» zur Tür hinausgeeilt war, warf Adelina mit einem Wutschrei ihre Haube zu Boden. Der Zorn überkam sie wie Hitzewellen. Zorn auf ihren Vater, Zorn auf Neklas, der nicht da war, aber vor allem Zorn auf sich selbst. Sie schaffte das alles nicht. Das Geschäft, die Sorge um ihre Familie, das Alleinsein. Noch vor einem Jahr hätte sie nicht für möglich gehalten, dass ihr das Alleinsein jemals zu schaffen machen würde. Sie brauchte niemanden! Keinen Knecht, keine Magd, keinen Mann.

Sie starrte auf die zerknitterte Haube am Boden. Langsam ging sie in die Hocke und hob sie auf. Der Stoff fühlte sich klamm an. In ihrer Kehle begann sich ein Kloß zu bilden, der sie würgte. Kraftlos ließ sie sich gegen den Tresen sinken und presste ihr Gesicht in den feuchten Stoff. Natürlich brauchte sie Neklas. Gott, sie vermisste ihn so!

2

«Habt Ihr etwas herausgefunden?», fragte Georg Reese, als er zwei Tage später noch vor Mittag in die Apotheke kam. Adelina war gerade dabei, kandierte Früchte abzuwiegen und in kleine, mit Wachstuch ausgeschlagene Holzkästchen zu verteilen. Sie bot ihm davon an, und er wählte erfreut eine Kirsche und schob sie sich in den Mund. Verzückt verdrehte er die Augen.

«Hm, hervorragend!», lobte er. «Vielleicht sollte ich meiner Braut ein Kästchen davon mitbringen. Das wird ihr bestimmt gefallen.»

«Eurer Braut?» Adelina hob neugierig die Brauen. «Dann wollt Ihr Euch also wieder verheiraten?»

Reese nickte. «Reinhild, Gott hab sie selig, ist nun schon fast ein Jahr tot. Ich muss an meine Kinder denken. Sie brauchen eine Mutter, vor allem die Mädchen. Glücklicherweise habe ich eine passende und noch dazu außerordentlich liebreizende junge Witwe gefunden. Rosa ist eine Base des erzbischöflichen Sieglers Christian van Erpel. Ihr Gemahl ist vorletzten Winter am Lungenfieber gestorben. Sie ist zwar schon sechsundzwanzig, doch eine gefestigte Person mit einem fröhlichen Gemüt. Sie bringt zwei eigene Söhne mit in die Ehe, die mir sicher tatkräftig im Geschäft helfen werden, bis wir passende Lehrstellen für sie gefunden haben.»

«Ihr klingt, als wäret Ihr glücklich», stellte Adelina fest. «Das freut mich für Euch.»

«Glücklich. Ja, das bin ich wahrhaftig.» Reese nickte bekräftigend und lächelte. «Rosa ist eine gute Frau. Die Hochzeit findet am Tag vor Martini statt.»

«Nun, da müsst Ihr ja nicht mehr lange warten.» Adelina klappte eines der Kästchen zu und reichte es ihm. «Eine Mark Kölner Silber.»

«Was? Eine Mark? Das ist ja …» Empört starrte er das Kästchen in ihrer Hand an.

Nun lächelte Adelina. «Ihr wollt doch nicht etwa knauserig sein? Diese kandierten Früchte sind ein wunderbares Geschenk für eine liebreizende Braut. Wartet.» Sie griff unter den Tresen und zog eine weitere Holzschachtel hervor, hob den Deckel und entnahm ihr ein paar weitere Süßigkeiten, die sie in das Kästchen zu den kandierten Früchten legte. «Weil Ihr es seid, gebe ich noch ein paar Stücke meines guten Konfekts dazu, ohne Aufpreis.»

«Von Eurem Konfekt habe ich bereits gehört.» Er beäugte die süßen Leckereien, bevor sie Schachtel und Kästchen wieder sorgfältig verschloss. Seufzend nahm er ihr das Kästchen ab. «Nun gut, ich bin ja kein Kniesbüggel.» Er gab ihr das Geld, das sie sogleich in ihre Geldkatze unter dem Tresen legte.

«Das hatte ich auch nicht erwartet», sagte sie liebenswürdig. «Aber nun zu Eurer Frage von eben. Ich habe mit meinen Sammelfrauen gesprochen. Sie halten es für ausgeschlossen, dass jemand, der sich nicht auskennt, hier in der Nähe Eisenhut gesammelt hat. Eva, die ältere der beiden, meinte, dass er hier nur sehr selten vorkommt und eher in der Eifel oder anderswo im Bergland zu finden ist.»

«Und wenn der Mörder so ein Sammelweib wie die Euren bezahlt hat, ihm das Kraut zu besorgen?»

«Unwahrscheinlich.» Adelina schüttelte den Kopf. «Wie gesagt, Eisenhut ist sehr schwer zu finden. Meine Sammelfrauen haben es sich nicht zugetraut.»

«Sagen sie. Und wenn sie lügen?»

Adelina hob die Schultern. «Eva meinte, wenn überhaupt jemand Eisenhut hier in der Nähe findet, dann nur eine Person. Doch die hat sich gewiss nicht für eine Mordtat hergegeben. Da bin ich mir sicher.»

«So? Wie kommt Ihr darauf?» Reese legte den Kopf auf die Seite und musterte sie aufmerksam.

«Sie hat vor vielen Jahren meiner Mutter bei der Geburt meines Bruders beigestanden. Meine Mutter starb, doch durch die Heilkünste der Weisen Frau konnte mein Bruder gerettet werden.»

«Ihr kennt sie also?»

Adelina biss sich auf die Lippen. Jetzt nur nichts Falsches sagen, sonst käme sie womöglich in Teufels Küche. «Ich ... war damals noch ein Kind. Aber ich erinnere mich an sie. Sie ... hat getan, was sie konnte. Sie ist keine Mörderin.»

Reese hob spöttisch die Brauen. «Mag sein, dass sie Eurem Bruder geholfen hat, vielleicht ist sie ja eine gute Hebamme. Doch Euch sollte bekannt sein, dass gerade solche besonders klugen Hebammen auch über tödliche Pflanzen Bescheid wissen und sie zuweilen auch anwenden. Der Teufel sucht sich für seine bösen Pläne gerne Geburtshelferinnen aus.»

«Der Teufel?» Adelina schüttelte den Kopf. «Was redet Ihr denn da? Ludmilla ist doch keine Hexe.» Sie bekreuzigte sich rasch.

Reese zuckte mit den Schultern. «Wollen wir es hoffen.»

«Ihr redet ja gerade so, als sei ihre Schuld bereits

erwiesen!», regte sich Adelina auf. «Es kann auch noch hundert andere Möglichkeiten geben, wie der Eisenhut in van Kneyarts Essen gelangt ist.» Verärgert begann sie mit einem Lappen über den Tresen zu wischen. Da fiel ihr noch etwas ein. «Wisst Ihr denn inzwischen, wie er das Gift zu sich genommen hat?»

«Nein, leider noch nicht.» Bedauernd schüttelte Reese den Kopf. «Aber gerade in diesem Augenblick ist ein Abgesandter des Stadtrats in dem Haus am Berlich und befragt die Bewohnerinnen.»

«Ein Abgesandter des Rates?», wunderte sich Adelina. «Warum keiner der Schöffen? Sind sie nicht für derlei Angelegenheiten zuständig?»

Reese seufzte und lehnte sich gegen den Verkaufstresen. «Wohl wahr, normalerweise. Doch Erzbischof Friedrich wird in Kürze in der Stadt erwartet, und die Schöffen sind wegen seines Empfangs anderweitig beschäftigt. Die neue Stadtverfassung, der Verbundbrief, muss vom Erzbischof abgesegnet werden. Wenn er sie nicht akzeptiert, kann es erneut zu Streitigkeiten und Unruhen kommen. Deshalb bereiten die Schöffen alles sorgsam vor.»

«Dann ist die Vorbereitung des Empfangs wichtiger als die Aufklärung eines Mordes?» Die Missbilligung war Adelinas Stimme deutlich anzuhören, doch Reese ging nicht darauf ein.

«Der Mann, der die Befragung durchführt, ist Anwärter auf das Schöffenamt. Deshalb wurde er für diese Aufgabe ausgesucht. Ihr kennt ihn übrigens, es ist Euer Nachbar, Anton Keppeler.»

«Was, Keppeler will Schöffe werden?» Verwundert hob Adelina die Brauen. «Das höre ich heute zum ersten Male.»

«Dann behaltet es auch für Euch. Es ist zwar kein Geheimnis, aber dennoch eine Sache, die vertraulich zu behandeln ist. Und nun sagt mir noch einmal, wie diese Weise Frau heißt, von der Ihr gesprochen habt.»

«Ihr Name ist Ludmilla. Sie lebt ...»

«So, so. Ludmilla, sagt Ihr? Das ist ja interessant.» Plötzlich wirkte Reese aufgeregt, als sei ihm erst jetzt etwas Wichtiges eingefallen. «Ich muss nun leider aufbrechen und einem Hinweis nachgehen. Ludmilla ...», murmelte er vor sich hin. Er hatte die Tür bereits geöffnet, als er sich noch einmal umdrehte. «Bei solchen Frauen kann man niemals sicher sein, wofür sie sich hergeben.»

Adelina schüttelte heftig den Kopf. «Nicht Ludmilla. Was sie auch tut, sie will damit den Menschen helfen. Sie ist keine Mörderin.»

«Vielleicht nicht. Aber möglicherweise die Helfershelferin eines Mörders? Ich halte Eure Ansichten in dieser Sache für äußerst naiv. Und noch dazu, da sie sich gänzlich auf Eure Erinnerung begründen. Ihr wisst doch selbst, welche dunklen Abgründe sich hinter einer Samariterseele verbergen können.» Damit spielte er auf die Geschehnisse vom vergangenen Winter im Beginenhospital an. «Doch nun müsst Ihr mich entschuldigen. Vielen Dank für Eure Mühe. Möglicherweise wird sich schon in Kürze alles aufgeklärt haben. Gehabt Euch wohl.»

Adelina sah ihm durch das Fenster nach. Offenbar hatte der Name Ludmilla ihn auf eine Spur gebracht. Sie strich sich voll Unbehagen über die Stirn. Ob die alte Weise Frau vielleicht doch in die Sache verwickelt war?

Doch als die Glöckchen an der Tür einen neuen

Kunden ankündigten, schob sie alle Gedanken an Mord und Giftpflanzen beiseite und setzte ein freundliches Lächeln auf. Sollte der Rat sich um alles Weitere kümmern.

«War das vorhin Frau Entgen bei Euch in der Apotheke?», fragte Franziska wenig später, als sie Adelina auf dem Weg zum Schneider begleitete. Ihnen voraus lief Vitus, der wie ein kleines Kind über den Rinnstein hüpfte und dabei unmelodisch sang. Adelina hatte ihm saubere Kleidung angezogen und sein schwarzes Haar ordentlich gekämmt, sodass er äußerlich ein schmucker Junge mit ansprechenden, wenn auch etwas verzerrten Gesichtszügen war. Dennoch blickten ihm die Leute nach, schnalzten vernehmlich und die Gassenjungen zeigten mit dem Finger auf ihn.

Adelina nickte auf die Frage ihrer jungen Magd. «Der Tod ihres Bruders hat sie schwer getroffen. Van Kneyart hat sie nach dem frühen Tod ihres Gemahls bei sich aufgenommen, und sie besorgt jetzt schon seit fünfzehn Jahren seinen Haushalt. Glücklicherweise scheint es ein Testament zu geben, wonach sie in seinem Haus lebenslanges Wohnrecht und Anspruch auf eine Leibrente hat. Wer weiß, ob sie andernfalls von irgendwelchen Verwandten aufgenommen worden wäre.»

«Bestimmt hätte sie es schwer gehabt», pflichtete Franziska ihr bei. «Ich sah sie, als sie hinausging. Sie wirkte blass und krank.»

«Sie kann nicht richtig schlafen, seit das mit ihrem Bruder geschehen ist. Ich habe ihr eine Arznei verkauft, die hauptsächlich Baldrian enthält. Die arme Frau.»

Adelina dachte voller Mitgefühl an die Schwester des Ratsherrn.

«Sonst kam sie zuweilen und hat Euer Konfekt gekauft, nicht wahr?»

«Ja, sie, und ab und zu auch ihr Bruder. Sie zumindest war eine recht gute Kundin. Aber ob sie sich das jetzt noch leisten kann, ist fraglich.»

Franziska schwieg einen Augenblick, dann sagte sie: «Bestimmt kann sie nicht schlafen, weil ihr Bruder ausgerechnet in diesem Dirnenhaus gestorben ist.»

«Franziska!» Adelina blieb stehen und sah ihre Magd empört an. Diese hob jedoch nur die Schultern. «Was denn, die Spatzen pfeifen es doch von allen Dächern. So was bleibt nicht lange ein Geheimnis.»

«Das mag ja sein, aber man muss es nicht auch noch in aller Öffentlichkeit breittreten. Frau Entgen wird mit Sicherheit schon Probleme genug haben.» Adelina blickte ihrer Magd streng in die Augen. Diese zuckte jedoch nur erneut mit den Schultern.

«Die Leute reden nun mal. Und ich würde bestimmt auch keinen Schlaf mehr finden, wenn mir so was passiert wäre.»

Adelina setze sich langsam wieder in Bewegung. «Dann sei so gut, und beteilige dich nicht auch noch an dem Klatsch. Wir sollten ihr lieber beistehen, als ihr noch mehr Kummer zu machen.»

«Mach ich ja gar nicht.»

Der Gewandschneider am Heumarkt brauchte die Hilfe von zwei Lehrjungen, um bei Vitus Maß für neue Beinlinge, ein Wams und eine Heuke zu nehmen. Der

Junge zappelte herum und wollte viel lieber wieder hinaus, um sich die Pferde anzusehen, die gleich in der Nähe zum Verkauf angeboten wurden.

Auch Adelina ließ bei sich Maß für ein neues Kleid mit Unterkleid nehmen. Neklas hatte ihr vor seiner Abreise Geld dafür dagelassen, doch bisher hatte sie noch keine Zeit gehabt. Und je länger er fort war, desto weniger konnte sie sich dazu aufraffen. Aber nun würde er bald zurückkommen.

Sie wählte einen feinen dunkelblauen Samtstoff mit hübschen silbernen Stickereien. Samt hatte sie vor ihrer Ehe nie getragen. Sie war früher schon nicht arm gewesen, aber Neklas war ein wohlhabender Arzt, und das machte einen Unterschied. Und seit ihr Vater die Apotheke nicht mehr selbst leitete, blieb auch von diesem Geschäft einiges mehr übrig. Vielmehr seit er nicht mehr in sein Laboratorium im Keller ging, um mit seinen komplizierten und teuren Gerätschaften nach dem Geheimnis der Transmutation zu suchen. Die Glas-Eier, Phiolen und Schalen, die ihm dabei so häufig zersprungen waren und natürlich sofort ersetzt werden mussten, hatten regelmäßig große Löcher in ihre Haushaltskasse gerissen.

Zwar hatte Neklas ärgerlicherweise das Laboratorium übernommen, denn auch er zählte zu den Adepten der Alchemie, doch ging er wesentlich vorsichtiger dabei vor. Und im Gegensatz zu ihrem Vater machte er niemals den gleichen Fehler zweimal, denn er führte über jeden seiner Versuche Buch.

So war ihre Geldkatze immer reichlich gefüllt, und sie brauchte die Münzen, die Neklas ihr gegeben hatte, heute nicht. Ihr Kleid und die Sachen für Vitus, für die sie dem Schneider einen Vorschuss geben musste, würde sie von ihrem eigenen Geld bezahlen können.

Als die beiden Frauen und Vitus eine Weile später wieder den Alter Markt betraten, bot sich ihnen ein seltenes Schauspiel: Mitten auf dem Marktplatz wogte eine bunte Menschenmenge aus Händlern, Bauern, Handwerkern und Hausfrauen um einen grauhaarigen Predigermönch, der lautstark die Sünden der Reichen verurteilte und gegen die Verbreitung der Unzucht wetterte. Einige hatten sich kleine Kinder auf die Schultern gesetzt, damit diese besser sehen konnten.

«Was ist denn hier los?» Franziska reckte den Hals.

«Ich will auch sehen!», rief Vitus und wollte losstürmen. Adelina bekam ihn jedoch noch rechtzeitig am Ärmel zu fassen. «He, lass mich, ich will da hin», protestierte er.

«Nein, Vitus, du bleibst bei mir!», befahl sie streng und zog ihn am Arm mit sich. Wenn sie zu ihrem Haus wollte, blieb ihr nichts anderes übrig, als sich an den aufgeregten Menschen vorbeizuschieben.

«Weg da, Ihr versperrt mir die Sicht!», keifte ihr eine Frau hinterher und «Nicht vordrängeln! Wir waren zuerst hier!», eine andere. Als Adelina ungefähr die Hälfte des Weges hinter sich hatte, blieb sie verblüfft stehen, sodass Franziska, die sich dicht hinter ihr hielt, beinahe gegen sie geprallt wäre. Der Predigermönch, offenbar ein Dominikaner mit ungewöhnlich gepflegter, säuberlich ausrasierter Tonsur und einer langen Hakennase, war gerade eben auf das Podest am Kax geklettert, um besser gesehen und gehört zu werden. Noch während Adelina über dieses schimpfliche Verhalten des Mönches staunte, wurde sie nach vorne geschoben und verlor dabei Vitus. Dafür stand sie nun plötzlich in der ersten Reihe. Verärgert sah sie sich um, doch ihr Bruder war bereits in der Menge verschwunden.

In diesem Moment wurde der Dominikaner auf sie aufmerksam. Seine Augen glitzerten fanatisch aus seinem hageren Gesicht. Die weiße Kutte strahlte im Licht der Sonne auf, als er mit dem Finger auf sie zeigte. «Seht dieses brave junge Eheweib!» Aller Augen richteten sich nun auf sie, und er fuhr fort: «Die Haube verdeckt züchtig ihr Haar, wie es sich gehört, ihre Kleidung verrät ihren Wohlstand. Sicherlich dient sie ihrem Eheherrn voller Demut, wie es Gott, der Allmächtige, verlangt. Doch weiß sie, was ihr Gemahl so alles treibt, wenn er des Nachts lange ausbleibt?» Seine Stimme bekam einen grausamen Unterton. Ringsum wurde gelacht, und gehässige Bemerkungen drangen an Adelinas Ohr. Sie spürte, wie ihr die Hitze ins Gesicht stieg. Was bildete sich dieser Kerl eigentlich ein? Doch bei seinen nächsten Worten zuckte sie entsetzt zusammen: «Weiß sie, dass er lügt, wenn er ihr von einem langen Arbeitstag, einem Besuch im Zunfthaus oder einer Einladung bei einem Freund erzählt? Dass er sich in Schänken und Dirnenhäusern herumtreibt? Dass er sein Geld den Hurenwirten in den gierigen Rachen wirft und dabei nicht nur seinen Leib beschmutzt, sondern auch noch seine Seele verdammt? Ist das nicht ein grausam Spiel? Und Schuld daran sind die verderbten Weiber in ihren Schlupfwinkeln und Frauenhäusern, die Badewirte, die euch einladen, in ihre Häuser zu kommen, wo ehemals brave Mägdelein dazu gezwungen werden, getreue Ehemänner zur Sünde zu verführen.»

Adelina starrte den Mönch sprachlos an. Doch da zeigte er bereits auf einen Mann in der Zunftkleidung der Küfer neben ihr. «Und seht diesen fleißigen Handwerker! Er müht sich von früh bis spät, um seine Familie zu ernähren. Doch ist ihm klar, dass sein Weib des Tags, wenn er in Geschäften fort ist, heimlich ihren Geliebten empfängt, oder schlimmer noch, dass fremde Männer, Kaufleute auf der Durchreise, rüpelhafte Scholaren, sie für ihre Liebesdienste bezahlen? Und das Balg, das sie erwartet, ist es tatsächlich seins oder das eines ihrer Freier? Ich sage euch …»

Was er noch zu sagen hatte, interessierte Adelina nicht mehr. Mit wutverzerrtem Gesicht drehte sie sich um und kämpfte sich weiter durch die Menge. Kurz vor dem Eingang ihrer Apotheke traf sie wieder auf Franziska und Vitus.

«Ist etwas mit Euch?» Franziska sah sie alarmiert von der Seite an, als sie Adelinas verbissenen Gesichtsausdruck sah. «Was war denn da vorne los? Ich konnte gar nichts sehen.»

«Dieser Schwätzer!», regte Adelina sich auf. «Hast du gehört, was er gesagt hat? Und er hat dabei auf mich gezeigt! Was glaubst du, was die Menschen über mich reden werden? Sie tun es jetzt schon! So eine Unverschämtheit. Und die Büttel stehen daneben und tun nichts.» Sie stieß die Tür auf und stapfte zornig hinein.

Franziska folgte ihr mit betretenem Gesicht. «Er hat auf Euch gezeigt? Aber Ihr habt doch nichts getan, und Euer Gemahl ist …»

«Ich will nichts mehr davon hören», schnitt Adelina ihr das Wort ab. «Geh und kümmere dich um Vitus. Ich habe hier noch zu tun.»

Adelina griff nach dem Besen, der hinter der Tür stand und begann, den Boden zu fegen. Franziska nahm Vitus an der Hand und zog ihn eilig aus dem Raum.

Auch als sie allein war, verrauchte Adelinas Wut nicht. Die Worte des Mönchs hatten sie mehr getroffen, als sie sich eingestehen wollte. Natürlich vertraute sie Neklas, aber er war nun schon so lange fort, und die Leute begannen allmählich zu reden. Sie presste die Lippen zusammen. Von draußen drang noch immer leise die Stimme des Dominikaners zu ihr. Am liebsten hätte sie sich die Ohren zugehalten.

Der Marktplatz leerte sich nur sehr langsam. Selbst als der fanatische Prediger schon längst fort war, standen die tratschenden Hausfrauen weiter beieinander, anstatt ihre Körbe mit den Waren der Händler zu füllen. Handwerksburschen und Zunftbrüder in ihren vielfarbigen Trachten bildeten aufgeregt disputierende Grüppchen. Scholaren von der Universität rotteten sich zusammen und ergötzten sich an den unzüchtigen Bildern, die der Mönch ihnen mit eindrucksvollen Worten in die Köpfe gesetzt hatte.

Ob dem Prediger wohl bewusst war, dass er mit seinem Auftritt eben jenen von ihm in Grund und Boden verdammten Schänkenwirten heute einen besonders guten Verdienst verschafft hatte, fragte Adelina sich. Denn noch vor dem Abendläuten würden die Lästermäuler seine Rede bei Wein oder Bier in die übrigen Stadtteile tragen.

Als die Marktglocke das Ende des Arbeitstages für die Händler verkündete und die Bauern ihre leeren Karren bereits in Richtung Severinstor schoben, wurde es auf dem Alter Markt erneut unruhig. Adelina war gerade dabei, die Fensterläden zu schließen, als sie des erneuten

Menschenauflaufs gewahr wurde. Doch für heute hatte sie genug von sensationsgierigen Leuten; die Apotheke war den ganzen Nachmittag voll davon gewesen. Sie wollte eben den Fensterladen mit Schwung zuklappen, als sie den Grund für die schreienden und keifenden Weiber und das unflätige Schimpfen der noch anwesenden Kaufleute sah. Zwei Henkersknechte schoben den Schinderkarren über den Marktplatz, bewacht von mehreren grimmigen Bütteln. Zwei Marktfrauen warfen faulende Gemüsereste und Abscheuliches aus den Rinnsteinen auf die zerlumpte Person, die im Karren hockte.

Adelina hielt inne, als der Karren näher geschoben wurde, dann schnappte sie nach Luft. Es war Ludmilla, die da zusammengesunken auf der schmutzigen Ladefläche des Karrens saß, auf dem sonst tote Tiere, Dung oder der Inhalt von Abortgruben transportiert wurden. Erschrocken riss Adelina die Tür auf und stürzte hinaus. Sie rannte ein paar Schritte auf den Karren zu, zwang sich dann jedoch, stehen zu bleiben. Sie durfte ihm und den Henkern nicht zu nahe kommen. Schon die kleinste Berührung würde sie für immer beflecken und unehrlich machen. Denn nicht nur Henker, Schinder und deren Knechte und Gesellen gehörten zu den unehrlichen Berufsgruppen, auch all ihre Gebrauchsgegenstände waren für ehrliche Bürger tabu.

In diesem Moment drehte sich die alte Frau auf dem Karren in ihre Richtung. Adelina wollte etwas sagen, doch Ludmilla schüttelte fast unmerklich den Kopf und blickte sie eindringlich an. Ihre Lippen formten stumm ein paar Worte. Adelina starrte ihr entsetzt hinterher. Sie hatte die Worte der Alten verstanden: «Tu's nicht, bleib weg. Ich bin verloren.»

Ein eiskalter Schauer rann ihr das Rückgrat hinunter. Sie hatten Ludmilla festgenommen. Das konnte nur eines bedeuten: Reese hatte seine Schuldige gefunden. Und sie selbst hatte ihn auf diese Spur geführt. Adelina fasste sich vor Entsetzen an die Stirn. *Sie* hatte ihm Ludmilla praktisch ausgeliefert. *Sie* war schuld, dass die alte Weise Frau nun zu Turme gebracht wurde. Wer weiß, was sie mit ihr tun würden.

Nein. Adelina schüttelte den Kopf. Sie war nicht schuld daran. Reese hatte am Morgen äußerst merkwürdig auf ihren Bericht reagiert. Hatte er nicht gesagt, dass er einem Hinweis nachgehen müsse? Also hatte jemand anderes Ludmilla bereits vorher beschuldigt, und ihre Aussage hatte nur den Verdacht erhärtet. Langsam drehte Adelina sich um und ging nach Hause.

Die Frage war: Wer hatte Ludmilla angezeigt und warum? Adelina ging ins Haus hinein. Sie verschloss die Tür sorgfältig und lehnte sich dann dagegen. Sie hatte Ludmilla kennengelernt, als sie eine schlimme Zeit durchmachte. Die Alte hatte ihr geholfen. Vieles hatte Adelina bei ihr gelernt in den Tagen, da sie bei ihr gewesen war, und in der Zeit danach, als sie sich regelmäßig mit Ludmilla getroffen hatte, bis diese sicher gewesen war, dass Adelina wieder vollständig genesen würde.

Und weder damals noch seither hatte sie gehört, dass Ludmilla jemandem bewusst Schaden zugefügt hätte. Sie war eine Verrufene, eine Engelmacherin, aber auch eine kluge und besonnene Hebamme. Wenn in der Stadt eine schwierige Geburt anstand oder sich die Geburtshelferinnen keinen Rat mehr wussten, wurde nach ihr geschickt. Ansonsten ignorierte man sie, sie wurde gemieden oder ihre Existenz sogar verleugnet.

Entschlossen drehte Adelina sich um und eilte in die Küche, wo Magda Gemüse in den Kessel gab, der an dem Dreibein über der Feuerstelle hing.

«Wo steckt Ludowig?»

Magda drehte sich überrascht um. «Er ist draußen und verstärkt das Dach vom Hühnerstall.»

«Gut, warte nicht mit dem Essen auf mich, ich muss noch einmal fort.» Mit einem Nicken machte Adelina kehrt und eilte zur Hintertür hinaus in den Garten. Zielstrebig steuerte sie auf das laute Hämmern hinter dem kleinen Stallgebäude zu.

«Ludowig, ich brauche deine Hilfe», sprach sie den Knecht an. «Spann den Wagen an, ich muss noch einmal fort.»

Der Knecht ließ den Hammer sinken und fuhr sich mit den Fingern durch sein strohblondes Haar. «Jetzt wollt Ihr noch einmal fort? Es ist schon spät, Herrin. Die Straßen sind jetzt nicht mehr sicher.»

«Deshalb wirst du mich ja auch begleiten. Beeil dich, es ist sehr wichtig.»

«Also gut.» Als Ludowig sich aufrichtete, überragte er Adelina um beinahe zwei Haupteslängen. Seine imposante, kräftige Statur würde ihr Straßenräuber und Gecken gleichermaßen vom Hals halten.

Eilig holte er die kräftige Fuchsstute aus dem erst kürzlich angebauten Pferdeverschlag und spannte sie vor die kleine Kutsche. Sie wurde nur selten benutzt, und wenn, dann meistens von Neklas, wenn er zu Behandlungen in weiter entfernte Stadtteile gerufen wurde.

Ludowig öffnete das Tor und führte die Stute vorsichtig zur Straße. Dabei mischte sich in das Klappern ihrer Hufe auf dem steinigen Weg das ungleichmäßige Poltern seiner schweren Holzpantinen. Sein rechtes

Bein war etwas kürzer als das linke, jedoch behinderte ihn das leichte Humpeln in keiner Weise.

Adelina kletterte neben ihn auf den Kutschbock. «Fahr in Richtung St. Marien, wir müssen zur oberen Rheingasse, zum Haus des Ratsherrn Georg Reese.» Der Weg war nicht allzu weit, am Tag wäre sie ohne Umstände zu Fuß gegangen.

Reese gab sich wenig überrascht, als er sie empfing und in seine Stube führte, doch er wirkte überaus angespannt, und in seinem Gesicht standen tiefe Sorgenfalten, die am Vormittag noch nicht da gewesen waren. Wie schon bei früheren Besuchen konnte Adelina nicht umhin, die reich mit Schnitzereien verzierten Möbel in seiner Stube zu bewundern. Reese wies auf einen mit Brokat bezogenen Stuhl, und sie setzte sich.

«Warum habt Ihr Ludmilla festnehmen lassen?», kam Adelina ohne Umschweife zur Sache.

«Ich dachte mir schon, dass Ihr deshalb herkommen würdet. Doch ich muss Euch sagen, dass Ihr Euch in dem Weib geirrt habt.» Er hielt einen Moment inne und rieb sich die Augen. Dann sah er sie mit ernster Miene an. «Es gab einen weiteren Mord.»

«Einen …?» Adelina klappte die Kinnlade herunter. «Einen weiteren Mord?»

«Zwei sogar, um genau zu sein. Obwohl man nicht sicher sein kann, dass es sich bei dem zweiten tatsächlich um einen Mord …»

«Wer? Wer ist ermordet worden?», unterbrach sie ihn.

«Keppeler. Er und die Dirne, die er befragt hat. Er war bei ihr in diesem Haus, in ihrer Kammer.»

«Allein?»

Hilflos zuckte Reese mit den Schultern. «Es heißt, sowohl Keppeler als auch dieses Weib hätten ganz plötzlich angefangen zu schreien und zu würgen. Da wurde die Hauswirtin aufmerksam. Als sie die Kammer betrat, wanden sich beide am Boden. Jede Hilfe kam zu spät. Wir haben die Sache noch nicht bekannt gegeben.»

«Aber was ist mit seiner Familie?»

Reese seufzte. «Seine Frau ist mit den Kindern außerhalb der Stadt auf Verwandtenbesuch. Wir haben einen Boten losgeschickt, der ihr die schreckliche Nachricht überbringen soll.»

«Großer Gott!» Adelina schüttelte fassungslos den Kopf. «Dann sind beide ebenfalls mit Eisenhut vergiftet worden?»

«Alle Anzeichen sprechen dafür», bestätigte Reese. «Obwohl es auch möglich ist, dass die Dirne sich das Gift selbst zugeführt hat. Wenn sie für den Tod beider Ratsherren verantwortlich ist, und so sieht es im Augenblick aus, dann hat sie sich womöglich selbst gerichtet.»

«Weshalb sollte sie die beiden Männer töten?», zweifelte Adelina.

Erregt trat Reese ans Fenster und starrte einen Moment hinaus auf die Gasse. «Es kann vielerlei Gründe geben. Der wahrscheinlichste ist, dass sie dazu gedungen wurde. Nun müssen wir lediglich herausfinden, von wem. Glücklicherweise habt Ihr mir mit Eurem Bericht heute früh einen großen Dienst erwiesen, denn er hat bestätigt, dass diese Ludmilla den Eisenhut beschaffen konnte.» Er legte den Kopf auf die Seite. «Schaut mich nicht so böse an. Ich sagte Euch bereits, dass solche Weiber zu allem fähig sind.»

«Aber warum …?»

«Ludmilla wurde am Tag des ersten Mordes, sogar zur gleichen Zeit, in dem Dirnenhaus gesehen. Angeblich hat sie eine Untersuchung bei einer der Hübschlerinnen durchgeführt, die schwanger geworden ist. Mutter Berta hat das bestätigt.»

«Mutter Berta?»

«Die … nun ja, Hauswirtin. Sie führt das Haus *Zur schönen Frau* und kümmert sich um die dort arbeitenden Frauen.»

«Und sie hat Ludmilla dort gesehen?», hakte Adelina nach.

Reese nickte. «Sie und auch die anderen Frauen, allen voran natürlich die Schwangere.»

«Dann lügen sie.»

«Nein, Frau Adelina, da ist noch etwas.» Reese schüttelte mit einem nachsichtigen Lächeln den Kopf. «Wir haben Ludmilla heute nicht weit vom Berlich festgenommen. Sie hat bereits zugegeben, heute ebenfalls dort gewesen zu sein.»

«Sie war heute dort, als Keppeler vergiftet wurde?» Ungläubig riss Adelina die Augen auf. Reese zuckte mit den Schultern.

«Sie behauptet natürlich, sie sei wegen einer weiteren Untersuchung bei den Hübschlerinnen gewesen.» Er verzog die Mundwinkel zu einem sarkastischen Grinsen. «Aber wir werden schon herausfinden, was sich wirklich zugetragen hat. Jedenfalls haben wir sie festgesetzt, ebenso wie die Bewohnerinnen des Dirnenhauses. Gleich morgen werden wir mit der Befragung fortfahren.»

«Mit der Befragung?», wiederholte Adelina und schauderte. «Ich wage nicht mal daran zu denken, was ihr damit meint. Ludmilla ist unschuldig!»

«Das werden wir ja sehen. Ich halte sie für alles andere als unschuldig.»

«Aber warum hätte sie den Hübschlerinnen helfen sollen, zwei Männer umzubringen?»

«Seht Ihr, genau das versuchen wir herauszufinden.»

Adelina konnte es noch immer nicht fassen. Sie sprang von ihrem Stuhl auf und machte zwei Schritte auf Reese zu. «Aber wie? Wie wurden Keppeler und die Dirne vergiftet?»

«Das wissen wir noch immer nicht. Wir haben das Zimmer abgesucht, doch weder etwas zu essen noch etwas zu trinken gefunden. Was auch immer sie zu sich genommen haben, die Menge war anscheinend genau bemessen. Wir haben keinerlei Reste gefunden.»

Adelina wandte sich zur Tür. «Wo habt Ihr Ludmilla hingebracht?»

«In die St. Kunibertstorburg. Genauer gesagt in die Weckschnapp. Das ist der einzige Turm, in dem derzeit kein Mannsvolk einsitzt. Ich will nicht das Risiko eingehen, dass der Alten oder den anderen Weibern etwas geschieht, bevor wir die Vorgänge in dem Dirnenhaus vollständig aufgeklärt haben.»

«Aber weshalb habt Ihr sie dann heute über den Alter Markt fahren lassen? Das ist doch ein Umweg?», wunderte sie sich.

Reese hob die Schultern. «Dafür bin ich nicht verantwortlich. Der Weg, den man normalerweise nimmt, war heute durch die erzbischöflichen Gesandten und ihren Tross versperrt.»

«Der Erzbischof ist schon in der Stadt?», wunderte sich Adelina, doch Reese schüttelte den Kopf.

«Nur die Gesandten und ein großer Trupp Soldaten. Seine Eminenz will den Stadtrat wohl daran gemahnen, dass er offiziell noch immer die Oberbefehlsgewalt über Köln hat.»

«Die arme Ludmilla», murmelte Adelina und senkte den Kopf. Sie stellte sich die alte Frau in einer winzigen finsteren Zelle vor und fühlte sich sehr elend dabei.

Reese schnaubte jedoch nur abfällig. «Hört auf, Euch wegen so einer zu grämen. Sie hat vielleicht Eurem Bruder das Leben gerettet, doch das ist lange her. Und Ihr müsst zugeben, dass Ihr rein gar nichts über sie wisst. Wie solltet Ihr auch? Ihr wart ja noch ein Kind, als Euer Bruder zur Welt kam. Ich sage Euch, dem Weib ist alles zuzutrauen. Ich habe mich über sie erkundigt. Möglicherweise verwendet sie sogar schwarze Magie.»

«Schwarze Magie? Das ist ja lächerlich. Ich gehe jetzt.» Mit bösem Gesicht verließ Adelina die Stube, kehrte jedoch noch einmal um und streckte den Kopf zur Tür hinein. «Ist es erlaubt, Ludmilla im Turm zu besuchen?»

«Nein.» Reese sah sie streng an. «Nicht, bevor die Befragung durchgeführt wurde. Und wenn ich Euch einen Rat geben darf: Haltet Euch auch danach von ihr fern.»

«Wann ist die Befragung beendet?», hakte Adelina nach.

«In zwei, drei Tagen. Hört auf mich, Frau Adelina, lasst die Sache ruhen. Ihr habt mit der Alten nichts zu schaffen.»

«Ich werde sie übermorgen besuchen.» Stur presste Adelina die Lippen zusammen und verließ endgültig das Haus. Ludowig half ihr, auf den Kutschbock zu klettern.

Sie kamen vor der Apotheke an, als die Stadtwache gerade begann, ihre erste Runde zu drehen.

3

«Störe ich?»

Adelina hob den Kopf und drehte sich zu ihrem Vater um, der die Apotheke durch die hintere Tür betreten hatte. Sie legte den Stößel beiseite, mit dem sie gerade noch Beinwellblätter in ihrem Mörser zerrieben hatte. «Nein, Vater, du störst mich nicht. Gibt es etwas?»

«Ich dachte, ich helfe dir ein wenig, wenn du nichts dagegen hast.» Er lächelte schief. «Oft komme ich ja nicht mehr dazu.»

«Das ist doch nicht schlimm», begann sie, hielt jedoch sogleich inne, um ihn nicht aufzuregen.

Albert sah sich in der Apotheke um. Die akkurat aufgereihten Dosen, Kästchen und Phiolen im Regal hinter dem Verkaufstresen betrachtete er besonders lange. «Du führst das Geschäft sehr gut. Das wollte ich dir schon lange sagen, Kind.» Er legte ihr eine Hand auf die Schulter. «So ordentlich war es bei mir nie. Du hast ein Händchen dafür. Genau wie deine Mutter. Du bist genau wie sie.» Er ließ die Hand sinken und fuhr sich mit der anderen durch den Bart. «Ich ... also, kann ich dir bei irgendetwas hier helfen?»

«Aber sicher.» Adelina lächelte, obwohl ihr das Herz wehtat. Sie freute sich, dass es Albert heute so gutging, doch wusste sie auch, dass es nicht von langer Dauer sein würde. Die wenigen lichten Momente, in denen er wie früher war, waren wie kleine Überraschungsgeschenke. Doch im Grunde hatte sie ihren Vater bereits verloren.

Adelina holte den Korb mit den frisch gesammelten Wiesenkräutern heran, die Eva früh am Morgen gebracht hatte, und legte ein Knäuel Bindfaden auf die Theke. «Würdest du bitte die Kräuter zusammenbinden und zum Trocknen aufhängen?» Sie wusste, dass dies eine Arbeit war, bei der ihr Vater nichts falsch machen konnte, falls sich seine Sinne plötzlich wieder vernebelten.

Er grinste spitzbübisch und nahm das Fadenknäuel zur Hand. «Früher hast du die Kräuter immer gebunden, weißt du noch? Du hast ständig hier in der Apotheke herumgelungert, bis du so alt warst, dass ich dich richtig in die Lehre nehmen konnte.» Er begann, die Kräuter auf dem Tresen auszubreiten und zu sortieren. Adelina sah ihm einen Augenblick lang dabei zu, dann widmete sie sich wieder ihrem Mörser.

Eine Zeitlang arbeiteten sie schweigend, bis die Glocke an der Tür einen Besucher ankündigte.

«Guten Tag, Herr Losschart», begrüßte Adelina den beleibten Mann, der sich schnaufend auf dem Tresen abstützte. «Ihr seht aus, als wärt Ihr gerannt. Ist etwas passiert?»

«Meiner Frau geht es nicht gut. Sie hat nach Magister Burka geschickt, doch wie ich hörte, ist Euer Gemahl noch nicht wieder in der Stadt. Aber sie hustet arg, und ihre Medizin ist bereits aufgebraucht. Könnt Ihr mir einen anderen Medicus empfehlen?»

«Sicher kann ich das. Doctore Bertini, der italienische Arzt, soll sehr gut sein. Mein Gemahl ist mit ihm befreundet. Bertini wohnt am oberen Ende der Schildergasse, ganz in der Nähe von St. Aposteln. Allerdings kenne ich auch die Zusammensetzung der Arznei, die Magister Burka Eurer Gemahlin verordnet hat. Ich kann sie Euch gerne zubereiten.»

«Würdet Ihr das? Ich wäre Euch sehr dankbar.» Losschart schnaufte erneut, diesmal erleichtert.

«Würdest du bitte die Alantwurzeln holen?», wandte sich Adelina an ihren Vater. Dieser nickte, und sie sah, wie ein freudiges Leuchten in seine Augen trat. Er nahm den Kasten mit den Heilwurzeln aus dem Regal und sah zu, wie Adelina geschickt einige davon zerkleinerte und mit ein, zwei weiteren Zutaten mischte.

«Habt Ihr von der Sache mit Keppeler gehört?» Mit dem Ärmel wischte sich Losschart über die Stirn. «Schlimm, sage ich Euch. Er war ein guter Kerl.»

«Was für eine Sache mit Keppeler?» Albert hob neugierig den Kopf. Losschart sah ihn leicht befremdet an. «Wisst Ihr es noch nicht? Ei, er wurde doch umgebracht! Vergiftet, in dem Dirnenhaus, in dem auch van Kneyart kürzlich getötet wurde. Dabei wollte Keppeler nur …»

«Keppeler ist tot? Unser Nachbar Keppeler?» Entsetzt starrte Albert Losschart an. «Wusstest du das, Adelina?»

«Ich …» Adelina biss sich auf die Lippen. «Ja, ich wusste es. Ich habe nur noch nichts gesagt, weil …» Sie suchte nach Worten. «Ich habe es gestern Abend erst spät erfahren, als du dich bereits hingelegt hattest.»

«Also so etwas!» Albert schüttelte entrüstet den Kopf. «Das muss ich doch wissen. Ich kenne ihn schon seit vielen Jahren. Vergiftet, sagt Ihr?»

«Jawohl, von einer Dirne vergiftet.» Losschart nickte heftig und machte ein wichtiges Gesicht. «Er sollte sie wie gesagt verhören, wegen des anderen Mordes. Da hat sie ihn einfach umgebracht. Und sich selbst noch dazu. Man stelle sich das nur einmal vor!»

«Aber Herr Losschart», unterbrach Adelina den Redestrom des aufgeregten Mannes. «Es ist doch noch gar nicht erwiesen, dass ...»

«Was weißt du denn davon?» Albert blickte seine Tochter erstaunt an.

«Nichts», beeilte sie sich zu sagen, als sie das aufgeregte Zucken seines Kinns sah. Hoffentlich löste die ganze Aufregung nicht wieder einen Anfall bei ihm aus. «Ich denke nur, man sollte keine voreiligen Schlüsse ziehen.»

«Voreilige Schlüsse?» Losschart fuchtelte aufgeregt mit den Händen. «Keppeler wurde während der Befragung vergiftet, und als man ihn fand, lag die Dirne neben ihm und wand sich wie er in Todeskrämpfen. Welche Schlüsse würdet Ihr da ziehen?»

«Eure Arznei ist fertig.» Adelina reichte ihm den Beutel mit der Hustenmedizin. «Eure Gemahlin soll sich zweimal täglich einen Sud daraus kochen. Wenn es nach zwei Tagen nicht besser ist, geht zu Doctore Bertini.»

«O ja, gewiss. Verzeiht, ich habe mich hinreißen lassen.» Mit betretener Miene kramte Losschart nach seiner Geldbörse. «Wisst Ihr, ich sitze zwar seit vergangenem Jahr nicht mehr im Stadtrat, aber dennoch bekümmern mich die Angelegenheiten noch immer sehr. Was bin ich Euch schuldig?»

Adelina nannte ihm den Preis für die Arznei, und er zählte die Münzen auf den Tresen. Mit einem kurzen Gruß verließ er die Apotheke.

«Wir müssen Keppeler die letzte Ehre erweisen.»

«Wie bitte?» Adelina drehte sich zu ihrem Vater um.

Er blickte betrübt drein. «Wir müssen ihm die letzte Ehre erweisen. Wann ist seine Beerdigung?»

«Das weiß ich leider nicht.» Beruhigend legte Adelina ihm die Hand auf den Arm. «Ich werde mich erkundigen. Aber nun lass uns hier weitermachen.» Sie wies auf die Kräuter auf dem Tresen und ihren Mörser.

Nachdem sie die Beinwellblätter alle fein zerstoßen hatte, griff sie nach einer Phiole mit einer durchsichtigen Flüssigkeit. Albert sah neugierig dabei zu, wie sie die Flüssigkeit mit den Blättern mischte und zu einer Paste verrührte.

«Was soll das werden, Kind?»

Adelina stellte die Phiole beiseite. «Eine Paste gegen Gliederreißen. Man kann sie mit Hilfe warmer Umschläge anwenden. Neklas verschreibt sie seinen Patienten sehr oft. Er hat auch vorgeschlagen, das Aqua Ardens dafür zu benutzen, das er manchmal herstellt. Vorher habe ich es nur zum Saubermachen verwendet, aber als Zusatz für Arzneien eignet es sich auch hervorragend. Leider ist dies die letzte Phiole. Solange Neklas noch fort ist, muss ich sparsam damit umgehen.»

«Ach ja, wann kommt er denn nun zurück?» Albert begann, die geschnürten Kräuterbündel ordentlich auf der Theke aufzureihen.

«Er hat bisher keine Nachricht geschickt.» Mit einem Spatel gab Adelina die grüne Beinwellpaste in einen Tiegel. «Aber ich denke, er wird bald wieder hier sein.»

«Wie lange ist er nun fort? Fünf, sechs Wochen? Aber Kortrijk ist ja auch weit und wer weiß, wie krank seine Mutter tatsächlich war. Falls sie wirklich auf dem Totenbett lag, muss er ja bis zur Beerdigung bleiben.» Albert hatte die Kräuterbündel sortiert und legte sie nun vorsichtig zurück in den Korb. «Ich werde das hier mal mitnehmen und im Hinterzimmer aufhängen.» Er trug den Korb zur Tür. «Adelina?»

Sie blickte über die Schulter.

«Dein Neklas ist ein guter Mann. Ich bin froh, dass er sich jetzt um dich kümmert.» Damit verließ er den Apothekenraum. Adelina starrte noch einen Moment auf die Tür, die hinter ihm zugefallen war, dann wandte sie sich abrupt um und nahm einen Lappen zur Hand, um den Tresen zu reinigen.

Danach mischte sie noch die Farben, die der Malermeister Grunert bei ihr bestellt hatte. Sie überlegte gerade, ob sie die Farben persönlich zu ihm bringen sollte, als Franziska hereingestürzt kam.

«Herrin, Euer Vater! Ich weiß nicht, wie es passieren konnte, aber er ist schon wieder verschwunden.» Die junge Magd rang verzweifelt die Hände.

«Das kann nicht sein.» Rasch legte Adelina das Päckchen mit den Malerfarben zurück ins Regal. «Vater war bis vor kurzem noch hier bei mir. Ist er denn nicht im Hinterzimmer? Er wollte doch die Kräuterbündel zum Trocknen aufhängen.» Sie trat zur Tür und warf einen Blick in den kleinen Raum, der zum Lagern von Arzneien diente und in dem auf einem niedrigen Tisch mehrere komplizierte Apparaturen, verschieden große Mörser und eine weitere Waage standen. Diese Utensilien benutzte Adelina, um mancherlei schwierige Rezepturen zu mischen und natürlich, um ihr Konfekt herzustellen.

Der Korb mit den Kräutern stand neben dem Tisch. Ein halbes Dutzend Bündel hatte Albert an einer Schnur aufgehängt, bevor er das Zimmerchen verlassen hatte. Doch wohin?

«Er ist nicht durch die Haustür gegangen, sonst hätte ich ihn ja gesehen.» Adelina drehte sich wieder zu Franziska um, die ängstlich auf Anweisungen wartete. «Hast du im Garten nachgesehen?»

«Natürlich, aber da ist er auch nicht.»

«Ist er vielleicht durch das Tor hinausgegangen?», hakte Adelina nach, doch Franziska schüttelte heftig den Kopf.

«Ludowig sagt, er hat ihn nicht gesehen.»

«Dann muss er ja wohl noch im Haus sein.»

In diesem Moment drang von irgendwo im Haus ein lautes Scheppern, dann ein Fluchen.

«Vater!» Erschrocken eilte Adelina an der Magd vorbei durch das Hinterzimmer in den winzigen Flur, der zur Kellerstiege führte.

Albert kam gerade die letzten Stufen herauf und lächelte sie schief an. «Verzeih, Adelina, habe ich dich erschreckt? Ich bin unten gegen einen Eimer gestoßen. Hier.» Er hielt ihr eine schon leicht angestaubte Glasphiole hin. «Ich habe mich erinnert, dass ich irgendwo noch etwas von dem Aqua Ardens aufbewahrt habe. Es stand hinter den Büchern, die Neklas mitgebracht hat. Jetzt brauchst du keine Angst mehr zu haben, dass es dir ausgeht, bevor er zurück ist. Außerdem könnte ich dir ja auch noch welches herstellen.»

«Vater …» Adelina musste sich räuspern, weil ihr die Stimme zu versagen drohte. Vor Erleichterung und Rührung stiegen ihr die Tränen in die Augen, doch sie drängte sie mit aller Macht zurück. «Das ist sehr lieb von dir.» Sie nahm die Phiole vorsichtig entgegen. «Danke, Vater.»

«Nun muss ich aber noch die restlichen Kräuter aufhängen.» Er tätschelte ihr liebevoll die Wange, bevor er wieder in das Hinterzimmer ging.

Einen Moment lang starrte Adelina auf die Phiole in ihrer Hand, dann lehnte sie sich kraftlos gegen die Wand.

«So gut ging es ihm schon lange nicht mehr, nicht wahr?»

Franziska blickte unsicher zwischen der Tür zum Hinterzimmer und Adelina hin und her.

«Nein, schon lange nicht mehr.» Mit dem Ärmel wischte sich Adelina über die Augen, dann richtete sie sich wieder auf und straffte die Schultern. «Hab bitte ein Auge auf ihn. Ich werde die Apotheke für eine Weile schließen, um Malerfarben an Meister Grunert auszuliefern. Ludowig wird mich begleiten.»

Franziska nickte. «Soll ich so lange den Fußboden in der Apotheke schrubben?»

«Das ist eine gute Idee. Und schau, ob du nicht auch die Gewichte in der Waagschale polieren kannst, bis sie wieder richtig glänzen.»

Rasch holte Adelina das Päckchen mit den Farben und ging in den Garten, um nach Ludowig zu rufen.

Die Weckschnapp war ein kleines Türmchen, welches direkt an das Rheinufer gebaut war, etwas unterhalb der St. Kunibertstorburg. Die Torburg markierte den Punkt, an dem alle Schiffer, die von flussaufwärts kamen, anhalten mussten. Das Stapelrecht der Stadt Köln gebot ihnen, all ihre Waren kontrollieren zu lassen und dann drei Tage lang in der Stadt zum Verkauf anzubieten. Die Weckschnapp beherbergte Wachposten, die zu verhindern hatten, dass jemand das Stapelrecht umging und einfach an der Stadt vorbeifuhr.

Adelina pochte mit dem schweren Eisenring an die dunkle Eichentür. Früher hatte man das Türmchen nur durch einen schmalen Einstieg weit oberhalb der

Straße betreten können, doch als hier ein paar Gefängniszellen eingerichtet worden waren, hatte man einen ebenerdigen Eingang gebaut.

Zusammen mit Ludowig war Adelina am folgenden Tag zu dem Gefängnisturm gefahren, und ersuchte nun durch lautes Klopfen um Einlass. Es dauerte eine geraume Weile, bis von innen Schritte laut wurden.

«Was wollt Ihr?», fragte ein unfreundlich aussehender junger Soldat mit Fettflecken auf dem Wächtermantel.

Adelina wechselte den großen Korb, den sie bei sich trug, vom rechten auf den linken Arm.

«Ich möchte zu der alten Frau, Ludmilla.»

«Zu der Hexe?» Der Wachmann musterte Adelina überrascht. Sie hatte heute das Gewand angelegt, das sie mit den typischen Farben rotbraun und grün als Meisterin der Zunft Himmelreich auswies. Sie hoffte, sich damit ausreichend Respekt zu verschaffen. Zwei Schritte hinter ihr stand Ludowig und hielt das Pferd am Zaumzeug, um es bei Bedarf zur Seite zu führen, falls die kleine Kutsche die enge Gasse versperren sollte.

«Ich soll niemanden zu ihr lassen.»

«Ist die Befragung noch nicht beendet?»

Der Wachmann runzelte die Stirn. «Soweit ich weiß, wurde sie gestern …»

«Dann darf ich sie heute besuchen. Herr Reese, der Ratsherr, hat es mir zugesagt.» Mit hochmütigem Blick sah Adelina ihm in die Augen, und das oder der Name Reese schien zu wirken.

«Also gut, von mir aus. Aber ich muss Euren Korb da untersuchen.»

Nun mit weitaus freundlicherem Blick reichte Adelina ihm den Korb. Er enthielt ein noch lauwarmes Brot, ein Bündel Möhren und obenauf eine Wolldecke.

Mit einem Brummen winkte der Soldat, sie solle ihm folgen. Ludowig machte einen Schritt auf den Eingang zu. «Herrin, soll ich Euch nicht lieber begleiten?»

Doch sie schüttelte den Kopf und lächelte ihm beruhigend zu. «Nein, bleib du bei dem Pferd. Es wird nicht lange dauern.»

Sie folgte dem Soldat eine schmale steinerne Treppe ohne Handlauf hinauf in das erste Stockwerk. Dort schloss er eine niedrige Eisentür auf und wies in die kleine Kammer, die sich dahinter befand. «Ich muss hinter Euch abschließen. Ruft, wenn etwas ist. Ich bleibe in der Nähe.»

Adelina trat durch die Tür, die sogleich wieder zugeworfen wurde. Das metallische Knirschen des Riegels hallte unheimlich laut zwischen den steinernen Wänden wider.

Die Zelle war winzig, vielleicht vier Schritte lang und genauso viele breit. Erhellt wurde sie durch eine schmale Schießscharte, durch die nicht einmal eine Katze hätte entschwinden können. Dennoch war sie vergittert. Links neben der Tür stand ein Fäkalieneimer, daneben ein Krug mit Wasser und ein Napf mit einem Kanten Brot darin. Rechts sah sie eine dünne Strohschütte auf dem Boden. Darauf lag, das Gesicht zur Wand gedreht, die Weise Frau.

«Ludmilla?»

Adelina ging neben ihr in die Hocke und berührte sie vorsichtig an der Schulter.

«Was suchst du hier? Verschwinde, das ist kein Ort für dich.»

Ludmilla hatte zur Wand gesprochen, doch als Adelina nicht auf ihre Worte reagierte und die Hand auf ihrer Schulter ruhen ließ, drehte sie sich langsam um.

Ihr Gesicht war noch hagerer als sonst und für ihr Alter merkwürdig ebenmäßig und faltenlos; die lange Nase stach wie ein Haken hervor. Ihre Augen waren blutunterlaufen, ihr dunkles, von weißen Strähnen durchzogenes Haar klebte in feuchten Strähnen an ihrem Kopf.

«Ich will dir helfen, Ludmilla.»

«Helfen?», krächzte die Alte mit ihrer heiseren Stimme und stieß einen Laut aus, der wohl ein Lachen sein sollte. «Sieh mich doch an, mir kann keiner mehr helfen.» Sie hob ihren Fuß, sodass die schwere Eisenkette sichtbar wurde, mit der man sie an die Wand gekettet hatte, und die gerade so lang war, dass sie den Eimer erreichen konnte. Gleichzeitig hielt sie Adelina ihre Hände vors Gesicht.

Die Kuppen ihrer Daumen und Zeigefinger waren blauschwarz verfärbt und geschwollen, an der rechten Hand fehlten außerdem die Fingernägel.

Adelina riss entsetzt die Augen auf. «Großer Gott, warum haben sie die Wunden nicht verbunden?»

Ludmilla zischte ironisch. «Das haben sie. Mit Tüchern, die sie vorher in Leinöl getaucht hatten.» Sie wies mit dem Kinn auf den Spalt zwischen Strohschütte und Wand, in dem die Verbände zusammengeknüllt lagen. «Hätte ich sie draufgelassen, wäre ich wahrscheinlich schon am Wundfieber gestorben.»

«Ich will dir helfen», wiederholte Adelina und hob sogleich abwehrend die Hand, als Ludmilla widersprechen wollte. «Einst hast du mir geholfen, und das hättest du auch nicht tun müssen.»

Ludmilla warf einen Blick auf den Korb, den Adelina neben der Strohschütte abgestellt hatte. «Weiß dein Gemahl, dass du hier bist?»

«Neklas ist nicht in der Stadt.» Adelina blickte die

alte Frau ruhig an. «Aber er hätte mich nicht abgehalten, zu dir zu gehen. Niemand hätte das.»

Ludmilla starrte aus schmalen Augen zurück, dann begann sie keckernd zu lachen. «Nein, vermutlich nicht. Dein Mann kann einem wirklich leidtun. Obwohl, vielleicht hat er es ja auch nicht besser verdient. Er kannte dich ja lange genug, bevor er um deine Hand angehalten hat. Aber du kannst mir nicht helfen, glaube mir. Ich bin so gut wie verurteilt.»

«Nicht, wenn du unschuldig bist.»

«Unschuldig, unschuldig», äffte Ludmilla das Wort gereizt nach. «Als ob die danach fragen würden. Ich war in dem vermaledeiten Hurenhaus, das ist für die Grund genug.»

«Das ist es nicht», widersprach Adelina. «Sie brauchen Beweise, oder aber mindestens zwei Zeugen, die gesehen haben, dass du die beiden Ratsherren vergiftet hast.»

«Ach was, Zeugen.» Kraftlos ließ sich Ludmilla gegen die kalte Zellenwand sinken. «Wenn es nur das ist. Zeugen kann man kaufen, wenn es sein muss.»

«Aber weshalb sollten sie das tun? Dem Rat und den Schöffen ist daran gelegen, den wahren Mörder zu finden.» Adelina stand auf und ging in dem winzigen Raum auf und ab. «Ich möchte, dass du mir erzählst, was genau du dort getan und was du gesehen hast. Und wenn du wirklich unschuldig bist …» Sie blieb stehen und fixierte Ludmilla eindringlich. «Dann werde ich dafür sorgen, dass du wieder freikommst, das verspreche ich dir.»

«Also bitte, wenn du meinst.» Ludmilla zuckte mit den Schultern. «Viel gibt es nicht zu berichten. Eine der Berlichhuren ist schwanger. Sie hatte aber Angst, bei einer Abtreibung zu sterben, deshalb will sie das Kind austragen und dann in ein Waisenhaus geben. Ich habe sie am Sonntag aufgesucht, um zu sehen, wie die Schwangerschaft verläuft. Und während ich ihren Bauch abtastete, hörten wir aus einem der Nebenzimmer plötzlich lautes Gekreische. Ich bin hin, um zu sehen, was los ist, aber da lag der Ratsherr bereits am Boden und wand sich in Todeskrämpfen. Da war nichts mehr zu machen, er war schon ganz grau im Gesicht. Also bin ich zurück zu Änne, um mit der Untersuchung weiterzumachen. Natürlich habe ich mich nicht mehr lange aufgehalten, denn es tut nicht gut, in einem Haus mit einer Leiche allzu lange zu verweilen.»

«Du bist dann also gleich gegangen?», hakte Adelina nach. «Hat dich dabei jemand gesehen?»

«Sicher. Mutter Berta und eine der Dirnen, die sie ‹Dicke Trin› nennen, weil sie ...» Ludmilla machte eine ausholende Geste mit den Armen, die den Umfang der Hüften dieser Hübschlerin darstellen sollte. Dabei zuckte sie jedoch vor Schmerzen zusammen und legte ihre lädierten Hände wieder vorsichtig in den Schoß. «Sie haben mir noch geraten, den Nebeneingang zu nehmen, damit ich nicht den Bütteln in die Arme laufe.»

Adelina hatte aufmerksam zugehört und runzelte nun erneut die Stirn. «Und was war bei dem zweiten Mord?»

«Das weiß ich nicht. Ich war an dem Tag bei Änne, aber als ich ging, war alles noch in Ordnung. Sie sagte zwar, dass noch jemand kommen würde, um sie und die anderen Frauen zu befragen, aber ich hab den Mann nicht gesehen.»

«Dann verstehe ich nicht ...» Adelina nahm ihre Wanderung durch die Zelle wieder auf. «Warum haben sie dich überhaupt mit den Morden in Verbindung gebracht?»

Ludmilla stieß spöttisch die Luft aus. «Na, weil mich jemand angezeigt hat, was denkst du denn?»

«Und wer?»

«Mutter Berta, die Dicke Trin, Änne, was weiß ich. Die wollen doch zuvörderst ihre eigene Haut retten. Hat ihnen aber wohl nicht viel genützt. Den Schreien nach, die hier zuletzt durch den Turm gehallt sind, haben sie sie alle eingesperrt und ebenfalls …», sie wedelte trotz Schmerzen wieder mit der rechten Hand, «… befragt.»

Nachdenklich hielt Adelina vor der Schießscharte an und stellte sich auf die Zehenspitzen, um einen Blick nach draußen zu erhaschen. Sie sah ein Stück blauen Himmel und eine kleine weiße Wolke, die träge dahinzog. Ganz rechts konnte sie ein Stückchen Mauer der Torburg erkennen. Langsam drehte sie sich wieder zu Ludmilla um. Die Alte hatte die Augen geschlossen. Als Adelina sie ansprach, öffnete sie sie wieder.

«Du weißt also nicht, wer dich angezeigt hat? Das müssen wir in Erfahrung bringen.»

Ludmilla hob nur müde die Schultern.

«Also gut. Dann sag mir noch eines. Hast du eine Ahnung, womit die Opfer das Gift zu sich genommen haben könnten?»

«Womit? Es muss im Essen gewesen sein.» Ludmilla hob verblüfft die Augenbrauen. «Das ist doch klar. Oder mit Wein oder Bier.»

«Es wurden aber keine Essensreste gefunden.»

«Das kann nicht sein. Sie werden den Eisenhut wohl kaum freiwillig geschluckt haben.»

Adelina legte den Kopf auf die Seite. «Lass es mich anders formulieren. Sie haben zwar neben van Kneyart Essensreste gefunden, diese waren aber nicht vergiftet.»

«Dann muss er noch etwas anderes gegessen haben.» Ludmilla setzte sich ein wenig auf und stöhnte, als ihre Gelenke dabei laut knackten. «Dieses kalte Gemäuer ist nichts für meine alten Knochen.»

«Es gab, laut Reese, keine weiteren Speisen in der Kammer», fuhr Adelina fort. «Und die Hübschlerin zeigte keine Anzeichen einer Vergiftung.»

«Die Elsbeth. Ein hübsches Ding. Hat wohl Glück gehabt.»

«Elsbeth heißt sie also? Ich weiß nicht, ob es Glück war. Vielleicht hat ja sie ihm das Gift gegeben.»

«Glaub ich nicht.» Ludmilla schüttelte den Kopf. «Dazu ist sie nicht helle genug. Sie ist ein liebes Schäfchen, träumt den ganzen Tag von einem Prinzen, der sie aus ihrem Leben erlöst und ehrbar macht.» Wieder zuckte Ludmilla mit den Schultern, doch auf ihrem Gesicht lag ein mitleidiger Ausdruck.

«Und wenn jemand sie mit falschen Versprechungen dazu angestiftet hat?»

«Ach was.» Nun lachte Ludmilla wieder heiser. «Dann hätten sie den Schuldigen längst gefunden. Die würde allein beim Gedanken an eine peinliche Befragung singen wie eine Nachtigall. So ein Häschen wie die ist mir noch niemals begegnet. Aber in ihrem Gewerbe muss sie wohl gut sein, sonst hätte sie nicht einen Tag lang überlebt.»

«Aber sie wurde doch befragt …», begann Adelina.

«Sicher», unterbrach Ludmilla sie. «Falls sie es überlebt hat, wird jetzt nicht mehr viel mit ihr anzufangen sein. Jedenfalls glaube ich nicht, dass sie etwas mit dem Gift zu tun hat.»

«Dann eben jemand anderes», befand Adelina. Auf dem Gang draußen wurden Schritte laut. «Ich muss gehen.» Sie nahm die Decke aus dem Korb und legte sie Ludmilla um die Schultern. Hinter ihr wurde der Riegel kreischend zurückgeschoben.

«Ende der Besuchszeit», knurrte der Wachmann mürrisch und beäugte dabei voller Misstrauen die alte Frau.

«Ich komme sofort.» Adelina nahm das Brot und die Möhren, drückte sie Ludmilla in die Armbeuge und flüsterte: «Ich komme bald wieder. Und wenn es in meiner Macht steht, hole ich dich hier heraus.» Dann drehte sie sich zu dem Wächter um. «Sie braucht frisches Wasser.»

Er rümpfte die Nase. «Kann sie haben, so viel sie will.»

Adelina nickte Ludmilla noch einmal über die Schulter zu und schob sich an dem Soldat vorbei aus der Zelle. Der knallte die Tür wieder zu und folgte ihr dann bis zum Ausgang.

«Kann nicht verstehen, was Ihr mit einer wie der zu schaffen habt», knurrte er.

«Ich glaube auch nicht, dass Euch das etwas angeht», gab Adelina mit finsterer Miene zurück und trat nach draußen. Das Sonnenlicht blendete sie, sodass sie ihre Augen mit der Hand beschatten musste. Ludowig kam eilig auf sie zugelaufen und nahm ihr den leeren Korb ab. Adelina lächelte ihm dankbar zu. «Lass uns fahren.» Sie drehte sich noch einmal zu dem Wachmann um und blickte ihm streng in die Augen. «Vergesst das Wasser nicht.»

4

Als Ludowig die Kutsche vor dem Tor anhielt, stellten zwei bullige Knechte gerade eine Sänfte vor der Apothekentür ab und halfen einer kleinen rundlichen, ganz in tiefes Schwarz gekleideten Frau heraus.

Adelina sprang vom Kutschbock und lief eilig auf sie zu. «Frau Entgen, wollt Ihr zu mir? Da habt Ihr aber Glück, dass ich gerade heimgekehrt bin.»

Entgen van Kneyart sah ihr überrascht entgegen. Ihre Augen waren rotgerändert und von dunklen Schatten umgeben, die selbst das Reispuder, das sie auf ihren Wangen verteilt hatte, nicht kaschieren konnte. Das blonde Haar hatte sie zu festen Schnecken aufgerollt und unter einer Haube mit Riese und fest verknotetem Gebende versteckt. So wirkte ihr rundes, schon etwas verlebtes Gesicht nicht nur von Trauer gezeichnet, sondern auch noch unnatürlich streng.

Adelina blieb vor ihr stehen und nahm ihre Hand. «Wie geht es Euch?»

«Ach, wie soll es mir schon gehen? Nachts tue ich kein Auge zu. Ich kann einfach nicht fassen, dass mein lieber Bruder nicht mehr da ist.» Sie seufzte und tupfte sich mit dem Ärmel ihres Überkleides die Augen, die voller Tränen waren. «Wer tut nur so etwas Schreckliches? Und warum?»

Mitfühlend drückte Adelina ihre Hand. «Kann ich etwas für Euch tun? Braucht Ihr noch einmal von der Schlafmedizin?»

«O ja, das wäre wunderbar.» Entgen nickte, und ihre Augen hellten sich für einen Moment auf. «Wenngleich ihre Hilfe nur von kurzer Dauer ist. Eigentlich wollte ich gar nicht zu Euch, sondern zu Hiltrud Keppeler. Sie ist eine gute Freundin, und nun hat sie das gleiche Schicksal ereilt wie mich. Es ist so schrecklich. Die Arme muss vollkommen außer sich sein.»

«Also ist sie inzwischen von ihrem Verwandtenbesuch zurück?» Adelina schloss die Haustür auf und winkte der aufgelösten Frau, ihr zu folgen.

«Aber ja, heute Morgen ist sie heimgekommen. Was muss sie entsetzt gewesen sein, als man ihr die schlimme Nachricht überbracht hat. Und dann noch die Kinder! Sie wird jeden Trost und jede Hilfe brauchen können.»

«Da bin ich ganz Eurer Meinung, Frau Entgen. Es ehrt Euch, dass Ihr trotz Eures eigenen Leides so an Eure Freundin denkt.»

«Ach, wer außer mir könnte wohl besser verstehen, was sie durchmacht?» Wieder betupfte sich Entgen die Augen, die immer wieder überflossen. «Thönnes war zwar nicht mein Ehemann, aber wir standen uns immer sehr nahe. Ihr habt doch auch einen Bruder, nicht wahr? Dann könnt Ihr Euch sicher vorstellen, was ich meine.»

Adelina nickte und nahm gleichzeitig die Zutaten für das Schlafpulver aus dem Regal. Mit geübten Bewegungen mischte sie die Rezeptur. «Ich tue diesmal noch ein bisschen gemahlenen Schlafmohn mit hinein. Ihr dürft aber nur einen Löffel voll davon in Euren Wein tun, nicht mehr, sonst könnte es Euch schaden.»

«Natürlich. Ich werde sehr achtsam damit umgehen.» Entgen legte eine Münze auf den Tresen, die Adelina in ihre Geldkatze legte.

«Wenn ich sonst noch etwas für Euch tun kann …»

«Ach nein, ich weiß, Ihr meint es gut, aber das muss ich ganz alleine durchstehen.» Mit einem traurigen, aber dennoch herzlichen Lächeln tätschelte die ältere Frau ihr die Wange und wandte sich dann zur Tür. «Ich werde jetzt mal zu Hiltrud gehen. Vielleicht sollte ich ihr Eure Medizin ebenfalls ans Herz legen.»

«Richtet ihr meine herzlichsten Grüße aus», sagte Adelina. «Und sagt ihr, dass ich sie morgen ebenfalls besuchen werde.»

«Bestimmt wird sie sich darüber freuen.» Entgen nickte ihr noch einmal zu und verließ dann die Apotheke.

Aus dem Besuch bei ihrer Nachbarin wurde jedoch nichts, denn am darauf folgenden Tag wurde Adelina durch einen Boten ins Zunfthaus Himmelreich gebeten. Als sie dort ankam, wurde sie von Johann Leuer freundlich begrüßt. «Schön, dass Ihr so rasch kommen konntet, meine Liebe», rief er und geleitete sie in die Zunftstube, in der noch einige weitere Männer um einen schweren, mit geschnitzten Ornamenten verzierten Eichentisch saßen. An den Wänden hingen gewebte Teppiche, die mit dem Zunftwappen – Sonne, Mond und Sterne, und darüber eine Krone – sowie mit Abbildungen der einzelnen zur Zunft gehörenden Gewerbe verziert waren.

«Setzt Euch.» Leuer schob ihr einen Stuhl zurecht. Adelina nickte den anwesenden Zunftmitgliedern zu und wandte sich dann wieder Leuer zu. «Was ist denn der Grund für Eure Einladung?»

Leuer setzte sich an den Kopf des Tisches und schob ein paar Papiere hin und her, die vor ihm verstreut lagen.

«Es geht um die Neubesetzung der Lehrstellen bei den anwesenden Apothekern sowie die Verteilung der Lehrlinge des verstorbenen Kaufmanns Anton Keppeler.» Er bekreuzigte sich flüchtig, bevor er fortfuhr. «Normalerweise hätte diese Sitzung noch Zeit bis Oktober gehabt, doch durch den tragischen Todesfall mussten wir die Sache leider vorziehen. Die Beerdigung wird im Übrigen am Dienstagvormittag stattfinden, mit einer heiligen Messe in St. Brigiden, die der Abt des Klosters Groß St. Martin höchstpersönlich abhalten wird. Die Beisetzung erfolgt in der Familiengruft der Familie Keppeler. Ich habe bereits alles veranlasst.» Wieder raschelte er mit den Papieren. «Nun ist es so, dass Keppeler vier Lehrlinge im Alter von zehn bis sechzehn Jahren hatte. Diese», nun wandte er sich an zwei der anwesenden Kaufmänner, «müssen umgehend neue Lehrstellen erhalten, insbesondere, da die Eltern sehr einflussreiche Bürger sind. Ich möchte daher bitten, dass Ihr, Herr Engelbrecht, und Ihr, Herr van Linden, Euch der Jungen annehmt.»

Engelbrecht, ein hagerer grauhaariger Mann mittleren Alters, schüttelte den Kopf. «Ich kann höchstens einen nehmen, und wenn, dann einen von den älteren. Ich habe selbst fünf Lehrbuben, viel mehr bekommen wir in unserem Haus nicht unter.»

Leuer nickte. «Nun gut, dann nehmt den Peter. Er wird, wenn alles gutgeht, in einem Jahr die Gesellenprüfung ablegen.»

«Das ist ja gut und schön», unterbrach nun van Linden den Zunftmeister. Er war ein großer, beleibter

Weinhändler, dessen mächtige Hängebacken beinahe seinen Hals verbargen. «Aber dann bleiben noch immer drei Lehrlinge übrig. Das ist mir zu viel. Zwei höchstens. Wisst Ihr nicht, wie teuer einen dieser Tage die Versorgung von Lehrbuben kommt? Meine beiden wachsen ständig aus ihren Kleidern heraus, kaum, dass wir ihnen neue gekauft haben. Und sie fressen mir die Haare vom Kopf. Gibt es keine anderen freien Stellen?»

Bedauernd schüttelte Leuer den Kopf. «Ich habe schon überall herumgefragt. Allerdings wäre es möglich, wenn Ihr tatsächlich zwei Jungen nehmt, dass der dritte zunächst in meinen Haushalt kommt, wenigstens vorübergehend. Möglicherweise kann er dann später einem anderen Kaufmann zugesprochen werden oder aber in einem anderen Gewerbe unterkommen.»

Diesmal nickten die beiden Kaufleute zustimmend, sodass Leuer erleichtert aufatmete. «Also gut, ich werde die erforderlichen Papiere ausstellen und veranlassen, dass die Jungen nach der Beerdigung zu Euch gebracht werden. Nun zu den neuen Lehrlingen für das Apothekerhandwerk.» Er wandte sich an Adelina und ihre beiden männlichen Kollegen. «Es gibt zwei Bewerbungen. Die eine ist für einen elfjährigen Jungen aus Porz, der Vater ist Küfer, aber der Junge ist ein jüngerer Sohn und kann im elterlichen Betrieb nicht unterkommen. Ich dachte dabei an Euch, Meister Lehbert.» Leuer sah den noch recht jungen Apotheker an, der sein Geschäft als einziger nicht am Alter Markt, sondern in der Nähe des Waidmarktes hatte. Dieser nickte erfreut, und Leuer sprach weiter: «Bei der zweiten Bewerbung gibt es ein Problem. Es handelt sich um ein ebenfalls elfjähriges Mädchen. Sie heißt Mira von Raderberg ...»

«Raderberg? Etwa eine Adelige?», unterbrach Meister Winkler, Adelinas größter Konkurrent, und zupfte sich aufgebracht an seinem spitzen grauen Kinnbärtchen, das ihn, zusammen mit seinem langen Gesicht, wie einen Ziegenbock aussehen ließ. «Seit wann gibt der Adel seine Kinder bei uns in die Lehre?»

Beschwichtigend hob der Zunftmeister die Hand. «Es ist die Tochter eines dritten oder vierten Sohnes der von Raderbergs. Und noch dazu eine nachgeborene. Sie hat acht lebende ältere Geschwister. Der Vater ist vor einiger Zeit verstorben, die Mutter hat sich neu verheiratet, und der Stiefvater wollte das Mädchen zunächst, wie üblich, ins Kloster geben. Zu den Zisterzienserinnen oder Dominikanerinnen, was weiß ich. Die Mutter hat sich aber gesträubt. Für alle anderen Kinder haben sich bereits Heiratskandidaten gefunden, und jedes bekommt eine Mitgift. Und nun hat sie es irgendwie durchgesetzt, dass ein Teil der Mitgift dieser jüngsten Tochter für eine Lehrstelle benutzt wird. Leider ist es nicht viel, und die Kosten für eine Apothekerausbildung sind am niedrigsten, jedenfalls für die Gewerbe, in denen Mädchen ausgebildet werden dürfen.»

«Und jetzt sollen wir uns mit einem verzogenen adeligen Gör herumschlagen?», wetterte Winkler und wurde hochrot im Gesicht. «Ohne mich. Das wäre ja noch schöner. Womöglich bringt sie noch ihre Kammerzofe und ihren Beichtvater mit und verlangt, dass wir ihr ein Daunenbett aufschlagen!»

«Aber Meister Winkler, Ihr habt eine Menge Erfahrung mit Lehrlingen …», versuchte Leuer den aufgebrachten Mann zu beruhigen, doch dieser winkte ab.

«Nein, mit mir könnt Ihr nicht rechnen. Ich werde

mit Freuden zugunsten meiner Nachbarin, Frau Adelina, verzichten.» Er verzog höhnisch das Gesicht, als er Adelina ansah. «Verehrteste, ich wünsche Euch viel Vergnügen mit diesem Lehrling.» Damit stand er auf, nickte noch einmal grimmig in die Runde und verließ dann mit flatterndem Mantel die Zunftstube. Hinter ihm klappte die Tür geräuschvoll ins Schloss. Leuer sah ihm mit einem bedauernden Kopfschütteln nach. Dann drehte er sich wieder zu Adelina um.

Sie hatte dem Gespräch mit aufkeimendem Unbehagen gelauscht.

«Nun, meine Liebe, was sagt Ihr dazu?», sprach der Zunftmeister sie vorsichtig an. «Ich weiß, dass Ihr schon auf einen Lehrling gewartet habt. Doch mir ist natürlich bewusst, dass gerade dieses Mädchen nicht gerade einfach zu handhaben sein wird. Dass sie tatsächlich derart verwöhnt ist, glaube ich allerdings nicht. Nicht in der Situation, in der sie sich befindet. Die jüngste Tochter einer jüngeren Linie einer Grafenfamilie dürfte schwerlich auf Rosen gebettet worden sein. Wenn Ihr es Euch jedoch nicht zutrauen solltet …»

«Das ist es nicht, Meister Leuer.» Adelina legte die Hände auf den Tisch und richtete sich auf. «Ich hätte mich nur gern vorab mit meinem Gemahl abgesprochen, bevor ich eine Entscheidung treffe. Leider ist er noch nicht wieder zurück in der Stadt.»

«Das kann ich sehr gut verstehen», begann Leuer, doch Adelina schnitt ihm das Wort ab.

«Ich vermute, dass die Entscheidung möglichst eilig zu fällen ist?»

«Leider», bestätigte der Zunftmeister.

Sie nickte und überlegte. Mit Neklas hatte sie vor seiner Abreise über die Aufnahme eines Lehrmädchens gesprochen, und er war damit einverstanden gewesen. Was die Auswahl des betreffenden Mädchens anging, so hätte er ihr wahrscheinlich sowieso allein die Entscheidung überlassen, da sie sich in ihrem Gewerbe besser auskannte als er.

«Also gut, ich werde die Kleine für die vorgeschriebene Probezeit von sechs Monaten aufnehmen», entschied sie. «Danach müssen wir sehen, ob sie tatsächlich für das Apothekergewerbe geeignet ist. Gibt es sonst noch etwas?»

«O ja», nickte Leuer und atmete erleichtert auf. «Da wir nun schon zusammen sind, können wir gleich die Abrechnung der Zunftsteuer mit den Anwesenden besprechen.»

Adelina seufzte. Das würde wohl eine längere Sitzung werden. Sie rutschte auf ihrem Stuhl in eine bequemere Stellung und bemühte sich dann, Leuers Ausführungen zu folgen, die wie immer sehr weitschweifig waren.

Erst am späten Nachmittag konnte sie das Zunfthaus wieder verlassen. Sie schickte sich gerade an, die Tür zur Apotheke aufzuschließen, als sie das laute Klirren von gespornten Stiefeln hinter sich vernahm.

«Meisterin Burka! Wartet!»

Sie drehte sich um und sah sich einer Abordnung von drei Stadtsoldaten gegenüber. Sie runzelte die Stirn und musterte den Anführer verärgert. «Herr Greverode. Heute einmal nicht beritten? Was führt Euch zu mir?»

«Wir haben Anordnung, Euch zum Rathaus zu geleiten», knurrte Greverode und sah sie unfreundlich an. «Notfalls mit Gewalt, falls Ihr Euch sträuben solltet.» Er packte sie am Ellbogen und wollte sie mit sich fortziehen.

«Was soll das?» Mit einem Ruck riss sie sich los. «Wie könnt Ihr es wagen, mich anzufassen?» Sie funkelte ihn böse an. «Verratet mir zunächst einmal, weshalb ich ins Rathaus gebracht werden soll.»

«Eine Befragung wegen der Morde an den beiden Ratsherren, was sonst.» Greverode versuchte, sie wieder zu packen, doch sie wich ihm geschickt aus. Die beiden anderen Soldaten sahen feixend zu, griffen jedoch nicht ein.

«Eine Befragung, aha. Und mit welcher Begründung will man mich befragen?»

«Was weiß ich denn?» Greverode verzog höhnisch die Mundwinkel. «Wahrscheinlich habt Ihr Eure Nase mal wieder zu tief in anderer Leute Angelegenheiten gesteckt. Wird Zeit, dass man Euch das lose Mundwerk stopft und Euch zeigt, wo Euer Platz ist.»

«Also, das ist ja wohl …», begann Adelina empört. In diesem Moment kam Franziska in ihren schweren Holzpantinen um die Hausecke geklappert. Als sie Adelina und die drei Soldaten sah, blieb sie wie angewurzelt stehen.

«Herrin, ist etwas? Kann ich Euch helfen? Belästigen diese Kerle Euch etwa?» Sie wischte sich fahrig die schmutzigen Hände an ihrer Schürze ab. «Ich kann Ludowig holen. Ludowig!», schrie sie über die Schulter, bevor Adelina sie davon abhalten konnte. Einen Augenblick später kam der bullige Knecht herangepoltert.

«Was gibt es, Franziska?»

«Ludowig, ich glaube, unsere Herrin braucht Hilfe, sie …»

«Franziska!» Adelina hob beschwichtigend die Hände. «Es gibt keine Probleme. Diese Männer», sie wies mit dem Kinn auf die Soldaten, ohne sie jedoch eines

Blickes zu würdigen, «haben mich nur gebeten, sie zum Rathaus zu begleiten, weil ich einige Fragen beantworten soll.» Sie gab ihrer Stimme einen kühlen, gelassenen Ton, damit sich ihre Magd nicht noch mehr aufregte. Ihr Magen zog sich jedoch vor Nervosität zusammen. Dass ausgerechnet Greverode sie abholen sollte, schien ihr nichts Gutes zu bedeuten. Dennoch legte sie ihrer Magd beruhigend eine Hand auf die Schulter. «Ich werde rasch mit hinüber zum Rathaus gehen. Sieh zu, dass Vitus derweil nichts anstellt und mein Vater gut versorgt ist. Und kümmere dich darum, dass Magda das Abendessen aufsetzt. Ich habe zwei frisch geschlachtete Hühner vorbereitet.» Dann wandte sie sich wieder an Greverode, der mit mürrischer Miene zugehört, sich jedoch angesichts des kräftigen Knechts zurückgehalten hatte. «Ich werde Euch nun zum Rathaus begleiten, möchte Euch jedoch bitten, mich nicht wieder anzufassen, Herr Greverode. Ich bin Meisterin der Zunft Himmelreich, und als solche habe ich ein Recht auf den angemessenen Respekt.»

«Respekt, pah.» Greverode spuckte neben ihr aus. Doch Adelina machte nur einen Schritt zur Seite und ging dann hocherhobenen Hauptes voran in Richtung Judengasse. Da ihnen nichts anderes übrig blieb, folgten ihr die drei Soldaten nach, ließen jedoch ihre Sporen und die Schwerter an ihren Hüften bei jedem Schritt besonders auffällig klirren. Adelina biss sich vor Ärger, aber auch vor aufkeimendem Unbehagen auf die Lippen. Sie bemühte sich jedoch, sich nichts anmerken zu lassen, als sie das Rathaus erreichten und Greverode sie in eine der kleinen Ratsstuben im Erdgeschoss führte.

«Wartet hier», bellte er und schloss hinter ihr die

Tür. Als sie hörte, wie er den Schlüssel im Schloss drehte und den Riegel vorlegte, verzog sie besorgt das Gesicht und sah sich in dem kleinen Zimmerchen um. Es gab nur ein kleines Schreibpult, dahinter einen Stuhl mit hoher Rückenlehne und zwei Hocker. Unter dem vergitterten Fensterchen, durch das ein paar Strahlen der späten Nachmittagssonne schienen, befand sich eine verschlossene Lade. Der Steinfußboden war kahl, jedoch sauber gefegt. Seufzend ließ sich Adelina auf einen der Hocker sinken.

Sie musste lange warten. Im Haus war es sehr still, und die Zeit kroch nur langsam voran. Als die Sonne bereits seit einer Weile hinter den Gebäuden verschwunden war und es im Zimmer langsam dämmerig wurde, überlegte sie, ob sie sich bemerkbar machen sollte. In diesem Moment setzte das Abendläuten von Groß St. Martin ein. Die Glockenschläge dröhnten über den Marktplatz und die Judengasse hinweg und vermischten sich mit denen der anderen Kirchen im nahen und weiteren Umkreis. Adelinas Unbehagen wandelte sich in Zorn. Wollte man sie etwa die Nacht über hier eingesperrt lassen? Sie sprang auf und hämmerte gegen die Tür. Doch weder dies noch ihre Rufe erzeugten eine Reaktion. Es schien, als sei niemand außer ihr im Rathaus. Wutentbrannt durchmaß sie die winzige Ratsstube und blickte zum Fenster hinaus. Alles, was sie sah, waren kleine Hintergärten und die Rückseiten der umliegenden Gebäude. Rufen würde hier überhaupt nichts bringen. Außerdem hielt sie es für unklug, zu großes Aufsehen zu erregen, bevor sie überhaupt wusste, weshalb man sie festgesetzt hatte.

Von ihrer Magengrube stieg ein unbehagliches Gefühl auf, das sie jedoch gleich zu unterdrücken versuchte. Schließlich hatte sie sich absolut nichts vorzuwerfen. Langsam ließ sie sich wieder auf den Hocker sinken. Und wartete.

Im Zimmer wurde es immer finsterer, und es gab nicht einmal eine Kerze oder ein Tranlicht. Dann, endlich, hörte sie die Rathaustür gehen und Georg Reeses aufgebrachte Stimme.

«Ihr habt sie die ganze Zeit warten lassen, Mann? Seid Ihr von allen guten Geistern verlassen?» Die Türklinke wurde heruntergedrückt. «Und eingeschlossen habt Ihr sie auch noch?»

«Wurde mir von Mathys van Kneyart so angeordnet», erwiderte Greverode mit gleichgültiger Stimme. Adelina sprang von ihrem Hocker auf, als sich nun endlich der Schlüssel im Schloss drehte und die Tür aufsprang. Reese ging mit ausgebreiteten Armen und um Verzeihung heischender Miene auf sie zu. «Frau Adelina, es tut mir ja so schrecklich …»

«Wie könnt Ihr es wagen?», fauchte sie zurück und stemmte die Hände in die Hüften. «Ich sitze seit Stunden hier wie eine Gefangene. Und ich weiß noch nicht einmal, was man mir vorwirft. Dieser, dieser …» Sie warf Greverode einen vernichtenden Blick zu, den er jedoch nur achselzuckend zurückgab. Er hängte eine brennende Öllampe in die dafür vorgesehene Wandhalterung und ging davon. «Er hat mich behandelt wie eine Angeklagte. Also will ich jetzt auch wissen, wessen ich angeklagt bin.»

«Aber meine Liebe, niemand klagt Euch an.» Reese ließ einigermaßen hilflos die Arme sinken. «Greverode hatte nur den Auftrag, Euch hierher zu bringen. Dass Ihr so lange warten musstet, war nicht geplant. Aber der Erzbischof ist ganz unerwartet in die Stadt gekommen, und ich musste als Ratsabgeordneter bei seinem Empfang dabei sein. Nun ja, und natürlich solltet Ihr keinesfalls eingesperrt werden.» Er hob entschuldigend die Schultern. «Greverode hatte da genaue Anweisungen von mir. Anscheinend hat Mathys van Kneyart, der Vetter des Verstorbenen, ihm diesbezüglich andere Befehle gegeben. Greverode ist zwar als Offizier der Stadtsoldaten ein ausgezeichneter Mann, aber was sein Verhältnis zur Obrigkeit anbelangt, ist er leider wie ein Fähnchen im Wind.»

«Er kann mich nicht ausstehen.» Adelina runzelte, noch immer verärgert, die Stirn. Reese nickte. «Das habe ich gemerkt. Mag sein, dass das den Ausschlag für diese Behandlung gab. Es tut mir wirklich leid. Es ist nur so, die Sache ist sehr vertrackt, und wahrscheinlich hat Mathys Euch bereits als entlarvte Mörderin gesehen.»

«Als was bitte?» Entsetzt starrte Adelina den Ratsherrn an. Beschwichtigend hob Reese die Hand. «Wartet, bis ich Euch alles berichtet habe. Es ist nämlich so, wir haben herausgefunden, worin der Eisenhut versteckt war.» Er fasste unter seinen Ratsherrenmantel und zog eine kleine hölzerne Schachtel hervor. «Kennt Ihr dies?»

Adelina klappte vor Verblüffung die Kinnlade herab. «Das ist eine meiner Schachteln. Ich verkaufe darin mein Konfekt. Meister Schuller, der Tischler, fertigt sie mir an.»

Wieder nickte Reese. «Sehr richtig. Und auf dem Deckel ist Euer Namenszeichen eingeritzt. Also ist eine Verwechslung absolut ausgeschlossen. Ihr habt mir kürzlich selbst ein solches Kästchen verkauft.» Er klappte die Schachtel auf und hielt sie schräg, sodass Adelina den Inhalt – Zuckerkonfekt und kandierte Früchte – sehen konnte. «Nein, fasst es nicht an. Zumindest ein Teil davon ist vergiftet. Der Straßenköter, dem wir davon gegeben haben, war hinterher kein schöner Anblick.»

«Ihr wollt mir erzählen, dass das Gift in meinem Konfekt war? Wie soll es wohl da hineingekommen sein?» Immer noch ungläubig starrte Adelina auf die Süßigkeiten.

«Das gilt es nun herauszufinden. Aber glaubt mir, ich bin klug genug, um nicht anzunehmen, dass Ihr es selbst hineingetan habt. Leider sind verschiedene Leute anderer Meinung. Doch da es keinerlei Beweise oder Zeugen für Eure Schuld gibt …»

«Meine Schuld?»

«… sollten wir nun versuchen, den Hergang der Tat zu rekonstruieren, nicht wahr?»

«Woher habt Ihr die Schachtel überhaupt?», unterbrach ihn Adelina.

«Eine der Hübschlerinnen, die, bei der van Kneyart vor seinem Tode zu Besuch war, hat in der Befragung davon gesprochen.»

«Elsbeth.»

Reese hob überrascht die Brauen, ging jedoch nicht auf Adelinas Einwurf ein. «Sie schwor Stein und Bein, er habe ihr das Konfekt als Geschenk mitgebracht. Und da wir nicht annehmen, dass eine wie die sich auch nur einen Happen Eurer Süßigkeiten leisten kann, müssen wir davon ausgehen, dass sie die Wahrheit sagt. Jedenfalls so lange, bis wir herausfinden, dass jemand anderer ihr das Konfekt gegeben hat.»

«Dann hätte van Kneyart also das Gift selbst mitgebracht?», zweifelte Adelina.

«Wir müssen, wenn es so war, davon ausgehen, dass er

nicht wusste, dass das Konfekt Gift enthielt», fuhr Reese fort. «Dann würde sich allerdings die Frage stellen, wer es ihm untergeschoben hat. Oder aber er wusste es und wollte selbst jemanden damit töten.»

«Und hat es dann selbst gegessen? Sehr unwahrscheinlich.» Adelina schüttelte den Kopf.

«Nun gut, Ihr seht es wie ich.» Reese klappte das Kästchen wieder zu und stellte es auf den Tisch. «Stellen wir uns also erst einmal die wichtigste Frage: Wie ist er an das Konfekt gekommen? Hat er es bei Euch gekauft?»

«Wahrscheinlich. Er war seit langem Kunde bei mir. Er, seine Schwester, sein Vetter übrigens auch. Doch Frau Entgen kam am häufigsten.»

Reese runzelte die Stirn. «Wer sonst noch? Ich meine, wer vom Stadtrat oder von den reichen Patriziern?»

Adelina hob die Schultern. «Etliche. Wenn Ihr einzelne Namen wollt, müsste ich überlegen und Euch eine Liste schreiben.»

«Vielleicht ist das gar keine so schlechte Idee. Ihr haltet es also für möglich, dass er das Konfekt selbst bei Euch gekauft hat?»

«Sogar für ziemlich sicher», stimmte Adelina zu.

Reese zog seinen Mantel aus und legte ihn auf einen der Hocker. «Wann könnte das gewesen sein?»

Adelina überlegte einen Moment. «Ich weiß es nicht genau. Vor zwei Wochen vielleicht? Ich glaube, da war er zum letzten Mal bei mir in der Apotheke.»

«Zwei Wochen. Zeit genug, das Konfekt zu vergiften.» Reese öffnete die Schachtel erneut und nahm ein mit Zucker überzogenes Stück heraus. «Seht!» Er hielt das Konfekt so gegen das Licht der Öllampe, dass man die Unterseite sehen konnte. «Es scheint, als habe es jemand aufgebohrt und dann, nachdem er das Gift eingefüllt hat, den Zuckerüberzug geschmolzen und wieder gleichmäßig darüber verteilt.»

Adelina legte den Kopf auf die Seite. «Und das soll die alte Ludmilla getan haben?»

«Warum nicht? Man benötigt dazu nur ein Messerchen und eine Kerzenflamme.»

Adelina schüttelte heftig den Kopf. «Man benötigt dazu Eisenhutessenz. Denn das Kraut selber könnte man niemals in ausreichender Menge in das Konfekt bekommen. Man müsste es vermahlen und …»

«Sie könnte diese Essenz also nicht herstellen?», hakte Reese nach. Adelina zuckte mit den Schultern. «Vermutlich könnte sie einen Sud kochen. Eine Essenz kann man jedoch nur in einem Laboratorium herstellen.»

«In einem wie dem Euren?»

Adelina starrte ihn erschrocken an, doch Reese winkte bereits ab. «Laboratorien gibt es viele. Ludmilla könnte den Eisenhut dennoch gesammelt haben, auch wenn ein anderer ihn dann verarbeitet hat. Das bringt uns aber nicht weiter, denn die Alte schweigt wie ein Grab. Wir suchen also jemanden, der mit der Herstellung von Eisenhutessenz vertraut ist oder aber jemanden kennt, der darin bewandert ist. Und dann ist die nächste Frage, wie derjenige das Konfekt vergiften oder aber gegen vergiftetes austauschen konnte, ohne dass es auffiel.»

«Dazu solltet Ihr Euch fragen, wer ein Interesse an van Kneyarts Ableben hatte», erwiderte Adelina.

«Ich weiß. Genau das gilt es …»

«… herauszufinden, ja.» Adelina machte einen Schritt auf die Tür zu. «Ich denke, es ist nun für mich an der Zeit, nach Hause zu gehen. Wäret Ihr wohl so freundlich, mich zu begl…»

In diesem Moment knallte die Rathaustür, und Schritte sowie eine aufgebrachte Stimme wurden laut. «Wo ist sie, Mann? Wenn Ihr es mir nicht sofort sagt, könnt Ihr was erleben!» Die Schritte kamen näher. «Hier? Na warte, mit Euch spreche ich noch!» Im nächsten Augenblick flog die Tür auf und ein wutschäumender Mann kam mit wehendem Reisemantel hereingerannt. «Adelina? Adelina, Gott sei Dank. Ist alles in Ordnung mit dir?»

Adelina riss verblüfft die Augen auf. «Neklas!»

5

Der Medicus fuhr zu Reese herum, und für einen Moment sah es so aus, als wolle er sich auf den Ratsherrn stürzen. «Was geht hier vor? Ich komme nach Hause und finde meinen gesamten Haushalt in Aufruhr, weil Soldaten meine Frau mitgenommen haben, angeblich wegen einer Befragung, und es seit Stunden kein Lebenszeichen mehr von ihr gibt.»

«Magister Burka, es tut mir leid.» Reese trat einen Schritt zurück und versuchte ein Lächeln. «Ich habe mich bei Eurer Gemahlin bereits für die Unannehmlichkeiten entschuldigt. Ihr müsst wissen, sie hilft mir bei der Aufklärung eines, nein zweier Mordfälle, und ...»

«Mordfälle?», echote Neklas und drehte sich wieder zu Adelina um.

Sie hob jedoch nur hilflos die Schultern. «Ich erkläre es dir später. Herr Reese, ich denke, es ist besser, wir verabschieden uns nun. Es ist spät, und wir sollten unser Gespräch ein andermal fortführen.»

Reese nickte zustimmend, wandte sich dann jedoch erneut an den Medicus. «Ich entschuldige mich noch einmal. Frau Adelina wird Euch sicher alles in Ruhe erzählen.»

Adelina zupfte Neklas vorsichtig am Ärmel, und er wandte sich mit einem zustimmenden Nicken der Tür zu. «Also gut. Gehen wir.»

Adelina folgte ihm, dann fiel ihr jedoch noch etwas

ein, und sie wandte sich noch einmal um. «Herr Reese, wenn das Gift in dem Konfekt war, wie kommt es dann, dass auch Keppeler vergiftet wurde?»

Reese verzog gequält das Gesicht. «Es sieht momentan so aus, als habe es sich dabei um ein Versehen gehandelt. Die Hübschlerin, die er befragt hat, Alwina hieß sie wohl, hat angeblich dieser Elsbeth das Konfekt gestohlen und es Keppeler angeboten. Und er war so dumm, es anzunehmen. Das würde auch erklären, weshalb sie selbst davon gegessen hat. Es scheint, als wusste sie nicht, dass es vergiftet war.»

«Wie auch?»

«Es gibt auch noch die Möglichkeit, dass es sich um eine größere Verschwörung gegen den Rat handelt.»

Adelina hob spöttisch die Augenbrauen. «Eine Verschwörung im Dirnenhaus?» Kopfschüttelnd wandte sie sich ab und folgte Neklas nach draußen.

Den kurzen Weg bis nach Hause legten Adelina und Neklas schweigend zurück. Erst als sie vor der Haustür stehen blieben, sah Neklas ihr wieder ins Gesicht. Sie verzog die Lippen zu einem kläglichen Lächeln. «Willkommen daheim.»

Er hob die rechte Hand und legte sie mit ernster Miene an ihre Wange. «Du hast mich zu Tode erschreckt.»

«Ich weiß.» Plötzlich begann ihr Herz zu hämmern. Sie legte vorsichtig ihre Hand auf die seine. «Ich bin so froh, dass du wieder hier bist.»

Er sah sie einen Moment lang fast überrascht an, dann zog er sie mit einem leisen Lachen in seine Arme. «Und ich erst, Adelina. Und ich erst.»

Adelina presste ihr Gesicht an seine Schulter und atmete tief seinen Geruch ein.

In diesem Moment flog die Haustür auf, und ein aufgeregter Vitus kam herausgesprungen. «Lina! Lina ist da und Neklas!», brüllte er über die Schulter. Franziska, die ihm auf dem Fuß gefolgt war, hielt sich lachend die Ohren zu. «Das sehe ich, Vitus. Welch ein Glück, Herrin, dass Ihr wieder da seid! Wir haben uns schreckliche Sorgen gemacht.»

Adelina löste sich zögernd aus Neklas' Umarmung. «Dazu bestand kein Grund. Es hat nur ein Missverständnis gegeben, das ist alles. Letztendlich war dieser Tilmann Greverode dafür verantwortlich, dass ich so lange warten musste.»

«Greverode?» Franziska zog angewidert die Nase kraus. «Ich wusste es doch. Seit er Euch damals regelrecht entführt hat …»

«Franziska!» Adelina schüttelte mit einem Blick auf Vitus warnend den Kopf und wies auf die Haustür. «Lasst uns hineingehen. Hat Magda uns noch etwas vom Abendessen warmgestellt?»

«Ich habe bereits aufgedeckt», kam Magdas Stimme von drinnen. «Wir waren so in Sorge, dass wir auch noch nicht gegessen haben. Außer Vitus natürlich. Der Junge kann immer essen.» Lachend gab Magda dem Jungen einen Klaps auf den Arm, als er, noch immer aufgeregt zappelnd, an ihr vorbei in die Küche rannte.

Adelina folgte ihrem Bruder, und gerade, als Neklas die Haustür schließen wollte, kam Ludowig hereingepoltert. «Ich habe das Pferd und den Maulesel in den Stall gebracht, Herr, und ihnen frisches Futter und Wasser gegeben. Und Euer Gepäck hab ich hochgetragen. Das Mädchen sitzt in der Küche.»

«Mädchen?» Adelina blieb wie angewurzelt stehen und drehte sich zu Neklas um. «Was für ein Mädchen?»

Neklas verzog schuldbewusst das Gesicht und grinste schief, antwortete jedoch nicht. Adelina runzelte argwöhnisch die Stirn und war mit wenigen Schritten in der Küche. Sie stieß die Tür auf und starrte dann verblüfft auf ein etwa achtjähriges Mädchen mit schwarzen Löckchen, dessen Reisekleid arg verstaubt war. Die Kleine kauerte am Küchentisch und spielte mit einem von Vitus' Holzfigürchen herum. Das Mädchen hob den Kopf und lächelte schüchtern, schien jedoch gleichzeitig hinter dem großen Küchentisch zu schrumpfen, als sie Adelinas strenge und ein wenig entsetzte Miene sah.

«Wer ist das?» Adelina wandte sich wieder um. Neklas sah kurz zwischen ihr und der Kleinen hin und her, dann nahm er entschlossen Adelinas Hand und zog sie zum Tisch.

«Adelina, das ist Griet. Griet ist …» Er legte seine andere Hand auf die schmale Schulter der Kleinen. «Griet ist meine Tochter.»

Adelina erstarrte. Für einen Moment verschlug es ihr die Sprache. Sie starrte das kleine Mädchen an, bis ihr auffiel, dass Griet unter ihrem Blick immer ängstlicher wurde. Adelina atmete tief durch und entspannte sich wieder. Dann sah sie Neklas ins Gesicht. Seine Miene war inzwischen fast ebenso ängstlich wie die seiner Tochter. Fassungslos schüttelte Adelina den Kopf. «Und du lässt das arme Mädchen einfach so hier in der Küche sitzen?» Sie trat resolut auf Griet zu und hob das Kinn der Kleinen ein wenig an. «Du musst ja todmüde sein. Und hungrig. Bist du hungrig?»

Griet nickte zaghaft. Adelina gab ihr ein Zeichen, aufzustehen. «Na komm, zieh erst einmal diesen staubigen Mantel aus, damit Magda ihn reinigen kann.»

Griet gehorchte stumm, und Adelina gab das Kleidungsstück an die Magd weiter. Dabei fiel ihr erst auf, dass auch die anderen Dienstboten stumm und neugierig hinter ihr standen. «Nun, was ist denn? Setzt Euch. Es wird Zeit, dass wir alle etwas in den Magen bekommen. Franziska, wo ist mein Vater?»

«In seiner Kammer. Soll ich ihn holen? Wahrscheinlich schläft er schon.»

«Nein, lass ihn lieber schlafen.» Adelina sah erneut zu Neklas, der sich nicht vom Fleck gerührt hatte. «Was ist, hast du keinen Hunger?» Als sie seinen kläglichen Gesichtsausdruck sah, trat sie auf ihn zu und legte ihm lächelnd die Hand an die Wange. «Sie sieht dir sehr ähnlich, Neklas.»

Er stieß geräuschvoll die Luft aus, so als habe er sie die ganze Zeit angehalten, und entspannte sich sichtlich. «Ich erkläre dir später alles.»

«Natürlich.» Noch immer lächelnd ging Adelina zu dem großen Dreifuß über der Feuerstelle und begann, die dicke Gemüsesuppe mit dem Hühnerfleisch aus dem Kochtopf auf die bereitstehenden Schalen zu verteilen.

Während der Mahlzeit berichtete Neklas von seiner Reise und dem Lungenkatarrh seiner Mutter.

«Sie war sehr schwach, als ich ankam, hatte aber das Schlimmste bereits überstanden. Inzwischen geht es ihr wieder recht gut, sodass ich unbesorgt die Heimreise antreten konnte. Sie hat mir viele Grüße an dich aufgetragen.» Er lächelte Adelina zu, und es war ihm noch immer eine gewisse Unsicherheit anzumerken. «Wenn sie sich wieder vollkommen erholt hat, möchte sie uns gerne im kommenden Frühjahr besuchen kommen.»

«Darüber würde ich mich sehr freuen», nickte Adelina. «Das sind gute Nachrichten. Möchte noch jemand einen Nachschlag?»

Sofort schob Vitus ihr seinen Teller hin. Sie nahm ihn und füllte ihn noch einmal auf. «Was ist mit dir, Griet, bist du satt geworden?»

Griet sah schüchtern von ihrer Suppenschale auf und nickte zaghaft. Adelina lächelte aufmunternd. «Du kannst gerne noch etwas haben, wenn du möchtest.»

Die Kleine blickte zögernd auf ihre Schale nieder, dann schob sie sie ihr vorsichtig hin. Adelina nahm sie und gab noch einen großzügigen Schöpflöffel voll Suppe hinein.

«Danke.» Es war das erste Wort, das Griet sprach; ihr leises Stimmchen war kaum zu hören. Adelina setzte sich wieder und beobachtete aus den Augenwinkeln, dass das Mädchen von allen mit größter Neugier gemustert wurde. So viel Aufsehen unter völlig fremden Menschen hätte sie als Kind vermutlich auch verschreckt. Einzig Vitus schien sich nicht weiter für Griet zu interessieren. Er schaufelte sich unter genüsslichem Grunzen und Schmatzen die Suppe in den Mund. Wenn er aß, vergaß ihr Bruder alles andere um sich herum.

Während Neklas noch von den Besonderheiten der Landschaft in Flandern berichtete, ließ Adelina ihren Blick über die Mitglieder ihres Haushalts wandern. Gute Menschen, fürwahr, aber doch ein höchst merkwürdiger Haufen, wenn man es nüchtern betrachtete. Und nun war also offensichtlich ein neues Familienmitglied hinzugekommen. Griet sah ihrem Vater tatsächlich sehr ähnlich, vor allem, weil sie sowohl seine anziehenden schwarzen Locken als auch seine tiefdunklen Augen geerbt hatte. Wenn sie erwachsen war, würde sie bestimmt allen Mannsbildern den Kopf verdrehen. Doch bisher schien die Kleine außerordentlich schüchtern und verschreckt zu sein. Adelina schielte unauffällig zu Neklas hinüber, der gerade einen tiefen Schluck aus seinem Becher nahm. Was ihn wohl bewogen hatte, das Mädchen mit hierher zu bringen? Doch ganz gleich, was es war, sie würde sich der Kleinen annehmen.

Als Teller und Becher geleert waren, gab sie Ludowig und den beiden Mägden noch letzte Anweisungen. Magda brachte Vitus in seine Kammer, und Franziska eilte die Stiegen zur Dachkammer hinauf, um dort für Griet das Bett aufzuschlagen.

«Wo hast du denn dein Gepäck, Griet?» Adelina stand nun ebenfalls auf und räumte den Tisch ab. Griet sah unsicher zu ihrem Vater hin, beeilte sich jedoch, die Becher zusammenzuräumen und hinter Adelina her zum Spülstein zu tragen.

«Das Gepäck müsste oben auf dem Treppenabsatz stehen», antwortete Neklas an ihrer Stelle. «Ich werde es gleich in die Dachkammer bringen.» Er sprang auf und eilte aus der Küche. Adelina sah ihm belustigt hinterher. Anscheinend war ihm die ganze Sache noch unangenehmer, als sie gedacht hatte. Als Griet nun auch noch einen Lappen nahm und die Tischplatte säuberte, lächelte Adelina ihr herzlich zu. «Danke, Griet. Aber nun würde ich vorschlagen, dass du zu Bett gehst. Es ist schon sehr spät, und nach der langen Reise musst du ja völlig erschöpft sein. Komm, ich zeige dir deine Kammer. Sie ist ganz oben unter dem Dach, und du hast sie ganz für dich allein.»

Adelina brachte Griet die enge, knarrende Stiege hinauf. Dabei fiel ihr siedendheiß ein, dass sie die Dachkammer ja eigentlich für das neue Lehrmädchen vorgesehen hatte. Sie biss sich auf die Lippen. Nun hatte sie Meister Leuer bereits zugesagt. Woher hätte sie auch wissen sollen, dass sie nicht nur eines, sondern gleich zwei Mädchen unterbringen musste? Und was wohl Neklas unter diesen Umständen zu dem neuen Lehrling sagen würde? Seufzend ließ Adelina ihre leicht verspannten Schultern kreisen. Dieses Problem musste wohl oder übel erst einmal warten. Franziska hatte bereits das Bett in der winzigen Dachkammer neu überzogen und kam nun mit der alten Überdecke herab. Neklas stellte gerade die Truhe, die wohl Griets Gepäck enthielt, vor dem Bett ab. Mit Adelina und Griet war die Kammer nun restlos überfüllt. Neben dem Bett, das unter dem kleinen Dachfenster stand, gab es noch eine Lade und ein winziges Schreibpult mit Stuhl. Neklas hatte im vergangenen Jahr eine Zeitlang hier oben als Untermieter gewohnt. Anscheinend dachte er gerade ebenfalls daran, denn als er ihr lächelnd zublinzelte, war in seine Augen endlich wieder das vertraute fröhliche Blitzen zurückgekehrt.

Dennoch scheuchte Adelina ihn nun hinaus und half dann Griet aus ihrem Kleid. «Deine Truhe können wir morgen noch auspacken. Nun schlaf dich erst mal schön aus.» Adelina beobachtete, wie die Kleine unter die Decken kroch, und ihr entging auch nicht, dass Griet, bevor sie die Decke bis zur Nasenspitze hochzog, vorsichtig, beinahe ehrfürchtig über das glatte Leinen der Daunendecke strich.

Prüfend sah sich Adelina noch einmal in der Kammer um und registrierte dabei, dass Franziska sogar noch den Krug neben der Waschschüssel mit frischem Wasser gefüllt hatte. Mit der Fußspitze schob sie den Nachttopf unters Bett und nickte Griet noch einmal zu. «Schlaf gut.» Die schwarzen Augen der Kleinen blinzelten noch einmal, dann klappten die Lider herab, und Augenblicke später war das Mädchen bereits eingeschlafen.

Als Adelina in die Küche zurückkehrte, hatte Neklas ihr noch einmal Bier eingeschenkt. Er saß am Tisch und drehte, ganz in Gedanken versunken, seinen Becher in den Händen. Nachdem sie die Tür hinter sich geschlossen hatte, stellte er ihn rasch beiseite. Adelina ließ sich ihm gegenüber nieder und sah ihn lange schweigend an. Dann schüttelte sie leicht den Kopf. «Warum hast du nie über Griet gesprochen?»

«Ich weiß nicht.» Neklas fuhr sich durch die krausen Locken, die daraufhin in alle Richtungen abstanden. «Sie war so weit weg, und ... sie ging mich nichts an.»

«Sie ging dich nichts an? Deine eigene Tochter?» Empört hob Adelina die Brauen, doch Neklas wehrte rasch mit der Hand ab.

«Hör mir zu. Sie ging mich tatsächlich nichts an. Isabell, ihre Mutter, war ein junges Mädchen aus guten Kreisen. Ich war ebenfalls noch sehr jung, hatte gerade das Studium Generale abgeschlossen und war nur zu Besuch in Kortrijk, bevor ich nach Salerno gehen wollte, um dort das Medizinstudium aufzunehmen.» Er blickte in eine unbestimmte Ferne, als sehe er dort die Schatten jener Tage. «Dann traf ich Isabell. Sie, nun ja, sie war zwar aus gutem Hause, aber sie verdingte sich als, als ...»

«Als Schlupfhure?»

Neklas zuckte zusammen, nickte dann jedoch. «Wie gesagt, ich war jung, und, also ...»

«Du gingst zu ihr», vollendete Adelina den Satz. Sie war weder überrascht noch schockiert. Neklas hatte ihr bereits Dinge aus seiner Vergangenheit anvertraut, die wesentlich schlimmer waren als dies.

Er nickte langsam vor sich hin. «Sie war, nun ja ... Als ich dann in Salerno war, viele Monate später, erhielt ich einen Brief von ihr, den sie einem Handelsboten mitgegeben hatte. Darin stand, dass sie ein Kind von mir bekommen habe, jedoch nicht wünschte, dass ich noch einmal Kontakt mit ihr aufnehme, da sie mittlerweile mit einem ehrbaren Kaufmann verheiratet sei, der das Kind als seines angenommen hätte.»

«Warum hat sie dir dann überhaupt eine Nachricht geschickt?»

Neklas hob die Schultern. «Das weiß ich nicht. Vielleicht dachte sie, dass es mein Recht sei, über das Kind Bescheid zu wissen. Als ich später noch einmal kurz nach Kortrijk kam, hatte sie mit ihrem Mann die Stadt verlassen.»

«Und warum ist Griet jetzt hier?» Adelina griff nach ihrem Becher und trank einen kleinen Schluck. Neklas tat es ihr nach, senkte dabei jedoch betrübt die Augen. «Meine Mutter wusste von der Geschichte. Und als ich zu ihr kam, erzählte sie mir, sie habe gehört, dass Isabell verstorben sei und dass ihr Gemahl, übrigens kein Kaufmann mehr, sondern mittlerweile ein Schänkenwirt, wieder heiraten wolle, jedoch nun nicht mehr gewillt sei, seine Stieftochter durchzufüttern.»

«Du liebe Zeit.» Adelina schüttelte verständnislos den Kopf. «Das muss aber ein grausamer Mensch sein.»

«Ein liebenswürdiger Patron ist er jedenfalls nicht. Ich ging natürlich zu ihm, und er verlangte doch tatsächlich von mir eine Entschädigung für die Jahre, in denen er Griet versorgt hat.»

«Er hat Geld von dir verlangt?» Adelina riss die Augen auf. Als Neklas nicht gleich antwortete, sprang sie empört auf. «Du hast ihm das Geld gegeben? Hast deine Tochter von ihm zurückgekauft?» Nur mit Mühe unterdrückte sie den Drang, laut zu fluchen. Neklas stand nun ebenfalls auf und trat mit zornigem Blick auf sie zu. «Was hätte ich denn tun sollen? Sie bei ihm lassen? Adelina, sie war vollkommen verwahrlost. Er hatte sich seit Isabells Tod vor knapp einem Jahr kaum mehr um sie gekümmert! Sie war praktisch seine Dienstmagd.»

«Ein Grund mehr, ihm nicht auch noch Geld in den Rachen zu werfen.» Fassungslos starrte Adelina ihm ins Gesicht, dann ließ sie sich kraftlos auf die Ofenbank sinken. «Du bist viel zu gutmütig. Windelweich hättest du ihn prügeln sollen. Das hätte ihm eher angestanden.»

«Zu gutmütig? Ich?» Neklas lehnte sich gegen den Küchentisch und sah sie lange an. Dann, plötzlich, umspielte ein amüsiertes Lächeln seine Lippen. «Und das von der Frau, die einem wildfremden, verlotterten Mädchen Geld zugesteckt hat, weil es keine Schuhe besaß.»

«Das ist etwas anderes. Franziska ist …»

«Mittlerweise eine tüchtige Magd, ich weiß.» Neklas grinste. «Willst du nun den Rest der Geschichte hören oder nicht?»

«Du hast ihm also Geld gegeben. Wie viel?»

Als Neklas die Summe nannte, fasste Adelina sich schnaufend an die Stirn, sagte jedoch nichts. Neklas berichtete weiter: «Ich brachte Griet in das Haus meiner Mutter. Doch obwohl Mutter sich inzwischen erholt hatte, hielt ich es nicht für richtig, die Kleine dort zu lassen. Außerdem wusste ich ja, dass du nach einem Lehrmädchen suchst. Griet kann zwar weder lesen noch schreiben, aber vielleicht kann sie zunächst einmal für ein oder zwei Jahre in eine der Klosterschulen gehen. Die Beginen in der Mühlengasse geben, glaube ich, ebenfalls Unterricht. Und du könntest schon nebenher beginnen, sie in die Lehre zu nehmen. Da sie eine Tochter des Hauses ist», hier grinste er wieder schief, «wird die Zunft auch keine Einwände erheben.»

«Neklas, ich habe bereits ein Lehrmädchen», sagte sie ruhig.

Er hob ruckartig den Kopf. «Du hast was?»

«Ein Lehrmädchen.» Adelina seufzte. «Ich habe Meister Leuer gerade heute zugesagt. Sie heißt Mira von Raderberg, ist elf ...»

«Du liebe Zeit. Eine Adelige auch noch? Ich kenne sie, oder vielmehr ihren verstorbenen Vater. Sollte das Mädchen nicht eigentlich ins Kloster geschickt werden?»

«Ja, aber die Mutter ...»

«So was aber auch», unterbrach Neklas sie erneut und ließ sich nun wieder auf die Bank am Esstisch sinken. «Nun, wie es aussieht, hast du dann jetzt wohl zwei Lehrmädchen.»

Und keine Ahnung, wo ich Mira unterbringen soll, dachte Adelina. «Es macht dir also nichts aus?»

Neklas schüttelte den Kopf. «Ich hatte zwar nicht damit gerechnet, aber einzuwenden habe ich nichts. Das heißt ...» Er legte den Kopf auf die Seite. «Wirst du Mira dann in deiner alten Kammer unterbringen? Vermutlich wird es ganz schön eng werden. Schade, dass die Brückenstraße nicht näher am Alter Markt liegt. Das Haus, das ich dort letztes Jahr gekauft habe, hätte mehr Platz geboten. Aber dein Geschäft können wir schwerlich dorthin verlegen.» Er runzelte die Stirn. «Vermutlich ist es das Beste, ich rede noch einmal mit

Keppeler. Vor meiner Abreise war er gar nicht so abgeneigt, mir sein Haus zu verkaufen. Da es direkt an unseres stößt, könnte man einen Durchbruch …»

«Das geht nicht», unterbrach diesmal Adelina ihn. «Du kannst nicht mehr mit Keppeler reden. Er ist gestorben.»

«Was bitte?» Erschrocken starrte Neklas sie an.

«Er ist tot, vergiftet worden. Deshalb war ich doch bei Reese.»

«Keppeler ist vergiftet worden?» Neklas brauchte sichtlich einen Moment, diese Nachricht zu verdauen.

Adelina berichtete ihm in kurzen Worten, was in den vergangenen Tagen vorgefallen war, und erwähnte natürlich auch Ludmilla und den Verdacht, der gegen sie erhoben wurde. «Und deshalb müssen wir herausfinden, was sich wirklich zugetragen hat und wer mein gutes Konfekt vergiftet hat», schloss sie. Neklas hatte ihr mit Erstaunen und wachsendem Missmut zugehört. Nun griff er mit gerunzelter Stirn nach seinem Becher, trank jedoch nicht daraus.

«In einem gebe ich dir recht, die Sache muss aufgeklärt werden. Wenn auch nur der geringste Verdacht gegen dich aufkommt und sich herumspricht, kann das dein Geschäft in kurzer Zeit kaputt machen. Niemand geht zu einer Apothekerin, deren Süßigkeiten womöglich tödliche Nebenwirkungen haben.»

Adelinas Augen verengten sich, doch bevor sie etwas sagen konnte, fuhr er fort: «Was diese Ludmilla hingegen betrifft, so bin ich mir gar nicht so sicher. Wie viel weißt du wirklich von ihr?»

«Genug, um zu wissen, dass sie keinem Mörder helfen würde.» Verärgert stand Adelina auf, nahm ihren Becher und schüttete den Rest Bier, der sich noch darin befand, in den Ausguss. Neklas tat es ihr gleich und folgte ihr, als sie die Öllampe nahm und die Küche verließ.

«Adelina, ich will dich nicht ärgern. Wir müssen nur ganz sicher sein, bevor wir etwas unternehmen. Wenn sich nämlich herausstellt, dass Ludmilla doch schuldig ist, kann es schnell passieren, dass du oder wir beide als Helfershelfer angeklagt werden.»

Erschrocken drehte Adelina sich an der Treppe zu ihm um und sah ihn mit großen Augen an. «Ich bin ganz sicher, dass sie nichts mit dem Eisenhut zu tun hat.»

«Also gut.» Neklas nickte. «Dann sollten wir morgen noch einmal mit Reese sprechen.» Adelina stieg rasch die Treppe hinauf, die bei jedem Schritt ächzte und knarrte. Neklas hatte sie an der Tür zur Schlafkammer bereits eingeholt. Bevor sie eintreten konnte, legte er von hinten seine Arme um ihren Leib und zog sie an sich. «Ich finde, wir sollten diese ganze Angelegenheit für eine Weile vergessen», flüsterte er ihr ins Ohr und schob sie über die Schwelle. Ein angenehmer Schauer rieselte Adelinas Rückgrat hinab, und als er begann, die Nesteln an ihrem Kleid zu lösen, erhob sie keinerlei Einspruch.

«Wer zum Teufel hat die Katze in die Küche gelassen?», schimpfte Adelina am folgenden Morgen. Sie war wie immer als Erste im Haus auf den Beinen, um Brot zu backen und die Frühmahlzeit zu bereiten. Nun stand sie in der Küchentür und starrte entsetzt auf Fine, die schwarzweiße Katze ihres Bruders, die es sich im leeren

Brotkorb auf dem Esstisch bequem gemacht hatte und sie nun träge anblinzelte. Auf der Bank davor lagen die Überreste einer halben Speckseite.

«Was ist denn, Herrin … oh!» Franziska, die sich auf Adelinas Rufen hin rasch ihr Kleid übergeworfen hatte und barfuß die Treppe herabgelaufen war, blickte betroffen auf die Bescherung.

«Hast du eine Erklärung dafür?», knurrte Adelina ungehalten.

«Ich, nein. Das heißt, doch», stotterte Franziska und lief rot an. «Ich war heute Nacht einmal kurz draußen, auf dem Abtritt. Und als ich wieder reinging, kam Fine hinter mir her. Ich dachte mir nichts dabei, aber ich wusste doch auch nicht, dass die Küchentür nicht verschlossen war.» Betreten blickte die junge Magd zu Boden. Adelina trat in die Küche und scheuchte die Katze von ihrem Ruheplätzchen auf. «Dann geh nun wenigstens und hol Feuerholz für die Kochstelle. Und bring mir auch den neuen Sack Mehl mit.»

«Natürlich, sofort.» Franziska nickte eifrig, zog ihre Holzpantinen neben dem Ofen hervor und klapperte Augenblicke später zur Hintertür hinaus. Adelina nahm den Speckrest und legte ihn in die kleine Holzschale, in die sie sonst Milch oder Breireste für Fine gab. Dann begann sie, ihre Utensilien und Zutaten zum Brotbacken zusammenzusuchen. Schließlich trat sie an das Fenster über dem Spülstein und stieß die Läden auf. Draußen war es noch dunkel. Nur ein schmaler hellerer Streifen am Himmel und einige verblassende Sterne kündeten bereits von der heraufziehenden Dämmerung. Es war herrlich still in Köln, nicht einmal die ersten Vögel waren erwacht. Adelina liebte den frühen Morgen. Tief atmete sie die frische, jedoch nicht wirklich kühle Luft ein. Der Sommer schien noch eine Weile weiter ausharren zu wollen.

Als sie Schritte hinter sich hörte, sagte sie, ohne sich umzudrehen: «Leg alles beim Ofen ab und nimm den alten Sack gleich mit.»

Die Schritte kamen näher. «Nun, zwar habe ich mich gerade erst angekleidet, doch wenn du es mir gleichtust, werde ich gerne alles wieder ablegen.»

Adelina fuhr herum und blickte in das grinsende Gesicht ihres Gemahls. Er trat noch näher an sie heran und legte seine Arme um ihre Hüften. «Ich hoffe allerdings stark, dass mit dem alten Sack nicht ich gemeint war.»

«Nein.» Adelina unterdrückte ein Kichern, schob Neklas jedoch sanft von sich. «Ich habe Franziska hinausgeschickt, um Feuerholz und Mehl zu holen.»

«Ist heute Backtag?» Neklas hob erfreut die Brauen.

«Ja, und deshalb habe ich nun auch zu tun.»

«Aber es ist noch schrecklich früh. Und das Bett ist noch warm ...»

«Du bist unersättlich.» Adelina wandte sich um und zog eine Schachtel mit Rosinen aus dem Regal neben dem Fenster. «Da Fine unser Frühstück verputzt hat, wirst du dich gedulden müssen. Ich werde Brot und Rosinenschnecken backen.» Neklas warf einen Blick auf die Katze, die sich gerade daranmachte, auch noch den letzten Rest Speck zu fressen. Da in diesem Moment auch Franziska mit einem Korb Feuerholz und dem Mehlsack auf der Schulter hereinkam, seufzte er und zuckte resigniert mit den Schultern. «Also gut, wie du meinst. Dann werde ich mich gleich mal auf den Weg zur Universität machen und schauen, wie es Magister Arnoldus geht. Und danach muss ich Doctore Bertini

Bescheid geben, dass ich wieder in der Stadt bin. Heb mir ein paar Rosinenschnecken auf.»

Er machte auf dem Absatz kehrt und verließ die Küche. Adelina unterdrückte den Drang, hinter ihm herzulaufen. Sie hatte nicht damit gerechnet, dass er verärgert sein könnte, wenn sie heute, wie jeden Morgen, ihren Haushaltspflichten nachkam. Zwar hatte sie auch als Ehefrau Pflichten, und denen folgte sie gewöhnlich mit großer Freude, doch wenn sie jetzt nicht mit ihrer Arbeit begann, würde sie bis zum Öffnen der Apotheke nicht alles geschafft haben. Und dann war da ja schließlich noch Griet, um die sie sich auch noch zu kümmern hatte. Als sie die Apothekentür klappen hörte, runzelte sie verärgert die Stirn. Wenigstens zum Frühstück hätte Neklas bleiben können.

Doch da ging die Tür erneut, und im nächsten Moment streckte Neklas den Kopf noch einmal in die Küche. «Ich habe da etwas vergessen», meinte er, und seine Augen blitzten vergnügt auf, als er ihr verkniffenes Gesicht sah. Er kam wieder herein und hielt ihr ein kleines Messingkästchen hin. Erstaunt griff sie danach und klappte es auf. Dann schnappte sie nach Luft. Das Kästchen enthielt Zimtstangen!

«Die müssen ja ein Vermögen gekostet haben!», stieß sie hervor.

Neklas lächelte. «Nicht wirklich. Mein ältester Bruder hat einen Schwager, der Gewürzhändler ist. Ich konnte ihn überreden, mir den Zimt zum Familienpreis zu überlassen. Dafür musste ich ihm allerdings versprechen, dass du ihm Zimtwecken backst, wenn er einmal nach Köln zu Besuch kommt.»

Adelina klappte das Kästchen überwältigt zu und stellte es vorsichtig auf den Tisch. «Du bist verrückt.»

«Ich weiß.» Er zwinkerte ihr noch einmal zu und ging zur Tür.

«Das ist Bestechung.»

«Hat sie funktioniert?» Er sah hoffnungsvoll über die Schulter.

«Nein.»

Er hob die Schultern. «Das hatte ich befürchtet.»

«Trotzdem danke.»

Als die Tür diesmal hinter ihn zuklappte, schmunzelte Adelina vor sich hin.

6

Albert Merten war glücklicherweise noch immer bei klarem Verstand, als Adelina die Familie und das Gesinde zum Frühstück rief. Sie stellte ihm Griet als ihr neues Lehrmädchen vor und erwähnte auch, dass sie Neklas' Tochter sei.

Albert nickte dem Mädchen freundlich zu und wandte sich dann schmunzelnd an seine Tochter. «Du bist sehr großzügig, Lina. Manch eine Frau würde ihrem Mann die Hölle heiß machen, wenn er ihr so einfach ein Kuckucksei ins Nest gelegt hätte.»

Adelina füllte seine Schüssel mit Hafergrütze. «Vater, Griet ist doch kein Kuckucksei. Und schließlich hat er mich ja nicht betrogen. Soll ich ihm für etwas böse sein, was vor beinahe neun Jahren geschehen ist?» Sie gab auch Griet einen Schöpflöffel voll Grütze und reichte dann den Topf an Magda weiter, damit sie den anderen austeilte.

«Vermutlich nicht», meinte Albert und tauchte seinen Löffel in den dampfenden Brei. «Aber sag, wo ist er denn überhaupt?»

«In Geschäften an der Universität und bei Doctore Bertini.»

«Ts ts, kaum hier und schon wieder fleißig. Neklas ist wahrlich ein tüchtiger Mann. Und du, mein Kind», wieder lächelte er Griet zu. «Hast du gut geschlafen?»

Griet sah unsicher von ihrer Schüssel auf. Adelina nickte ihr aufmunternd zu. «Du darfst ruhig sprechen, wenn du gefragt wirst. Und meinen Vater redest du mit Meister Albert an.»

«Ich …», zögernd nickte Griet. «Danke, ich habe sehr gut geschlafen.» Sie sprach mit einem starken Akzent, den man in abgeschwächter Form auch bei Neklas wahrnahm.

«Du redest aber komisch!», befand Vitus denn auch gleich zwischen zwei Bissen von dem frischen Brot, von dem er sich gleich zwei Scheiben genommen hatte.

«Vitus!» Amüsiert gab Adelina ihm einen Klaps auf den Arm. «Sei nicht so unhöflich.» Sie blickte Griet aufmerksam ins Gesicht. «Du sprichst unsere Sprache sehr gut. Wer hat sie dir beigebracht?»

Griet legte den Löffel beiseite und lächelte sogar ein wenig. Langsam schien sie aufzutauen. «Ich höre viel zu. Und Mutter hat mir die deutsche Sprache beigebracht. Wir sind mit Stiefvater früher viel gereist und haben auch in deutschen Städten gelebt. Aber dann sind wir wieder nach Kortrijk gegangen.» Der letzte Satz klang traurig.

«Hat es dir dort nicht gefallen?»

«Nein.» Griet nahm den Löffel wieder auf und schob sich eine Portion Grütze in den Mund. Es sah nicht so aus, als wolle sie noch mehr zu ihrer Abneigung gegen Kortrijk sagen. Adelina ließ es vorerst dabei bewenden.

Später am Vormittag nahm sie Griet mit zu den Beginen in der Mühlengasse und meldete sie dort für den Lese- und Schreibunterricht an. Die Beginenmeisterin, Frau Gertrud, musterte Griet aufmerksam. «Wie alt bist du, Kind?»

«Im Juni war mein achter Geburtstag», antwortete die Kleine höflich, drückte sich jedoch etwas ängstlich halb hinter Adelina. Die graue Tracht und das strenge weiße

Gebende der Begine schienen sie sehr einzuschüchtern. Frau Gertrud sah es und blinzelte ihr zu.

«Du brauchst keine Angst zu haben. Wir fressen hier keine kleinen Mädchen.» Sie wandte sich wieder an Adelina. «Verzeiht, Meisterin Burka, wenn ich so neugierig frage, aber Eure Tochter ist Griet wohl nicht, oder?»

«Nein, sie ist meine Stieftochter. Die Tochter meines Gemahls, und sie soll bei mir in die Lehre gehen, sobald sie des Lesens und Schreibens mächtig ist.»

«Ah.» Frau Gertrud nickte. «Wäre es dann vielleicht in Eurem Sinne, wenn wir Griet auch die Grundbegriffe des Rechnens beibringen? Unsere Schulmeisterin, Frau Martha, ist darin sehr bewandert.»

«Ihr gebt auch Rechenunterricht?» Adelina war hocherfreut. «Das ist ja wunderbar. Ich habe mich schon gefragt, wie ich Zeit aufbringen soll, Griet darin zu unterweisen. Wann kann sie mit dem Unterricht beginnen?»

«Sobald es Euch recht ist. Wir haben gerade mit einer neuen Gruppe Mädchen angefangen. Wenn Griet sofort beginnt, hätte sie noch nichts verpasst.»

«Dann schicke ich sie Euch gleich morgen», beschloss Adelina.

«Schön. Der Unterricht beginnt zur Terz und geht etwa bis zur Sext.»

Nachdem Adelina auch noch die Bezahlung mit der Begine vereinbart hatte, verabschiedete sie sich und ging mit Griet zurück zum Alter Markt. Sie hatte noch ein paar Einkäufe zu tätigen, und das Mädchen schaute ihr bei jedem Händler mit großem Interesse zu. Dann jedoch wurde ihre Aufmerksamkeit durch das Rufen der Marktbüttel abgelenkt. Gerade wurde eine Frau in geflickten Kleidern unter Gezeter und Wehgeschrei auf den Kax gebracht.

«Das ist die Gevatterin Hildrun, die Brauerin», hörte Adelina den Pastetenverkäufer, an dessen Stand sie wartete, zu der Kundin vor ihr sagen. Er lachte gehässig. «Wahrscheinlich hat sie mal wieder versucht, ihr Bier mit der falschen Grut zu brauen, um der Zunftsteuer zu entgehen.» Und tatsächlich, einer der Marktbüttel schüttete der gefesselten Frau einen Krug Bier über den Kopf. Die Schaulustigen, die natürlich bei solcher Gelegenheit schnell vor dem Pranger zusammenfanden, lachten und grölten. Zwei Gassenjungen machten sich einen Spaß daraus, Unsägliches zwischen den Rinnsteinen herauszufischen und die Frau damit zu bewerfen. Doch bald herrschte vor dem Kax ein solches Gedränge, dass die Bengel von ihrem Tun ablassen mussten.

«Komm weiter», mahnte Adelina Griet und zog sie zur nächsten Bude. «Das ist nichts für dich.»

Da man den Kax mittlerweile kaum noch sehen konnte, wandte sich Griet tatsächlich ab und wollte Adelina folgen. Dabei wäre sie um ein Haar mit zwei Frauen in bunten Röcken und mit roten Kopftüchern zusammengestoßen.

«Hoppla, Kind, pass auf, wo du hinläufst», lachte die eine und machte einen Bogen um Griet.

«Süße Kleine», lächelte die andere und blieb kurz stehen. «So hübsche schwarze Löckchen hätt ich auch gern.»

«Macht, dass ihr weiterkommt, Gesindel!», brüllte der Tuchhändler, bei dem Adelina gerade eine Bahn Leinen kaufen wollte. Er ließ den Stoff fahren und kam aus seiner Bude hervor. Adelina packte Griet am Arm und zog sie rasch zur Seite. Die zwei Frauen kicherten und gingen einfach weiter, doch der Kaufmann setzte ihnen ein gutes Stück nach und überschüttete sie mit lauten Schmähungen und Flüchen. Als er wieder zurückkam, blickte er streng auf Griet hinab.

«Pass besser auf, Kind. Um dieses Pack solltest du einen großen Bogen machen.» Nun sah er Adelina an. «Habt Ihr Eure Tochter nicht vor derlei Frauenzimmern gewarnt? Nicht mal berühren darf sie sie. Und die Kleine wäre fast in die Weiber hineingerannt.»

«Ist ja nichts passiert.» Adelina schenkte dem Händler ein beruhigendes Lächeln und reichte ihm gleichzeitig das Geld für den Stoff. «Sie ist noch zu jung, um ihre Augen überall zu haben.»

Griet sah sie mit erstauntem Blick an, und als sie weitergingen, fragte sie: «Was waren das für Frauen?»

«Das waren Hübschlerinnen, Kind.» Adelina benutzte sicherheitshalber das höflichste Wort für diese Berufsgruppe. «Mit diesen Frauen darfst du dich niemals abgeben, denn sie unterstehen dem Henker und sind damit unehrlich. Du erkennst sie an dem roten Kopftuch.»

«Ach so.» Griet sah aus, als wüsste sie genau Bescheid, was damit gemeint war. Adelina erinnerte sich, dass ihr Stiefvater ein Wirtshaus führte. Möglicherweise war das Mädchen dort schon solchen Frauen begegnet. Griets nächste Worte bestätigten ihren Verdacht: «In Kortrijk müssen sie gelbe und rote Bänder an den Kleidern tragen.»

«Frau Adelina!» Ein kleiner, kugelrunder Mann eilte auf sie zu und winkte, um sie auf sich aufmerksam zu machen. Es war Werner Overstolz, ein stadtbekannter Holzhändler. Als er bei ihr angelangt war, schnaufte er und wischte sich mit dem Handrücken über die schweißnasse Stirn. «Frau Adelina, wie gut, dass ich Euch hier treffe. Mir ist zu Ohren gekommen, dass Euer Gemahl wieder in der Stadt ist. Würdet Ihr ihm ausrichten, dass er mich unbedingt so bald wie möglich aufsuchen soll? Ihr wisst schon, mich plagen diese scheußlichen Verdauungsstörungen, und er hat da so ein Mittel …»

«Aber natürlich, ich sage es ihm», antwortete Adelina freundlich. «Wann kann er Euch denn zu Hause antreffen?»

«Ach, derzeit beinahe immer. Durch diese ganzen Soldaten und erzbischöflichen Gesandten sind die Stadttore ständig verstopft. Meine Leute haben ja schon Probleme, das Bauholz für die Dombaustelle anzuliefern. Und vieles bleibt gleich vor der Stadt, weil die Söldner es als Feuerholz verwenden. Eine Schande ist das, sage ich Euch. Aber was soll ich machen? Irgendwann werden sie sich zurück nach Bonn verziehen, und dann kann unsereins wieder ungestört sein täglich Brot verdienen. Aber sagt, wer ist denn diese bezaubernde Kleine, die Ihr dabei habt?» Er zwinkerte Griet zu, doch die schob sich wieder ein Stück hinter Adelinas Röcke. «Ein bisschen schüchtern, was?» Er lachte.

«Dies ist mein neues Lehrmädchen, Griet. Und da es sich so oder so bald herumsprechen wird, sie ist die Tochter meines Gemahls.»

«Ach?» Overstolz musterte Griet nun noch einmal und lachte dann wieder. «Tja, das hätte ich doch gleich sehen müssen. Diese Löckchen sind schließlich unverkennbar. Oh, verzeiht.» Ein wenig betreten zog er den Kopf ein. «Nichts für ungut, Frau Adelina, aber die Ähnlichkeit …»

«Ja, ich weiß. Deshalb machen wir auch gar kein Geheimnis daraus», erwiderte Adelina ruhig.

«Ihr nehmt Euch also des Kindes an? Das ist ein feiner Zug, meine Liebe. Aber sagt, habe ich nicht verlauten hören, dass Ihr auch dieses Raderberg-Mädchen in die Lehre nehmen werdet?»

Erstaunt hob Adelina die Brauen. «Woher wisst Ihr das? Diese Entscheidung ist gerade mal einen Tag alt.»

Overstolz zuckte mit den Schultern. «Ihr wisst doch, in Köln bleibt nichts ein Geheimnis, wenn es nicht alle Kölner wollen. Es gab heute eine Sitzung des neuen Gaffelrates. Die Stadtverfassung wurde ja nun gerade gesiegelt, und wir müssen sehen, dass wir die Amtsgeschäfte so schnell wie möglich wieder aufnehmen.»

«Also seid Ihr noch immer im Stadtrat?»

«Gewissermaßen.» Overstolz schob sie zuvorkommend neben den Verkaufsstand eines Sarwörters, da gerade ein großer, mit schweren Mehlsäcken beladener Eselskarren von zwei Bäckergesellen durch die Budengasse geführt wurde. Als das laute Rumpeln verklungen war, fuhr er fort: «Ich sitze jetzt im Vierundvierziger. Das ist ein neues Gremium, welches den Rat bei größeren Entscheidungen zu unterstützen hat.»

«Ich habe davon gehört.»

«Tja, nun, und Euer Zunftmeister Leuer gehört uns ebenfalls an.»

«Ah ja.» Gemeinsam gingen sie ein Stück über den Marktplatz, und als sie in die Nähe der Apotheke kamen, reichte Adelina Griet das Bündel mit dem Leinenstoff. «Sei so gut und bring das schon mal zu Magda.» Griet nahm den Ballen und ging damit gehorsam zur Haustür. Adelina beobachtete aus den Augenwinkeln, wie die Tür geöffnet wurde und Franziska das Mädchen einließ. Dann wandte sie sich wieder an Overstolz. «Dann habt Ihr gewisslich auch schon von der Sache mit dem vergifteten Konfekt gehört.»

Overstolz machte eine wegwerfende Geste. «Sicher, sicher. Eine ungeheure Dreistigkeit! Aber macht Euch darüber keine Gedanken. Nur ein Narr würde glauben, dass Ihr Eure Ware selbst vergiftet habt. Ich wollte es deshalb auch gar nicht ansprechen. Es gibt viele Möglichkeiten, wie der Eisenhut in Euer Konfekt gelangt sein könnte.» Er senkte vertraulich die Stimme. «Wenn man bedenkt, dass Mathys van Kneyart nun Thönnes' Ratssitz einnimmt und als Nächster Anspruch auf einen Schöffenstuhl hat, sollte es mich nicht verwundern, wenn er selbst hinter den Morden steckt. Er ist beileibe kein angenehmer Mensch. Mit Sicherheit wird er auch Thönnes' Schwester unter Druck setzen, dass sie ihn das Geschäft übernehmen lässt.»

«Kann er das denn so einfach? Ich dachte, es existiert ein Testament, das Frau Entgen als Haupterbin begünstigt.»

«Das tut es auch.» Overstolz rieb sich das Kinn. «Leider hat Thönnes nur zwei Gesellen beschäftigt. Der eine hat bereits verkündet, dass er in ein anderes Geschäft einheiraten werde, der andere ist noch zu jung und unerfahren, um die Goldschmiede zu leiten. Er hat gerade die Gesellenprüfung abgelegt. Frau Entgen wird klug genug sein, das gut laufende Geschäft nicht durch eine Heirat mit diesem Grünschnabel zu gefährden. Und da sie nicht die Ehefrau, sondern die Schwester des Verstorbenen ist, wird sie es schwer haben, selbst als Meisterin die Goldschmiede weiterzuführen.»

«Sie hat ihrem Bruder den Haushalt geführt, nicht wahr?»

«Ja. Ich befürchte, dass sie nicht einmal mit den Büchern, geschweige denn mit dem Handwerk vertraut ist.» Mitleidig verzog Overstolz das Gesicht. «Sie wird es schwer haben, vor allem mit dieser raffgierigen Verwandtschaft. Aber nun entschuldigt mich, ich muss weiter. Denkt daran, Euren Gemahl zu mir zu schicken. Gehabt Euch wohl, Frau Adelina!» Er hob zum Abschied die Hand und eilte mit großen Schritten, die seine untersetzte Gestalt auf- und abhüpfen ließen, über den Marktplatz davon.

Adelina öffnete nachdenklich ihre Haustür und trat in den Apothekenraum.

«Mathys van Kneyart erhebt Anspruch auf Keppelers zukünftigen Schöffenstuhl und übernimmt vermutlich das gut gehende Geschäft seines Vetters», schloss Adelina ihren Bericht in Reeses Amtsstube. Nachdem sie Neklas von ihrem Gespräch mit Overstolz erzählt hatte, waren sie gemeinsam zum Rathaus gegangen, um mit Reese über diese neuen Entwicklungen zu sprechen. Er hatte sich alles schweigend und mit sorgenvoller Miene angehört und sagte auch jetzt noch nichts. Neklas begann, ungeduldig in dem engen Zimmerchen auf und ab zu gehen. «Wollt Ihr denn gar nichts dazu sagen? Ich erwarte von Euch, dass Ihr diese Sache so bald wie möglich aufklärt. Immerhin geht es um den Leumund meiner Gemahlin. Wenn sich die Sache mit dem Konfekt herumspricht, kann sie ihre Apotheke schließen.»

Reese hob abwehrend die Hand. «Ich weiß, dass wir in einer argen Klemme sitzen, und dass Frau Adelina nunmehr die Leidtragende ist. Aber wir können nicht mehr tun, als Nachforschungen anzustellen. Unglücklicherweise muss ich zurzeit meine gesamte Aufmerksamkeit den Verhandlungen mit dem Erzbischof widmen.

Friedrich von Saarwerden muss unsere neue Stadtverfassung anerkennen, koste es, was es wolle. Deshalb müssen alle anderen Pflichten und Obliegenheiten zunächst hintangestellt werden.»

«Soll das heißen, Ihr stellt keine weiteren Nachforschungen an?» Entgeistert fuhr Adelina von ihrem Hocker auf. «Wollt Ihr den Mörder etwa ungeschoren davonkommen lassen?»

«Keineswegs. Im Gegenteil sogar. Es hat sich nämlich herausgestellt, dass jemand versucht, die Verhandlungen mit dem Erzbischof zu untergraben. Die Patriziergeschlechter, die nach dem Umsturz des alten Stadtrates Köln verlassen haben, scheinen Anschläge zu planen. Hilger Quattermart hat sogar einen Klagebrief an den Erzbischof geschickt, in dem er behauptet, zu Unrecht der Stadt verwiesen worden zu sein. Natürlich versucht er mit aller Macht, die alten Verhältnisse wiederherzustellen. Und das bedeutet eine große Gefahr für den Stadtfrieden.» Reese ging zu seinem Schreibpult und nahm ein Pergament, das zuoberst auf einem Stapel Papier lag. Er hielt es Neklas hin und nickte auffordernd. «Lest das.»

Neklas tat, wie ihm geheißen. Während er las, wurde seine Miene immer ungläubiger. Schließlich reichte er das Pergament an Adelina weiter. Sie warf einen Blick darauf und stieß überrascht die Luft aus. Laut las sie vor: «So hat die Stadt Köln in ihrem Hochmut große Gewalt an mir und meinen hochverehrten Freunden getan. Ich weiß nicht …»

«… wessen sie mich bezichtigen und warum mir dies geschehen ist», vervollständigte Reese mit grimmiger Miene den Satz. «Dieser Brief ist uns erst kürzlich in die Hände gefallen. Unser Stadtschreiber, Gerlach vom Hauwe, hat eine Abschrift davon gemacht. Anscheinend hat Hilger den Brief nicht nur an Friedrich von Saarwerden, sondern zudem noch an verschiedene Fürsten des Deutschen Reiches geschickt, und das bereits im März.»

«Und was hat das mit den Morden zu tun?» Adelina setzte sich wieder. Reese trat ans Fenster und blickte hinaus, dann wandte er sich wieder um. «Wir haben erfahren, dass Thönnes van Kneyart allem Anschein nach mit Hilger Quattermart in Briefkontakt stand.»

«Seid Ihr sicher?» Neklas runzelte ungläubig die Stirn. «War van Kneyart nicht einer der Anführer des Angriffs der Partei der Freunde auf die Greifen vergangenes Jahr?»

«Er ist ein Freund von Konstantin von Lyskirchen», nickte Reese. «Die Partei der Freunde wollte dem Stadtrat helfen, die reichen Patrizierfamilien zu entmachten. Das hat ja zunächst auch funktioniert. Leider hat von Lyskirchen sich hinterher selbst als Machthaber aufgespielt. Damit hatten die Handwerker- und Kaufmannsämter nicht gerechnet. Denn die Zünfte wollten ja erreichen, mehr Macht im Stadtrat zu erhalten. Wahrscheinlich war es ein Fehler, sich ausgerechnet mit von Lyskirchen und seinen Anhängern zu verbünden. Ich schließe mich da nicht aus. Wir hatten diese Entwicklung einfach nicht in Betracht gezogen. Von Lyskirchen stellte beinahe die gleiche Ordnung wie vor dem Überfall auf die Greifen her und ließ zudem noch alle Einträge aus dem Eidbuch der Stadt löschen, die eine Einschränkung der Schöffen betrafen.»

«So habt Ihr also den Teufel mit Beelzebub vertrieben», schloss Adelina.

«So könnte man sagen», stimmte Reese zu. «Rat und

Schöffen konnten wieder einträchtig in eigener Sache urteilen und ihre eigenen Interessen vertreten. Die Bedürfnisse der Handwerker und kleinen Kaufleute, für die wir uns ja ursprünglich eingesetzt hatten, wurden dagegen wieder außer Acht gelassen.»

«Aber nicht für lange», warf Neklas ein.

«Nein, nicht für lange. Wie Ihr wisst, haben die Zünfte schon Ende Juni dem Spuk ein Ende gesetzt.»

Neklas verschränkte die Arme vor der Brust, lächelte aber gleichzeitig wissend. «Ihr habt von Lyskirchens Haus angegriffen.»

Reese schüttelte den Kopf. «Angegriffen würde ich es nicht nennen. Wir haben ihm einen ... Besuch abgestattet.»

«Und bei dieser Gelegenheit das Stadtbanner an Euch gebracht», ergänzte Adelina. «Aber wie ich mich zu erinnern meine, haben Euch sowohl van Kneyart als auch Keppeler dabei unterstützt.»

«Das haben sie auch.» Die Sorgenfalten kehrten in das Gesicht des Ratsherrn zurück. «Deshalb kann ich es auch kaum glauben, aber auf den Briefen, die wir abfangen konnten, war Thönnes' Siegel.»

«Siegel kann man fälschen», gab Neklas zu bedenken.

«Wozu denn? Und wer sollte das wohl tun?», widersprach Reese. «Wir haben keinerlei Anhaltspunkte, dass das Siegel von jemand anderem als der Familie benutzt wurde.»

«Dann war van Kneyart also ein Verräter?» Adelina erhob sich wieder von ihrem Hocker und trat nun ihrerseits ans Fenster. «Das ist schwer zu glauben.»

«Es würde aber erklären, warum er umgebracht wurde», meinte Neklas. «Jedenfalls, wenn jemand bereits vor dem Stadtrat über diesen Briefwechsel Bescheid wusste.»

«Und das Problem auf eigene Faust lösen wollte, meinst du?» Adelina dachte angestrengt nach. So klang die Sache durchaus einleuchtend. «Was ist dann aber mit Keppeler?»

Reese legte die Abschrift des Briefes wieder auf das Schreibpult. «Wir suchen derzeit noch nach einer Verbindung zwischen beiden. Aber Anton Keppeler war kein großer Freund der Sippe van Kneyart. Da gab es wohl mal eine Geschichte zwischen Keppelers ältester Tochter und einem von Thönnes' Neffen, die nicht gut ausging. Wie auch immer, es würde mich wundern, wenn Keppeler mit Thönnes gemeinsame Sache gemacht hätte. Bleibt also noch die Möglichkeit, dass sein Tod tatsächlich ein tragischer Unfall war. Sehr ärgerlich, dass die einzige Zeugin, die uns hätte weiterhelfen können, ebenfalls dem Gift zum Opfer gefallen ist.»

«Was ebenfalls für einen Unfall spricht», folgerte Neklas.

In diesem Moment flog die Tür auf, und ein junger Ratsbote in staubiger Livree stürmte außer Atem in die Stube. «Verzeiht, Herr Reese, aber Ihr müsst sofort kommen. Der Erzbischof ist abgereist, und sein Siegelmeister, Chistian van Erpel, will unbedingt mit Euch sprechen. Er klang sehr aufgebracht. Ihr sollt Euch beeilen.»

«Auch das noch!» Reese schnappte sich den Ratsherrenmantel, der neben der Tür hing und warf ihn sich über. «Entschuldigt mich, aber da scheinen sich neue Probleme anzubahnen. Wir reden ein andermal weiter.»

«Wartet!» Adelina lief ein paar Schritte hinter ihm her. «Kann ich Ludmilla noch einmal besuchen?»

Reese blieb stehen. «Sicher, wenn Ihr wollt. Obwohl ich nicht glaube, dass Ihr mehr aus diesem verstockten Weib herausbringt als wir.»

«Dann habt Ihr sie noch einmal befragt?» Adelina machte ein besorgtes Gesicht. Die alte Frau tat ihr unendlich leid. «Sie ist nicht verstockt. Sie weiß nichts.»

«Das sagt Ihr.» Reese griff nach der Türklinke. «Da fällt mir noch etwas ein. Bei der Befragung der Berlichhuren haben wir eine kuriose Sache erfahren. Diese Elsbeth, bei der Thönnes sich zu seinem Todeszeitpunkt aufhielt, schwört Stein und Bein, er habe ihr versprochen, sie aus dem Frauenhaus herauszuholen und als ehrbare Frau irgendwo außerhalb der Stadt unterzubringen.»

«Als ehrbare Frau?»

«Oder als Mätresse, was auch immer. Letzteres wäre ja schon ein beachtlicher Fortschritt für eine wie die. Ich glaube es trotzdem nicht. Denn sie behauptet weiter, er habe ihr sogar versprochen, sie eines Tages, wenn Gras über ihr altes Leben gewachsen sei, zu seiner Frau zu machen.»

«Er hat ihr die Ehe angetragen?» Neklas, der hinter Adelina getreten war, schüttelte verblüfft den Kopf. «Wer glaubt denn so etwas?»

«Ich weiß es nicht. Sie behauptet es jedenfalls. Aber nun muss ich wirklich los. Gehabt Euch wohl, Herr Magister, Frau Adelina.» Reese nickte beiden noch einmal zu, dann eilte er hinaus in Richtung erzbischöflicher Residenz.

«Ich muss mich um die Apotheke kümmern.» Adelina verließ mit Neklas ebenfalls das Rathaus.

«Wir können heute nicht mehr viel ausrichten», stimmte Neklas zu. «Ich werde Overstolz aufsuchen und noch einige weitere Patienten.»

«Morgen ist Keppelers Beerdigung.»

Neklas lächelte. «Eine gute Gelegenheit, Augen und Ohren offen zu halten.» Als sie vor der Apotheke angekommen waren, legte er Adelina eine Hand auf den Arm. «Ich will nicht, dass du noch einmal allein zu Ludmilla in den Gefängnisturm gehst.»

Adelinas Augen verengten sich. «Ich war schon einmal dort.»

«Eben deshalb. Das ist kein Ort, den eine Frau überhaupt aufsuchen sollte. Und falls doch», er schnitt Adelina mit einer Handbewegung das Wort ab, noch bevor sie Luft zum Protestieren holen konnte, «so solltest du dort nicht allein hingehen. Ich werde dich begleiten.»

«Du hast zu tun.» Sie schloss die Tür auf.

«Du auch. Das tut nichts zur Sache.» Verärgert fasste er sie am Arm.

«Falls sie doch irgendetwas wissen sollte, wird sie es in deiner Gegenwart sicher nicht sagen.»

«Und weshalb wohl nicht?»

«Bei eurem letzten Zusammentreffen warst du nicht gerade freundlich zu ihr.» Missmutig entzog sie ihm ihren Arm wieder.

Neklas starrte sie an. «Ich habe dich in ihrer gottverdammten Waldhütte weit außerhalb der Stadt gefunden. In einer Hütte, in der sie nicht nur harmlose Kräutersalben herstellt, wie du selbst wohl am besten wissen solltest. Wie bitte hätte ich reagieren sollen?»

Adelina schluckte und starrte betroffen zurück. Dann verfinsterte sich ihr Blick. «Sie wird nicht mit dir reden.»

«Das werden wir ja sehen.»

«Genau.» Sie trat ins Haus und warf ihm die Tür vor der Nase zu.

7

Den Nachmittag verbrachte Adelina neben der Bedienung ihrer Kunden damit, Griet zu zeigen, wo sich in der Apotheke alles befand. Geduldig erklärte sie dem Mädchen, welche Kräuter, Pulver oder sonstigen Ingredienzien sich in den verschiedenen Dosen, Tiegeln, Kästchen und Phiolen befanden und wozu sie gebraucht wurden. Als sie schließlich am frühen Abend die Apotheke schloss, summte Adelina der Schädel von den vielen Erklärungen, die sie abgegeben hatte. Sie schickte Griet, um Franziska beim Einsammeln der Eier im Hühnergarten zu helfen, und machte sich selbst daran, einen Teig für ein großes Brot zu kneten. Diese Arbeit empfand sie meist als sehr entspannend. Doch heute übten die routinierten Handbewegungen nicht ihre beruhigende Wirkung aus. Verbissen knetete Adelina den Teig und klatschte ihn ein ums andere Mal heftig auf die Tischplatte.

«Wenn du möchtest, dass der Teig aufgeht, solltest du ihm vielleicht langsam etwas Ruhe gönnen.»

Beim amüsierten Klang von Neklas' Stimme ruckte ihr Kopf in die Höhe. Er lehnte mit verschränkten Armen im Türrahmen und schien sie schon eine Weile beobachtet zu haben. Sie runzelte die Stirn. «Schrotbrot muss man heftig kneten, wenn man später nicht einen Stein aus dem Backrohr ziehen will», knurrte sie.

«Kneten wohl.» Neklas stieß sich vom Türrahmen ab und trat neben sie. Er legte seine Hand auf ihre beiden, die den Teig umklammert hielten. «Aber nicht misshandeln.» Er löste ihre Finger sanft von dem Teigklumpen und drehte Adelina zu sich herum. «Obwohl es mir, ehrlich gesagt, lieber ist, du verprügelst das Brot und nicht mich.»

«Ich verprügele niemand.»

«Du bist noch immer aufgebracht.» Er zuckte mit den Schultern. «Das ändert aber nichts an meiner Meinung. Wenn du noch einmal zu Ludmilla gehen willst, werde ich dich begleiten, ob es dir passt oder nicht.»

«Ich kann selbst auf mich aufpassen.»

«Möglicherweise stimmt das.» Neklas hielt ihre Hände eisern fest, sodass sie sich nicht wieder abwenden konnte. «Ich möchte es jedoch nicht darauf ankommen lassen. Außerdem», nun ließ er sie doch los, «bekommst du allein nicht die Erlaubnis, zu den Hübschlerinnen zu gehen, um sie zu befragen.»

Adelina rührte sich nicht, sie sah ihn nur überrascht an. Er lächelte grimmig. «Glaubst du, ich würde dich nicht langsam kennen? Du willst versuchen, an diese Elsbeth und die anderen Weibsbilder heranzukommen. Wie willst du das anstellen? Einfach zum Wachmann spazieren und ihn bitten, dir die Zellentür aufzusperren? Behaupten, Reese hätte dir die Erlaubnis gegeben?»

Genau das hatte sie vorgehabt.

«Du solltest diese Frauen niemals allein aufsuchen. Ich dachte, das sei dir klar. Oder glaubst du, die Wachsoldaten geben auch nur einen Pfifferling darauf, wer sich gerade in der Zelle aufhält, wenn sie auf die Idee kommen, den Dirnen einen Besuch abzustatten?»

Adelina schluckte. Daran hatte sie tatsächlich nicht

gedacht. Oder vielmehr hatte sie diesen Gedanken einfach nicht zugelassen.

«Und was hast du vor?»

«Als städtischer Medicus im Dienste des Rates ist es meine Pflicht, dafür zu sorgen, dass die Gefangenen so lange bei Kräften bleiben, bis die Befragung beendet oder aber die Haft aufgehoben wird.»

«Du könntest ebenfalls zu Schaden kommen.»

Neklas verzog spöttisch die Mundwinkel. «Nicht mehr als die Männer, die die Hübschlerinnen gewöhnlich auf dem Berlich aufsuchen. Eher weniger, wenn man bedenkt, dass ich ihnen ja nur Wundverbände und Arzneien bringe.»

«Wann willst du gehen?»

Lächelnd zog er sie an sich, obwohl sie sich sträubte. «Ich dachte, morgen Mittag nach Keppelers Beerdigung wäre der richtige Zeitpunkt.»

«Also gut, dann also morgen Mittag. Dann lass mich jetzt das Brot fertig kneten, oder willst du heute Abend hungern?»

«Auf keinen Fall.» Er ließ von ihr ab, fuhr ihr jedoch leicht mit dem Daumen über die Wange. «Du hast Mehl im Gesicht.»

«Du möglicherweise gleich auch, wenn du mich nicht endlich arbeiten lässt.» Drohend griff sie in die Schüssel mit dem Schrotmehl, doch da hatte Neklas bereits lachend die Flucht ergriffen. Kopfschüttelnd ließ Adelina das Getreideschrot durch die Finger rieseln. Zu teuer, um es Neklas in den Rachen zu stopfen. Wie ärgerlich, dass er mit seinen Argumenten recht hatte.

Sie klopfte ihre Hände ab, formte dann einen länglichen Laib aus dem Teig und deckte ihn mit einem Tuch ab. Während das Brot aufging, heizte sie den Ofen vor. Danach setzte sie das Gemüse und die Grützwürste für das Abendessen auf.

Sie war einfach zu lange auf sich selbst gestellt gewesen. Immer hatte sie allein die Verantwortung für ihr Handeln übernommen. Dass sie nun einen Mann an ihrer Seite hatte, der sie beschützen wollte, war einfach noch zu ungewohnt für sie. Doch hatte sie Neklas während seiner Abwesenheit nicht genau deshalb so sehr vermisst? Sie hielt inne und beobachtete Fine, die sich durch den Spalt der Küchentür quetschte und mit einer ziemlich großen toten Maus im Maul auf sie zukam. Mit einem Maunzen legte sie Adelina die Maus vor die Füße.

Adelina starrte auf das leblose Fellbällchen. «Also so was, soll das etwa ein Versöhnungsgeschenk sein?» Adelina ging in die Hocke und strich der Katze über den Rücken. Schnurrend rieb sich Fine an ihrem Knie, maunzte noch einmal und sah sie aus ihren grünen Augen auffordernd an. Dann drehte sie sich um und stolzierte mit steil aufgerichtetem Schwanz wieder zur Tür hinaus.

Adelina blickte zwischen der Tür und der Maus hin und her, dann stieg es plötzlich in ihr hoch. Haltloses Lachen.

«Was bin ich doch für ein dummes Huhn!» Sie ließ sich zu Boden sinken und wollte sich schier ausschütten vor Lachen. Glucksend hielt sie sich mit der einen Hand den Bauch, mit der anderen wischte sie sich die Lachtränen aus den Augen.

So fand sie Franziska, die wenig später mit einem Korb voll Eiern die Küche betrat.

«Herrin, was ist los? Ist Euch schlecht geworden?»

«O nein, nichts dergleichen.» Adelina bemühte

sich, ihren Lachanfall unter Kontrolle zu bringen, und rappelte sich auf. «Ist schon gut, Franziska. Ich habe nur … über mich selbst gelacht. Wärest du wohl so gut und wirfst diese Maus in die Abortgrube? Fine hat sie mir vermacht.»

«Fine?» Franziska stellte den Eierkorb neben dem abgedeckten Brot ab und hob das tote Tierchen vorsichtig am Schwanz hoch. Dann grinste sie. «Also ich muss schon sagen, viele Mäuse fängt sie ja nicht, aber wenn, dann sucht sie sich immer die größten und fettesten aus.»

«Wo ist Griet?»

«Mit Vitus im Garten. Er wollte ihr seinen Lieblingsplatz bei den Rosen zeigen. Das ist doch in Ordnung, hoffe ich?»

Adelina stellte den Eierkorb an seinen Platz neben dem Spülstein. «Es ist gut, dass sich die beiden vertragen. Griet ist ein liebes Mädchen.»

Franziska nickte zustimmend. «Sie bemüht sich, alles richtig zu machen. Und sie ist noch Kind genug, um Vitus nicht wegen seiner Art zu verurteilen. Trotzdem sehe ich jetzt besser nach den beiden. Nicht, dass sie noch etwas anstellen.» Fröhlich pfeifend verschwand die Magd zur Küchentür hinaus, und nur einen Moment später trat Magda, ein zerknülltes Bettlaken unter dem Arm und mit sorgenvoller Miene, ein. Adelina, die sich gerade wieder ihrem Brotteig zugewandt hatte, blickte überrascht auf. «Gibt es etwas, Magda?» Ihr Blick fiel auf das Laken. «Zum Waschen ist es heute aber schon zu spät.»

Magdas Miene wurde noch besorgter. «Herrin, dieses Laken habe ich beim Aufräumen unter Griets Bett gefunden. Anscheinend hat sie es dort versteckt. Es sind Flecken darauf …»

«Flecken?» Ahnungsvoll nahm Adelina ihr das Laken ab.

«Ich glaube, sie hat es in der Nacht nass gemacht.»

Adelina breitete den Stoff aus und nickte dann. «Sieht ganz so aus, aber …» Ihr Blick fiel auf einen kleinen roten Fleck. «Magda, das hier ist ein Blutfleck!»

«Ich weiß.» Magda hob ratlos die Schultern. «Hab mich auch schon gefragt, wie das sein kann. Das Mädchen ist doch noch zu jung, um …»

«Das ist sie auf jeden Fall.» Grimmig faltete Adelina das Laken wieder zusammen und drückte es ihrer Magd in die Hand. «Pack es zu der anderen Wäsche für den Waschtag. Ich glaube, ich muss mich einmal mit Griet unterhalten.»

«Vielleicht hat sie sich ja irgendwo verletzt», meinte Magda.

«Möglicherweise. Aber das hätte sie mir doch sagen können.»

«Ich glaube, dazu ist sie zu schüchtern, Herrin.»

Adelina legte den Kopf auf die Seite. «Du hast recht. Sie ist ein sehr stilles Mädchen. Und alles hier ist noch sehr neu für sie. Vielleicht hat sie deshalb auch …»

«… eingenässt?»

«Ich sollte mich noch mehr um sie kümmern. Sie ist ja noch ein Kind.»

«Ja, ja, Kinder brauchen viel Zuwendung, wenn man sie vernünftig groß bekommen will.» Auf Magdas Gesicht zeichnete sich ein wehmütiges Lächeln ab. «Ich hatte ja nie das Glück, welche bekommen zu können. Aber ich hab in vielen Haushalten mit Kindern gearbeitet. Ist nicht immer leicht, aber Ihr werdet das schon schaffen, Herrin. Auch wenn sie nicht Euer eigenes Kind ist. Ihr seid genau die richtige Mutter für die Kleine.» Mit diesen Worten drehte sich Magda um und verließ die Küche. Adelina sah ihr einen Augenblick lang verblüfft nach. Die alte Magda sprach selten so vertraut mit ihr. Ihre Worte hatten sie diesmal auf merkwürdige Weise berührt.

Würde sie Griet tatsächlich eine Mutter werden? Wollte sie das überhaupt? Adelina lauschte in sich hinein, während sie sich erneut um den Brotteig kümmerte. Sie wollte Kinder. Wollte selbst welche bekommen. Doch was, wenn das nicht ging? Ob Neklas ihr deswegen wohl böse wäre? Er hatte nie etwas gesagt, nie den Wunsch nach Kindern geäußert. Aber Männer wollten doch auch Kinder, oder nicht? Meistens Söhne, wenngleich sie auch einige Männer kannte, die ebenso vernarrt in ihre Töchter waren. Aber Neklas hatte niemals Derartiges geäußert, und jetzt hatte er ja bereits eine Tochter.

Adelina seufzte. Selbstverständlich würde sie sich bemühen, Griet eine Mutter zu werden. Die Kleine war erst acht Jahre alt. In diesem Alter hatte sie, Adelina, ihre Mutter ebenfalls verloren. Doch damals hatte es keine mütterliche Frau gegeben, die sich um sie gekümmert hätte. Adelina war immer mit ihrem Vater und Vitus allein gewesen. Vitus, der noch ein Säugling gewesen war. Ihn hatte sie damals schon versorgt, sie hatte ihn beinahe allein aufgezogen.

Mit geübten Griffen schob sie den Brotlaib in den Ofen und sah dann nach den Würsten, die mittlerweile zusammen mit dem köchelnden Gemüse einen angenehm würzigen Duft in der Küche verbreiteten.

Adelina wartete bis nach dem Abendessen. Erst als Neklas damit beschäftigt war, Vitus ein neues Spiel mit dessen geliebten Holzfigürchen zu zeigen, und die beiden Mägde sowie Ludowig sich zurückgezogen hatten, sprach sie Griet an.

«Es wird Zeit für dich, zu Bett zu gehen.» Sie gab ihrer Stimme einen belanglosen Klang. «Komm, ich werde dich hinaufbegleiten.» Griet nickte und stand gehorsam auf. Schweigend stiegen die beiden die schmale Stiege bis zur Dachkammer hoch.

In Griets Kammer herrschte penible Ordnung. Die Bettdecke war glatt gestrichen, die Kleider in der Truhe verstaut. Das Wachstäfelchen und die Griffel für den Unterricht bei den Beginen waren sorgfältig in einem kleinen Korb verpackt. Nichts lag herum, nicht einmal ein Spielzeug. Wie anders hatte die Kammer ausgesehen, als Neklas sie noch bewohnt hatte! Damals war der einzige Gegenstand, der sich ordentlich an seinem Platz befand, sein Gelehrtenmantel gewesen.

Griet ging zum Bett, setzte sich und zog ihre Schuhe aus. Adelina half ihr dabei, die Verschnürung am Rücken ihres Kleides zu lösen. Bevor Griet ins Bett schlüpfte, hängte sie das Kleid noch ordentlich an den Haken neben der Tür.

Als sie dann unter die Decke gekrabbelt war, setzte sich Adelina auf die Bettkante. Sie wusste nicht recht, wie sie beginnen sollte. Das Mädchen sah sie mit einer Mischung aus Überraschung und Erwartung an.

«Griet …», fahrig strich Adelina die Decke glatt, dann faltete sie ihre Hände im Schoß. «Ich weiß, das alles hier ist nicht einfach für dich. Neklas … dein Vater hat dich hierher gebracht, weil er dir ein gutes Leben und eine gute Ausbildung verschaffen will.» Adelina blickte auf ihre Hände, die sich mittlerweile ineinander verkrallt hatten. Also löste sie sie voneinander und strich erneut über die Decke. «Ich möchte, dass du weißt, dass du hier auch ein Zuhause hast, nicht bloß eine Lehrstelle.»

Griet sah sie mit großen Augen an, schwieg aber. An den heftigen Bewegungen ihrer Kehle sah Adelina jedoch, dass das Mädchen hart schluckte.

«Ich weiß, ich kann deine Mutter nicht ersetzen», fuhr Adelina fort. «Aber du brauchst nun mal Eltern aus Fleisch und Blut, die sich um dich kümmern. Verstehst du das?»

Griet nickte. Adelina lächelte ihr zu. «Wir sind Fremde für dich, das ist mir bewusst. Dennoch werden wir uns um dich kümmern. Und wenn dich etwas bedrückt, darfst du jederzeit zu mir kommen.»

Wieder nickte Griet, dann senkte sie den Blick. «Hier ist es viel besser als bei Va... Stiefvater in Kortrijk. Alles ist so sauber, und nie sind betrunkene Männer da, die ...» Griet rieb sich über die Augen und sah Adelina wieder an. «Und Ihr kocht auch viel besser, Frau Adelina.»

Adelina lächelte und strich Griet über die schwarzen Locken. «Das freut mich zu hören.»

«Ich hab Angst im Dunkeln.» Den Satz hatte Griet rasch ausgestoßen, so als wolle sie ihn loswerden, bevor sie der Mut verließ.

Adelina nickte leicht und tat, als sei das nichts Besonderes. «Wenn du möchtest, lassen wir die kleine Öllampe an, bis du eingeschlafen bist. Und vielleicht hast du ja ein Püppchen, das dir in der Nacht Gesellschaft leisten kann?»

Griet schüttelte traurig den Kopf. «Stiefvater hat sie

mir weggenommen und in den Ofen gesteckt, weil ich nicht … gehorchen wollte. Aber ich kann auch so schlafen.»

«Nun gut.» Adelina schüttelte innerlich den Kopf über diesen Mann, bei dem Griet hatte leben müssen. «Dann werde ich dich gleich allein lassen.» Sie stand auf und strich dem Mädchen noch einmal übers Haar. «Magda hat heute beim Bettenmachen dein Laken gefunden.»

Griet presste betroffen die Lippen zusammen.

«Darauf waren Blutflecken», fuhr Adelina fort. «Hast du dich irgendwo verletzt?»

Griet stieß heftig die Luft aus. «Nein, ich, äh, das war Nasenbluten.»

«Tatsächlich?» Adelina runzelte die Stirn. «Hast du das öfter?»

«Nur manchmal.» Griet schien unter ihrer Decke zu schrumpfen.

Adelina ließ es dabei bewenden, obwohl sie das Gefühl hatte, dass das Mädchen ihr etwas verschwieg. «Beim nächsten Mal brauchst du das Laken nicht zu verstecken. Und nun schlaf gut.» Sie wollte sich abwenden, doch Griet streckte ihre Arme nach ihr aus und fasste nach ihrer Hand. «Danke, Frau Adelina.»

Adelina drückte die kleine Hand kurz und lächelte wieder. Dabei fiel ihr Blick auf Griets Handgelenk. «Ist schon in Ordnung. Schlaf jetzt.» Sie nickte dem Mädchen noch einmal zu, überprüfte das Öllämpchen, dass es auch ja sicher auf dem Tisch stand, und verließ dann die Kammer.

Als Adelina die enge Treppe hinabstieg und an ihrem Schlafzimmer vorbeikam, sah sie, dass Neklas sich voll bekleidet auf dem großen Bett ausgestreckt hatte. Er war, die Hände hinter dem Kopf verschränkt, eingenickt. Leise machte Adelina noch eine Runde durch das Haus und versicherte sich, dass alle Lichter gelöscht waren und auch sonst überall Ordnung herrschte. Dabei begegnete sie Fine, die wie ein Wächter vor Vitus' Kammertür saß und ihr mit grün leuchtenden Augen entgegenblickte. Adelina schmunzelte. Die Katze benahm sich zuweilen wirklich merkwürdig, viel mehr wie ein Mensch als wie ein Tier. Sie hätte schwören können, wenn Fine einen Finger gehabt hätte, sie hätte ihn an die Lippen gelegt, um Adelina Stillschweigen zu signalisieren.

Sie strich der Katze sanft über den Kopf und bekam zum Dank einen gnädigen Augenaufschlag und ein kurzes Schnurren.

Zufrieden über die friedliche Stille im Haus stieg sie die Treppe wieder hoch und betrat leise die Schlafkammer. Als sie die Tür hinter sich zuzog, schlug Neklas die Augen auf.

«Hast du deinen Rundgang beendet?»

Adelina schwieg, stellte die kleine Öllampe auf der hölzernen Konsole neben dem Bett ab und setzte sich. Sie löste ihre Haube und legte sie sorgsam zusammen. Er lächelte, als sie begann, ihre fest geflochtenen schwarzen Haare zu lösen. «Du wirst die Apotheke morgen geschlossen lassen müssen. Die Beerdigung wird nicht vor Mittag vorbei sein, und das Gefängnis können wir erst am Nachmittag aufsuchen.»

Adelina sagte noch immer kein Wort. Sie schnürte mit gerunzelter Stirn ihre Schuhe auf und spürte, dass

Neklas sie aufmerksam beobachtete. Als er sie wieder ansprach, hörte sie an seiner Stimme, dass er noch immer lächelte.

«Du bist doch wohl nicht noch immer sauer, weil ich dich nicht allein gehen lasse? Falls doch, solltest du mich nun unbedingt wissen lassen, was ich tun kann, um dich wieder zu versöhnen.» Er streckte die Hand nach ihr aus. In diesem Moment blickte sie auf.

«Neklas, mit deiner Tochter stimmt etwas nicht.»

Seine Hand blieb mitten in der Bewegung stehen, dann ließ er sie zurück auf die Matratze sinken. Langsam richtete er sich auf. «Was meinst du damit?»

«Sie hat Bisswunden an der Hand.»

Neklas entspannte sich und lächelte. «Hat sie sich mit Fine angelegt?»

Adelina schüttelte den Kopf. «Die Wunden sind schon älter, glaube ich. Bis auf eine.»

«Gibt es in der Nachbarschaft einen Hund?»

Adelina zog ihre nackten Füße aufs Bett und fuhr sich mit der Hand über die Stirn. «Du verstehst nicht. Diese Bisswunden … ich glaube nicht, dass sie von einem Tier stammen.»

«Nicht von einem Tier? Aber was …?» Neklas hob überrascht die Brauen, dann richtete er sich mit einem Ruck ganz auf. «Willst du etwa behaupten, irgendein Mensch hätte sie gebissen?»

«Nicht irgendein Mensch. Ich glaube, sie hat sich die Wunden selbst zugefügt.» Bevor er auffahren konnte, hielt sie ihn am Ärmel fest.

Er starrte sie an. «Weshalb sollte sie sich selbst verletzen?»

«Ich weiß es nicht. Aber es sieht aus, als habe sie es schon des Öfteren getan.» Sie erzählte ihm von dem

Blutfleck auf dem Bettlaken des Mädchens und verschwieg auch nicht, dass Griet eingenässt hatte. Neklas hörte ihr mit wachsendem Unbehagen zu und fuhr sich ein ums andere Mal mit den gespreizten Fingern durch die wirren Locken.

«Sie hat auch Angst im Dunkeln», schloss Adelina. «Das hat sie mir vorhin gestanden. Ich habe ihr das kleine Öllämpchen angelassen.»

«Wir müssen mit ihr darüber sprechen», meinte Neklas. «Sie muss uns sagen …»

«Gar nichts wird sie uns sagen.» Adelina schüttelte ernst den Kopf. «Sie ist vielleicht deine Tochter … unsere Tochter», verbesserte sie sich, sodass er überrascht den Kopf hob. «Aber sie ist fremd hier. Zu keinem von uns hat sie bisher rechtes Vertrauen gefasst. Und wie auch nach der kurzen Zeit, die sie erst hier ist? Wir müssen ihr etwas Zeit geben.»

«Aber die Wunden und die Angst … Wir müssen doch etwas unternehmen!»

«Wir werden ein Auge auf sie haben. Mehr können wir nicht tun. Wenn ihr wirklich etwas fehlt und sie sich aus irgendeinem Grund selbst verletzt, helfen wir ihr sicher nicht, wenn wir sie zwingen, darüber zu sprechen.» Seufzend lehnte Adelina sich zurück. «Die Angst im Dunkeln muss damit überhaupt nichts zu tun haben. Viele Kinder fürchten sich in der Nacht. Ich selbst bin hin und wieder zu meinen Eltern ins Bett gekrochen, wenn ich mich im Dunkeln gefürchtet habe.»

«Das haben sie dir erlaubt?» Plötzlich musste Neklas schmunzeln.

«Warum nicht?» Adelina lächelte zurück. «Sobald ich eingeschlafen war, hat mich mein Vater zurück in mein Bett getragen.» Sie legte den Kopf auf die Seite und schwelgte für kurze Zeit in Erinnerungen. «Ich war kein ganz einfaches Kind.»

«Du bist auch keine ganz einfache Ehefrau», erwiderte Neklas lächelnd und zog sie an sich. «Ist es denn so, wie du gesagt hast? Wird Griet unsere Tochter werden?»

Adelina lehnte ihren Kopf an seine Schulter. «Ich will es hoffen», antwortete sie und gähnte. «Sie ist ein liebes Mädchen und hat einen wachen Geist.»

Neklas ließ sich mit Adelina in seinem Arm zurück in die Kissen sinken und zog ihr die Decke bis zu den Schultern hoch. Sie kuschelte sich an ihn und schloss die Augen. «Vielleicht bleibt sie ja auch unser einziges Kind», murmelte sie, dann schlief sie ein.

8

Während des Trauerzuges für Anton Keppeler setzte der erste Regen seit Wochen ein. Zuerst nieselte es nur aus den tief hängenden Wolken, die über Nacht aufgezogen waren, doch schon bald fielen die ersten schweren Tropfen.

In der überfüllten Gemeindekirche St. Brigiden roch es denn auch von Minute zu Minute unangenehmer nach nasser Wolle und Schweiß. Die Angehörigen der Zunft Himmelreich mit ihren Familien hatten heute das Vorrecht, ganz vorne in der Nähe des Altars und des aufgebahrten Sarges zu stehen. Alle anderen Gottesdienstbesucher – und es waren an diesem Tag sehr viele angesichts der Anwesenheit des Abtes von Groß St. Martin – mussten sich hinter ihnen zusammenquetschen und würden höchstwahrscheinlich kaum etwas von den Worten der heiligen Messe mitbekommen.

Adelina war nicht ganz bei der Sache. Sie musterte immer wieder aus den Augenwinkeln ihre Zunftbrüder und die anwesenden Ratsherren. Wer von ihnen hätte wohl einen Grund, Keppeler und van Kneyart umzubringen? Je länger sie darüber nachdachte, desto deutlicher wurde ihr, dass von den Stadträten beinahe jeder in Frage kommen konnte. Die Tinte auf der neuen Stadtverfassung war noch nicht ganz getrocknet, und wenn Thönnes van Kneyart tatsächlich ein Verräter gewesen sein sollte, dem jemand auf die Schliche gekommen war …

Adelina atmete tief ein. Es musste kein Ratsherr gewesen sein. Nein, eher einer der Zunftbrüder, das wäre logischer. Denn vielleicht wollte der Täter den Verräter beseitigen und dann seinerseits van Kneyarts Amt übernehmen. Oder sein Geschäft. Oder sogar beides.

Schaudernd richtete Adelina ihren Blick wieder auf den Altar und den Abt, der bereits mitten in der lateinischen Liturgie war und die Hände segnend ausgebreitet hatte. Doch ihre Gedanken wanderten weiter.

Selbst wenn jemand an van Kneyart Selbstjustiz geübt hatte, erklärte das noch nicht die Vergiftung Keppelers. Es sei denn, jemand wollte, wie Neklas und Reese schon einmal angedacht hatten, sowohl das Geschäft des Goldschmieds als auch den vorgesehenen Schöffenposten Keppelers an sich bringen. Nur, würde jemand derart kaltblütig vorgehen?

Ihr Blick wanderte wieder über die Trauergäste und blieb an Entgen hängen. Die Schwester des Goldschmieds schien in den letzten Tagen sehr gealtert zu sein. Um ihre Mundwinkel hatten sich tiefe Furchen eingegraben, und sie hatte ihre rotgeränderten Augen stoisch auf den Sarg gerichtet. Ihre Lippen formten unablässig tonlose Worte.

Vielleicht sollte ich mich ein wenig um sie kümmern, dachte Adelina. Bestimmt leidet sie noch immer unter Schlaflosigkeit. Vielleicht kann Neklas sie behandeln.

Neben Entgen stand die Witwe des Verstorbenen mit ihren Kindern. Alle machten sehr gefasste Gesichter.

Dies änderte sich erst, als der Trauerzug die Kirche wieder verließ und hinter den Sargträgern, sechs kräftigen Zunftbrüdern, den Kirchhof und das offene Grab ansteuerten. Nun setzte ein lautes Weinen und Wehklagen ein. Die Witwe tupfte sich unablässig die

Augen, und mehrere Klageweiber rangen die Hände und schluchzten herzzerreißend, während drei Benediktinermönche psalmodierten und der Abt selbst das Weihrauchgefäß schwang.

Der Regen hatte sich verstärkt und prasselte unablässig auf die Menschen nieder. Ein leichter Wind kam auf und Adelina meinte, in der Ferne leises Donnergrollen zu vernehmen. Hoffentlich würde das Unwetter nicht allzu schlimm werden.

Die Luft hatte sich merklich abgekühlt, als sich Adelina und Neklas frühzeitig vom Leichenschmaus im Zunfthaus verabschiedeten. Der Regen hatte aufgehört, doch ein scharfer Wind trieb bereits neue Wolken von der Eifel her auf die Stadt zu. Und noch immer grollte der Donner in der Ferne.

Schweigend liefen die beiden nebeneinander her in Richtung Rhein. Erst als die Weckschnapp bereits in Sicht kam, ergriff Neklas das Wort. «Womöglich ist Ludmilla tatsächlich unschuldig.»

Adelina sah ihn überrascht von der Seite an. Er verzog das Gesicht zu einer grimmigen Miene. «Auf dieser Beerdigung hatte doch beinahe jeder Trauergast einen vorstellbaren Grund, van Kneyart und Keppeler aus dem Weg zu schaffen. Sei es aus politischen oder aus geschäftlichen Gründen.»

«Beängstigend», stimmte Adelina zu.

«Aber es scheint mir eher unwahrscheinlich, dass einer von diesen Männern Ludmilla überhaupt kennt.»

«Aber ihre Frauen werden sie vielleicht kennen, vor allem, wenn die eine oder andere schon einmal eine schwere Geburt hatte.»

Nun war es an Neklas, Adelina überrascht anzusehen. Sie zuckte mit den Schultern und blieb ein paar

Schritte vor dem Eingang des Gefängnisturmes stehen. «Es ist trotzdem unwahrscheinlich, da hast du recht.»

«Dann sollten wir herausfinden, wie der Täter auf anderem Wege an Eisenhut gekommen ist.»

«Oder Eisenhutessenz. Die kann man in jedem Laboratorium herstellen, wenn man die Pflanze hat.» Sie sahen einander einen Moment lang besorgt in die Augen.

«Wir sollten uns jetzt erst einmal auf die Hübschlerinnen konzentrieren», befand Neklas und pochte energisch an die Eingangstür. Nur Augenblicke später wurde sie aufgerissen. Der Wachsoldat runzelte unfreundlich die Stirn, erkannte dann jedoch den städtischen Medicus.

«Was wünscht Ihr?»

«Ich möchte die Gefangenen aufsuchen und auf ihren Gesundheitszustand hin untersuchen. Meine Gemahlin, die Apothekerin ist, begleitet mich, falls es nötig sein sollte, dass sie Arzneien zusammenstellen muss.»

«Ach.» Der Wächter verzog spöttisch die Mundwinkel, enthielt sich jedoch eines Kommentars. «Ihr könnt raufgehen, müsst jedoch warten. Ein Pfaffe ist gerade bei den Weibern. Ist nur 'ne Minute vor Euch gekommen. Ist heute der reinste Taubenschlag hier.»

Die beiden nickten und betraten hinter ihm den Turm.

«Pitter!», brüllte er, und sofort tauchte ein zweiter Soldat aus einem Raum hinter der Treppe auf. «Hier ist noch mehr Besuch für die Weiber oben. Der Stadtarzt und die Frau Apothekerin. Wollen die Liebchen oben gesund pflegen.»

Der Soldat namens Pitter zuckte nur mit den Schultern. «Bei den jungen würd es sich ja vielleicht noch lohnen, aber die Alte ist doch fast hinüber nach der letzten Befragung.»

Adelina zuckte zusammen. «Was ist mit Ludmilla?»

Wieder erhielt sie nur ein gleichgültiges Schulterzucken zur Antwort. «Was schon. Die pfeift auf dem letzten Loch. Mussten gestern die Befragung abbrechen, weil sie einfach umgekippt ist. Wenn Ihr mich fragt, die könntet Ihr so auf die Straße legen. Die tut keinem mehr was. Ist sowieso 'ne Schande. Die Alte hat seinerzeit meiner Base im Wochenbett beigestanden, als es ihr so schlecht ging. Und sie hat Mutter und Kind gerettet. So eine vergiftet nicht einfach die Leute.»

«Halt's Maul, Pitter», knurrte der Torwächter. «Bring die zwei nach oben und schick sie zu den Weibern rein, wenn der Pfaffe raus ist.»

Pitter geleitete sie die Treppe hinauf und führte sie dann in ein Gelass am Anfang des Zellentraktes.

«Wartet hier.» Er wies auf die kahle Steinbank unter dem schießschartenartigen Fensterchen. «Wenn der Priester weg ist, sag ich Bescheid.» Er ging fort, und kurz darauf hörte man den Riegel einer der Zellen quietschen und leise Stimmen. Dann quietschte ein zweiter Riegel. Pitter kam wieder zurück. «Dauert noch 'n bisschen. Er wollte noch unbedingt zu der Alten.» Damit verschwand er wieder. Neklas setzte sich auf die Bank, Adelina jedoch war zu unruhig. Sie ging ein paar Schritte auf und ab, dann trat sie auf den Gang hinaus und lief zu Ludmillas Zellentür. Drinnen hörte sie die Stimme des Priesters, konnte die Worte jedoch nicht verstehen. Leise trat sie noch näher an die Tür und sah sich dabei vorsichtig um. Doch der Soldat Pitter war nicht zu sehen.

Nun war von drinnen ein Husten und dann Ludmillas krächzendes Lachen zu vernehmen. «So hast du mich also gefunden.»

«Ich habe nicht nach dir gesucht», antwortete die Stimme des Geistlichen.

Neklas war Adelina inzwischen gefolgt, und sie winkte ihm, rasch näher zu kommen.

«Der Heilige Geist hat mich zu dir geführt», fuhr der Geistliche fort. Adelina runzelte die Stirn. Wo hatte sie diese Stimme nur schon einmal gehört?

«Der Heilige Geist, hä?» Wieder lachte Ludmilla und hustete erneut krampfhaft. «Na, meinetwegen. Nun weißt du also, wo ich bin, mein lieber Bruder im Herrn.» Wieder lachte sie. Diesmal klang es ausgesprochen gehässig. «Im Herrn», wiederholte sie. «Und was willst du jetzt machen? Mich zurückschleppen? Wird dir wohl kaum gelingen. Die lassen mich hier verrotten. Und selbst wenn es dir gelingen sollte, das Kloster gibt es doch schon lange nicht mehr. Ist in Rauch und Flammen aufgegangen, und damit auch jeglicher Beweis über meine Herkunft.»

«Das interessiert mich nicht», erwiderte der Priester. «Die würden dich sowieso nicht wieder aufnehmen nach dem gottlosen Leben, das du all die Jahre geführt hast. Nein, du bist genau da, wo du hingehörst.» Seine Stimme war nun nicht mehr nur streng, sie war bitterböse. «Ich habe mich erkundigt. Über dich und was man dir vorwirft. Und in einem bin ich mir sicher: Die irdische Strafe, die dich erwartet, ist nicht einmal ansatzweise das, was du verdient hast. Deine Gottlosigkeit …»

«Weshalb bist du hier?», unterbrach Ludmilla ihn unwirsch.

Einen Moment lang herrschte Stille, dann antwortete er: «Ich will, dass du gestehst und Reue zeigst.» Man hörte leises Schlurfen wie von Sandalen auf dem Steinboden der Zelle. «Gestehe und nimm deine gerechte Strafe an, hörst du, Schwester! Nur so kannst du deine Seele noch vor der ewigen Verdammnis retten.»

Adelina atmete scharf ein bei seinen Worten und starrte Neklas mit großen Augen an. Er legte jedoch nur den Finger auf die Lippen.

«Ich will dir helfen …», sprach der Priester weiter, doch Ludmilla unterbrach ihn.

«Helfen, helfen», äffte sie ihn nach. «Du bist ein solcher Heuchler, Thomas. Ein solcher Heuchler.» Ein Keuchen erklang und dann wieder ein heiseres Lachen. «Du willst allenfalls dir selbst helfen. Kannst es nicht ertragen, dass du eine Schwester wie mich hast. Was wäre dir denn am liebsten? Dass sie mich hängen? Nein? Dass sie mich verbrennen wie die Ketzer, die ihr meint, ausrotten zu müssen? Oder gar wie eine Hexe? Bitte, ich kann es nicht verhindern. Labe dich an meinem Elend, das konntest du schon immer gut.» Ludmillas Stimme wurde immer leiser, ihr Atem kam in rasselnden Stößen.

«Ich werde für die Errettung deiner Seele beten», sprach der Priester unbeeindruckt. «Denk an meine Worte! Bekenne dich, dann kannst du Gottes Gnade am Jüngsten Tag erwarten.»

«Tu, was du nicht lassen kannst», krächzte Ludmilla. «Aber ich werde nichts bekennen, was ich nicht getan habe. Und nun geh!»

Die Antwort des Geistlichen konnten Adelina und Neklas nicht mehr verstehen, da sie sich rasch ein Stück von der Tür entfernten und gleichzeitig aus dem Zelleninneren ein lautes Klopfen ertönte. Fast im gleichen Moment tauchte Pitter am Treppenabsatz auf, eilte an den beiden vorbei und öffnete die Zellentür. Heraus trat der auch heute in makelloses Weiß gewandete Dominikanermönch, der kürzlich auf dem Alten Markt gepredigt hatte.

Adelina starrte ihn einen Moment lang an. «Ihr!», stieß sie wütend hervor. Der Mönch musterte sie erstaunt. Offenbar erkannte er sie nicht wieder. Sein Blick wanderte zu Neklas, und plötzlich weiteten sich seine Augen. Dann breitete sich ein süffisantes Lächeln auf seinen schmalen Lippen aus. «Magister Neklas Burka! Wie klein ist doch die Welt.»

«Bruder Thomasius.» Mehr sagte Neklas nicht, doch seine Stimme hatte einen merkwürdigen Unterton, und er starrte den Mönch mit finsterer Miene an. Adelina blickte überrascht zwischen den beiden Männern hin und her.

Thomasius' Lächeln vertiefte sich noch, und er zischte: «Eine hübsche Begleiterin habt Ihr da. Weiß sie, wer Ihr seid? Vermutlich nicht, sonst hätte sie wahrscheinlich längst die Flucht ergriffen.»

Nun fixierte er Adelina. «Wisst Ihr über ihn Bescheid? Ich gebe Euch einen Rat, haltet Euch von diesem Mann fern, wenn Euch Eure Seele lieb ist. Oder …» Thomasius kniff die Augen zusammen, als er den Zorn in Neklas' Gesicht aufflackern sah. Aufmerksam musterte er Adelina, und sein Blick wanderte von ihrer Haube zu ihren Händen. An ihrer Rechten trug sie den Ehering, den Neklas ihr zur Vermählung geschenkt hatte.

«Oder seid Ihr am Ende sein Weib?» Der Mönch gluckste und lachte dann laut auf. «Sein Weib, ha!» Er ging an den beiden vorbei die Treppe hinunter. Sein hemmungsloses Lachen schallte in dem engen Turm wider, bis er zur Tür hinaus war.

Adelina blickte Neklas mit größtem Erstaunen an. «Kennst du etwa diesen …»

«Später», stieß er zwischen zusammengebissenen Zähnen hervor und fixierte den Punkt, an dem Bruder Thomasius eben noch gestanden hatte. «Später, Lina.» Er hob den Kopf, und sie erschrak über den giftigen Ausdruck in seinen Augen. Doch das Aufflackern erlosch im nächsten Augenblick, und er schüttelte müde den Kopf. «Nicht hier.»

Pitter, der gelangweilt an der Zellentür lehnte, brummelte vor sich hin. «Was is' denn nun, wollt Ihr zu der Alten oder nicht?»

Also betraten sie gemeinsam die Zelle, die hinter ihnen wieder zugeknallt und verriegelt wurde.

Ludmilla kauerte auf ihrer Strohschütte, vor sich eine Schale mit Haferbrei, und blickte ihnen aus eingefallenen Augen entgegen.

«Du schon wieder», stellte sie lapidar fest. «Und heute hast du deinen Gemahl mitgebracht. Wozu?»

Neklas ging neben ihr in die Hocke und begann, die alte Frau zu untersuchen, ohne auf ihren Protest zu achten.

«Du solltest den Brei essen», befand er. «Sonst verlassen dich deine Kräfte.»

Ludmilla schüttelte den Kopf. «Die haben mich schon lange verlassen, mein Junge. Da könnt auch Ihr nichts dran ändern.»

«Ludmilla.» Adelina trat nun ebenfalls näher. «Was wollte dieser Dominikaner von dir?»

«Thomas?» Ludmilla kicherte gehässig. «*Bruder Thomasius.*» Sie betonte die Worte, als spräche sie über ein besonders hässliches Insekt. «Er war hier, um mein Seelenheil zu retten, wie er sagt. Und um zu sehen, wie ich leide.»

«Er war abscheulich zu dir.»

«Hast du uns belauscht?» Vorsichtig richtete sich Ludmilla ein wenig auf und sogleich knackten ihre Gelenke. Sie verzog das Gesicht. «Natürlich war er abscheulich. Er ist mein Bruder, und er verachtet mich, weil ich es hinter Klostermauern nicht ausgehalten habe.»

«Bruder Thomasius ist dein leiblicher Bruder?», hakte Neklas ungläubig nach.

«Wir haben dieselben Eltern, ja. Das ist aber auch schon alles, was uns verbindet.»

«Und warum war er dann hier?», fragte Adelina.

Ludmilla sah sie an, als sei sie begriffsstutzig. «Das sagte ich doch. Er war hier, weil er glaubt, meine Seele retten zu müssen, indem er mich dazu bringt, die Taten zu gestehen, die man mir vorwirft.»

«Er ist verrückt», meinte Adelina mit einem verständnislosen Kopfschütteln.

«Er ist gefährlich», korrigierte Neklas. «Und leider muss ich ihm recht geben mit dem, was er gesagt hat. Die Welt ist wirklich verdammt klein.» Er richtete sich wieder auf und ging in der engen Zelle auf und ab. Bei der Fensteröffnung blieb er stehen und drehte sich um. «Du bleibst also bei deiner Aussage, dass du nichts mit dem Eisenhut zu tun hast.» Es war mehr eine Feststellung als eine Frage, und er schien auch keine Antwort zu erwarten, denn er sprach sogleich weiter: «Du weißt aber, wo man hier in der Gegend Eisenhut findet.»

«Nein.» Ludmilla schüttelte den Kopf. «Aber ich weiß, wo ich ihn suchen muss.»

«Wie auch immer.» Er blickte auffordernd zu Adelina herab.

Sie nickte und legte Ludmilla eine Hand auf den knochigen Arm. «Kennst du jemanden aus dem Stadtrat? Oder vielleicht die Ehefrau eines Ratsherrn?»

«Pah, eine? Etliche! Wenn die Hebammen der Stadt nicht mehr weiter wissen, erinnern sie sich an mich. Dann bin ich plötzlich gut genug.»

«Also hast du der einen oder anderen schon bei einer schwierigen Geburt beigestanden. Auch bei … anderen Problemen?»

Schweigend blickte Ludmilla ihr in die Augen.

«Also ja», schloss Adelina.

Neklas trat einen Schritt näher. «Glaubst du, jemand beschuldigt sie, um sie aus dem Weg zu räumen?»

«Möglich wäre es doch immerhin.» Adelina wandte sich wieder zu Ludmilla. «Kannst du dir jemanden vorstellen, der dir Böses will?»

Ludmilla lachte. «Außer Thomas? Alle und niemand.»

«So kommen wir nicht weiter.» Ungeduldig nahm Neklas seine Wanderung durch die Zelle wieder auf. «Nehmen wir mal an, du warst am Tag von van Kneyarts Tod nur zur falschen Zeit am falschen Ort. Niemand hätte dich mit dem Eisenhut in Verbindung gebracht. Wen hätte man stattdessen verdächtigt?»

«Die Apotheker», antwortete Adelina. «Die Ärzte.»

Ludmilla räusperte sich und spuckte eitrigen Schleim in die Ecke neben der Strohschütte. «Ihr beide wärt die ersten gewesen, zu denen sie gerannt wären.»

«Meine Sammelweiber sind über jeden Zweifel erhaben.»

«Die vielleicht.» Ludmilla zog sich die Decke, die

Adelina ihr beim letzten Mal gebracht hatte, um die Schultern. «Du könntest dir das Zeug ja auch gekauft haben. Es gibt vielleicht Leute, die hier durchreisen und so ein Gift feilbieten.»

«Diese Möglichkeit haben wir noch nicht in Betracht gezogen», stimmte Neklas zu. «Ein Spezereienhändler, der sich mit so was heimlich ein lukratives Zubrot verdient, ein Weinhändler, der das Getränk zum Mischen gleich mitliefert …»

«Und wenn er nur auf der Durchreise war, werden wir nie erfahren, wer es war», ergänzte Adelina. «Also müssen wir herausfinden, ob sich in letzter Zeit jemand in Köln aufgehalten hat, der den Leuten Gift verkaufte …»

«… wenn sie genug zahlen konnten. Der Käufer müsste jemand mit Geld sein. Kein armer Schlucker», ergänzte Neklas. «Ich werde mich umhören.»

Adelina erhob sich und ging zur Tür, um sich bei Pitter bemerkbar zu machen. «Ludmilla, du musst essen und trinken. Ich lasse nicht zu, dass sie dich verurteilen. Aber wenn du nicht bei Kräften bleibst, könnte alles umsonst sein.»

«Ja, nun geht schon», winkte die alte Frau unwirsch ab. «Unkraut vergeht nicht, und solange sie mir nicht die Knochen brechen, werd ich's schon aushalten.»

«Nun gut. Aber nimm dies», Adelina kehrte noch einmal um und nestelte einen kleinen Salbentiegel aus ihrer Gürteltasche hervor, «für deine Hände.» Sie reichte Ludmilla den Tiegel, den diese widerwillig entgegennahm und scheinbar achtlos beiseitelegte. «Die Salbe brennt ein wenig, aber sie wird helfen, deine Finger zu heilen. Benutze sie!» Beschwörend blickte Adelina der Alten in die Augen, dann wandte sie sich wieder um.

Neklas folgte Adelina zur Tür, und als Pitter ihnen öffnete, traten sie schweigend auf den Gang und folgten ihm zu der Zelle, in der die Dirnen eingesperrt waren.

«Sie hat die Hoffnung aufgegeben.» Adelina hob verzagt die Schultern.

«Sie ist eine alte Frau», meinte Neklas. «Viel länger hält sie es in dieser Zelle nicht aus.»

«Wünsche viel Vergnügen bei den Damen», unterbrach Pitter ihn und schob den Riegel zurück.

In der Zelle, die nicht größer war als Ludmillas, kauerten vier Frauen auf einem zerwühlten Strohlager. Als Adelina und Neklas eintraten, drängten sie sich instinktiv zusammen.

Es herrschte ein für die Augen ermüdendes Zwielicht, denn auch hier gab es nur eine vergitterte Schießscharte als Fenster. Die Luft war muffig und verbraucht; der Fäkalieneimer stank. Zu allem Überfluss lag das Fensterchen zur Wetterseite hin und der Regen, der wieder eingesetzt hatte, wurde von heftigen Windböen hereingepeitscht. Auf dem Boden hatte sich bereits eine kleine Pfütze gebildet.

«Ich will nicht nochmal befragt werden», heulte eine der Dirnen auf, ein noch junges, und unter all dem Schmutz sogar recht hübsches, Mädchen.

«Halt den Schnabel, Elsbeth», fauchte die Frau neben ihr, die ihrer Leibesfülle nach nur die Dicke Trin sein konnte. «Das ist nicht der Folterknecht.»

«Ich bin Magister Neklas Burka», stellte Neklas sich vor. «Der städtische Medicus.»

«Der Medicus?» Die älteste der vier Frauen, wahrscheinlich die Hauswirtin des Dirnenhauses, brachte ein Lachen zustande. «Was denn, wollt Ihr uns nun etwa auch noch balsamieren? Oder uns zu Tode pflegen?»

«Ich bin hier, um mich über euren Gesundheitszustand zu informieren. Wenn ihr Arzneien braucht, werdet ihr sie bekommen.» Er sah Adelina von der Seite an, dann blickte er wieder auf die zerlumpten Frauen. «Außerdem haben wir ein paar Fragen an euch.»

«Fragen, Fragen. Immer nur Fragen!», keifte die vierte der Frauen, die offensichtlich schwanger war und damit nur Änne sein konnte. «Wie viele Fragen sollen wir denn noch beantworten? Wir wissen doch nichts!»

«Vielleicht hat man euch bisher nur die falschen Fragen gestellt», schoss Adelina zurück. Ob ihres scharfen Tons blickten die vier Dirnen überrascht auf.

«Euch kenne ich», sagte die Wirtin, Mutter Berta. «Ihr seid doch die Apothekerin vom Alter Markt. Und wenn ich mich recht entsinne, habt Ihr diesen Herrn Magister kürzlich geheiratet. Ja, ja, solche Geschichten kennt man auch in unserem Viertel. Was ist, seid Ihr zu seinem Schutz mitgekommen? Dachtet Ihr, er könnte den Reizen meiner Mädchen erliegen? Wie Ihr seht, besteht da augenblicklich keine große Gefahr.»

Adelina kniff erbost die Augen zusammen, sagte jedoch nichts. Die kleine Elsbeth begann wieder erbärmlich zu schluchzen. «Es ist alles so schrecklich! Ich will hier nicht sein. Ich hab doch dem Thönnes nichts getan.» Sie schniefte vernehmlich und barg ihr Gesicht an Trins Schulter, obgleich diese sich angewidert abwandte.

Neklas ging in die Hocke und untersuchte Elsbeths nackte, offenbar vom spanischen Stiefel geschundenen Füße. Adelina sah ihm zu und holte Wachstäfelchen und Griffel aus ihrer Gürteltasche.

«Ringelblumensalbe», sagte Neklas ohne hochzusehen. «Und etwas gegen die Entzündung am Knöchel.»

Adelina schrieb seine Anweisungen auf. Elsbeth drehte ihren Kopf ein wenig und wagte einen Blick auf den Medicus. Aus ihren Augen kullerten noch immer Tränen, doch nun schien sie ihre erste Angst zu überwinden. «Eure Hände fühlen sich schön warm an. Hier ist alles so kalt! Ich halte das nicht mehr aus. Und Thönnes ist tot, und alle glauben, ich hätte ihn vergiftet.»

Die dicke Trin gab ihr einen warnenden Rippenstoß. «Du sollst doch den Schnabel halten, du dumme Nuss!» Und zu Neklas säuselte sie mit einem Grinsen, das eher ein Abklatsch ihres sonst wohl verführerischen Lächelns war: «Wenn Ihr jemanden mit Euren Händen wärmen wollt, versucht es doch bei mir. Da werdet Ihr mehr Freude dran haben als an diesem weinerlichen Kleinkind. Und seht, was sie mit mir gemacht haben!» Sie hielt ihm, grazil, wie sie wohl dachte, ihre rechte Hand hin. An Handgelenk und Fingern schillerten Blutergüsse von bräunlichgelb bis lila.

Neklas untersuchte die Hand, ohne auf ihre Worte einzugehen oder eine Miene zu verziehen. «Kühlende Umschläge mit Kräutern, die helfen, die Blutergüsse aufzulösen», diktierte er. «Und noch mehr Ringelblumensalbe.» Er blickte Elsbeth ins verweinte Gesicht. «Man sagt, du habest den Ratsherrn van Kneyart sehr gut gekannt. Ist er regelmäßig zu dir gekommen?»

Mit zitternden Fingern fuhr sich Elsbeth über die Nase. «Er kam immer donnerstags und sonntags. Das hab ich doch schon so oft erzählt! Aber er war nicht nur ein Kunde. Er … er …», wieder schluchzte sie auf. «Er wollte mir helfen und mich aus der Stadt bringen. Nach Bonn vielleicht, da hat er ein Haus gekauft. Er wollte mir doch helfen, wieder ehrbar zu werden.» Auf Trins und Ännes hämisches Auflachen hin richtete sich die junge Frau zornig auf. «Es stimmt! Ihr glaubt mir das nicht, aber er hat es mir versprochen. Er hat gesagt, er lässt mich in dem Haus wohnen, und wenn ein bisschen Zeit vergangen ist, würde er mich zurückholen und heiraten. Das hat er gesagt. Und er hat es auch gemeint!»

«Du willst damit also sagen, du habest so etwas wie eine Liebschaft mit ihm gehabt?», hakte Adelina nach. Ihr Griffel schwebte über dem Wachstäfelchen. Sie wartete auf weitere Anweisungen von Neklas.

«Weidenrindensud», kam denn auch seine Stimme. Er kniete inzwischen neben Änne. «Und etwas Kräftigendes für die werdende Mutter. Wir wollen doch nicht, dass sie das Kind vor der Zeit verliert.»

«Das ist denen doch egal», fauchte die Schwangere.

«Es war nicht bloß eine Liebschaft!», begehrte Elsbeth indes auf. «Er hat mich gefragt, ob ich ihn heiraten will, später, wenn alles vorbei ist. Ganz offiziell.»

«Offiziell!» Trin sah sie mit einer Mischung aus Mitleid und Spott an. «So offiziell, dass nur ihr beide davon wusstet. Oder willst du mir vielleicht weismachen, dass er das auch in seinen Ratssitzungen erzählt hat? Nee, nee, warten wollte er. Wahrscheinlich, bis du schwarz geworden wärst. Ich kenne solche Männer. Versprechen einem das Blaue vom Himmel, damit man ihren widernatürlichen Gelüsten entgegenkommt.»

«Er hatte keine widernatürlichen Gelüste!» Elsbeths Tränen waren nun versiegt, und sie hatte sich in eine wütende Furie verwandelt. «Er hat mich geliebt! Er hat sogar seiner Schwester davon erzählt. Und seinem Vetter, und einfach allen aus seiner Familie!»

«Das glaubst du doch selbst nicht.» Berta schüttelte nachsichtig den Kopf. «Er hat dir eine Menge Flausen in den Kopf gesetzt, das ist alles.»

«Vier Wolldecken, Kampferumschläge», sagte Neklas und erhob sich. «Du hast eine raue Stimme», meinte er zu Berta. «Wir sollten versuchen, das Kratzen in der Kehle zu lindern. Wenn du hier drin einen Lungenkatarrh bekommst, bist du verloren.»

Adelina kritzelte die Anweisungen nieder und schob das Täfelchen zurück in die Gürteltasche. Dann wandte sie sich noch einmal an Elsbeth. «Du hast eben gesagt, van Kneyart habe dich heiraten wollen, wenn alles vorbei ist. Was hat er damit gemeint?»

Elsbeth hob die Schultern. Sie rang sichtlich mit ihrer Fassung. «Weiß ich nicht. Ich dachte erst, er meint, bis die Leute meinen Beruf vergessen haben. Doch ich glaube, er hatte auch noch andere Sorgen. Aber er hat nicht mit mir darüber gesprochen.»

«Auch keine Andeutungen gemacht?»

«Ich weiß nicht. Nein. Ich verstehe doch auch nichts von seinem Geschäft oder vom Stadtrat und all den Sachen.»

«Also hatte er Probleme mit seiner Goldschmiede? Oder mit einem anderen Ratsherrn?», hakte Neklas sofort nach und kniff argwöhnisch die Augen zusammen, als Elsbeth den Kopf senkte und schwieg. «Komm schon, Mädchen, du weißt doch etwas!»

«Mit …» Elsbeth verschränkte ihre zierlichen, schmutzigen Finger im Schoß. «Mit der Schmiede war nichts. Er hat immer gesagt, wenn ich mal seine Frau bin, dann würde es mir richtig gutgehen, und er würde mich mit Goldschmuck behängen, jeden Tag.»

Trin stieß wieder ein verächtliches Lachen aus. Im

nächsten Moment klatschte es laut. Elsbeth hatte ihr die flache Hand ins Gesicht geschlagen. Trin fasste sich an die Wange und starrte die kleine Frau überrascht an.

Elsbeth lehnte sich gegen die feuchtkalte Wand und schloss für einen Augenblick die Augen. Als sie sie wieder öffnete, sagte sie: «Es muss etwas im Stadtrat gewesen sein. Er hat manchmal so vor sich hin gemurmelt und gemeint, da gäbe es eine ganz große Schweinerei, und dass er sich das nicht länger mit ansehen könne. Aber mehr weiß ich wirklich nicht.» Dann fuhr sie plötzlich auf: «Doch, einmal hat er gesagt, wenn er den Mistkerl kriegt, dreht er ihm den Hals um.»

«Wen hat er damit gemeint?» Interessiert trat Adelina einen Schritt näher.

Elsbeth hob wieder die Schultern. «Wenn ich das wüsste, würde ich es bestimmt sagen. Ich will doch hier raus. Und vielleicht hat ja dieser Kerl auch Thönnes umgebracht und will es jetzt mir anhängen.»

Plötzlich ratschte der Riegel an der Tür. «He da drin, Besuchszeit ist um. Was treibt Ihr denn so lange?» Pitter steckte den Kopf herein und grinste dreckig. Seine Miene verzog sich jedoch enttäuscht, als er keine verfängliche Situation ausmachen konnte.

Neklas trat zur Tür und zog Adelina am Arm mit sich. «Lass uns gehen.» Über die Schulter meinte er zu den Dirnen: «Wir bringen euch die Arzneien so bald wie möglich.»

Pitter knallte die Zellentür unnötig laut wieder zu und brachte sie zum Ausgang. Neklas drückte ihm eine Münze in die Hand, bevor er Adelina erneut am Arm nahm und sie mit sich von der Weckschnapp fortführte.

Der Regen hatte inzwischen wieder nachgelassen und war in ein leichtes Nieseln übergegangen. Auch der Wind hatte sich beruhigt, sodass die feuchte Luft sich nun wieder in den Gassen staute, je weiter sie sich vom Rhein entfernten. Adelina fröstelte. Ein Unwetter lag noch immer in der Luft, und sie dache bei sich, dass ihr wohl auch daheim einiges bevorstehen würde.

9

Bei ihrer Heimkehr fanden sie das Haus in ungewöhnlicher Ruhe vor. Ludowig war mit dem Karren losgezogen, um Holz zu holen, und hatte Vitus mitgenommen. Albert lag auf der Ofenbank in der Küche und schlief, und Magda arbeitete mit Griet im Garten, den sie bereits für die kalte Jahreszeit vorbereiten wollte.

Franziska saß in der Küche über einem großen Korb Flickwäsche. Als Adelina und Neklas den Raum betraten, sprang sie von der Bank auf.

«Herr Magister, da war ein Mönch an der Tür, vor einer Stunde. Er wollte unbedingt ins Haus, aber ich hab ihn nicht gelassen. Und weil Ludowig da war, konnte ich ihn auch wieder wegschicken», sprudelte es aus ihr heraus. «Ich glaube, das war der Prediger, der neulich auf dem Marktplatz war, Herrin.» Sie blickte Adelina mit einer Mischung aus Neugier und Missmut an. «Er war sehr unhöflich. Und dann hat er mir, bevor er ging, das Kreuzzeichen auf die Stirn gemacht und gemeint, ich sei eine arme Seele. Was hat er denn damit gemeint?»

«Thomasius.» Neklas knirschte mit den Zähnen.

Adelina blickte ihn verärgert an. «Was hast du mit diesem …»

«Später», wehrte er ab. «Ich habe noch was zu erledigen.» Mit finsterer Miene, die auch Adelina und Franziska mit einschloss, machte er auf dem Absatz kehrt und verließ den Raum. Adelina sah ihm verblüfft nach.

Wenig später hörten sie ihn auf der Kellertreppe. Unten rumorte er eine Weile, dann kam er mit einem großen Bündel wieder herauf. Entschlossen trat Adelina in den schmalen Flur und hielt ihn am Ärmel fest. «Willst du mir nicht endlich sagen, was los ist? Woher kennst du diesen Thomasius? Was will er von dir?»

Doch Neklas schüttelte ihren Arm einfach ab. «Lass mich. Ich habe gesagt, ich kann jetzt nicht darüber sprechen. Wartet nicht auf mich, ich muss noch einmal fort.»

Adelina folgte ihm immer ratloser und mit wachsender Wut im Bauch zur Haustür. «Wo willst du hin?»

Neklas gab keine Antwort, sondern trat hinaus. «Lasst diesen Höllenhund nicht ins Haus.»

Adelina hob die Brauen.

«Thomasius», knurrte er. «Lasst ihn in Gottes Namen nicht ins Haus. Wartet nicht», wiederholte er dann. «Ich weiß nicht, wann ich zurück sein werde.»

«Aber was …?» Adelina sah ihm immer verständnisloser nach. Der Zorn begann in ihr zu brodeln. «Neklas, was soll das?»

Er blieb stehen und drehte sich mit einer heftigen Bewegung zu ihr um. Über seine finstere Miene erschrak sie. «Adelina, ich habe gesagt, nicht jetzt. Tu einfach, was ich dir gesagt habe. Und bereite die Arzneien für die Frauen vor.» Damit machte er endgültig kehrt und verschwand zwischen den Marktbuden. Das unförmige Bündel schaukelte auf seinem Rücken hin und her.

«Dann mach doch, was du willst!», schimpfte Adelina und knallte wütend die Haustür zu. In ihrem Zorn drehte sie nicht nur den Schlüssel im Schloss, sondern schob auch noch den schweren Riegel vor. Sollte er doch sehen, wie er wieder hereinkam.

Sie stapfte zurück in die Küche und ließ sich am Tisch nieder. Ihr Gesicht brannte von der Hitze, die in ihr aufgestiegen war.

«Herrin, soll ich meine Flickwäsche woanders machen?», fragte Franziska zaghaft.

«Was?» Mit noch immer vor Zorn blitzenden Augen hob Adelina den Kopf. Sie blickte von der verunsicherten Magd auf deren großen Wäschekorb und ließ die Schultern hängen. «Nein. Nein, bleib nur hier. Ich habe noch in der Apotheke zu tun. Sag Magda Bescheid, dass sie sich später um das Abendessen kümmern soll. Und versuch, meinen Vater aufzuwecken.» Sie wies mit dem Kinn auf Albert, der von der ganzen Aufregung nichts mitbekommen hatte und leise schnarchte.

Neklas kam erst spät in der Nacht zurück. Adelina überließ es Ludowig, ihm die Tür zu öffnen. Noch immer lag die Wut wie ein kleiner heißer Ball in ihrer Magengrube. Als Neklas dann noch nicht einmal hinauf ins Schlafzimmer kam, sondern sich den Geräuschen nach erneut im Keller zu schaffen machte, ballte Adelina die Fäuste. Sie würde nicht nach unten gehen und ihn fragen. Wenn er ein Geheimnis vor ihr haben wollte, sollte er ihretwegen daran ersticken.

Sie kniff die Augen zusammen, um die Zornestränen zurückzuhalten.

Irgendetwas war mit diesem Thomasius. Neklas schien ihn offensichtlich sehr gut zu kennen – und zu fürchten. Was tat er bloß da unten? Sie war bereits drauf und dran, ihre Füße über die Bettkante zu schwingen, da hörte sie seine Schritte auf der Stiege. Rasch drehte sie sich auf die andere Seite und stellte sich schlafend.

Sie hörte, wie Neklas die Tür leise öffnete und an das Bett herantrat. Er blieb eine ganze Weile dort stehen. Adelina rührte sich nicht. Dann spürte sie, wie er ihr eine Haarsträhne mit den Fingerspitzen hinters Ohr strich. Im nächsten Moment entfernten sich seine Schritte wieder. Er verließ den Schlafraum, und wenig später hörte sie ihn wieder in den Keller gehen.

Adelina öffnete die Augen und starrte in die Dunkelheit. Sie wusste, es war kindisch, sich schlafend zu stellen anstatt mit Neklas zu reden.

Eine Weile wartete sie noch, aber er kam nicht wieder herauf. Irgendwann fiel sie in einen unruhigen Schlaf.

Am Morgen, als sie völlig übermüdet aufstand, hatte Neklas das Haus bereits verlassen. Auf dem Küchentisch lag ein Wachstäfelchen, auf dem er vermerkt hatte, dass er nach Bonn geritten sei und nicht vor dem nächsten Morgen zurück sein würde.

Was um Himmels willen suchte er in Bonn, dem Aufenthaltsort des Erzbischofs? Missmutig bereitete Adelina das Frühstück und ließ Magda danach Griet zu ihrem Unterricht bringen.

Die Arzneien für die Dirnen hatte Adelina in einen Korb gepackt, der hinter dem Verkaufstresen in der Apotheke stand.

Sie überlegte, ob sie sie zum Gefängnis bringen sollte. Doch da es ihr als Apothekerin untersagt war, Behandlungen vorzunehmen, beschloss sie, doch auf Neklas zu warten. Also öffnete sie die Apotheke und kümmerte sich zunächst um das Tagesgeschäft.

Kurz vor dem Mittag erschien Meister Leuer in Begleitung der Burgfrau von Raderberg sowie deren Tochter Mira.

Adelina seufzte innerlich. An das neue Lehrmädchen hatte sie überhaupt nicht mehr gedacht.

Sie begrüßte die Burgfrau und wies dann Franziska an, rasch den Schlafraum für Mira zu richten.

Das Mädchen war für seine elf Jahre knochig und hoch aufgeschossen. Sein dunkelbraunes Kleid war aus einem teuren Stoff gefertigt, der im einfallenden Licht fast schwarz schimmerte. Eine merkwürdige Farbe für ein kleines Mädchen, schoss es Adelina durch den Kopf.

Miras hellblondes Haar war zu festen Schnecken geflochten und größtenteils unter einem ebenfalls braunen Schleier verborgen.

Fast wie eine kleine Nonne, dachte Adelina und erinnerte sich daran, dass das Mädchen von seinem Stiefvater fürs Kloster bestimmt worden war.

Mira blickte die ganze Zeit, die das Gespräch mit ihrer Mutter dauerte, zu Boden. Erst als diese Mira zum Abschied ansprach und in ihre Arme zog, konnte Adelina sehen, dass das Mädchen hellblaue Augen hatte, die intelligent in die Welt blickten. Intelligent und ein wenig verschlagen, wie Adelina fand.

«Wie muss ich Euch ansprechen?», fragte Mira, als ihre Mutter und Meister Leuer die Apotheke verlassen hatten und Ludowig ihre beiden Gepäcktruhen hereintrug.

«Meisterin ist die richtige Anrede während der Arbeitszeit. Ansonsten kannst du auch Frau Adelina sagen», erklärte Adelina und musterte das Mädchen erneut. Mira nickte, zog jedoch ihre lange Nase kraus, die später einmal ungemein vornehm wirken würde.

Nicht verschlagen, korrigierte Adelina sich im Geiste. Aufmüpfig. Vermutlich hielt Mira diese Lehrstelle für unter ihrer Würde.

«Komm, ich zeige dir deine Schlafkammer», sagte sie und winkte Mira, ihr zu folgen.

Sie wies das Mädchen an, sich einzurichten und danach in das Hinterzimmer der Apotheke zu kommen. Dort zeigte sie Mira, wie sie die leeren Glasgefäße, die Franziska am Vortag gespült hatte, auf Hochglanz polieren sollte.

Mira verzog zwar gelangweilt die Mundwinkel, tat aber, wie ihr geheißen.

Zwar regnete es noch immer, dennoch war am heutigen Tag ein großer Andrang in der Apotheke. Vor allem das Gliederreißen plagte die Leute nach dem Wetterumschwung. Schon bald wusste Adelina kaum noch, wo ihr der Kopf stand.

Gerade bediente sie eine ihrer Nachbarinnen, während vier weitere Kunden, alles Männer aus den umliegenden Geschäften, schon ungeduldig vor dem Tresen anstanden, als Griet mit Franziska von den Beginen zurückkam.

Adelina, die inzwischen leicht gereizt war ob des Ansturms von Kunden, sah Griet streng an. «Heute bist du aber spät. Los, beeil dich! Diese Herren hier wollen bedient werden. Du hast einiges zu tun, mir zu helfen.»

Griets Augen weiteten sich erschrocken, und sie blickte ungläubig von den Männern zu Adelina.

«Ein hübsches Ding», schmunzelte einer von ihnen. «Aber ein wenig langsam, will mir scheinen.»

Griet wich ein wenig vor ihm zurück.

Adelinas Augen verengten sich, als sie sich erneut

an das Mädchen wandte. «Nun los, mach schon. Zieh dich um und sieh zu, dass du an die Arbeit kommst! Du siehst doch, was hier los ist», zischte sie.

Griet presste ihre Lippen zusammen, dann rannte sie wie von Furien gehetzt aus dem Zimmer.

«Ja, ja, Kinder», meinte der Kunde, der als Nächstes an der Reihe war. «Man muss sie fest im Zaum halten, sonst geraten sie schlecht.»

Adelina, der die harschen Worte bereits wieder leidtaten, nickte zerstreut. «Was wünscht Ihr, Meister Bäcker?»

«Ein Lächeln auf Euren Lippen und einen Tiegel Salbe für mein Weib.» Er zwinkerte ihr aufmunternd zu. «Ihr wisst schon, dieses stinkende Zeug für ihre Gelenke.»

Adelina nickte und tat ihm den Gefallen, die Lippen zu einem feinen Lächeln zu verziehen. Sie mochte den Bäckermeister, der sein Geschäft auf der anderen Seite des Marktplatzes hatte und dessen teigiges Gesicht selbst an ein fröhliches Brot denken ließ.

Sie verkaufte ihm die Salbe und bediente auch die nächsten Kunden. Dabei wurde sie schon wieder leicht gereizt. Wie lange konnte es dauern, sich für die Arbeit umzuziehen?

Heute gaben sich die Kunden tatsächlich die Klinke in die Hand. Gerade betraten erneut zwei Frauen die Apotheke. Im selben Moment hörte Adelina Stimmen aus dem Hinterzimmer. Was war denn dort los? Sie zwang sich, ruhig zu bleiben und die Kundinnen zuvorkommend zu bedienen. Doch kaum waren diese gegangen, als sich die Tür schon wieder öffnete.

«Bleib hier, du dumme Gans!», hörte sie Mira aus dem Hinterzimmer. Verwundert hob sie den Kopf und lauschte. «Was bist du überhaupt für eine? So kannst du dich doch nicht sehen lassen!»

Adelina schüttelte den Kopf und blickte dem Mann, der die Apotheke betreten hatte, mit säuerlichem Lächeln entgegen.

«Meister Winkler, was führt Euch zu mir?»

Der Apotheker hatte eine höflich-freundliche Miene aufgesetzt, doch in seinen Augen glitzerte es falsch. «Die pure Neugier, meine Liebe», antwortete er. Sein Kinnbärtchen schien sich zu sträuben. «Ich habe mitbekommen, dass Ihr heute Euer Lehrmädchen ...»

Aus dem Hinterzimmer kam ein Rumpeln und erneut aufgeregte Stimmen. Adelina blickte über die Schulter. «Entschuldigt mich bitte einen Moment, Meister Winkler. Anscheinend gibt es ein kleines Problem. Ich bin gleich wieder da.»

Mit gerunzelten Brauen ging Adelina zur Hintertür und öffnete sie. Die strafenden Worte blieben ihr jedoch im Halse stecken, als sie sah, was in dem Zimmer vor sich ging.

Mira hielt Griet mit eisernem Griff umfangen. Das kleine Mädchen wehrte sich und trat um sich, als sei es verrückt geworden.

«Was geht hier vor?»

Mira blickte zu Adelina auf und verzog ihr Gesicht zu einer halb ängstlichen, halb höhnischen Miene. «Ich versuche, die Kleine hier festzuhalten, das seht Ihr doch ... Meisterin», fügte sie rasch hinzu, als sie Adelinas finsteren Blick sah.

«Lass sie sofort los, und dann will ich wissen, was das alles soll. Draußen stehen die Kunden Schlange, und ihr habt nichts Besseres zu tun als zu raufen?»

«Ich lasse die nicht los, die spinnt!», sagte Mira, und

wie zum Beweis versuchte Griet nun, ihr in die Hand zu beißen.

«Schluss jetzt, sage ich!», donnerte Adelina. «Sofort lässt du Griet los, und dann will ich eine Erklärung.»

Zögernd lockerte Mira ihren Griff. Sofort befreite Griet sich und war mit wenigen Schritten in der hintersten Zimmerecke.

In diesem Augenblick ging die Tür auf, und Vitus kam herein. «Lina, kann ich mit Ludowig Holz hacken? Er hat gemeint, ich muss dich erst fragen …» Erstaunt blickte er sich in dem kleinen Hinterzimmer um, dann fiel sein Blick auf Griet. «Ui, wie siehst du denn aus? Was hast du denn da an?»

Erst jetzt wurde sich auch Adelina des merkwürdigen Aufzugs ihrer Stieftochter bewusst. Entsetzt starrte sie die Kleine an.

Griet trug einen geflickten grauen Kittel, der Arme und Hals völlig nackt ließ und ihr nur knapp bis zu den Knien reichte. An den Seiten und am Ausschnitt waren kleine gelbe und rote Bändchen angenäht, die bei jeder Bewegung flatterten.

«Was …»

«Ich sag doch, die spinnt. Die wollte so zu Euch in die Apotheke kommen, Meisterin.» Mira schob trotzig das Kinn vor, doch Adelina beachtete sie gar nicht.

«Vitus, es ist gut. Geh zu Ludowig und hilf ihm.» Sie nickte ihrem Bruder zu, der daraufhin mit einem Jubelschrei losstürmte. Dann sah sie die beiden Mädchen streng an. «Ihr zwei geht auf der Stelle in die Küche und wartet dort auf mich. Und ich will keinen Ton von euch hören, verstanden?»

Mira nickte und trat hinaus auf den Gang. Als Griet sich jedoch nicht aus ihrer Ecke rührte, kam sie zurück und packte sie grob am Handgelenk. «Nun komm schon, blödes Kalb!», zischte sie und zog Griet einfach mit sich. Noch ehe sich Adelina über die ungewöhnliche Kraft ihres neuen adeligen Lehrmädchens wundern konnte, fiel ihr der wartende Meister Winkler ein.

Sie schloss für einen Moment die Augen, um sich zu sammeln, dann straffte sie die Schultern und trat zurück in die Apotheke.

«Verzeiht, Meister Winkler. Es gab ein kleines häusliches Ärgernis.»

«Ja, ja, so ist das in einem großen Haushalt», säuselte er und tat so verständnisvoll, dass Adelina befürchtete, er habe gelauscht und mehr von den Ereignissen im Hinterzimmer mitbekommen, als ihnen allen guttat. «Und wie ist Euer neues Lehrmädchen so?»

Mit einem förmlichen Lächeln baute sich Adelina hinter ihrer Theke auf. «Sie ist gerade erst hier eingezogen. Ich konnte mir noch kein Bild von ihr machen. Aber soweit ich sehen konnte, scheint sie recht gescheit zu sein.»

«Gescheit, aha. Das ist ja sehr schön für Euch, Fr… Meisterin Burka», verbesserte er sich rasch. «Dennoch beneide ich Euch nicht. Vor allem in Eurer jetzigen Situation.»

Adelina hob die Brauen. «Was meint Ihr damit?»

«Nun …» Winklers Bärtchen sträubte sich erneut. «Ihr wisst doch, die Plappermäuler in dieser Stadt stehen nicht still, und mir ist selbstverständlich bereits zu Ohren gekommen, dass man Euch mit diesem Giftmord auf dem Berlich in Verbindung bringen will. Was natürlich absoluter Unsinn ist», fügte er mit einem süffisanten Grinsen hinzu. «Ich wünsche Euch alles Gute, meine Liebe. Ach übrigens, ist Euer Gemahl zu sprechen?»

Mühsam beherrscht biss Adelina die Zähne zusammen. «Er ist heute früh in Geschäften fortgeritten. Kann ich ihm etwas ausrichten?»

«Fortgeritten, ach so.» Wieder wurde ihr sein süffisantes Grinsen zuteil. «Nein, meine Liebe, ist nicht so wichtig. Ich verabschiede mich nun. Ihr wisst schon, meine Kunden warten auf mich.»

Als er gegangen war, schloss Adelina rasch hinter ihm ab. Die nächsten Kunden würden wohl noch etwas länger warten müssen.

Als Adelina die Küche betrat, fand sie nur Mira vor, die bei ihrem Eintreten von der Ofenbank aufsprang.

«Meisterin, ich konnte nicht …»

«Wo ist Griet?», schnitt Adelina ihr das Wort ab.

Mira zog den Kopf ein wenig zwischen die Schultern, blickte ihr jedoch offen in die Augen. «Das wollte ich doch gerade sagen. Sie ist nach oben in ihre Kammer gerannt. Ich konnte sie nicht festhalten. Die Kleine ist wirklich verrückt geworden. Habt Ihr gesehen, wie sie aus…»

«Halt den Mund!» Mit hartem Griff packte Adelina Mira an der Schulter. Mira zuckte zusammen, ließ sich jedoch weiter nichts anmerken. «Griet ist ein Lehrmädchen wie du», fuhr Adelina sie an. «Aber sie ist auch die Tochter meines Mannes. Meine Stieftochter. Es steht dir nicht zu, über sie zu urteilen. Du hältst den Mund», wiederholte sie, als Mira zu einer Erwiderung ansetzte. «Und das meine ich wörtlich. Niemand wird von dir erfahren, was in dem Hinterzimmer vorgefallen ist, verstanden? Die Leute reden schon genug. Ich will nicht erleben, dass du ihnen noch mehr Gesprächsstoff lieferst.»

«Ja, Meisterin.» Mira schluckte, senkte aber noch immer nicht den Blick. «Ich verrate schon nichts. Aber was ist denn mit Griet?»

Adelina zog die Brauen zusammen. «Das werde ich herausfinden. Erzähl du mir nun, was genau vorhin vorgefallen ist.»

Mit einem Achselzucken ließ sich Mira wieder auf die Ofenbank sinken, sprang bei Adelinas finster-strafendem Blick jedoch sogleich wieder auf. «Ich habe die Gläser poliert, wie Ihr es wolltet. Da kam die Kleine rein und hatte diesen Fetzen an. Ich sagte ihr, sie könne doch so nicht in die Apotheke gehen, aber sie behauptete, Ihr habet ihr befohlen, sich umzuziehen, weil sie Euch beim Bedienen der … Kunden helfen muss. Da habe ich sie festgehalten.»

Ahnungsvoll kniff Adelina die Augen zu einem schmalen Spalt zusammen und fixierte Mira. «Ist das alles? Wage es nicht, mir etwas zu verschweigen. Ich habe dein Zögern eben genau bemerkt.»

Zum ersten Mal schien Mira ein wenig zu erröten und senkte den Blick. Adelina umfasste das Kinn des Mädchens und hob es wieder an. «Was genau hat sie gesagt?»

«Ich will nicht …» Wieder zögerte Mira, doch Adelinas harter Blick ließ sie verstummen. Sie holte tief Luft und gestand: «Sie sagte, sie habe sich umziehen müssen, weil Ihr wolltet, dass sie Euch hilft, die Männer draußen zu bedienen.»

Adelina ließ Miras Kinn los. Ihr wurde kalt. «Hat sie noch mehr gesagt?»

«Nein.»

Adelina kniff erneut die Augen zusammen.

«Ehrlich nicht!» Mira schien sich mittlerweile nicht mehr zu trauen, sich zu rühren.

Mit einem unterdrückten Fluch stürzte Adelina aus dem Zimmer. Sie eilte die Treppe ins Obergeschoss hinauf. Erst bei ihrer Schlafkammer blieb sie stehen und atmete ein paarmal ein und aus, um sich zu beruhigen. Es wäre niemandem gedient, wenn sie jetzt durchdrehte. Sie musste mit Griet sprechen, doch sie hatte keine Ahnung, wie sie es anfangen sollte.

Da fiel ihr plötzlich etwas ein; sie ging in die Schlafkammer und holte einen etwa drei Handspannen langen Stoffbeutel aus der Lade neben dem Fenster. Ein Blick in sein Inneres ließ sie vor sich hin nicken. Rasch verließ sie den Raum und stieg die Treppe zur Dachkammer hinauf.

Vor der Tür blieb sie einen Moment stehen, um sich zu sammeln, dann trat sie vorsichtig ein.

Das Bild, das sich ihr bot, ließ sie für einen Augenblick erstarren.

Griet kauerte zusammengekrümmt auf dem Bett und hatte sich den Handballen zwischen die Zähne geschoben. Während sie sich die Haut unterhalb des Daumens blutig biss, stierte sie blicklos ins Leere und wiegte sich leicht hin und her. Aus ihrer Kehle drang ein leises, monotones Summen.

Hinter Adelina wurden auf der Stiege Schritte laut. Franziska kam in ihren Holzpantinen herangepoltert. «Herrin, ich war eben draußen und habe … O mein Gott!» Als Franziska das kleine Mädchen sah, blieb sie wie angewurzelt stehen und bekreuzigte sich.

«Geh!»

Franziska fing sich wieder, nickte und machte, dass

sie fortkam. Rasch zog Adelina die Kammertür hinter sich zu und trat leise auf das Bett zu, um Griet nicht aufzuschrecken. Doch das Mädchen beachtete sie gar nicht.

Behutsam fasste Adelina es an der Schulter an und spürte ein heftiges Zucken, sonst jedoch keinerlei Reaktion. Vorsichtig setzte sie sich neben Griet.

Die Kleine sah erbarmungswürdig aus. Adelina blickte auf sie hinab und hatte das Gefühl, als sei ihr Kopf plötzlich vollkommen leer. Was tat sie überhaupt hier? Was konnte sie tun, wenn die Befürchtung, die in ihr aufgekeimt war, sich als wahr erwies?

Sie verstärkte den Druck auf Griets Schulter und zwang das Mädchen, sich ihr zuzuwenden. Dann zog sie ihr vorsichtig die Hand aus dem Mund. Zu den alten Narben waren nun neue, blutige Zahnabdrücke hinzugekommen. Sie würde sie behandeln müssen, damit es keine Entzündung gab.

«Griet?»

In den stierenden Augen zeigte sich ein leichtes Flackern.

«Griet, sieh mich an. Was hatte das zu bedeuten?»

Tatsächlich richtete Griet nun ihren Blick auf Adelina. Doch die Anklage, die darin zu lesen war, stieß Adelina wie ein Dolchstoß mitten ins Herz.

«Ihr habt gesagt, ich wäre jetzt hier zu Hause. Aber ich will hier nicht bleiben. Es ist hier nicht besser als in Kortrijk. Ihr habt gelogen. Ich will nicht mehr zu den Männern. Ich will nicht, will nicht …»

Griet begann krampfhaft zu schluchzen und krümmte sich erneut zusammen. Adelina konnte gerade noch verhindern, dass die geschundene Hand wieder zwischen die Zähne wanderte.

«Griet, was ist in Kortrijk geschehen?»

Das Schluchzen hörte auf, und nur noch das Zucken des kleinen Körpers verriet die Seelenpein des Mädchens.

Hilflos blickte Adelina auf das Bündel Mensch hinab. «Griet, rede mit mir!» Sie zwang sich zur Ruhe. Böse Worte würden alles nur noch schlimmer machen.

Sanft strich sie Griet über den Kopf, bis sie meinte, eine leichte Entspannung zu spüren. Dann begann sie ruhig zu sprechen. «Ich habe dich nicht angelogen. Du bist jetzt hier zu Hause und in Sicherheit. Niemand wird dir etwas zuleide tun.»

Griet presste ihr Gesicht auf die Matratze, sodass ihre Stimme nur gedämpft zu vernehmen war. «Ihr wolltet doch, dass ich die Männer bediene.»

Adelina schluckte hart. «Ich wollte nur, dass du mir hilfst, die Arzneien in der Apotheke zu verkaufen.»

Sie ließ ihre Hand auf Griets Kopf ruhen und wartete. Einen langen Moment rührte sich Griet nicht, doch dann drehte sie Adelina langsam das Gesicht zu.

Sie sahen einander eine Weile schweigend an, dann fuhr Adelina fort: «Mein Gemahl, Magister Burka, ist dein Vater. Er hat dich von deinem Stiefvater aus Kortrijk weggeholt und in unser Haus gebracht, damit du etwas lernst und ein besseres Leben hast als dort. Wir schicken dich zu den Beginen, damit du lesen und schreiben lernst. Wir geben dir zu essen und ein Bett zum Schlafen.» Adelina ließ ihre Worte wirken, bevor sie fortfuhr: «Du bist erst acht Jahre alt und damit noch ein Kind. Und Kinder brauchen Eltern, die sich um sie kümmern. Das wollen wir gerne tun. Wir möchten dir Wärme geben und Liebe und dafür sorgen, dass es dir an nichts fehlt. Und wenn du folgsam und fleißig bist, kannst du eines Tages deine Gesellenprüfung als Apothekerin machen. Und vielleicht, wenn du ehrgeizig genug bist, schaffst du sogar die Prüfung zur Meisterin. Das alles wollen und können wir dir geben. Aber niemals ... *niemals*», betonte sie, «werden wir dich zwingen, mit einem Mann mitzugehen.»

Griet schien über ihre Worte nachzudenken und starrte dabei wieder ins Leere. Adelina war sich nicht sicher, wie viel von ihrer Rede im Kopf des Mädchens angekommen war. Wer konnte schon sagen, welchen Schaden Griet in ihrem jungen Leben bereits an Leib und Seele genommen hatte.

Doch schließlich schien das Mädchen sich zu entspannen und blickte zu ihr auf. «Meine Hand tut weh.»

Adelina nickte. «Das kann ich mir vorstellen.» Sie blickte auf den Beutel in ihrem Schoß, lächelte leicht, als sie ihn öffnete, und zog eine verblichene, jedoch sehr gepflegte Stoffpuppe daraus hervor.

«Hier.» Sie hielt das Spielzeug Griet hin, die es erstaunt anstarrte. Adelinas Lächeln verbreiterte sich. «Nimm sie, ich möchte sie dir schenken. Als kleines Mädchen habe ich damit gespielt, und da du keine Spielsachen besitzt, dachte ich, sie würde dir vielleicht gefallen.»

Zögernd hob Griet die Hand, als traue sie sich nicht, die Puppe zu berühren. Mit einem aufmunternden Nicken drückte Adelina sie ihr in den Arm. «Gib gut acht auf sie. Meine Mutter hat sie einst für mich gemacht.»

Griet strich beinahe ehrfürchtig über das Puppenkleidchen, dann setzte sie die Puppe vorsichtig auf ihr Kissen.

«Danke, Frau Adelina», wisperte sie.

Adelina strich ihr flüchtig über die Wange und stand

dann entschlossen auf. «Komm mit in die Küche. Ich werde deine Wunden verbinden.»

Sie half Griet, wieder ihr normales Alltagskleid anzuziehen, und forderte sie dann noch einmal auf, ihr zu folgen.

Als sie die Stiege hinabgingen, spürte Adelina, wie sich das Mädchen hinten an ihrem Rock festhielt. Und als sie am Fuß der Treppe angekommen waren, schob sich Griets unverletzte Hand zaghaft in die ihre.

10

Adelina versorgte Griets Hand und schickte das Mädchen hinaus in den Garten, wo sie Magda bei der Ernte der letzten Bohnen helfen sollte. Mira hatte sich unaufgefordert wieder daran gemacht, die Gläser im Hinterzimmer zu polieren. Doch mittlerweile saß Albert bei ihr und half bei der Arbeit. Mira warf Adelina einen unsicheren Blick zu, der deutlich die Frage beinhaltete, wie sie sich ihm gegenüber zu verhalten habe. Doch von der Haustür kam ein lautes Klopfen, sodass Adelina nur mit den Schultern zuckte und rasch in die Apotheke ging.

Als sie erkannte, wer da so begehrlich um Einlass bat, verdrehte sie seufzend die Augen. Heute blieb ihr wohl nichts erspart.

«Frau Entgen, guten Tag», begrüßte sie die treue Kundin und ließ sie ein.

«Verzeiht meine Aufdringlichkeit, aber ich muss mit Euch sprechen.» Entgen trat an den Tresen und wartete, bis Adelina sich auf die andere Seite gestellt hatte. «Mir ist zu Ohren gekommen, dass mein lieber Bruder, Gott hab ihn selig, mit Hilfe Eures guten Konfekts vergiftet worden ist. Wie grausam! Ich wollte Euch sagen, dass Ihr mein vollstes Mitgefühl habt, und dass ich natürlich keinesfalls glaube, dass Ihr etwas mit der Sache zu tun habt. ‹Niemals›, habe ich zu meinem Vetter gesagt, ‹niemals hat diese treue Seele, Meisterin Burka, das Konfekt vergiftet.›»

«Das ist sehr freundlich …», setzte Adelina an. Hinter ihren Schläfen begann es zu pochen.

«Das hat doch nichts mit Freundlichkeit zu tun! Das ist selbstverständlich. Und zum Beweis, wie ernst es mir ist, möchte ich gern eine Schachtel Konfekt kaufen. Allen werde ich sie zeigen und davon anbieten. Und natürlich selbst davon essen. Niemand darf diese bösen Gerüchte glauben.»

«Gerüchte?»

«Ja, sicher! Alle reden bereits davon.» Entgen nickte bekräftigend.

Das Pochen verstärkte sich. Adelina nahm eine ihrer Konfektschachteln unter der Theke hervor und reichte sie Entgen.

Diese schob ihr ein Geldstück zu, verstaute die Schachtel in ihrem Korb und redete dabei ohne Unterlass weiter: «Ihr wisst doch, wie gern sich die Leute die Mäuler zerreißen. Aber ich habe gesagt: ‹Mathys›, habe ich gesagt, ‹ich werde nicht zulassen, dass du der armen Frau das Geschäft ruinierst.› Es ist nämlich so, müsst Ihr wissen, mein Vetter will im Rat und vor den Schöffen die Schließung Eurer Apotheke durchbringen. Wenigstens, bis die Morde aufgeklärt sind. Aber ich habe ihm gesagt, er sei verrückt. Das kann er doch nicht machen. Wovon sollt Ihr denn schließlich leben? Aber er ist ja so stur! Und deshalb dachte ich, ich komme her und warne Euch. Mathys ist in seinem Zorn ganz schrecklich. Ein bisschen kann ich ihn ja verstehen. Niemand leidet mehr unter Thönnes' Tod als ich.» Sie bekreuzigte sich. «Hach, es ist alles so sinnlos und furchtbar. Ich weiß gar nicht mehr, wo mir der Kopf steht. Und dann die Goldschmiede! Seit Tagen ist es still in der Werkstatt. Die Gesellen sind mir davongelaufen, die Zunft hat mir die Lehrjungen weggenommen. Ich muss wohl heiraten, wenn ich nicht alles verlieren will.»

«Heiraten?» Erstaunt blickte Adelina von ihrer Geldkassette hoch, in die sie Entgens Münze gelegt hatte.

«Aber ja doch, heiraten. Da gibt es einen anderen Goldschmied. Er ist beinahe zehn Jahre jünger als ich, aber sehr geschickt, wie man sagt. Er würde durch mich zum Meister werden, das ist schon geklärt. Und sein Vater ist Gebrechsmann im neuen Rat, füllt also einen der Plätze, die für die notwendige Anzahl der Ratsmitglieder vonnöten ist. Wenn Christian, so heißt er nämlich, wenn Christian mein Gemahl wird, stärkt das auch seinen Vater. Und vielleicht sitzen dann bald Vater und Sohn im Stadtrat.»

«Ihr habt Euch also schon entschieden?»

«Ach nein, nicht richtig. Versteht doch, ich bin noch in Trauer. Thönnes war doch wie mein ...» Entgen schluckte und senkte verlegen den Blick. «Ich meine, wenn man so lange mit einem Menschen zusammenlebt, ist das alles nicht so einfach. Ich weiß noch nicht, was ich tun werde.»

«Habt Ihr denn eine andere Wahl?» Adelina bemühte sich, ihre Anteilnahme durch ein herzliches Lächeln auszudrücken. Irgendwie tat ihr Entgen leid. Die Frau war nicht mehr die jüngste und stand nun vor solch einer Entscheidung. Dabei wirkte sie tatsächlich mehr wie eine trauernde Witwe. Der Tod ihres Bruders musste ihre Welt tief erschüttert haben.

«Natürlich könnte ich auch zu Mathys gehen; bei ihm leben. Da er das Familienoberhaupt ist, müsste er mich aufnehmen. Sicherlich käme ihm auch das Geschäft gelegen. Aber mit seiner Frau, Edelgard, ist kein gutes Auskommen. Sie führt ein strenges Regiment und lässt keine zweite Meinung in ihrem Hause gelten. Es wäre nicht gut, wenn ich mit ihr unter einem Dach leben müsste. Nein, gar nicht gut.» Entgen rieb sich die Augen, doch dann lächelte sie wieder. «Aber das sind doch nicht Eure Sorgen. Damit müsst Ihr Euch nicht belasten. Ich mache mich nun wieder auf den Heimweg, meine Liebe. Gott schütze Euch.»

Adelina nickte ihr zu, doch dann fiel ihr plötzlich noch etwas ein. «Frau Entgen, wartet!»

Entgen blieb in der Tür stehen und drehte sich um.

«Ich möchte Euch gern etwas fragen und hoffe, Ihr nehmt es mir nicht übel.»

«Aber sicher.» Entgen nickte wohlwollend. «Fragt nur.»

«Euer Bruder …» Fieberhaft suchte Adelina nach passenden Worten und entschied sich dann, ganz direkt zu fragen. «Wie oft ging er in das Dirnenhaus?» Sie beobachtete, wie Entgens Kinn leicht zu zittern begann, doch ihre Antwort kam ganz ruhig.

«Das weiß ich nicht genau. Vielleicht ein-, zweimal im Monat.»

«Nicht öfter?»

Entgen kräuselte die Lippen. «Ich hing ihm ja nicht ständig am Rockzipfel, und Männer haben nun mal ihre Bedürfnisse. Weshalb wollt Ihr das wissen?»

Mit nachdenklichem Blick trat Adelina hinter dem Tresen hervor. «Es gibt da eine Dirne, die behauptet, er habe sie regelmäßig zweimal die Woche besucht. Ihr Name ist Elsbeth.»

Entgen wurde sichtlich blass. «Sie muss lügen. Niemals war Thönnes so häufig in dem Dirnenhaus. Nein, das glaube ich nicht. Wo ist dieses Weib, dass ich es zur Rechenschaft ziehen kann für ihr loses Mundwerk?»

«Sie sitzt in einer Gefängniszelle in der Weckschnapp.»

«Oh, natürlich.» Verlegen hüstelte Entgen. «Verzeiht, aber ich kann doch nicht zulassen, dass über Thönnes so schlecht geredet wird.»

Vorsichtig trat Adelina noch einen Schritt auf Entgen zu. «Elsbeth behauptet, Euer Bruder habe ihr versprochen, sie aus dem Dirnenhaus zu holen und als ehrbare Frau in seinem Bonner Haus einzuquartieren. Sie sagt, er habe ihr die Ehe versprochen.»

«Das ist ja wohl …!» Entgen schnappte nach Luft und wurde noch blasser. «Nie im Leben hätte er sich zu so etwas hergegeben. Stellt Euch das doch einmal vor: Ein bekannter und erfolgreicher Goldschmied und Ratsherr und eine Berlichhure? Dieses Weib muss vollkommen verrückt sein, sich so eine Geschichte auszudenken.»

«Sie schwört Stein und Bein, dass es so war.»

«Dann ist sie verrückt und eine Lügnerin. Mein Thönnes hätte so etwas nie getan.»

«Dann hat er sie vor Euch niemals erwähnt?»

Entgen schnaufte. Die Blässe wich einer beinahe hysterischen Röte. «Mit keinem Wort», presste sie hervor. «Mein Thönnes hätte mir das nicht angetan. Mein armer Thönnes! Er hätte nicht sterben dürfen!» Entgen begann zu schluchzen. Adelina legte ihr die Hand auf den Arm und versuchte, sie zu beruhigen.

«Verzeiht, dass ich Euch aufgeregt habe, Frau Entgen. Ich möchte nicht, dass Ihr …»

«Ist schon gut. Ihr seid jung und wisst es nicht besser. Bestimmt wollt Ihr mir nur helfen. Aber ich kann einfach noch nicht über ihn sprechen. Es tut zu weh. Ich gehe jetzt. Aber ich werde dennoch bei meinem Vetter ein gutes Wort einlegen, wenn Ihr mir versprecht, mir sofort Nachricht zu geben, wenn Ihr etwas herausgefunden habt.» Entgen hielt inne und versuchte bereits wieder ein Lächeln. «Ich weiß doch, dass Georg Reese Euch um Mithilfe gebeten hat.»

Sie nickte Adelina noch einmal zu, tupfte sich mit dem Ärmel ihres schwarzen Überkleides die Augen trocken und verließ dann mit hängenden Schultern die Apotheke. Draußen warteten bereits die Träger einer Sänfte und halfen ihr einzusteigen.

Adelina blickte ihr mit gemischten Gefühlen nach, bevor sie die Tür wieder abschloss.

«Wo ist denn mein Schwiegersohn heute?»

Die Familie fand sich gerade zum Abendessen zusammen, als Albert die Frage stellte. Adelina wies Magda an, das Bier auszuschenken, während sie selbst den gesalzenen Hering und das Gemüse auftrug.

«Neklas ist in Geschäften nach Bonn geritten und kommt morgen zurück», erklärte sie und spürte einen Stich in der Magengrube. Sie hoffte wenigstens, dass es sich um Geschäfte handelte.

«Na, also so etwas!» Ihr Vater schüttelte entrüstet den Kopf. «Das geht doch nicht. Er kann dich doch in deinem Zustand nicht einfach allein lassen!»

Irritiert sah Adelina ihn an. «Was für ein Zustand, Vater?»

«Was für ein Zustand?» Albert hob scherzhaft drohend den Zeigefinger. «Dein gesegneter Zustand natürlich. Er sollte sich wirklich mehr um dich kümmern.»

Adelina schoss die Röte ins Gesicht, als sich die Blicke

aller neugierig auf sie richteten. «Vater, ich bin nicht schwanger. Wie kommst du denn darauf?»

Nun war es Albert, der sie irritiert ansah. «Was redest du denn da? Du hast mir doch selbst gesagt, dass du ein Kind erwartest.»

«Und wann soll das gewesen ein?»

«Du hast gesagt, wenn es ein Mädchen wird, wollt ihr es Griet nennen.»

Adelina stieß halb erleichtert, halb erschüttert die Luft aus. «Vater, Griet ist unser neues Lehrmädchen und meine Stieftochter. Du hast da etwas verwechselt.»

Griet zuckte ein wenig zusammen, sah jedoch höchst verwundert und auch neugierig von einem zum anderen. Auch Mira hob erstaunt die Brauen und musterte Albert mit unverhohlener Neugier.

Adelinas Vater runzelte verärgert die Stirn. «Du hast es mir aber doch gesagt! Und dein neues Lehrmädchen heißt doch Mira, nicht Griet.»

Adelina seufzte und blickte für einen Moment ergeben zur Decke, bevor sie antwortete: «Ich habe zwei Lehrmädchen, Vater. Griet und Mira. Und ich bekomme kein Kind. Und nun wird gegessen. Magda, reich mir bitte den Bierkrug.»

Adelina trug eine weitere Platte mit Fisch auf und ließ sich dann auf ihrem Platz nieder. Als sie gerade zum Tischgebet ansetzte, vernahm sie auf dem Gang vor der Küche Schritte. War Neklas doch schon wieder zurück? Sie drehte sich um und warf einen Blick über die Schulter, als sich die Küchentür öffnete. Doch beim Anblick der strahlend weißen Kutte klappte ihr die Kinnlade herunter.

«Gelobt sei Jesus Christus», sagte Bruder Thomasius in salbungsvollem Tonfall und bekreuzigte sich. Die obligatorische Antwort auf seinen Gruß blieb den Anwesenden vor Überraschung jedoch im Halse stecken. Nur Vitus klopfte mit den Fingern auf den Tisch und krähte mit kieksender Stimme: «In Ewigkeit, Amen. Lina, ich will kein Fisch, nur Gemüse.»

Adelina reagierte nicht darauf, deshalb beeilte sich Franziska, dem Jungen das Gewünschte auf den Teller zu geben.

«Was tut Ihr hier? Wie seid Ihr hereingekommen?» Mittlerweile hatte sich Adelina so weit gefasst, dass sie aufstand und dem Dominikaner entgegentrat. Dieser setzte ein einigermaßen höflich-verlegenes Lächeln auf, das seine Augen jedoch nicht erreichte.

«Verzeiht, meine Tochter, Euer Hoftor war nur angelehnt und die Hintertür nicht verschlossen.»

Adelina sah Ludowig mit hochgezogenen Brauen an. Der Knecht zog zerknirscht den Kopf zwischen die Schultern. «Das hab ich vergessen. Der Bredel Karl will doch nachher noch eine Fuhre Abfallholz für den Ofen bringen, und ich hab ihm gesagt, wenn ich nicht da bin, soll er die Karre einfach in den Hof stellen.»

«Der Bredel Karl, aha.» Sie warf Ludowig noch einen strafenden Blick zu, bevor sie sich wieder an Thomasius wandte. «Wie könnt Ihr Euch erdreisten, einfach in fremde Häuser einzudringen? Geht gefälligst sofort wieder dorthin, wo Ihr hergekommen seid!»

«Aber, aber.» Das salbungsvolle Lächeln des Mönches jagte ihr einen Schauer über den Rücken. «Ihr werdet doch einen armen, demütigen Diener Gottes nicht so grob und ungastlich behandeln. Noch dazu, wo ich hier bin, um Euch im Guten zu warnen.»

Adelina hob erstaunt die Brauen. Am Tisch war es mittlerweile mucksmäuschenstill geworden. Alle starrten den Dominikaner erwartungsvoll, aber auch ein wenig feindselig an. Das schien ihn jedoch in keiner Weise zu beunruhigen. «Wie ich erfahren habe, ist Euer Gemahl, der ehrenwerte Medicus Burka», an dieser Stelle hielt er bedeutungsvoll inne und seine Augen glitzerten, «heute aus der Stadt ge…ritten.»

Als Adelina nicht reagierte, fuhr er fort: «Ich hoffe für Euch, dass Ihr so gescheit gewesen seid, ein wenig Erspartes zurückzulegen.»

«Was wollt Ihr damit sagen?», fuhr sie ihn scharf an, doch das ließ sein falsches Lächeln nur noch breiter werden.

«Ich will damit sagen, dass Euer Gemahl ein außerordentliches Talent hat, sich unsichtbar zu machen. Das letzte Mal, als er bei Morgengrauen und in gestrecktem Galopp eine Stadt verließ, hat er sich über die Landesgrenze davongemacht, und ich habe ihn über ein Jahr aus den Augen verloren.»

Adelinas Herz begann hart gegen ihre Rippen zu schlagen. Das Blut schoss ihr in den Kopf. «Verlasst sofort mein Haus!», fauchte sie ihn an. Hinter ihr hörte sie, dass Ludowig sich langsam erhob, um ihr im Bedarfsfall beizustehen. «Wagt es nie wieder, Neklas auf diese Weise zu verleumden!» Sie trat noch näher auf ihn zu. «Geht, Bruder Thomasius, bevor ich vergesse, dass Ihr ein Diener Gottes seid.»

Der Mönch neigte demütig den Kopf. «Ich beuge mich Eurem Wunsch, meine Tochter. Aber ich hielt es für meine heiligste Christenpflicht, Euch zu warnen. Sagt Euch von ihm los, bevor es zu spät ist. Denn sollte er wider Erwarten doch noch einmal zurückkehren, werde ich dafür sorgen, dass er nicht noch einmal so glimpflich davonkommt wie in Italien.»

Als er das Flackern in Adelinas Augen wahrnahm, nickte er zufrieden. «Ich sehe, Ihr wisst, wovon ich rede. Dann wisst Ihr sicher auch, wie es Leuten ergeht, die mit Ketzern sympathisieren oder ihnen gar helfen.» Er nickte noch einmal und wandte sich zur Tür. «Ich empfehle mich derweil. Sicher wisst Ihr, was Euch als guter Christin zu tun ansteht. Vor allem in der prekären Situation, in der Ihr Euch befindet. Gehabt Euch wohl.» In einer Aura von Selbstgefälligkeit verließ Thomasius die Küche.

«Ich sehe zu, dass er auch wirklich verschwindet.» Ludowig stürzte dem Mönch mit grimmigem Blick hinterher.

Adelina ging langsam zum Tisch zurück und ließ sich erschüttert auf ihren Platz sinken.

«Herrin, regt Euch nicht auf», sagte Franziska leise. «Der ist es nicht wert, dass man auf ihn hört. Kein Wort glauben wir von dem, was er gesagt hat, nicht wahr, Magda?»

Die alte Magd stimmte mit einem heftigen Nicken zu. «Kein Wort. Magister Burka ist ein guter Mann.»

Ludowig kam in die Küche zurück und verzog voller Hohn sein Gesicht. «Ich habe ihn vor die Tür gesetzt. Leider hat dabei seine schöne Kutte ein paar üble Flecken bekommen.»

«Danke, Ludowig.» Adelina zog den Kopf zwischen die Schultern. «Aber ich glaube, das war keine gute Idee. Mit diesem Mann legt man sich besser nicht an.»

«Ach was, Herrin, so kenne ich Euch ja gar nicht!», rief der Knecht empört und ließ sich auf seinen Sitzplatz fallen. «Ihr werdet doch dem Gewäsch dieses Pfaffen keinen Glauben schenken? Der spielt sich doch nur auf. Möchte wissen, was Magister Burka ihm getan hat, dass er so giftig ist. Verzeiht, Herrin, aber ist doch wahr.»

«Bestimmt hat Magister Burka diesen Kerl mal beleidigt», befand Magda. «Pfaffen sind immer gleich beleidigt, wenn man ihnen was sagt. Und unser Herr ist doch so gebildet. Wahrscheinlich hat er ihm die Meinung gesagt, und jetzt will der Pfaffe es ihm heimzahlen.»

«Wenn das alles wäre», murmelte Adelina. Die Stiche in ihrer Magengrube wurden immer heftiger. Dennoch straffte sie die Schultern und blickte auffordernd in die Runde. «Was ist, wollt Ihr nicht endlich essen? Das Gemüse ist bestimmt schon fast kalt.»

Nach dem Essen überließ sie es den Mägden, das Geschirr zu reinigen und die Küche aufzuräumen. Sie brachte Griet und Vitus zu Bett und wünschte auch Mira noch eine gute Nacht. Das Mädchen verhielt sich ziemlich still, doch an ihren Augen konnte Adelina erkennen, dass sie jedes Detail des Geschehenen mitbekommen und verstanden hatte.

Hoffentlich gibt das nicht noch mehr Probleme, dachte sie bei sich, als sie endlich ihre Schlafkammer aufsuchte. Bevor sie den Fensterladen schloss, blickte sie noch einen Moment auf den stillen Alter Markt hinab und genoss die kühle Luft, die ihre Nerven langsam beruhigte. Die Wolken am Himmel waren aufgelockert und zogen rasch vorüber, sodass der zur Hälfte gerundete Mond sein Licht auf die Stadt warf. Dennoch konnte Adelina nur schemenhafte Umrisse erkennen. Ein paar Verkaufsbuden, die so massiv waren, dass die Kaufleute sie nicht täglich auf- und abbauten, der Kax als finster aufragendes Mahnmal gegen Lug und Trug. Unter dem Fenster nahm Adelina eine Bewegung wahr. Eine Katze schlich vorbei. Wahrscheinlich Fine auf ihrem nächtlichen Rundgang. Am anderen Ende des Marktplatzes ertönten Stimmen. Die Stadtwache machte ihre Runde.

Adelina folgte den dunklen Gestalten mit den Augen, so gut sie es in der Finsternis vermochte. Jetzt flammte eine Fackel auf. Offenbar trat die Wache gerade erst ihren Dienst an. Während sie dem auf- und abwippenden Lichtpunkt nachsah, registrierte sie aus den Augenwinkeln plötzlich eine Bewegung am Kax.

Mittlerweile hatten sich ihre Augen an die Dunkelheit gewöhnt, sodass sie, als sie genauer hinsah, das Flattern einer Kutte wahrnahm, die im Mondlicht hell aufleuchtete. Sekundenlang starrte sie mit wild pochendem Herzen auf die stille Gestalt dort unten, dann knallte sie den Fensterladen zu und verriegelte ihn.

11

«Bestimmt ist er aufgehalten worden», redete Adelina sich am folgenden Nachmittag zum wiederholten Male ein. Bei jedem Geräusch, jedem Klingeln der Glöckchen an der Eingangstür hob sie den Kopf in der Erwartung, Neklas sei zurückgekehrt. Doch immer wieder wurde sie enttäuscht. Gleichzeitig ärgerte sie sich maßlos über sich selbst, da dieser vermaledeite Mönch es offenbar geschafft hatte, Zweifel in ihr Herz zu säen. Dabei war es einfach absurd zu glauben, Neklas hätte sich heimlich davongemacht und sie mitsamt dem Haushalt und seiner kleinen Tochter sitzengelassen. Doch das ungute Gefühl und der bittere Nachgeschmack der Angst blieben, sosehr sie sich auch bemühte, beides zu unterdrücken.

Als sie schließlich kurz vor Marktende die Apotheke schließen wollte, sah sie Georg Reese auf ihr Haus zusteuern. Er trug über seinem Kaufmannsgewand den dunklen Ratsherrenmantel. Wahrscheinlich kam er gerade von einer Sitzung. Als er die Tür erreichte, bat sie ihn mit einer Handbewegung, einzutreten.

«Verzeiht, Frau Adelina, dass ich Euch so spät noch aufsuche. Ich hatte vor, schon am Morgen zu Euch zu kommen, aber wichtige Geschäfte … Ihr wisst schon.» Er zuckte mit den Schultern. «Wie ich hörte, wart Ihr mit Eurem Gemahl noch einmal in der Weckschnapp. Habt Ihr etwas herausfinden können?»

«Verschiedenes», antwortete sie und trat an den Verkaufstresen. Während sie weitersprach, begann sie die Oberfläche mit einem Tuch abzuwischen. «Eine der Hübschlerinnen, diese Elsbeth …»

«Bei der Thönnes am Tag seines Todes war?»

«Eben die. Sie behauptet tatsächlich, dass er ihr die Ehe angetragen habe. Und ich glaube ihr das sogar.»

Reeses Mund klappte vor Verblüffung auf. «Ihr glaubt das?», stieß er hervor.

Adelina zuckte nur mit den Schultern. «Sie schwört darauf.»

«Sie muss übergeschnappt sein.»

«Den Eindruck hatte ich nicht», widersprach sie. «Sie ist ein bisschen einfältig, und ich glaube nicht, dass sie klug genug wäre, sich so eine Geschichte auszudenken. Und noch etwas haben wir aus ihr herausbekommen. Van Kneyart schien in letzter Zeit mit irgendeiner Sache im Rat befasst gewesen zu sein.»

«Mit was für einer Sache?» Reese hob die Brauen.

«Mit einer großen Schweinerei.» Adelina zuckte mit den Schultern. «Sagt Elsbeth. Mehr wusste sie aber auch nicht. Nur Andeutungen habe er gemacht. Und irgendeinem Mistkerl, ich vermute, dabei handelt es sich um einen anderen Ratsherrn, wollte er den Hals umdrehen.»

«Also ich muss schon sagen …» Reese schüttelte den Kopf. «Da habt Ihr mehr herausgefunden als die Schöffen während der gesamten peinlichen Befragung.»

Sorgsam legte Adelina den Wischlappen zusammen und begann dann, die Gewichte ihrer Waage zu ordnen. «Vielleicht haben Eure Leute nur nicht die richtigen Fragen gestellt.»

«Ihr wisst aber nicht, um was für eine Sache im Rat es ging?»

«Nein. Ich glaube auch nicht, dass Elsbeth noch mehr darüber weiß.»

«Eine weitere peinliche Befragung können wir uns also sparen, meint Ihr?»

«Die Hübschlerinnen sind in keinem guten Zustand.»

«Habt Ihr Mitleid mit ihnen?» Seine Stimme klang beinahe belustigt.

«Wenn ich mir vorstelle, meine Finger und Füße würden derart geschunden – ja.»

«Die Methoden sind durchaus üblich zur Wahrheitsfindung.»

Adelina warf Reese einen zynischen Blick zu, enthielt sich jedoch eines Kommentars. «Kann es sein, dass van Kneyart mit der Schweinerei den Verrat an der Stadt meinte?»

«Und mit dem Mistkerl denjenigen, der sein Siegel missbraucht hat, meint Ihr?» Reese runzelte nachdenklich die Stirn.

«Dann glaubt Ihr inzwischen auch, dass ein anderer es zur Siegelung der Briefe benutzt hat, die an Hilger Quattermart gerichtet waren?», hakte Adelina überrascht nach.

«Glauben ist zu viel gesagt», wehrte Reese ab. «Es gibt noch immer keinerlei Anhaltspunkte dafür, dass jemand außerhalb seines Hauses und seiner Familie sein Siegel benutzt hat. Nur sein guter Leumund spricht dagegen, dass er es selbst war.»

«Und Elsbeths Aussage. Wenn er dem Verräter auf die Schliche gekommen ist, wäre ziemlich sicher, dass Ihr seinen Mörder in Euren eigenen Reihen zu suchen habt.»

«Das befürchte ich nun auch», seufzte Reese. «Ich

danke Euch für die neuen Informationen. Ich werde sehen, was ich damit ausrichten kann. Wenn wir nur einen Hinweis hätten, dass wirklich ein Verräter im Rat sitzt …» Als draußen die Marktglocke ertönte, zuckte er zusammen. «Schon so spät! Ich muss weiter, meine Liebe. In den nächsten Tagen reite ich mit einer Abordnung von Rat und Schöffen nach Bonn, um die Verhandlungen mit dem Erzbischof voranzutreiben. Sobald ich zurück bin, suche ich Euch noch einmal auf.»

«Ihr verlasst die Stadt?» Adelina verzog ärgerlich die Mundwinkel. «Ich habe gehört, van Kneyarts Vetter wolle versuchen, mein Geschäft zu schließen.»

Reese nickte. «Das will er. Aber er hat dafür keinerlei Mehrheit im Rat, und auch vor dem Schöffengericht kommt er damit nicht durch. Macht Euch keine Sorgen, es liegen ja schließlich keine Verdachtsmomente gegen Euch vor.»

«Aber mein Konfekt …»

«Kann von jedermann vergiftet worden sein. Es gibt weder Zeugen noch Beweise. Nein, ich versichere Euch, dass Ihr nichts zu befürchten habt. Nicht, solange ich noch etwas zu sagen habe. Außerdem habt sowohl Ihr als auch Euer Gemahl sehr viele Freunde im Stadtrat.» Er lächelte. «Ich weiß noch nicht, wie lange die Verhandlungen dauern werden. Solltet Ihr in der Zwischenzeit etwas Wichtiges herausfinden, gebt bitte Hauptmann Greverode Nachricht. Er kann mich in Bonn jederzeit erreichen.»

«Hauptmann Greverode? Wann ist er denn befördert worden?»

«Kürzlich. Vorgestern, um genau zu sein.» Reese trat zur Tür. «Ich weiß, dass Ihr nicht gut mit ihm auskommt, aber er ist ein loyaler Mann, dem ich vertraue. Nun gehabt Euch wohl, meine Liebe, und bestellt Eurem Gemahl meine besten Grüße.»

Er hob noch einmal grüßend die Hand und verließ dann eiligen Schrittes die Apotheke.

Adelina schloss ab und machte sich dann daran, den Apothekenraum zu kehren. Dabei sann sie über die merkwürdige Verbindung zwischen van Kneyart und der Hure Elsbeth nach. Konnten sich zwei so ungleiche Geister tatsächlich ineinander verlieben, oder war er vielleicht nur ihren weiblichen Reizen erlegen und hatte vorübergehend den Kopf verloren? Und hatte Elsbeth diesen Umstand dann für sich ausgenutzt? Wie es auch gewesen sein mochte, sie neigte dazu, Elsbeth zu glauben. Auch wenn es keinerlei weitere Anhaltspunkte dafür gab, dass die Geschichte der Wahrheit entsprach und anscheinend niemand sonst davon wusste. Nicht einmal Entgen, die doch immer behauptete, sie habe ein sehr enges Verhältnis zu ihrem Bruder gehabt. Selbst sie hatte nichts von Elsbeth gewusst. Adelina stellte den Besen zurück in seine Ecke und rieb sich die Augen. Thönnes van Kneyart war ein wohlhabender und angesehener Bürger und Ratsherr. Selbstverständlich hatte er eine solche Beziehung geheimhalten müssen. Deshalb hatte er wohl auch Elsbeth in seinem Bonner Haus einquartieren wollen. So herum betrachtet, schien die Sache jedenfalls glaubhaft.

Während Adelina ihren Blick noch einmal prüfend über die aufgeräumten Regale wandern ließ, trat Franziska durch das Hinterzimmer ein.

«Herrin, wir haben die Hühner in den Stall gesperrt, und ich soll von Ludowig fragen, ob wir auch den Pferdestall und den Schuppen abschließen sollen.» Auf Adelinas fragend hochgezogene Brauen erklärte sie: «Ein Unwetter zieht von Westen her auf. Magda sagt, es wird bestimmt schlimm, weil ihr die Gelenke so weh tun, und das ist immer ein böses Zeichen. Ob der Herr Magister wohl noch rechtzeitig heimkommt?»

Adelina runzelte die Stirn. «Falls nicht, wird er Unterschlupf in einer Herberge finden.» Sie trat zur Haustür und schloss sie noch einmal auf. Ein Blick zum Himmel zeigte ihr, dass tatsächlich erste dunkle Wolken herangezogen kamen. Eine frische Brise wehte ihr entgegen und wirbelte Unrat und Staub auf dem Marktplatz auf. Rasch schloss sie die Tür wieder und nickte ihrer Magd zu. «Macht alles wetterfest und kommt dann herein. Ich kümmere mich derweil mit den Mädchen um das Essen.»

«Mira ist vorhin in ihrer Kammer verschwunden und betet seit einer ganzen Weile. Ich weiß nicht, ob Ihr sie dazu bewegen könnt, herauszukommen.»

«Sie betet?», fragte Adelina verwundert. «Um diese Zeit?»

Franziska zuckte hilflos mit den Schultern. Man sah ihr an, dass sie das Verhalten des Mädchens missbilligte. «Sie murmelte etwas von der Jungfrau Maria, die das Haus vor dem Unwetter schützen soll, und war weg. Griet hat ihre Arbeit im Garten übernommen.»

«Also so was!» Adelina stemmte die Hände in die Hüften. «Das sind ja schöne Sitten. Warum habt ihr mir nicht gleich Bescheid gesagt?»

Franziska zog den Kopf zwischen die Schultern. «Das wollten wir ja, aber Ihr hattet doch so hohen Besuch vom Ratsherrn Reese, da wollten wir nicht stören.»

«Na gut. Geh jetzt und sieh zu, dass ihr Haus und Hof

aufräumt und sturmfest macht. Ich will nicht, dass der Wind noch einmal unsere Eimer auf die Straße bläst. Ich kümmere mich um Mira.»

Mit einem «Jawohl, Herrin» eilte Franziska davon, und Adelina machte sich auf den Weg zu Miras Kammer. Ohne anzuklopfen stieß sie die Tür auf und fand das Mädchen kniend vor einem kleinen, anscheinend zusammenklappbaren Marienaltar mit Triptychon. Mira ließ einen weißen Rosenkranz durch ihre Finger gleiten und murmelte halblaut ein Ave Maria nach dem anderen. Adelina sah ihr ein Weilchen dabei zu, dann trat sie näher und fasste sie an der Schulter. «Mira, es ist gut. Steh auf und geh an deine Arbeit.»

Mira regte sich kaum. «Ave Maria voll der Gnade … geht jetzt nicht … der Herr ist mit dir … muss den Rosenkranz fertig beten … du bist …»

«Mira!» Erbost packte Adelina Miras Handgelenk und entwand ihr den Rosenkranz. «Ich habe dir gesagt, du sollst wieder an deine Arbeit gehen!»

Mira blickte verdutzt zu ihr auf, dann zog sie einen Flunsch. «Ich muss erst noch meine Gebete beenden. Ein Unwetter kommt auf uns zu. Die Heilige Jungfrau soll uns beschützen.»

«Das wird sie auch, wenn du deine Arbeit tust. Ich sehe es nicht gerne, dass du einfach deine Aufgaben auf Griet abschiebst.»

«Sie hat doch freiwillig …»

«Geh jetzt an deine Arbeit. Ich dulde dieses Verhalten nicht, verstanden?» Adelinas aufgebrachte Stimme wurde eine Spur lauter, doch Mira wankte nicht.

«Aber meine Gebete; das ist wichtig! Die Zisterzienserinnen beten auch …»

«Du bist aber keine Zisterzienserin», unterbrach

Adelina sie und stemmte die Hände in die Hüften. «Du bist Lehrmädchen in meinem Haus und hast meinen Anweisungen Folge zu leisten.»

«Aber die Nonnen …»

«Müssen auch gehorchen, wenn die Äbtissin etwas anordnet», kam Neklas' Stimme von der Tür. Adelina und Mira fuhren erschrocken zu ihm herum. Er lehnte im Türrahmen, die Arme vor der Brust verschränkt. Auf seinen Lippen spielte noch ein leichtes Lächeln, das jedoch sogleich einer strengen Miene wich. «Geh an deine Arbeit, Mira.»

Das Mädchen blickte einen Moment lang unschlüssig zwischen Adelina und Neklas hin und her, dann ließ sie die Schultern hängen und quetschte sich an ihm vorbei in Richtung Küche.

«Da haben wir ja einen schönen Fang gemacht», sagte Neklas und lehnte sich erneut gegen den Türstock. Adelina legte den Rosenkranz neben den kleinen Altar. «Ich wäre schon mit ihr fertig geworden.»

«Das weiß ich.» Wieder schlich sich ein kleines Lächeln in sein Gesicht. «Aber so ging es schneller.»

Sie musterte ihn und sah, dass sein Gesicht grau vor Müdigkeit war. Unter seinen Augen hatten sich dunkle Ringe gebildet. Bei seinem Anblick fiel es ihr schwer, an ihrem Zorn vom Vortag festzuhalten.

«Geh in die Küche, es gibt gleich etwas zu essen.»

Als er den Kopf schüttelte, runzelte sie jedoch wieder die Stirn.

«Nicht jetzt. Ich muss noch etwas erledigen und dann möchte ich erst einmal schlafen, wenn es dir recht ist. Ich habe zwei anstrengende Tage hinter mir.»

«Nein, es ist mir nicht recht», fuhr sie auf. «Wir müssen miteinander reden.»

«Später», winkte er ab, und dieses Wort trieb sie fast zur Weißglut. Doch er beachtete ihre finstere Miene nicht, sondern stieß sich vom Türrahmen ab und ging schon wieder zur Kellertreppe.

«Dann geh doch und mach, was du willst. Lass mich mit allem allein, ich komme schon zurecht», fauchte sie und schluckte dabei an einem harten Kloß, der ihr wie ein kleiner Feuerball in den Magen rutschte.

Neklas blieb auf der obersten Stufe stehen und blickte sie über die Schulter hinweg an. In seinen Augen las sie eine Mischung aus Zerknirschung und unerbittlicher Entschlossenheit. «Wir reden später, Adelina. Ich verspreche es dir.»

Sie atmete heftig aus, als er die nächsten Stufen hinabstieg.

«Und was sage ich derweil Bruder Thomasius, wenn er wieder auftaucht?»

Neklas fuhr herum und starrte sie erschrocken an. «War er hier? Im Haus?» An ihrem Blick konnte er die Antwort ablesen. Mit einem heftigen Fluch kam er die Stufen wieder herauf. «Warum hast du ihn hereingelassen? Ich habe doch gesagt …»

«Er ist durch die Hintertür gekommen», unterbrach sie ihn. Ihre Stimme kippte vor Wut fast über. Neklas fasste sie am Handgelenk und knirschte mit den Zähnen. «War er im Keller?»

Verblüfft hielt sie inne. «Warum sollte er? Er kam in die Küche und hat uns …»

«Bist du sicher, dass er nur in der Küche war?»

Adelina starrte ihn an. «Ich nehme es an. Woher soll ich das wissen, wo er sich doch heimlich ins Haus geschlichen hat?»

«Dieser Mistkerl!» Neklas ließ ihr Handgelenk los

und rannte nun fast die Kellertreppe hinab. Adelina sah ihm mit gemischten Gefühlen hinterher, entschied sich jedoch, ihm nicht zu folgen. So zornig hatte sie Neklas noch nie erlebt, und seine Reaktion auf diesen Dominikaner machte ihr Angst. Als sie ihn unten rumoren hörte, drehte sie sich auf dem Absatz um und ging zur Hintertür hinaus in den Garten, um nach Griet und Mira zu rufen. Es wurde Zeit, das Essen zuzubereiten. Was brachte es, wenn durch all die Aufregung ihr Haushalt auch noch hungern musste?

Als sich alle am Küchentisch versammelt hatten, war es bereits stockdunkel, denn über der Stadt türmten sich finstere Wolken auf. Der Wind wurde stärker und rüttelte an den Fensterläden; in der Ferne grollte der erste Donner. Vitus jammerte, weil seine Katze noch nicht nach Hause gekommen war, und die Mägde warfen einander bei jedem Geräusch besorgte Blicke zu.

Neklas kam herein, nahm sich schweigend seinen Teller und füllte ihn im Stehen mit Grützwürsten und Gemüse. Mit der freien Hand goss er Bier in seinen Becher und nahm dann beides mit hinauf in die Schlafkammer. Niemand verlor ein Wort darüber, doch Adelina spürte die Verwunderung beim Gesinde.

Sie ging nicht auf das merkwürdige Verhalten ihres Gemahls ein, sondern sprach wie üblich das Tischgebet. Sich selbst konnte sie jedoch nichts vormachen. Neklas hatte eben noch schlimmer als vorhin ausgesehen; wie das heulende Elend. Was auch immer los sein mochte, sein Anblick hatte ihr geradezu körperliche Schmerzen bereitet, und nun verging ihr beim Anblick des Essens beinahe der Appetit. Im Stillen verfluchte sie Bruder Thomasius, denn allein ihm schrieb sie all die Unbill zu, die in den beiden vergangenen Tagen über sie gekommen war.

So elend sie sich auch fühlte, sie zwang sich, in Ruhe zu essen.

Erst als alle fertig waren und die Mägde die Küche aufräumten, beschloss sie, nach Neklas zu sehen.

Mittlerweile war das Donnergrollen ein gutes Stück näher gekommen. Da sie den Mädchen ansah, dass sie sich ein wenig fürchteten, erlaubte sie ihnen, noch ein Weilchen in der Küche zu bleiben. Vitus hingegen verkroch sich, noch immer weinerlich wegen seiner Katze, in seine Kammer, und auch ihr Vater empfahl sich und legte sich zu Bett.

Adelina entzündete eine kleine Öllampe und stieg langsam die dunkle Stiege hinauf. Ihr war noch immer übel vor Sorge. Als ein greller Blitz das Haus gespenstisch erhellte, blieb sie erschrocken stehen. Mit klopfendem Herzen lauschte sie dem tiefen Grollen, das wie eine Welle immer näher brandete. Einen Augenblick lehnte sie sich gegen die Wand und atmete tief durch. Das fehlte ihr noch, dass sie durch all die Aufregung durchdrehte. Sie schloss einen Moment die Augen und kämpfte die vielen Fragen, die in ihrem Kopf herumspukten, nieder. Eins nach dem anderen. Sie würde ihre Antworten schon bekommen und diesem Spuk ein für allemal ein Ende setzen. Entschlossen straffte sie die Schultern, stieg die letzten Stufen hinauf und stieß die Tür zur Schlafkammer auf.

Mitten im Zimmer blieb sie stehen und blickte auf Neklas, der vollständig bekleidet auf dem Bett lag und schlief. Er hatte sich auf die Seite gedreht, ein Arm baumelte an der Bettkante herab und auch ein Bein drohte abzurutschen. Auf der Ablage neben dem Bett standen

Teller und Becher, beides schien er nicht angerührt zu haben. Bei näherem Hinsehen erkannte sie, dass lediglich eine der Würste angebissen war.

Leise trat sie an das Bett heran und schob sein Bein von der Kante weg. Auch seinen Arm hob sie an, bettete ihn neben seinem Kopf, dann holte sie eine dicke Wolldecke aus der Lade neben dem Fenster und deckte ihn sorgfältig zu. Sie setzte sich auf die Bettkante und betrachtete ihn. Als er die Bewegung spürte, murmelte er etwas und griff nach ihr. Vorsichtig wollte sie aufstehen, um ihn nicht zu wecken, doch da schlang er den Arm um ihre Taille und zog sie näher zu sich heran.

Sie biss sich auf die Lippe. Diese unbewusste Geste und der feste Druck seines Armes rührten sie mit einem Mal so sehr, dass sie mit den Tränen kämpfte. Als es erneut blitzte und gleich darauf laut krachte, schien sich sein Griff noch um eine Spur zu verstärken. Wieder murmelte er etwas. Sie wagte nicht, sich zu rühren, sondern betrachtete ihn weiter im flackernden Schein der Öllampe und der immer wieder aufzuckenden Blitze.

Erschöpfung zeichnete seine Züge, aber auch eine unterschwellige Entschlossenheit. Seine wirren schwarzen Locken unterstrichen die Blässe, die ihn noch elender aussehen ließ. Dunkle Schatten des nachwachsenden Bartes zeugten davon, dass er in den letzten Tagen keinen Gedanken an eine Rasur verschwendet hatte. Vorsichtig strich sie mit einem Finger über seine Wange und spürte das leichte Kratzen.

Als erneut ein Blitz aufzuckte und beinahe gleichzeitig ein lauter Knall ertönte, der die Fensterläden erzittern ließ, ertönten von unten plötzlich aufgeregte Stimmen. Adelina horchte auf. Was war da los? Vorsichtig versuchte sie aufzustehen, doch Neklas ließ sie nicht los. Sie fasste nach seiner Hand, die fest auf ihrem Bauch lag.

«Komm schon, lass mich aufstehen. Ich muss unten nach dem Rechten sehen», flüsterte sie. Er zuckte leicht und murmelte erneut etwas. Sie seufzte. «Ich komme gleich wieder herauf.»

Sein Griff lockerte sich ein bisschen, und sie entwand sich ihm. Fürsorglich deckte sie ihn bis zum Kinn zu, griff nach der Lampe und eilte die Treppe hinunter.

«Herrin, ich glaube, der letzte Blitz hat irgendwo auf dem Marktplatz eingeschlagen», rief Ludowig, der ihr aufgeregt entgegenkam. «Soll ich rausgehen und nachschauen?»

«Auf keinen Fall!» Entschieden schüttelte Adelina den Kopf. «Das ist viel zu gefährlich.»

Wieder zuckte grelles Licht durchs Haus, begleitet von einem geisterhaften Zischen. Dann wieder ein Krachen.

«Wir müssen wachsam bleiben, aber im Haus sind wir sicherer. Griet, Mira?» Sie ging in die Küche und winkte den Mädchen. «Ihr geht jetzt zu Bett.»

Griet sprang von der Ofenbank auf, als im gleichen Moment das laute Rauschen eines sintflutartigen Regengusses einsetzte. «Das Fenster in meiner Kammer ist nicht ganz dicht!»

«Komm mit! Wir hängen eine Wachshaut davor.» Franziska nahm die Kleine an der Hand und rannte mit ihr nach oben.

«Mira?» Noch einmal winkte Adelina dem Mädchen aufzustehen.

«Darf ich noch einen Rosenkranz beten?», fragte Mira sie und zuckte bei den nächsten dumpfen Donnerschlägen zusammen.

Adelina nickte. «Das kann nicht schaden. Bleib aber nicht zu lange auf. Das Unwetter wird sich schon wieder verziehen.»

Schließlich zogen sich auch Magda und Ludowig in ihre Kammern zurück, sodass Adelina allein noch eine letzte Kontrollrunde durchs Haus machte.

Die Haustür war fest verriegelt, ebenso die Hintertür. Gerade wollte sie wieder in die Küche gehen, als sie ein merkwürdiges leises Jaulen vernahm.

Lauschend blieb sie stehen. Wo kam das Geräusch her? Doch außer dem Trommeln des Regens und den unvermindert heftigen Donnerschlägen konnte sie nichts ausmachen. Sie wandte sich achselzuckend ab.

Doch da war es wieder! Sie hielt inne und lauschte noch angestrengter. Kam das Jaulen von draußen? Und war da nicht auch ein Kratzen zu hören?

«Fine!» Rasch schob sie den Riegel der Hintertür zur Seite und öffnete sie einen Spaltbreit. Die schwarzweiße Katze ihres Bruders flitzte klatschnass herein und schüttelte sich gleich neben Adelinas Füßen. Vorwurfsvoll blickte sie zu Adelina auf und maunzte anklagend.

«Ja, ja, schon gut, Fine. An dich haben wir gar nicht mehr gedacht.» Adelina ging in die Hocke und strich der Katze über den vor Nässe glänzenden Rücken. «Tut mir leid.» Sie erhob sich wieder und wollte die Tür schließen, als Fine ein noch lauteres Maunzen ausstieß und sich wieder in den Türspalt stellte. Der Wind drückte den Regen herein.

«Fine! Nun komm schon, du willst doch nicht etwa wieder hinaus?» Verwundert blickte Adelina auf das Tier hinab, das immer wieder laut miaute. «Was ist denn bloß los mit dir? Komm rein, sonst wird hier alles nass!»

Da Fine sich nicht rührte, wollte sie sie packen und hochheben. Dabei fiel ihr Blick durch den Türspalt auf das, was offenbar der Grund für Fines Verhalten war.

«Du liebe Zeit, was ist das denn?» Adelina ließ von der Katze ab und öffnete die Tür ein Stückchen weiter. Auf der Türschwelle kauerte ein kleines haariges Bündel. Erst dachte sie, es handele sich um einen Haufen verschlissener Seile, doch dann erkannte sie deutlich eine Bewegung. Und dann erklang auch wieder dieses eigenartige Jaulen. Neugierig, jedoch mit der gebotenen Vorsicht, näherte sich Adelina dem Bündel und ging erneut in die Hocke. Regen spritzte ihr entgegen und durchnässte ihr Kleid. Mehrere heftige Donnerschläge ließen das Haus erzittern.

Im Schein des Lämpchens besah sie sich das Etwas genauer. «Was hast du uns denn da angeschleppt, Fine?» Die Katze miaute noch einmal und strich um das Tier – denn ein solches musste es sein – herum.

Ganz vorsichtig streckte Adelina die Hand danach aus, zuckte jedoch zurück, als es sich erneut bewegte und seinen wuscheligen Kopf hob. Just blickte sie in ein Paar dunkler Augen, die sie trotz des erbarmungswürdigen Aussehens des Tierchens anzulächeln schienen. «Ist das etwa ein Hund?» Erstaunt schüttelte Adelina den Kopf und musste plötzlich lachen. «Ein Hund, der bei uns um Asyl bittet?» Sie warf Fine einen amüsierten Blick zu. Die Katze führte sich auf, als sei sie die Beschützerin des zerzausten Wesens. «Wo hast du den denn bloß aufgetrieben?»

Und was sollte sie jetzt mit dem Tier machen? Ein weiterer Blick in diese hübschen, freundlichen Augen genügte jedoch für ihre Entscheidung. Sie streckte erneut die Hände nach dem Hund aus, und als er sich nicht wehrte, hob sie ihn hoch – er war erschreckend mager – und trug ihn in die Küche, dicht gefolgt von Fine. Dann eilte sie zurück und verriegelte die Tür. Auf dem Boden hatte sich eine beachtliche Wasserlache ausgebreitet. Rasch holte sie einen Putzlumpen und wischte das Wasser zusammen. Dann ging sie in die Küche und betrachtete ihr Fundstück, das sich unter der Ofenbank zusammengerollt hatte, genauer.

«Was machen wir denn nun mit dir?» Sie betrachtete das Tier und beobachtete, wie sich Fine mit einem genüsslichen Schnurren neben den Hund niederließ und sich zu putzen begann. Seufzend nahm Adelina zwei der Grützwürste aus dem Topf neben der Feuerstelle und legte sie in eine Steinschale. Dann füllte sie eine zweite Schale mit Wasser aus dem Krug, der immer auf dem Spülstein stand, und stellte beides vor den Hund hin. Dieser hob seinen zerzausten Kopf, schnüffelte und machte sich dann hungrig über beides her.

«Grundgütiger, du scheinst ja halb verhungert zu sein!»

Nachdem er alles hinuntergeschlungen hatte, rollte sich der Hund wieder unter der Bank zusammen, schnaufte und legte den Kopf auf die Pfoten. Er blickte aus seinen hübschen Augen zu ihr auf und das, was offenbar sein Schwanz war, wedelte leicht.

Adelina konnte sich ein Lächeln nicht verkneifen. «Also gut, du kannst hierbleiben, bis das Unwetter abgezogen ist. Dann sehen wir weiter.»

Der Hund schnaufte wieder und schloss die Augen. Adelina schüttelte erneut den Kopf. Diesmal jedoch eher über sich selbst als über den Hund. Dann zog sie die Küchentür hinter sich zu und wollte nach oben gehen, um endlich auch ein bisschen Schlaf zu finden.

Ihr Blick fiel jedoch auf die Kellertreppe. Warum hatte sie nicht schon längst nachgesehen, was Neklas dort unten getrieben hatte? Ihre Finger schlossen sich fester um den Henkel der Öllampe.

Vorsichtig, um nicht zu stolpern, stieg sie die Treppe hinab und stieß die Tür zum Laboratorium auf. Ein scharfer, leicht metallischer Geruch schlug ihr entgegen, der sich mit dem Duft getrockneter Kräuter und dem Staub in den Ecken mischte.

Hier hatte ihr Vater viele Jahre lang gearbeitet und versucht, die Geheimnisse der Alchemie zu lüften. Besonders hatte es ihm die Suche nach dem Stein der Transmutation angetan, jener Substanz, mit der man angeblich unedle Metalle in Gold verwandeln konnte. Sie hatte diese verrückte Suche gehasst und war der festen Überzeugung, dass die giftigen Dämpfe, die aus solchen alchemistischen Versuchen aufstiegen, an Alberts jetziger Geistesverwirrtheit Schuld trugen.

Ärgerlicherweise hatte auch Neklas eine Schwäche für die Alchemie. Er hatte das Laboratorium mittlerweile zu seinem Reich gemacht. Sie konnte ihm nur zugutehalten, dass seither die unangenehmen, zuweilen ekelhaften Gerüche, die früher durch das Haus gezogen waren, erheblich abgenommen hatten. Außerdem schien sein Augenmerk nicht nur auf der Herstellung von Gold zu liegen, sondern darauf, so hatte er ihr erklärt, alle Dinge in einen besseren, höheren Daseinszustand zu verwandeln. Auf ihre Frage hin, ob dies auch bei Menschen funktioniere, hatte er überzeugt genickt.

Als Adelina sich in dem Laboratorium nun umsah, konnte sie auf den ersten Blick nichts Ungewöhnliches entdecken. Die komplizierte Apparatur mit den daran befestigten Glastiegeln und -flaschen und dem Blasebalg stand wie immer an der Wand. Die Lüftungsschlitze unter der Decke waren sorgfältig mit Tüchern und Decken verschlossen, die Regale, die sich über alle vier Wände zogen, ordentlich aufgeräumt. Zu ordentlich womöglich? Sie trat näher an eines der Regale heran. Eine Reihe Bücher und ein ganzes Arsenal seltsamer Gerätschaften wie gebogene Löffel und schnabelförmige Zangen lagen säuberlich aufgereiht vor ihr. Sie drehte sich im Kreis und musterte den Rest des Raumes und den schweren Holztisch in der Mitte, auf dem nur eine Waage und die zugehörigen Gewichte standen.

Es war in der Tat zu aufgeräumt hier. Und als sie erneut die Regale betrachtete, wurde ihr bewusst, dass eine ganze Reihe von Büchern fehlte. Welche, konnte sie nicht sagen, da sie sich nie ernsthaft dafür interessiert hatte. Doch eine ungute Ahnung stieg in ihr auf, als sie an Thomasius dachte.

Dann fiel ihr Blick auf etwas anderes. Hinter der Tür stand eine Lade, die sonst immer fest verschlossen war, nun jedoch weit offen stand. Adelina erkannte darin leere Weinkrüge und Säckchen mit getrockneten Kräutern. Hatte die Lade nicht ursprünglich ganz andere Dinge enthalten? Über der Lade waren auf Augenhöhe zwei Bretter angebracht, auf denen mindestens zwei Dutzend mit Wachs verstöpselter Flaschen standen. Sie nahm eine in die Hand und öffnete sie.

«Weingeist», murmelte sie überrascht, als ihr der scharfe Geruch in die Nase stieg. «Und so viel davon.»

Ganz offensichtlich hatte Neklas das Laboratorium nicht nur aufgeräumt, sondern auch alle Hinweise darauf verschwinden lassen, dass hier etwas anderes als die regulären Experimente und Herstellungsverfahren einer Apothekerin stattfanden.

Dabei war doch die Alchemie gar nicht verboten. Wenigstens nicht, solange man sich dabei nicht schwarzer Künste bediente, was bei Neklas ausgeschlossen war. Hatte sie zumindest gedacht. Doch wozu dann dieser Aufwand?

Adelina spürte, wie sich eine Gänsehaut über ihre Arme und den Rücken ausbreitete.

O ja, Neklas war ihr mehr als nur eine Erklärung schuldig!

Nachdenklich stieg Adelina die unebenen Stufen wieder hinauf und warf einen letzten Blick in die Küche. Der Hund lag noch immer unter der Ofenbank. Beim Anblick des flackernden Lichts öffnete er ein Auge und wedelte ihr leicht zu. Offenbar hatte er sich schon häuslich eingerichtet. Fine war nirgends zu sehen, doch als Adelina an Vitus' Kammer vorbeiging, sah sie, dass die Tür einen Spalt offen stand. Die Katze lag zusammengerollt neben dem Kopf des Jungen und schlief.

Das Gewitter hatte nachgelassen, nur der Regen strömte unvermindert auf das Dach hernieder. Hoffentlich waren die Dachschindeln überall dicht. Sie ging nach oben und stellte fest, dass Neklas noch genauso dalag wie vorher. Sein Atem verriet ihr, dass er in tiefem Schlaf lag. Aufwecken würde sie ihn wahrscheinlich nicht, dennoch zog sie sich so leise wie möglich aus und schlüpfte unter die Decke. Kaum hatte sie das Licht gelöscht, als sie spürte, wie seine Hand nach ihr tastete. Sie ließ es zu, dass er sie erneut an sich zog und starrte an den dunklen Betthimmel.

Ein erneuter Donnerschlag ließ sie zusammenzucken. Der Wind wurde wieder stärker und rüttelte an den Fensterläden. Aufzuckende Blitze verkündeten, dass das Unwetter offenbar zurückkam. Inmitten des Donnergrollens vernahm Adelina ein leises Schnaufen und das Tapsen von Pfoten. Der Hund quetschte sich durch den schmalen Türspalt und ging schnüffelnd einmal um das Bett herum, dann ließ er sich mit einem zufriedenen Seufzer neben Adelinas Bettseite nieder. Sie überlegte noch, ob es nicht besser sei, das Tier hinauszuwerfen, doch da war sie bereits eingeschlafen.

12

Ein spitzer Schrei weckte Adelina am folgenden Morgen. Verwirrt fuhr sie aus den Kissen auf und rieb sich die Augen. Da gellte ein zweiter Schrei, doch diesmal gefolgt von einem gackernden Lachen. Waren das Franziska und die Mädchen?

Plötzlich fiel ihr der vierbeinige Gast ein, den das gestrige Unwetter ihnen beschert hatte. Rasch stand sie auf und zog sich Unterkleid und Hausmantel über, schlüpfte in ihre Schuhe und eilte hinunter in die Küche.

Tatsächlich hockte der Hund knurrend mitten im Raum zwischen Franziska und Griet, die offenbar versucht hatten, ihn einzufangen. Mira saß betont gelangweilt am Tisch und sah ihnen dabei zu. Ihre geröteten Wangen zeugten jedoch von höchstem Vergnügen.

Als Adelina die Küche betrat, sprang das Tier auf und rannte auf sie zu. Direkt vor ihren Füßen setzte sich der Hund und wedelte mit seinem zerrupften Schwanz. Bei Tageslicht wurde noch viel deutlicher, wie dünn und zerzaust er war. Sein fast handspannenlanges Fell hatte die Farbe von Straßenstaub, die Ohren waren an den Spitzen leicht abgeknickt.

Adelina bückte sich und hielt ihm ihre Hand hin. Dabei ignorierte sie Franziskas Warnruf einfach. Der Hund erschien ihr jetzt genauso wenig gefährlich wie am Vorabend, und er reichte ihr auch kaum bis zum Knie.

Er beschnüffelte ihre Hand und leckte ihre Fingerspitzen.

«Was ist das für ein Viech?», wollte Franziska wissen und trat nun doch neugierig näher.

Adelina zuckte mit den Achseln. «Kein Viech, sondern ein Hund, wie du sehen kannst. Ich fand ihn gestern Abend auf der Schwelle der Hintertür. Fine hat ihn wohl angeschleppt.»

«Fine? Die fängt doch nicht mal Mäuse!», gluckste die Magd.

«Sie hat mich jedenfalls auf den Hund aufmerksam gemacht. Und weil das Wetter so schlimm war ...» Adelina verstummte. Sie merkte gerade, wie verrückt das klang. Franziska warf ihr denn auch einen äußerst verwunderten Blick zu, der sich jedoch gleich darauf in ein breites Lächeln verwandelte.

«Und was machen wir jetzt mit dem Tier, Frau Adelina?», fragte Griet, die die ganze Zeit gebannt auf den Hund starrte, sich jedoch nicht traute, ihn anzufassen.

«Was schon, ihn rauswerfen vermutlich», kam es von Mira. Adelina warf ihr einen Blick zu. Das Mädchen gab sich noch immer gelangweilt, konnte jedoch das faszinierte Blitzen in seinen Augen nicht ausreichend verbergen.

«Wir werfen ihn nicht hinaus», bestimmte Adelina daraufhin mit Entschlossenheit. «Er sieht zwar etwas merkwürdig aus, ist aber ein Hund, und als solcher kann er uns vielleicht gute Dienste erweisen.»

«Ihr meint als Wachhund?», hakte Franziska nach und betrachtete das Tier noch einmal näher. «Hoffentlich taugt er dabei mehr als Fine beim Mäusefang. Er bleibt also hier?»

«Dann braucht er einen Namen», befand Griet.

«Wie wäre es mit Zausel?», schlug Mira mit gerümpfter Nase vor.

«Das ist doch kein Name!», schimpfte Griet aufgebracht.

Adelina hob abwehrend die Hand. «Schluss jetzt, wir werden schon noch einen Namen finden. Doch nun geht und zieht Euch an, und zwar die guten Kleider!» Ihr war nämlich gerade eingefallen, dass heute der Tag des heiligen Matthäus war. «Beeilt euch, die nächste Messe in St. Brigiden wird bald beginnen.»

Neklas war nicht wach zu bekommen; er lag unter der Decke begraben wie ein Toter. Deshalb zog Adelina sich rasch ihr hübsches blaues Samtkleid an und lauschte dabei den Stimmen von unten, als Franziska dem restlichen Gesinde sowie Vitus und Albert erklärte, woher der Hund so plötzlich kam. Ein Findelkind sei er, sagte sie auf Vitus' neugierige Fragen. Adelina musste grinsen. Gerade war ihr ein passender Name eingefallen.

«Lasst Moses kurz in den Garten, dann sperrt ihn in die Küche. Dort kann er nichts anstellen», forderte sie wenig später die Mädchen auf. Magda, die sich gerade ihren Mantel überwarf, hob erstaunt den Kopf.

«Moses? Soll das etwa der Name für diesen Hund sein?»

«Ist Moses nicht ein jüdischer Name?», warf auch Franziska zweifelnd ein.

Adelina bedachte beide mit einem strafenden Blick. «Moses ist ein biblischer Name. Und er passt, denn obwohl der Hund nicht in einem Weidenkörbchen lag, ist er dennoch ein Findelkind, nicht war, Franziska?»

«Wenn Ihr meint.» Die junge Magd zuckte mit den Schultern. «Zausel hätte meiner Meinung nach besser gepasst.»

Nachdem die Mädchen das Tier versorgt hatten, machte sich der gesamte Haushalt schließlich auf den Weg zur Gemeindekirche. Sie reihten sich nahtlos in den stetig wachsenden Strom von feiertäglich herausgeputzten Fußgängern ein, die ebenfalls auf St. Brigiden zusteuerten.

Der nächtliche Regen hatte die Gassen in tiefe Schlammlöcher verwandelt, die bereits von den ersten Wagen und Karren umgepflügt worden waren. Adelina war froh über die hölzernen Überschuhe, denn selbst die eigens für die Bürger ausgelegten Trittsteine waren von Morast bedeckt und glitschig. Mit gerafften Röcken bahnte sie sich ihren Weg, dicht gefolgt von den Mädchen, die sich größte Mühe gaben, ihre Kleider nicht zu beschmutzen und bei jedem Schlammspritzer empört quiekten. Nur Vitus schien Gefallen an den matschigen Straßen zu haben, und Magda und Franziska mussten ihn gemeinsam davon abhalten, in jede einzelne Pfütze hineinzuspringen.

Hier und da fing Adelina Blicke ihrer Nachbarn auf, die sie dem Umstand zuschrieb, dass ihr Gemahl heute nicht an ihrer Seite war. Als jedoch vor und in der Kirche immer deutlicher Wortfetzen und Getuschel an ihr Ohr drangen, wurde ihr klar, dass die Klatschmäuler in der Stadt bereits ganze Arbeit geleistet hatten.

Mit steinerner Miene verfolgte sie die Messe und versuchte gleichzeitig, mit gespitzten Ohren herauszufinden, inwieweit sich die Geschichte bereits verselbständigt hatte.

Das Stimmengesumm ließ selbst während der Erhebung der Hostie kaum nach. Es gab lediglich ein leichtes Geschiebe durch diejenigen, die sich einen besseren Blick verschaffen wollten. Dadurch wurde auch ein bulliger Mann in Kaufmannskluft vor Adelina gedrängt und versperrte ihr die bisher gute Aussicht auf den Altar. Der Kerl stank nach Schweiß und schalem Bier. Sie rümpfte die Nase und stemmte sich gegen die Drängler, damit sie nicht zu sehr vom Rest ihrer Familie abgetrieben wurde. Dabei sah sie sich nach einem besseren Standort um, fand jedoch keinen. Die Kirche war voll bis auf den letzten Platz. Während sie sich umsah, fiel ihr Blick auf eine Gestalt ganz in Weiß, die nicht weit von ihr in der Nähe eines kleinen Seitenaltars stand und das Haupt andächtig gesenkt hielt.

Thomasius! Sie runzelte erbost die Stirn. War er ihr etwa hierher gefolgt? Doch es machte den Eindruck, als hätte er sie noch gar nicht bemerkt. Zu sehr schien er in sein Gebet vertieft. Was hatte er schon wieder hier zu suchen? Gab es bei den Dominikanern keine Messen?

Adelina presste die Lippen zusammen und lauschte der inzwischen kaum noch zu verstehenden Stimme des Priesters, der sich wenig Mühe gab, mit seinen Abschlussworten das anschwellende Stimmengewirr zu übertönen. Die ersten Gottesdienstbesucher wandten sich bereits ab und schoben sich in Richtung Portal.

Gern hätte sich Adelina unauffällig davongemacht, doch Bruder Thomasius wurde von den Menschen unbarmherzig voran- und genau auf sie zugetrieben, sodass sie Seite an Seite das Kirchenschiff verließen.

«Frau Apothekerin!» Sein leutseliges Lächeln jagte ihr einen Schauder über den Rücken. «Ich hoffe, es geht Euch wohl. Es freut mich, dass Ihr so brav dem Ruf des Herrn folgt und die Messe zu Ehren unseres heiligen Apostels besucht. Euer Gemahl hingegen …»

«Konnte nicht mitkommen, weil er sich von seiner anstrengenden Reise erholen muss.» Sie funkelte ihn herausfordernd an und registrierte zufrieden das überraschte Aufflackern in seinen Augen. Doch er hatte sich bemerkenswert gut unter Kontrolle.

«Dann ist er wieder zurück? Wie schön für Euch. Jedoch höchst bedauerlich, dass er der heiligen Messe fernbleiben musste. Wirklich bedauerlich. Selbstverständlich bin ich gerne bereit, ihm den verpassten Segen zu übermitteln. Ihr habt doch nichts dagegen, wenn ich Euch begleite?»

Adelina zog unwillig die Brauen zusammen. «Doch, ich habe etwas dagegen, Bruder Thomasius. Geht und bringt jemand anderen in Schwierigkeiten.»

Sie wandte ihm den Rücken zu und winkte ihre Familie zusammen, die es mittlerweile ebenfalls geschafft hatte, die Kirche zu verlassen.

Thomasius ließ sich jedoch nicht so schnell abwimmeln.

«Gute Frau, ich verstehe ja, dass Ihr es mir übel nehmt, wenn ich Euch Wahrheiten über Euren zweifelhaften Gemahl sage, doch ich versichere Euch, es ist nur zu Eurem Besten.»

Sie blickte ihn über die Schulter an. Er stand da, die Hände in die Ärmel seiner Kutte geschoben und lächelte selbstgefällig. Ihr schauderte erneut vor diesem Mann.

«Bruder Thomasius, was auch immer Ihr über meinen Gemahl meint sagen zu müssen …» Sie fixierte ihn mit einem Blick, der einen weniger selbstsicheren Menschen zerschmettert hätte, «… behaltet es für Euch.»

Thomasius erwiderte ihren Blick, ohne mit der Wimper zu zucken. «Ihr seid verstockt, mein Kind. Dabei will ich Euch nur vor Schaden bewahren.»

«Was will dieser Mönch von dir, Sieglinde? Belästigt

er dich?», mischte sich plötzlich Albert ein, der Thomasius mit gerunzelter Stirn musterte. Adelina erschrak. Ihr Vater hatte sie mit dem Namen ihrer Mutter angesprochen. Das bedeutete nichts Gutes.

Thomasius hatte es natürlich auch bemerkt und blickte Albert mit höchster Aufmerksamkeit an. Ehe er jedoch das Wort an ihren Vater richten konnte, erklärte sie: «Nein, Vater, er belästigt mich nicht. Komm, wir gehen jetzt nach Hause. Es gibt ein gutes Mittagessen, und danach kannst du dich ausruhen.» Sie hakte sich bei ihrem Vater unter und führte ihn Richtung Alter Markt, ohne den Dominikaner noch eines Blickes zu würdigen. Der Rest der Familie folgte ihnen auf dem Fuße. Bis auf Vitus, der ununterbrochen vor sich hin brabbelte, schwiegen alle betreten.

Adelina wusste, dass sie ihnen vertrauen konnte, doch war sie ihnen auch eine Erklärung schuldig. Doch die wollte sie zunächst einmal selbst.

Neklas schlief noch immer und verpasste somit auch das Mittagessen. Adelina stellte ihm etwas von dem gebackenen Hühnchen beiseite und entließ dann das Gesinde für ein paar freie Stunden. Magda verkündete, sie wolle ihre Schwester besuchen, und auch Ludowig hatte einen Verwandtenbesuch geplant. Franziska half Adelina zunächst, die Küche aufzuräumen.

«Ich weiß nicht so recht, ob ich gehen soll, Herrin. Soll ich meinen Vater besuchen? Die Leyendecker Mechthild hat gesagt, dass er jetzt wieder am Hafen arbeitet. Sie sagt, er säuft nicht mehr so viel und hätte nach mir gefragt. Soll ich hingehen?»

Adelina stapelte die Zinnteller auf dem Spülstein und wischte sich die Hände an ihrer Schürze ab. «Ich weiß es nicht, Franziska. Das ist ganz allein deine Entscheidung. Er hat dich nicht gut behandelt, und wenn du Angst hast, dass er dich wieder schlägt, solltest du lieber hierbleiben.»

Mit nachdenklicher Miene begann Franziska, die Essensreste von den Tellern zu kratzen. «Davor habe ich keine so große Angst. Aber beim letzten Mal hat er so gemeine Sachen über mich gesagt, die gar nicht stimmen. Das macht er immer, wenn er zu viel Bier getrunken hat.» Sie spülte die Teller rasch mit kaltem Wasser ab, wischte sie trocken und stellte sie ins Regal zurück. «Andererseits ist er noch immer mein Vater. Vielleicht gehe ich doch hin. Ich kann ja gleich wieder gehen, wenn er gemein wird.»

«Ja, das kannst du», stimmte Adelina mit einem aufmunternden Lächeln zu.

«Dann laufe ich gleich los.» Franziska strich sich ihr Kleid glatt, schlüpfte in die Holzpantinen, die sie neben der Küchentür abgestellt hatte, und griff sich das kleine Bündel mit altbackenem Brot und einem Tiegel Apfelmus, das ihr Adelina geschenkt hatte. «Ich bin rechtzeitig vor dem Abendläuten zurück, damit ich Euch helfen kann, Vitus zu baden.» Damit rannte sie davon, und Adelina seufzte leise.

Wie ruhig es plötzlich im Haus war! Ihr Vater hatte sich zu seinem üblichen Mittagsschläfchen zurückgezogen, Vitus spielte in seiner Kammer mit Fine. Adelina liebte diese ruhigen Sonntagnachmittage und hätte ihn auch heute genossen, wenn ihr nicht ständig tausend Fragen im Kopf herumgewirbelt wären.

Sie ließ sich auf der Ofenbank nieder und faltete die

Hände im Schoß. Für einen Moment schloss sie die Augen und versuchte, sich zu entspannen.

Ein leises Kratzen an der Tür und das Tapsen von Pfoten auf dem Steinboden ließen sie die Augen wieder öffnen. Der Hund – Moses – hatte sich vor sie gesetzt und stupste mit seiner Nase gegen ihr Knie. Vorsichtig strich sie ihm über den Kopf und die lustig abgeknickten Ohren. Er ließ es sich gefallen und leckte ihre Fingerspitzen. Da kam ihr eine Idee. «Ob du dich wohl baden lässt?» Sie blickte dem Hund in die Augen, und er wedelte leicht mit dem Schwanz.

Entschlossen stand sie auf, holte einen Wäschezuber und machte Wasser heiß.

Wenig später hatte sie Moses in den Zuber gehievt und schrubbte sein Fell mit dünner Seifenlauge. Er ließ es sich ohne Protest gefallen, auch als sie ihn mit einem großen Leinentuch trocken rubbelte und dann begann, sein Fell mit einem alten beinernen Kamm zu entwirren.

«Sieh da, du bist ja sogar richtig hübsch», murmelte sie zufrieden, als sie fertig war, und kraulte ihn hinter den Ohren.

«Was ist das denn?»

Erschrocken fuhr sie herum und sah Neklas in der Tür stehen. Er lehnte wieder einmal am Türstock und schien sie schon eine Weile beobachtet zu haben. In seinen Augen funkelte der Schalk.

«Das ist ein Hund. Er heißt Moses.»

«Guten Tag, Moses.» Neklas grinste und trat auf den Hund zu, der ihn sogleich neugierig beschnüffelte und offenbar für in Ordnung befand, denn er wedelte und leckte auch ihm die Fingerspitzen.

«Lass mich raten.» Neklas setzte sich neben sie. «Der

Hund ist dir ebenso zugelaufen wie ich damals, und nun überlegst du, ob du mich nicht gegen ihn austauschen solltest. Vermutlich ist er wesentlich pflegeleichter als ich.»

Adelina schüttelte den Kopf. «Austauschen? Was ist das für ein …»

«Unsinn, meinst du? Sei nicht zu voreilig.» Er legte den Kopf auf die Seite. «Glaub mir, ich habe letztens recht ausführlich darüber nachgedacht, ob es nicht besser gewesen wäre, wenn ich damals woanders zur Untermiete eingezogen wäre.» Er nahm ihre Hand und strich sanft über ihre Fingerspitzen, was ihren Herzschlag ins Stolpern brachte. «Im Grunde ist es nur meinem eigensinnigen Herzen zuzuschreiben, dass ich an jenem Tag nicht gleich auf der Schwelle der Apothekentür kehrtgemacht habe. Und nun bereite ich dir nichts als Sorgen und Kummer.»

«Das mag sein.» Adelina sah ihm in die Augen, die für einen Moment schmerzvoll aufflackerten. «Wenigstens im Augenblick. Allerdings …» Sie drückte seine Hand und holte gleichzeitig tief Luft, um die nächsten Worte rasch herauszubringen. «Allerdings hast du nicht bedacht, dass auch ich ein eigenwilliges Herz habe.»

Um seine Mundwinkel zuckte es. «Du wolltest es nicht hergeben.»

«Das habe ich aber.»

«Widerwillig.»

«Äußerst widerwillig. Aber ich werde es nicht von dir zurückfordern.»

Mit einem halben Lachen stieß er die Luft aus. Es klang zutiefst erleichtert. «Ich habe dich nicht verdient.»

«Das ist wahr.» Lakonisch lächelnd nahm sie nun

auch noch seine andere Hand. «Neklas, was ist los? Ich mache mir die größten Sorgen.»

«Und du tust gut daran.» Widerstrebend löste er sich von ihr, stand auf und ging zum Tisch. Dort drehte er sich wieder zu ihr um. «Ich bin einem Dämon meiner Vergangenheit begegnet, und ich befürchte, er hat noch immer Macht über mich.»

«Thomasius.» Sie legte den Kopf auf die Seite, als er nickte.

«Sein Lebenszweck scheint es zu sein, mir das Leben zur Hölle zu machen. Warum sonst hat er mich hier aufgespürt?»

«Hat es etwas mit dem Ketzerprozess in Italien zu tun?», hakte Adelina nach. «Als sie dich beinahe verurteilt hätten?»

«Beinahe ist gut. Adelina, sie hatten mich verurteilt. Wären mir damals nicht mächtige Freunde zur Seite gewesen, hätte mein Leben auf dem Scheiterhaufen geendet.» Er blickte zur Decke. «Ja, es hat damit zu tun. Damit und mit noch einigen anderen Dingen, von denen ich dir noch nicht erzählt habe.»

«Andere Dinge?» Adelina hob argwöhnisch die Augen. «Schlimmer als die Anklage wegen der Leiche, die du damals heimlich seziert hast?»

«Schlimmer vielleicht nicht.» Neklas ging nervös auf und ab. «Jedenfalls nicht zur damaligen Zeit.» Er hielt inne. «Es war übrigens nicht nur eine Leiche.»

Adelina riss die Augen auf. «Du hast noch mehr Tote aufgeschnitten?»

Neklas hob die Schultern. «Hätten sie mich wegen eines Vorfalls gleich verbrennen wollen?» Bevor sie etwas sagen konnte, hob er die Hand. «Ob nun eine oder drei oder zehn … Das ist es nicht, was Thomasius für mich so gefährlich werden lässt. Zwar war er beim Prozess einer meiner Ankläger, und sicherlich sticht es ihn bis heute, dass er das Urteil nicht vollstrecken konnte, aber was viel gefährlicher ist: Er weiß noch etwas anderes über mich. Und das könnte in der jetzigen Situation dein … unser Untergang sein.»

Nun stand auch Adelina auf und trat ihm entgegen. «Was weiß er über dich?»

Neklas fasste sie an den Schultern und brachte sie dazu, sich wieder hinzusetzen. «Du erinnerst dich sicher, dass ich dir erzählt habe, in Italien wimmele es von Giftmischern, weshalb ich als Medicus dort ein äußerst einträgliches Geschäft hatte.»

«Du warst reich.»

«Wohlhabend», korrigierte er. «Ja, das war ich; bin es jetzt noch. Und an dem verdienten Geld ist auch nichts Anrüchiges. Wohl aber, zumindest in Thomasius' Augen, daran, wie es mir gelungen ist, so erfolgreich zu sein.» Wieder hielt er inne und setzte sich nun ebenfalls wieder. «Ich weiß, du hast die Alchemie schon immer gehasst. Die Suche nach dem Stein der Transmutation. Dein Vater ist darüber krank geworden.»

Sie hob ahnungsvoll die Brauen, sagte jedoch nichts. Also fuhr er fort: «Du weißt, auch ich kann mich für die Wissenschaft begeistern. Mag sein, ich gehe dabei planvoller vor, als dein Vater es getan hat. Das hat seine Gründe. Denn bei den vielen Experimenten, die ich seit Jahren durchgeführt habe, entdeckte ich so manches, was mir bei der Arbeit als Medicus hilfreich war. Also begann ich neben meiner Suche auch noch gezielt mit solchen Substanzen zu experimentieren, die als giftig galten und aufgrund derer schon so mancher einen frühzeitigen Tod erleiden musste.»

«Du hast also selbst Gift gemischt.» Adelina schüttelte entsetzt den Kopf.

Er nickte und machte zugleich eine verneinende Geste. «Nicht, um jemandem zu schaden, sondern um Gegenmittel zu finden. Und das ist mir hin und wieder sogar gelungen.»

«Und Thomasius weiß davon?»

«Er weiß es, und er nimmt es mir übel. Im Grunde nimmt er mir meine gesamte Existenz übel. Er wollte mich brennen sehen.»

«Du hast unser Laboratorium aufgeräumt und Weingeist in großen Mengen hergestellt.»

«Ich habe alle Spuren beseitigt, die auch nur ansatzweise zu der Annahme führen könnten, dass dort etwas anderes als Zutaten für deine Arzneien hergestellt werden», bestätigte er. «Gegen Weingeist und Kräuteressenzen kann niemand etwas einzuwenden haben.»

«Du hast Bücher versteckt.» Adelina stand auf, holte zwei Becher und einen Krug Bier und schenkte erst Neklas, dann sich selbst ein. «Waren es verbotene Schriften? Wo hast du sie hingebracht?»

«An einen Ort, wo sie niemand vermuten wird. Aber ich möchte dir fürs Erste noch verschweigen, wo sie sind. Das ist sicherer für dich.»

Adelina nickte und nippte an ihrem Becher.

«Wenn Thomasius sein Wissen vor die Schöffen bringt und sie ihm glauben, wird man den Eisenhut in meinem Konfekt dir zuschreiben. Oder uns beiden.»

Neklas stellte seinen Becher beiseite und blickte ihr aufmerksam in die Augen. «Und was sagt nun dein eigensinniges Herz dazu?»

Auch Adelina stellte ihren Becher weg und ging einige Male in der Küche auf und ab. Dann blieb sie stehen und sah ihn wieder an. «Es sagt, dass ich mit einem ketzerischen Alchemisten verheiratet bin.» Sie zuckte mit den Schultern und lächelte leicht. «Wir müssen die Arzneien für die Dirnen noch in die Weckschnapp bringen.»

13

Der Weg zur Weckschnapp wurde wegen des Regens tags darauf wieder zu einer äußerst unangenehmen Angelegenheit. Trotz der hölzernen Überschuhe schlich sich die Nässe zwischen Adelinas Zehen. Ihr Rocksaum war schon nach wenigen Schritten feucht und schlammbespritzt, und mit jedem Fuhrwerk und Karren, dem sie und Neklas begegneten, wurde es schlimmer.

Weder Pitter noch der Soldat, mit dem er heute zusammen Wache schob, ließen sich erweichen, Adelina noch einmal zu Ludmilla vorzulassen. Verärgert trat sie deshalb vor dem Eingang von einem Fuß auf den anderen, während Neklas zu der Zelle der Hübschlerinnen geführt wurde.

Die Behandlung derselben dauerte nicht sehr lange. Als Neklas zurückkam, machte er allerdings ein besorgtes Gesicht. Er drückte Pitter wieder ein Geldstück in die Hand und zog Adelina eilig mit sich.

«Es sieht nicht gut aus», begann er, als sie ein gutes Stück zwischen sich und den Gefängnisturm gebracht hatten. «Zwei der Frauen sind kurz davor, sich einen Lungenkatarrh zuzuziehen. Die Alte und diese Dicke. Wobei ich mir um letztere weniger Sorgen mache. Sie scheint eine kräftige Natur zu haben. Aber sie wurden offenbar auch alle noch einmal befragt. Die Wundmale waren deutlich zu erkennen.» Er hielt inne und sah sich um. Auf den Gassen herrschte trotz des schlechten Wetters ein munteres Treiben von Handwerkern, Bauern und Dienstboten. Zwei kleine Jungen trieben eine Schar Ziegen an ihnen vorbei. In einem stinkenden Abfallhaufen, der sich seitlich neben einem Wirtshaus türmte, wühlten zwei verwahrloste Hunde knurrend nach etwas Fressbarem. Nur wenige Schritte daneben standen zwei Frauen, die Einkaufskörbe an den Armen, und tauschten laut, und ohne auf ihre Umgebung zu achten, den neuesten Klatsch aus.

Neklas führte Adelina Richtung Fischmarkt, weil sie am Hafen nach dem Händler Ausschau halten wollte, der ihr regelmäßig die Grundstoffe für Malerfarben lieferte.

«Ich glaube nicht, dass die Schöffen auf diese Weise den Giftmörder finden», fuhr Neklas leise fort. «Wenn die Dirnen etwas wüssten, hätten sie es längst verraten.»

«Vielleicht decken sie jemanden?», warf Adelina wider besseres Wissen ein. Neklas schüttelte auch prompt den Kopf.

«Wenn man dir die Daumenschrauben anlegte und die Fußnägel mit glühenden Zangen ausrisse, was würdest du tun?»

«Die Fußnägel?» Schaudernd zog Adelina den Kopf zwischen die Schultern. «Sie wissen also nichts.» Plötzlich blieb sie stehen und sah Neklas entsetzt an. «Haben sie das Gleiche auch mit Ludmilla gemacht?»

Neklas schüttelte den Kopf. «Laut Pitters Aussage nicht.»

Adelina atmete erleichtert auf. «Hat er dich zu ihr gelassen?»

«Nein, aber als wir an ihrer Zelle vorbeigingen, hat sie angefangen zu schimpfen und zu fluchen. Offenbar mag sie Pitter nicht sonderlich.» Neklas grinste. «Aber ich vermute, sie wollte mir damit zeigen, dass es ihr gutgeht.»

«In diesem Rattenloch? Wir müssen sie da rausholen!», regte Adelina sich auf. «Sie hat doch gar keine …»

«Adelina!» Neklas hob mahnend die Hand. «Wir können im Augenblick nichts für sie tun. Sie ist zäh, das weißt du selbst. Wir sollten uns lieber darauf konzentrieren herauszufinden, wie das verdammte Gift in dein Konfekt gekommen ist.» Seine Stimme war zu einem eindringlichen Raunen geworden.

Adelina nickte widerstrebend. Natürlich hatte er recht. «Es muss jemand aus dem Stadtrat gewesen sein.»

Ein Eselskarren, hoch beladen mit Mist und Fäkalien, kreuzte ihren Weg. Sie blieben in angemessenem Abstand stehen und ließen den Goldgräber mit seiner stinkenden Fracht vorüberziehen. Adelina dachte kurz an ihre eigene volle Abortgrube und ärgerte sich, dass der Henker noch immer niemanden geschickt hatte, sie zu leeren.

Erst als sie weitergingen, antwortete Neklas. «Falls es tatsächlich einer der Räte war oder einer der Anwärter auf das Rats- oder Schöffenamt, haben wir ein Problem. Ich glaube nämlich nicht, dass hier nur Amtsneid im Spiel war.»

«Du meinst, weil gleich zwei Männer getötet wurden?» Adelina dachte über seine Worte nach. «Gehen wir davon aus, dass also auch Keppeler mit Absicht vergiftet wurde und nicht bloß durch einen unglücklichen Zufall, so müssten beide Morde von langer Hand und bis ins letzte Detail geplant worden sein.»

«Und dann müssten wir des weiteren davon ausgehen, dass beide aus ein und demselben Grund getötet wurden», ergänzte Neklas.

Adelina nickte zustimmend. «Aber aus welchem? Waren sie beide Verräter? Dann hat sie jemand aus dem Weg geräumt, bevor sie den Verhandlungen mit dem Erzbischof schaden konnten.»

«Klingt plausibel», stimmte Neklas ihr zu. «Es gibt aber auch noch eine andere Möglichkeit. Und die scheint mir nach der Aussage dieser Elsbeth noch wahrscheinlicher: Sie waren einem anderen Verräter auf der Spur. Jemandem, der die neue Stadtverfassung, den Verbundbrief, untergraben wollte. Und dieser Jemand hat gewusst, dass sie kurz davor waren, ihn zu entlarven.»

«Also hat er sie vergiftet», ergänzte Adelina. «Dann müsste der Täter also gar nicht zwingend im Stadtrat sitzen.»

«Nicht unbedingt», bestätigte Neklas. «Nicht, wenn er von außen gedungen wurde. Wer hat das größte Interesse daran, dass der Verbundbrief vom Erzbischof nicht anerkannt wird?»

Adelina schauderte. «Hilger Quattermart von der Stesse.»

Neklas nickte grimmig. «Unser alter Bekannter. Hat er sich nach den Unruhen im vergangenen Winter nicht nach Siegen geflüchtet?»

«So sagte wenigstens Reese.» Adelina zog die Stirn in Falten. «Dort kann ihm niemand wegen seiner Untaten beikommen. Auch nicht wegen der Sache mit dem Beginenhospital.»

Neklas legte ihr fürsorglich den Arm um die Schulter. Im ersten Moment versteifte sie sich, doch dann ließ sie es zu. «Neklas, er hat unschuldige Menschen, hilflose Menschen töten lassen, und nur wegen eines Hauses!»

«Ich weiß. Er würde auch Ratsmitglieder vergiften, um die Macht über die Stadt zurückzugewinnen.»

Mittlerweile hatten sie den Fischmarkt überquert und waren nur noch wenige Schritte vom Hafen entfernt. Es roch nach Fisch, brackigem Wasser und einem Sammelsurium von menschlichen Ausscheidungen. Adelina legte einen schnelleren Schritt vor, um näher an das Rheinufer zu kommen. Dort war die Luft etwas besser, da der Wind, der den großen Strom immer begleitete, dort stärker zu spüren war und den Gestank mit sich forttrug.

Fliegende Händler, Hehler und Schreiber mit Wachstafeln und Bestandslisten wuselten zwischen den Hafenarbeitern herum. Das Stimmengewirr setzte sich aus den unterschiedlichsten Sprachen und Dialekten zusammen. Ständig landeten in Köln Handelsschiffe mit Waren aus aller Herren Länder; wurden be- und entladen. Die großen Lastkräne rumpelten und quietschten.

Adelina beobachtete, wie mit einer dieser komplizierten Holzkonstruktionen ein lebendes Pferd von einer großen Kaufmannskogge gehievt wurde, während daneben drei bullige Arbeiter dabei waren, eine schwarze Kutsche aus edlem Holz zusammenzubauen.

Suchend sah Neklas sich um. «Bist du sicher, dass dein Händler heute hier ist?»

Auch Adelina blickte sich um, konnte jedoch kein bekanntes Gesicht ausmachen. «Er hat mir bei unserem letzten Treffen den heutigen Tag genannt. Er muss irgendwo sein.»

Plötzlich blieb Neklas stehen und hielt Adelina am Arm fest. «Dort drüben.» Er wies mit dem Kinn in Richtung einer großen Hafenwirtschaft. «Siehst du die Sänfte neben dem Eingang des *Aalen Hechts*? Ist das nicht das Zeichen der van Kneyarts auf dem Wimpel?»

Adelina musste sich recken und auf die Zehenspitzen stellen, da gerade ein Trupp Bewaffneter und gleich dahinter zwei Fuhrwerke der Kaufmannszunft Windeck die Sicht versperrten.

«Möglich», meinte sie schließlich mit einem Achselzucken. «Ich kann den Wimpel von hier aus nicht richtig erkennen. Vielleicht hat Mathys van Kneyart geschäftlich hier zu tun. Es heißt doch, er verkaufe seine Goldschmiedearbeiten auch außerhalb von Köln.»

«Wie geht es seiner Base Entgen?»

Adelina hob erneut die Schultern. «Nicht gut. Sie war erst kürzlich bei mir in der Apotheke. Ich glaube, sie leidet entsetzlich unter dem Tod ihres Bruders. Und offenbar ist sie nun gezwungen, einen auswärtigen Gesellen zu heiraten, damit das Geschäft erhalten bleibt.»

«Wird Mathys sich die Schmiede samt der Kunden nicht lieber selbst unter den Nagel reißen?», wunderte sich Neklas.

«Das dachte ich auch. Aber vielleicht sind die verwandtschaftlichen Bande der van Kneyarts nicht so eng, wie es auf den ersten Blick aussieht. Jedenfalls nicht zwischen den Vettern. Die beiden Geschwister müssen sich hingegen sehr nahe gestanden haben.»

«Wen wundert es?» Neklas blieb erneut stehen, um nach dem Spezereienhändler Ausschau zu halten. «Immerhin hat sie ihm doch viele Jahre den Haushalt geführt. Sicherlich ist sie dadurch auch zu seiner Vertrauten geworden. Und jetzt, da er tot ist, muss sie sich mit der Realität abfinden.»

Adelina sann eine Weile darüber nach. «Sie tut mir leid», befand sie schließlich. «Ihre ganze heile Welt ist an nur einem einzigen Tag zusammengebrochen. Und wenn sie jetzt auch noch einen Mann heiraten soll, nur um die Goldschmiede zu erhalten …»

«Es wurde schon aus wesentlich geringeren Gründen geheiratet, Adelina.»

«Ich weiß. Aber macht es das etwa besser?»

Neklas hob in einer Geste die Hände, die signalisierte, dass er darauf keine Antwort wusste. «Mich interessiert vielmehr, ob sie, falls sie tatsächlich seine Vertraute war, vielleicht mehr über seine Aktivitäten im Stadtrat weiß.»

«Glaubst du, sie verheimlicht etwas?»

«Nein, aber vielleicht weiß sie nicht, dass sie etwas weiß.» Er stockte. «Dort drüben, ist das nicht dein Händler?» Er wies quer über den Kai auf einen hageren, grauhaarigen Mann in Reisekluft, der gerade eine Kaufmannskogge über die wackelige Brücke verließ.

Auf Adelinas Winken hin eilte er geschäftig und mit flatterndem Mantel auf sie zu. Unter dem Arm trug er einen großen verschlossenen Holzkasten.

«Ah, Meisterin Burka, schön, Euch zu sehen!», rief er schon von weitem. «Ich habe Euch die besten und erlesensten Waren reserviert. Schaut her!» Er öffnete schwungvoll den Kasten und präsentierte ihr die verschiedenen Tiegel, Beutel und Phiolen. «Ein wunderbares Karmin, reines, unverfälschtes Auripigmentum und hier …» Er pries noch weitere Ingredienzien an, die Adelina allesamt für das Mischen von Malerfarben benötigte. Einige davon waren mit farbigen Bändern versehen, was bedeutete, dass sie, je nach Farbe, mehr oder minder giftig waren.

Während Adelina sich in einen Beutel packen ließ, was sie benötigte, kam ihr eine Idee.

«Herr van Cramen», unterbrach sie den noch immer nicht abreißenden Redefluss, mit dem der Händler seine Waren über den Klee lobte. «Ich möchte Euch gern etwas fragen. Verkauft Ihr noch anderes als die Zutaten für Maler- und Gewandfarben?»

«Derzeit nicht, wohledle Dame.» Er schüttelte bedauernd den Kopf. «Ich habe mich gänzlich darauf spezialisiert. Und die Geschäfte laufen gut …» Er hielt inne, und seine Miene wurde zugleich wachsam und neugierig. Er schien ein weiteres Geschäft zu wittern. «Was benötigt Ihr denn?»

«Ach, wisst Ihr», wich sie ihm aus. «Als Apothekerin benötigt man die seltsamsten Dinge. Ihr könnt Euch gar nicht vorstellen, was für Arzneien ich zuweilen für die gelehrten Herrn Doctores herstellen muss.»

Bei ihren Worten hob Neklas, der bisher eher unbeteiligt danebengestanden hatte, alarmiert den Kopf. Doch auf sein warnendes Räuspern achtete sie nicht. Sie kramte das Geld für den Händler hervor und meinte ganz beiläufig: «Ihr wisst nicht zufällig jemanden, der mir seltene Essenzen verkaufen würde?»

«Seltene Essenzen?», echote van Cramen und kratzte sich an der Stirn.

«Nun ja», Adelina lächelte unschuldig. «So manches, was ich benötige, klingt in den Ohren eines Unbedarften sehr merkwürdig. Eingelegte Krähenfüße, Froschaugen, Fledermausflügel», zählte sie auf und ignorierte das erneute, diesmal sowohl überraschte als auch offensichtlich amüsierte Hüsteln ihres Gemahls.

Van Cramen schauderte denn auch, bemühte sich jedoch deutlich um eine gelassene Miene. «Nun, mit solchen Dingen kann ich tatsächlich nicht dienen.»

«Das braucht Ihr auch nicht. Was mich interessiert,

sind Essenzen von Kräutern und Früchten, die im Volksmund als giftig gelten, die jedoch bei fachkundiger Verwendung und in Verbindung mit anderen Zutaten durchaus heilsame Kräfte entwickeln können. Schlafmohnsaft zum Beispiel.»

Van Cramen atmete sichtlich auf. «Ach so, das meint Ihr.»

«Ja, und noch ein paar andere Dinge, die ich hier nur sehr schwer bekommen kann. Eisenhutessenz, Tollkirschensaft, Bilsenkrauttonikum …»

«Das alles benötigt Ihr? Ich wusste gar nicht, dass man mit Gift auch heilen kann», wunderte sich der Händler und schauderte erneut.

«Ach, wisst Ihr, in kleinsten Mengen und in der richtigen Mischung können diese Dinge sehr heilsam sein. Nur, Ihr versteht, es ist nicht einfach, an sie heranzukommen.»

Van Cramen nickte ein wenig zerstreut. «Das kann ich mir vorstellen.»

«Und es soll auch nicht an die große Glocke gehängt werden», fuhr Adelina fort.

Er nickte. «Selbstverständlich nicht.»

«Wisst Ihr jemanden?»

Wieder kratzte er sich an der Stirn. «Ich werde mich gerne für Euch umhören, Meisterin Burka. Es gibt da einen Mann, der möglicherweise … Soll ich Euch Nachricht in die Apotheke schicken?»

«Das wäre außerordentlich freundlich von Euch», flötete Adelina und fing sich einen unauffälligen Rempler von Neklas ein. «Vielen Dank, dass Ihr Euch die Mühe machen möchtet. Nun müssen wir aber weiter. Mein Herr Gemahl hat noch wichtige Patientenbesuche zu machen.»

Sie verabschiedeten sich, doch bevor der Händler wieder loseilte, legte Adelina ihm die Hand auf den Arm. «Ach ja, wenn ich es recht bedenke, fragt bitte, ob Euer Mann auch gemahlene Haifischzähne hat. Ein außergewöhnliches Heilmittel», setzte sie noch hinzu.

Van Cramen nickte. «Wie Ihr wünscht …» Damit drehte er sich um und verschwand zwischen den Hafenarbeitern.

«Bist du jetzt vollkommen übergeschnappt?» Neklas schüttelte den Kopf. «Was, wenn er das jetzt herumträgt?»

«Das wird er nicht. Ich kenne ihn. Und vielleicht finden wir so den Mann, der unserem Täter das Gift verkauft hat.»

«Wenn es so war.»

«Wenn nicht, wird mich van Cramen für ein merkwürdiges, verschrobenes Weib halten. Was soll's?»

Wieder schüttelte Neklas den Kopf. «Merkwürdig und verschroben warst du schon immer. Gemahlene Haifischzähne!»

Während Adelina den restlichen Tag in der Apotheke verbrachte, konnte sie nicht umhin, die neugierigen und unverhohlenen Blicke ihrer Kunden wahrzunehmen. Nicht wenige davon galten ihren beiden Lehrmädchen, sodass ihr der Verdacht kam, dass sich auch hier die ersten Gerüchte breitmachten. Sie verfluchte innerlich ihren Konkurrenten, Meister Winkler, dem sie das Getuschel über die zwei Mädchen zu verdanken glaubte.

Dabei verhielten sich sowohl Mira als auch Griet sehr

ruhig und unauffällig, nachdem sie beiden eingeschärft hatte, dass sie ansonsten zum Fußbödenschrubben abkommandiert würden. Sie konnte sich im Augenblick keinen weiteren Aufruhr oder Skandal leisten.

Vor allem bei Mira hatte die Androhung von Wischwasser und Putzlumpen offenbar einen bleibenden Eindruck hinterlassen, denn sie schaffte es sogar für einige Zeit, ihr gelangweiltes Gesicht in ein interessiertes zu verwandeln und ihre zur Schau gestellte Besserwisserei im Zaum zu halten. Zwar schien sie noch immer mit dem Schicksal zu hadern, weil sie sich herablassen musste, ein in ihren Augen so niederes Handwerk zu erlernen, doch wurden ihre abendlichen Tiraden über die Unzumutbarkeit ihres Lebens, die sie als Gebete ausgab, weniger. Mittlerweile schallten aus ihrer Kammer zur Schlafenszeit nur noch das eine oder andere Ave Maria und ein, zwei Psalmen in Latein, von denen Adelina argwöhnte, dass Mira sie nur stupid auswendig gelernt hatte, ohne deren Sinn zu verstehen. Wie sonst war zu erklären, dass ein kleines Mädchen vor dem Schlafengehen ausgerechnet die Bußpsalmen herunterleierte?

Zur Mitte des Nachmittags hin wurde es in der Apotheke etwas ruhiger, und Adelina schickte Griet in das Hinterzimmer, wo sie die alltägliche Aufgabe des Polierens der Waage übernehmen sollte. Mira erläuterte sie derweil, wie man im Mörser Knochenwurz zermahlte, als sich die Tür öffnete und Entgen, wie immer in tiefstes Schwarz gekleidet, eintrat.

«Guten Morgen, liebe Frau Adelina», grüßte sie mit einem herzlichen Lächeln, das jedoch die dunklen Schatten unter ihren Augen nicht vertrieb. «Ich musste einfach herkommen. Würdet Ihr mir noch etwas von

Eurem Konfekt verkaufen? Es schmeckt so gut, und …», sie senkte vertraulich die Stimme, «… es tröstet mich ein wenig. Immer wenn ich es esse, geht es mir gleich ein wenig besser.»

«Aber sicher, Frau Entgen.» Adelina nickte und winkte die Kundin näher. «Zwar seid Ihr derzeit die einzige, der ich überhaupt etwas davon verkaufe …»

Entgen hob erstaunt den Kopf, sodass Adelina erklärte: «Ich habe keinen großen Vorrat mehr. Und solange nicht geklärt ist, wie der Eisenhut hineingeraten konnte, stelle ich auch keines mehr her noch biete ich es den Leuten zum Kauf an.»

«Ach so, ich verstehe. Damit vermeidet Ihr Gerede.» Entgen nickte mitfühlend. «Das ist alles sehr schrecklich, auch und gerade für Euch. Sagt, wisst Ihr denn schon etwas Neues? Mir erzählt man ja nichts. Alle wollen mich bloß schonen.»

Bedauernd schüttelte Adelina den Kopf. «Nein, bisher gibt es keine neuen Erkenntnisse.» Sie hob den Kasten mit dem Konfekt unter dem Tresen hervor. Gerade als sie den kleinen Riegel öffnen wollte, polterte es irgendwo im Haus. Beide Frauen hoben alarmiert den Kopf.

Adelina lauschte und wies dann Mira an: «Geh und sieh nach, was das war.»

Mira nickte und rannte los. Offenbar kam ihr die Abwechslung sehr gelegen.

«Euer Haushalt ist recht lebhaft geworden», kommentierte Entgen mit einem wohlwollenden Lächeln. «Es ist schön, wenn Kinder, Lehrlinge und Familie das Haus mit Leben erfüllen. In meinem Haus ist es derzeit entsetzlich ruhig.»

«Das kann ich mir vorstellen.» Immer noch mit einem Ohr bei den Geräuschen, die irgendwo aus den Wohnräumen kamen, nickte Adelina. «Habt Ihr denn mittlerweile entschieden, ob Ihr zu einer Heirat bereit seid?» Wieder griff sie nach dem Riegel des Konfektkastens, doch da flog die Tür des Hinterzimmers auf und Mira stürzte herein. «Frau Meisterin, Ihr sollt kommen! Vitus hat Fine gesucht und dabei den Topf mit dem Essen für heute Abend umgeschmissen. Und Moses frisst jetzt die ganze Suppe. Vitus heult, und dann ist auch noch ein Regalbrett runtergekracht, als die Katze draufgesprungen ist.»

Adelinas Augen weiteten sich. «Wo sind denn Franziska und Magda?», wollte sie ärgerlich wissen.

Mira hob die Schultern. «Franziska hat Vitus weggebracht und Magda wischt die Suppe auf. Das, was Moses noch übriggelassen hat», fügte sie noch hinzu.

Adelina stieß die Luft aus. «Geh wieder an deine Arbeit», wies sie das Mädchen an und wandte sich dann mit einem entschuldigenden Lächeln an Entgen. «Verzeiht, ich muss nach meinem Bruder sehen. Wenn Ihr so lange warten möchtet, es dauert bestimmt nicht lange.»

«Aber ja doch», winkte Entgen ab. «Geht nur. Ich habe Zeit.»

Adelina eilte zu der Unglücksstelle und stolperte beinahe über Magda, die gleich hinter der Küchentür kniete und sich bemühte, die Überreste des Eintopfs aus den Bodenritzen zu entfernen. Moses hockte mit zufriedener Miene daneben und leckte sich ein ums andere Mal die Schnauze. Adelina warf ihm einen strafenden Blick zu, den er mit einem freundlichen Schwanzwedeln quittierte.

Rasch zog Adelina die Tür wieder zu und horchte.

Franziska schien mit Vitus hinausgegangen zu sein. Seine weinerliche Stimme schallte aus dem Garten.

An der Hintertür traf sie auf Griet, die mit großen Augen hinausstarrte und Vitus' Anfall bestaunte. Adelina schob sie beiseite. «Geh wieder hinein. Du hast doch eine Arbeit, oder nicht?»

Griet zuckte zusammen und zog den Kopf ein. «Vitus weint», sagte sie mit beinahe tonloser Stimme. «Er weint ganz schrecklich, weil er den Topf umgeworfen hat. Aber das ist doch nicht so schlimm, oder?»

Adelina zuckte mit den Schultern. «Schlimm genug.» Sie legte der Kleinen eine Hand auf die Schulter. «Nun komm. Geh wieder an die Arbeit. Vitus wird sich schon wieder beruhigen.»

«Aber warum weint er so?»

Adelina blickte Griet in die Augen und erkannte neben Neugier noch etwas anderes in den Augen des Mädchens: Unverständnis. Tiefstes Unverständnis darüber, dass eine Nichtigkeit wie verschüttete Suppe derartige Tränenströme verursachen konnte.

Adelina biss sich auf die Lippen, als ihr bewusst wurde, weshalb Griet so reagierte. Die Kleine hatte in ihrem Leben über wesentlich größeres Leid weniger Tränen vergossen.

«Geh jetzt. Franziska und ich werden ihn schon beruhigen», meinte sie. «Weißt du, Vitus ist in vielen Dingen wie ein ganz kleines Kind, obwohl er schon fast erwachsen ist. Er versteht die Dinge nicht so wie du und ich.»

Griet warf noch einen Blick nach draußen, wo Vitus sich allmählich zu beruhigen schien und sein Geheul sich in einen ausgewachsenen Schluckauf verwandelte. Dann schob sie nachdenklich und ein wenig missbilligend die Unterlippe vor und ging zurück ins Haus.

Franziska versuchte ein betretenes Lächeln, als Adelina auf sie zuging und Vitus an den Schultern fasste.

«Verzeiht, Herrin, dass wir Euch gestört haben. Vitus war so erschrocken, und wir wussten nicht, ob wir ihn allein beruhigen können.»

«Die ganze Suppe is' weg, Lina.» Schon wollten bei Vitus wieder die Tränen fließen. «Ich hab doch nur geguckt, wo Fine is'. Und jetzt haben wir kein Essen mehr.»

«Sieh mich an, Vitus!» Adelina rüttelte ihren Bruder, bis er die verheulten Augen hob. «Das mit der Suppe ist sehr ärgerlich. Du sollst Fine doch nicht nachlaufen, wenn sie sich zwischen den Möbeln versteckt. Sie ist doch viel kleiner und gelenkiger als du.»

«Ich wollte aber doch bloß ...»

«Du wolltest mit ihr spielen, und nun muss Magda den Küchenboden schrubben.» Adelina sah ihn eindringlich an. «Du gehst jetzt mit Franziska hinein und hilfst ihr, neues Gemüse zu putzen und das Regalbrett zu reparieren. Und dann müssen wir Ludowig losschicken, dass er etwas aus der Garküche besorgt.»

Vitus nickte betrübt und senkte den Blick wieder auf seine Fußspitzen. Adelina betrachtete ihn mit einem Seufzen. «Nun weine nicht mehr, davon kommt die Suppe auch nicht wieder.»

Adelina nickte ihrer Magd noch einmal zu, dann wandte sie sich zum Gehen. In der Tür blieb sie jedoch stehen und drehte sich ruckartig um. «Franziska, wo ist eigentlich mein Vater?»

«In seiner Kammer», antwortete Franziska, dann weiteten sich ihre Augen. «Glaube ich zumindest.» Sie packte Vitus am Handgelenk und zog ihn mit sich an Adelina vorbei ins Haus.

Adelina lehnte sich indes kurz an den Türstock und atmete tief durch. Sie musste sich um ihren Vater kümmern. Doch in der Apotheke wartete Entgen. Sie rieb sich über die Augen und eilte zurück in die Apotheke.

«Verzeiht, Frau Entgen», sagte sie mit einem kläglichen Lächeln. «Ein großer Haushalt fordert auch große Aufmerksamkeit.»

«Wie wahr.» Verständnisvoll neigte Entgen den Kopf. «Das ist zuweilen eine große Aufgabe. Und für Euch ist sie ja noch recht neu, nicht wahr? Das …»

Erneut flog die Tür zum Hinterzimmer auf und Franziska polterte herein. «Er ist schon wieder weg!», japste sie. «Wir suchen ihn.» Damit klapperte sie an Adelina und Entgen vorbei und hinaus auf die Straße. Adelina sah ihr besorgt und mit äußerst gemischten Gefühlen nach. Doch dann zwang sie sich, ihre Aufmerksamkeit auf Entgen zu richten. «Wie viel soll ich Euch von dem Konfekt abwiegen?»

«Oh, eine von Euren großen Schachteln voll, bitte. Ich bin ja froh, dass ich mir das noch leisten kann. Und dass es wohl auch dabei bleiben wird, so mein zukünftiger Gemahl sich nach der Hochzeit nicht als Kniesbüggel herausstellen sollte.»

«Dann werdet Ihr also heiraten?»

«Bereits in sechs Wochen», bestätigte Entgen. «Ich wollte erst bis nach Weihnachten warten, doch dann dachte ich mir, wozu die Sache aufschieben? Und für das Geschäft kann es nur von Vorteil sein, wenn so bald wie möglich wieder ein Meister im Haus ist. Ich fürchte, dass jetzt schon viele unserer alten Kunden zur Konkurrenz gegangen sind.»

«Zu Eurem Vetter, meint Ihr?», hakte Adelina nach.

«Vor allem zu ihm», nickte Entgen. «Ich sollte ihm

deshalb nicht zürnen», fügte sie hinzu. «Er kümmert sich um alles und steht mir bei. Und er will alles daransetzen, Thönnes' Mörder zu fassen.» Nun tupfte sich Entgen mit dem Ärmel über die Augen. «Schlimm nur, dass er damit auch Euch das Leben schwermachen muss.»

«Macht Euch darüber keine Gedanken.» Adelina schlug einen heiter-beruhigenden Ton an und überlegte dabei fieberhaft, wie sie auf das wichtigste Thema zu sprechen kommen könnte. «Auch mir ist sehr daran gelegen, dass sich diese Sache alsbald aufklärt. Die Klatschmäuler der Stadt stehen nicht still, und es ist vielleicht nur eine Frage von Tagen, bis meine Apotheke darunter zu leiden beginnt. Und wenn mein Ruf erst einmal zerstört ist ...»

«Ich weiß», schniefte Entgen. «Es ist schrecklich. Ich würde Euch so gern helfen, wenn ich könnte.»

«Vielleicht könnt Ihr das tatsächlich.»

Entgens Kopf ruckte hoch, und sie ließ ihre Hand, mit der sie noch immer über ihre Augen tupfte, wieder sinken.

Adelina blickte durch das Fenster, um sicherzugehen, dass kein weiterer Kunde auf die Apotheke zusteuerte, dann schickte sie Mira hinaus, die bisher zwar gehorsam mit der Knochenwurz hantiert, jedoch offensichtlich auch ihre Ohren gespitzt hatte. Mit langem Gesicht drückte sich das Mädchen hinaus.

Adelina sah ihr kurz nach, dann erklärte sie: «Der Ratsherr Reese, Ihr kennt ihn ja, fand heraus, dass es offenbar zwischen Eurem Bruder und dem Ritter Hilger Quattermart einen Briefkontakt gab.»

«Thönnes und Hilger? Niemals!», fuhr Entgen sichtlich erschrocken auf. «Das kann nicht sein. Thönnes war doch einer derjenigen, die Hilgers Onkel damals den Stadtbann auferlegt haben. Und er hat vergangenes Jahr gegen Hilger gekämpft. Weshalb sollte er mit ihm in Kontakt stehen?»

«Das haben wir uns auch gefragt. Aber es wurden Dokumente mit dem Siegel Eures Bruders abgefangen, die für Hilger Quattermart bestimmt waren.»

«Unmöglich. Das kann nicht sein.»

«Es tut mir leid.» Adelina suchte nach Worten. «Wir halten das Ganze auch für sehr abwegig. Doch wenn nicht Euer Bruder die Briefe gesiegelt hat, wer dann? Wer hat sonst noch Zugriff auf Euer Haussiegel?»

Entgen wurde blass. «Dann glaubt Ihr, jemand anderes aus meiner Familie …?»

«Wenn es so war, und Euer Bruder ist dahintergekommen, dass jemand seinen guten Namen für einen Verrat benutzt …»

«Nein!», unterbrach Entgen mit zitternder Stimme. «Nein, nein, nein. In unserer Familie gibt es keine Verräter. Es muss eine andere Erklärung geben.»

«Nun ja, möglich ist alles», wiegelte Adelina ab, um zu verhindern, dass Entgen sich noch mehr aufregte. «Ich hielt es jedoch für besser, Euch davon zu berichten.»

«Ja.» Entgen versuchte ein Lächeln, das aber zu einer gequälten Grimasse missriet. «Aber wie in aller Welt kann ich Euch nun helfen, diese Angelegenheit aufzuklären?»

«Indem Ihr scharf nachdenkt.» Adelina hatte, während sie sprach, das Konfekt abgewogen und in eine ihrer Schachteln verpackt. Nun schob sie das kleine Päckchen über den Tresen. Entgen griff danach und schob es unter ihren Umhang. Dann zückte sie ihre Geldbörse und zählte ein paar Münzen ab.

Adelina nahm das Geld und fuhr fort: «Überlegt bitte genau. Hat Euer Bruder in letzter Zeit über die Vorgänge im Stadtrat gesprochen? Oder über irgendwelche Probleme oder Streitereien?»

Entgen schüttelte den Kopf. «Ich weiß nicht, nein. Über diese Dinge hat er nie viel ... Doch! Er hat sich darüber aufgeregt, dass die Verhandlungen wegen der Anerkennung des Verbundbriefs so lange dauern, weil Erzbischof Friedrich sich in Bonn verkrochen hat. Darüber hat er oft geschimpft in der letzten Zeit. Aber das ist doch ein Zeichen, dass er auf der Seite des Rates stand, nicht wahr?»

«Es klingt wohl so», bestätigte Adelina. «Aber überlegt weiter. Vielleicht wisst Ihr noch mehr.»

«Ich, nein ... verzeiht mir. Ich bin jetzt ganz durcheinander.» Fahrig zupfte Entgen an ihrer Haube herum. «Ich kann mir das alles einfach nicht vorstellen.»

«Wie wäre es dann, wenn Ihr jetzt nach Hause geht, und wenn Ihr Euch wieder besser fühlt und Euch doch noch etwas einfällt, kommt Ihr einfach wieder her.» Adelina warf noch einen prüfenden Blick in die Konfektkiste und runzelte die Stirn. Mit den Fingerspitzen fuhr sie über die noch verbliebenen Süßigkeiten.

«Ja, das ist bestimmt besser», antwortete Entgen. «Ich muss mich ein wenig ausruhen. Aber ich verspreche Euch, wenn ich mich an etwas erinnere, gebe ich Euch gleich Nachricht.»

Entgen verabschiedete sich und verließ sichtlich geknickt die Apotheke. Adelina klappte den Deckel der Kiste zu, ließ sie jedoch auf dem Tresen stehen. Dann warf sie einen Blick ins Hinterzimmer, wo Griet noch immer eifrig Gewichte polierte. Mira saß bei ihr und rieb ebenfalls, jedoch eher lustlos, mit einem Lappen über eine der Waagschalen.

«Mira, komm her», forderte Adelina das Mädchen auf. «Ich habe eine Aufgabe für dich.»

Mira folgte ihr in die Apotheke, und Adelina klappte den Kasten wieder auf. «Schau her», wies sie das Mädchen an. «Du nimmst dir eine Schale und sortierst all jene Konfektstücke aus, die nicht so aussehen wie diese.» Sie nahm eine der Süßigkeiten zwischen die Finger. «Das Konfekt liegt schon einige Tage in der Kiste, und manchmal geht der Honig- oder Zuckermantel ab. Oder die Kugeln bekommen unschöne Dellen oder Risse.» Sie wies auf ein besonders ramponiertes Stück. «Sammele alles heraus, was nicht mehr schön aussieht.»

«Und was macht Ihr dann damit, Meisterin?»

Adelina lächelte. «Das Konfekt, das ich nicht mehr verkaufen kann, essen wir normalerweise selbst.» Sie hob den Zeigefinger. «Aber ich warne dich. Wenn ich sehen sollte, dass du heimlich naschst, kannst du was erleben. Ob und wer von dem Konfekt bekommt, bestimme ich.»

Mira nickte und nahm sich eine Steinschale aus dem Regal hinter dem Tresen. Während sie damit begann, das Konfekt zu sortieren, warf sich Adelina ihren Mantel über und überlegte fieberhaft, wo sie ihren Vater diesmal suchen sollte.

Die Entscheidung wurde ihr abgenommen, denn kaum war sie aus der Tür getreten, da sah sie Neklas, zusammen mit Albert, quer über den Markt kommen.

Neklas' Miene wirkte finster, obgleich er ruhig auf seinen Schwiegervater einredete. Bei der Apotheke angekommen, nickte er Adelina zu. «Dein Vater ist mir auf dem Laurenzplatz begegnet. Leider ist er …»

«Ich wollte in den *Bunten Ochsen*», unterbrach Albert ihn eifrig. «Dort treffen sich doch die Zunftbrüder immer, nicht wahr?»

Adelina nickte. «Ja natürlich, Vater.» Der *Bunte Ochse* lag neben dem Benediktinerkloster Groß St. Martin, nicht am Laurenzplatz.

«Der junge Mann hier», Albert wies lächelnd auf Neklas, «war so freundlich, mich nach Hause zu begleiten, Sieglinde. Dafür habe ich ihn zum Essen eingeladen. Er ist Medicus, und ich dachte …» Er senkte vertraulich die Stimme und zwinkerte ihr zu, «… er könnte doch einmal Adelinas Husten untersuchen.» Nun senkte er die Stimme noch mehr: «Und sie kennenlernen …»

Adelina riss verblüfft die Augen auf, dann schlug sie die Hand vor den Mund, um nicht laut zu lachen. Auch um Neklas' Mundwinkel zuckte es, was jedoch die steile Falte auf seiner Stirn nicht zu mildern vermochte.

Adelina riss sich zusammen und sagte: «Ist gut, Vater. Selbstverständlich ist der Herr Magister zum Abendessen eingeladen. Komm, geh schon mal ins Haus. Es ist noch ein bisschen Zeit, vielleicht möchtest du dich vor dem Essen etwas ausruhen?»

«Eine gute Idee, Sieglinde.» Albert strahlte. «Ich gehe in meine Kammer und sehe mir das neue Buch über die Beschaffenheit der Elemente an, das Magister Arnoldus mir gestern gebracht hat.»

Adelina nickte unbestimmt und sah ihrem Vater nach, bis er im Haus verschwunden war. Dann wandte sie sich wieder zu Neklas um. «Was ist geschehen?»

Sie wussten beide, dass sie nicht ihren Vater meinte.

Neklas runzelte grimmig die Stirn. «Thomasius geht in der Stadt um und predigt.»

«Ich weiß.» Adelinas Miene verdunkelte sich, als sie

an den Vorfall auf dem Alter Markt dachte. «Er prangert die Unzucht der Eheweiber und -männer an.»

Neklas sah sie so verblüfft an, dass sie ihm erklärte: «Bevor du von deiner Reise zurückkamst, war er hier auf dem Markt und hat gegen Schlupf- und Winkelhuren gewettert. Und gegen untreue Ehemänner. Er hat ...»

«Er ist ein Dämon», unterbrach Neklas sie. «Stand auf einer Kiste auf dem Laurenzplatz und erzählte den Menschen, sie sollen sich von den Ärzten fernhalten.»

«Von dir?»

«Von den Ärzten. Glaubst du, er würde sich auf so dünnes Eis wagen und Namen nennen? O nein, das macht er viel schlauer.» Neklas' Gesichtsausdruck wechselte von grimmig zu fuchsteufelswild. «Er sprach von, warte mal, von verderbten Ärzten, die ihre Patienten nur zu Tode pflegen wollten und mit quacksalberischen Arzneimischern buhlen.»

Adelinas Kinnlade klappte herunter. «Wie war das?»

Neklas ging an ihr vorbei ins Haus, und sie folgte ihm eilig. Mitten in der Apotheke drehte er sich um. «Das war noch das Harmloseste, was er von sich gegeben hat. Ich konnte froh sein, dass ich so weit hinten stand und mich niemand erkannt hat.»

«Das darf doch wohl nicht wahr sein», schimpfte Adelina. «Wie kommt er dazu ... Jeder in der Stadt weiß, dass du und ich ... dass wir ...»

«Jeder vielleicht nicht», grollte Neklas, «aber genug, um uns in Teufels Küche zu bringen, wenn er nicht damit aufhört.»

«Wenn sich dann noch die Sache mit dem Konfekt herumspricht, kann ich die Apotheke schließen.» Adelina ließ den Kopf hängen.

Neklas legte ihr tröstend den Arm um die Schultern.

«Lange wird das kein Geheimnis mehr bleiben, auch wenn Rat und Schöffen Stillschweigen verhängt haben. Solche Dinge verselbständigen sich nur zu rasch.»

«Und jetzt?»

Er hob die Schultern. «Ich weiß es nicht.»

14

Franziska kam bald von ihrer Suche nach Adelinas Vater zurück, nachdem sie auf dem Marktplatz erfahren hatte, dass man Albert und Neklas zusammen gesehen hatte.

Da Magda es nicht mehr geschafft hatte, aus den übrig gebliebenen Resten der Suppe für alle ein Abendbrot zu machen, schickte Adelina Ludowig und Franziska noch einmal los, in der Garküche um die Ecke Fleisch, gebratenes Gemüse und beim Bäcker Brot zu kaufen.

Sie würden so spät am Tag vermutlich nur noch altbackenes bekommen, deshalb schloss Adelina für heute die Apotheke und bereitete in der Küche selbst einen Brotteig für den nächsten Tag vor.

Schon immer hatte diese Arbeit sie beruhigt, und sie machte sich vor, dass es auch diesmal so sei. Doch je länger sie den Teig knetete, desto klarer wurde ihr, dass dem nicht so war und sie nur einen Vorwand suchte, um sich vor noch mehr Unbill in der Familie zu drücken.

Neklas hatte recht, es würde nicht mehr lange dauern, bis sich Gerüchte über ihr vergiftetes Konfekt in der Stadt verbreiteten. Thomasius tat das Seine, um die Sache zu beschleunigen. Und dann kamen noch die seltsamen Blicke hinzu, die die Leute ihren beiden Lehrmädchen zuwarfen. Sicher war es eine kleine Sensation, dass Adelina ein adeliges Mädchen in die Lehre nahm, und die Geschichte mit Neklas' unehelicher Tochter sprach sich auch wie ein Lauffeuer herum. Die Menschen waren neugierig und reimten sich weiß Gott was zusammen. Doch das war ja nicht das Schlimmste.

Adelina dachte an den Vorfall mit Griet. Hatte Meister Winkler mehr mitbekommen, als für sie alle gut war? Er war schon immer ein unangenehmer Mensch gewesen, über den sich auch Albert oft geärgert hatte. Doch seit Adelina Meisterin war und die Apotheke übernommen hatte, floss er geradezu über vor falscher Freundlichkeit. Es passte ihm nicht, dass eine Frau ihm Konkurrenz machte, noch dazu mit einer der größten und angesehensten Apotheken Kölns. Die Apotheke ihres Vaters hatte, als es ihm gesundheitlich noch besserging, einen sehr guten Ruf gehabt, und als es dann langsam immer schwieriger mit ihm wurde, hatte Adelina dafür gesorgt, dass der Ruf zu Recht bestehen blieb. Doch niemand, schon gar nicht Meister Winkler, hatte damit gerechnet, dass sie jemals das Geld besitzen würde, um die Meisterprüfung zu machen. Erst ihre Heirat mit einem wohlhabenden Medicus hatte sie dazu in die Lage versetzt.

Würde Meister Winkler in seinem Neid und seiner Missgunst so weit gehen, das Gehörte unter die Leute zu bringen? Vorausgesetzt, er hatte etwas gehört oder gesehen.

Adelina schauderte, klatschte den Brotteig noch einmal heftig auf den Tisch und formte ihn dann zu einem runden Laib, deckte ihn mit einem Tuch ab und reinigte ihre Finger von den Teigresten.

Sie musste mit Neklas darüber reden. Allein bei dem Gedanken wurde ihr übel. Was würde er tun, wenn er erfuhr, was mit seiner Tochter geschehen war? Und wenn noch dazu die Gefahr bestand, dass die Geschichte in Köln die Runde machte?

Von draußen drangen Geräusche an ihr Ohr, die verrieten, dass Ludowig und Franziska zurück waren.

Rasch deckte Adelina den Tisch und rief dann die Familie zum Essen. Während sie Vitus noch das Tuch vor die Brust band, welches verhindern sollte, dass er sich über und über mit Essen bekleckerte, und Magda das mitgebrachte Gemüse und die Brathähnchen auftrug, pochte es heftig an der Haustür.

Adelina und Neklas sahen einander überrascht an, und ihr Blick verfinsterte sich. «Wenn das wieder Thomasius ist …» Sie wollte schon zur Küchentür hinaus, doch Neklas war bereits von seinem Platz aufgesprungen und drängte sich an ihr vorbei. Sie folgte ihm, nachdem sie den anderen ein Zeichen gegeben hatte, sich zu setzen.

Als sie in der Apotheke ankam, pochte es gerade wieder, diesmal noch lauter, und Neklas schob den Riegel zurück.

«Wurde ja auch Zeit», knurrte eine Männerstimme. Ein großer, korpulenter Mann mit Halbglatze platzte herein, wobei er den Kopf einziehen musste, um sich nicht am Türrahmen zu stoßen. Der mit Goldborten verzierte schwere Zunftmantel spannte um seine breiten Schultern.

«Meister van Kneyart, was führt Euch hierher?», grüßte Neklas, doch der Goldschmied achtete kaum auf ihn, als er Adelina erblickte. Mit wenigen Schritten schoss er auf sie zu.

«Meisterin Burka.» Er spie die Worte geradezu aus. Unter seinem Mantel zog er ein hölzernes Kästchen hervor und hielt es ihr unter die Nase.

Adelina starrte es verblüfft an. Es war das Konfektkästchen, das sie Entgen am Nachmittag verkauft hatte. Van Kneyarts Miene verfinsterte sich noch mehr.

«Wie könnt Ihr es wagen, dieses Giftzeug weiterzuverkaufen? Noch dazu an meine Cousine? Seid Ihr von allen guten Geistern verlassen, Weib? Wollt Ihr meine gesamte Familie umbringen?»

Adelina schoss die Zornesröte ins Gesicht. «Das ist ja wohl ...», brachte sie heraus, doch da mischte sich Neklas bereits ein: «Guter Mann, wie könnt *Ihr* es wagen», er schob sich halb vor Adelina, «meine Gemahlin derart anzugreifen?» Seine Stimme war gefährlich ruhig. «Glaubt Ihr, nur weil Ihr jetzt im Stadtrat sitzt, habt Ihr das Recht, sie auf diese unhaltbare Weise zu beschuldigen?»

«Ihr!», schäumte van Kneyart und funkelte Neklas an. «Ihr steckt doch mit ihr unter einer Decke! Ha!» Als er sich der Doppeldeutigkeit seiner Worte bewusst wurde, stieß er ein grimmiges Lachen aus. «Ich verbiete Euch, in Zukunft auch nur noch einen Krümel dieses Höllenkonfekts unter die Leute zu bringen.»

«Ihr verbietet es?» Adelina trat nun wieder neben Neklas und stemmte die Hände in die Seiten. «Mit welchem Recht verbietet Ihr es? Frau Entgen hat mich ausdrücklich um das Konfekt gebeten.»

«Entgen ist ein dummes Huhn», polterte der Goldschmied wieder los. «Aber Ihr», nun fasste er sie wieder ins Auge, «Ihr seid des Teufels, Weib. Das Gift, das zwei gute Männer umgebracht hat, war in diesem», er schüttelte das Kästchen vor ihrem Gesicht, «Eurem Konfekt.»

«Es war in meinem Konfekt», bestätigte Adelina. «Aber ich habe es nicht hineingetan.»

«Das muss erst noch bewiesen werden. Ungeheuerlich, dass man Euch überhaupt noch erlaubt, diese Schlangengrube hier weiterzuführen. Wenn es nach mir ginge, müsste man Euch auf der Stelle die Meisterwürde entziehen und diesen Saustall schließen.»

«Ihr geht zu weit, Meister van Kneyart.» Neklas' Stimme blieb noch immer ruhig, gewann jedoch ungleich an Schärfe, als er fortfuhr: «Wenn Ihr nicht sofort mit diesen Anschuldigungen aufhört und mein Haus verlasst, lasse ich Euch hinauswerfen.»

«Ihr lasst mich …?» Van Kneyart maß den um einiges kleineren und weniger kräftig gebauten Medicus mit hämischem Blick. «Gerade Ihr, der Ihr auch nicht besser seid. Glaubt Ihr, ich hätte nicht gehört, was man über Euch erzählt? Was Ihr vergangenen Winter im Narrenturm mit den Leichen getrieben habt? Und auch noch mit Billigung des Erzbischofs! Wenn Reese nicht so einen Narren an Euch gefressen hätte …» Ohne den Satz zu vollenden, fixierte er nun wieder Adelina. «Lasst Euch gesagt sein, wenn Ihr es noch einmal wagt, Entgen dieses Zeug anzubieten, wird es Euch schlecht ergehen!» Er holte aus und knallte ihr das Kästchen vor die Füße. Dabei sprang die Schließe auf, der Deckel brach ab und das teure Konfekt kullerte nach allen Seiten auf den Boden. «Ich werde schon noch herausfinden, wer meinen Vetter vergiftet hat. Gnade Euch Gott, wenn Ihr etwas damit zu schaffen hattet.»

Die letzten Worte hatte er ihr regelrecht ins Gesicht geschleudert. Nun drehte er sich um und schoss, einem Racheengel gleich, zur Tür hinaus.

Adelina und Neklas sahen ihm schweigend hinterher.

Schließlich ging Adelina in die Hocke und sammelte die verstreuten Süßigkeiten auf.

«Lass doch.» Neklas fasste sie an der Schulter und wollte sie wieder hochziehen, doch sie entwand sich seinem Griff. Schweigend klaubte sie das Konfekt und die zersplitterte Kiste vom Boden und legte alles auf den Tresen. Dann sortierte sie die Konfektstücke aus, die nicht kaputt gegangen waren, und legte sie zu denen, die Mira vorher aus der großen Kiste herausgesammelt hatte.

«Nun komm, lass uns essen», forderte Neklas sie noch einmal auf.

Adelina schüttelte den Kopf, doch er nahm sie einfach am Arm und zog sie mit sich.

In der Küche setzten sie sich still zu den anderen an den Tisch. Neklas sprach ein kurzes Gebet, dann begannen sie zu essen.

Eine unangenehme Spannung lag in der Luft. Kein Wunder, hatte doch der Goldschmied laut genug gesprochen, dass seine Worte ganz sicher bis in die Küche gedrungen waren. Selbst Moses zog ob der grimmigen Stille den Schwanz ein, verzog sich zu Fine unter die Ofenbank und verzichtete darauf, um abfallende Leckerbissen zu betteln.

«Ich kann hier nicht bleiben», brach Miras Stimme plötzlich das Schweigen. «Ich werde Mutter bitten, mich hier wegzuholen.»

Aller Augen richteten sich überrascht auf das Mädchen, das nun, scheinbar entschlossen, die Schultern straffte. «Mein Ruf, ich muss an meinen Ruf denken. Und an den meiner Familie, wenn …» Sie hielt inne und suchte nach Worten.

Franziska klappte die Kinnlade herunter, Magda und

Ludowig schüttelten verständnislos den Kopf, Griet starrte das ältere Mädchen mit großen Augen an.

Mira fuhr noch fort: «Wenn meine Familie gewusst hätte, was dies für ein Haus ist …»

In diesem Moment klatschte Adelina ihre flache Hand auf den Tisch, dass nicht nur Mira erschrocken zusammenzuckte.

«Du willst also gehen? Schön. Zwar müsstest du mit deinen spitzen Ohren mittlerweile genug Gespräche in *diesem* Haus belauscht haben, um erkannt zu haben, dass ich nichts mit dem vergifteten Konfekt zu tun habe, aber schön.» Adelina fixierte das Mädchen mit einem bitterbösen Blick.

«Schön», wiederholte sie wenig später. «Du willst also doch ins Kloster, wie es dein Herr Vater vorgesehen hat; eine kleine Betschwester werden. Denn zu mehr reicht weder deine Mitgift noch deine Stellung und ganz sicher nicht dein Gehabe. Oder glaubst du, deine ewige Unlust und deine hochmütige Art würden dir im Kreis heiliger Schwestern wohl anstehen? Bitte, werde Nonne. Lass dich hinter der höchsten Klostermauer begraben. Aber lass dir gesagt sein, dass ich meiner Lebtage noch keine so ungeeignete Novizin gesehen habe.»

Nun blickten alle überrascht zu Adelina, ihr Vater streckte begütigend eine Hand über den Tisch und wollte ihren Arm tätscheln. «Kind, was ist denn in dich gefahren?»

«Nein, Vater, sei so gut und halt dich da raus. Mira ist mein Lehrmädchen, und ich muss ihr ein paar Wahrheiten sagen. Da sie ja sowieso das Haus verlassen will, dürfte ihr das wohl nichts anhaben.»

«Adelina …», mahnte nun auch Neklas, fing sich jedoch nur einen vor Zorn sprühenden Blick ein.

Mira war indes ein klein wenig in sich zusammengesunken, hielt den Kopf aber trotzig aufrecht. «Mutter wird eine andere Lehrstelle finden. In einem ehrbaren Haus.»

Adelina stieß bei diesen Worten zischend die Luft aus.

«Jetzt hör mir mal zu, Mädchen …»

«Adelina!» Neklas schüttelte den Kopf, dann wandte er sich an Mira. «Was die Meisterin dir sagen will, ist, dass du selbstverständlich die Lehre in diesem unwürdigen Haus beenden darfst. Soweit uns jedoch bekannt ist, und das dürfte auch dir kein Geheimnis sein, hat dein Herr Vater dich als Letztgeborene fest für ein Leben hinter Klostermauern vorgesehen. Nur deiner Mutter ist es zu verdanken, dass du jetzt hier bist. Denn», er lächelte leicht, «so fromm du auch tust, und so viel du auch vor deinem Bett knien und beten magst, du bist für ein solches Leben nicht geeignet.» Er hielt inne und ließ seine Worte wirken, dann meinte er obenhin: «Du hast einen hellen Kopf, kannst leicht Gesellin werden eines Tages. Vielleicht, wenn das Schicksal es will, sogar mehr. Ein durchaus ehrbares Leben. Aber ich verstehe natürlich, dass du es in einem Haus wie dem unseren keinesfalls länger aushältst. Sei aber sicher, dass du, gerade da du von adliger Geburt bist, in Köln so rasch keine andere Lehrstelle bekommen wirst. Aber dir bleibt ja noch das Kloster, nicht wahr?», kam er wieder auf den Punkt. «Und nun geh in deine Kammer. Wir wünschen dich heute Abend nicht mehr hier zu sehen.»

Mira sah ihn durchdringend an, und er hielt ihren Blick eisern fest. Als sie sich endlich davon losriss, blickte sie in Adelinas Gesicht, das noch immer vor Zorn glühte. Langsam senkte Mira den Kopf, starrte für Sekunden auf die Tischplatte und stand dann schweigend auf. Die Küchentür klappte leise hinter ihr ins Schloss, dann hörten sie die Tür ihrer Kammer gehen.

«Und nun esst endlich weiter, bevor alles kalt ist», sagte Neklas, nun in heiterem Ton.

«Ich wäre auch allein mit ihr fertig geworden», murrte Adelina später, als sie neben Neklas auf dem Bett saß.

«Selbstverständlich wärst du das», stimmte er ihr noch immer heiter zu. «Aber nach dem, was vorher passiert ist, hielt ich es für richtig, Mira zu zeigen, dass wir hier alle an einem Strang ziehen. Außerdem lässt du dich gerne von ihr provozieren. Versteh mich nicht falsch.» Er hob abwehrend die Hände, als sie ihn wütend anfunkelte. «Ich habe schon gemerkt, dass euch beiden diese Konfrontationen Spaß zu machen scheinen. Doch in diesem Fall musste ich euch Einhalt gebieten.»

«Sie ist zu weit gegangen.»

«Das ist sie.»

«Glaubst du, sie wird die Lehre abbrechen?»

«Und tatsächlich ins Kloster gehen? Im Leben nicht, Adelina. Aber bedenke, sie ist noch ein Kind. Ihr muss erst klar werden, welche Konsequenzen ihr Handeln haben kann.»

Adelina lehnte sich gegen das Kopfende des Bettes und faltete die Hände im Schoß. «Können *wir* sie denn halten? Sie weiß viel über die Familie, vielleicht zu viel.» Ihr fiel die Sache mit Griet in ihrem Dirnenkittel ein, und sie schluckte heftig. «Können wir es verantworten, sie in der Lehre zu behalten?»

«Für sie?» Neklas sah sie aufmerksam von der Seite an.

«Für uns.» Entschlossen richtete Adelina sich wieder ein wenig auf und blickte ihm in die Augen. Er musste es erfahren. Es war unmöglich, ihm Griets Vergangenheit noch länger zu verschweigen. «Mira weiß mehr, als ihr und uns allen gut tut. Ich habe keine Ahnung, wie viel sie davon verstanden hat …»

«Wovon sprichst du überhaupt?» Verwundert hob Neklas die Brauen.

Adelina nahm seine Hand, ließ sie jedoch gleich wieder los.

«Es gibt da etwas … Als du fort warst, in Bonn, da ist etwas geschehen.»

«Was ist geschehen?» Alarmiert griff nun Neklas nach ihrer Hand und hielt sie fest. «Was? Hat es etwas mit Thomasius zu tun?»

«Nein, nicht mit ihm.» Sie schüttelte heftig den Kopf. «Ich konnte dir noch nicht davon erzählen. Es geht um Griet.» Sie holte tief Luft, wusste jedoch nicht, wie sie fortfahren sollte, und stieß sie langsam wieder aus.

«Mit Griet? Gibt es Schwierigkeiten mit dem Lernen? Nicht alle Kinder haben Talent für den Schulunterricht.» Beunruhigt runzelte er die Stirn. «Oder hat sie gar etwas angestellt?»

Adelina wurde die Sache immer unangenehmer. Fahrig strich sie mit der freien Hand über die Bettdecke.

«Adelina! Was ist geschehen?» Neklas fasste sie an den Schultern und schüttelte sie leicht. «Ich dachte, du habest sie gerne aufnehmen wollen. Ich wusste nicht … Was hätte ich denn tun sollen? Ich konnte sie nicht in Kortrijk lassen. Aber wenn du sie nicht im Haus haben willst, muss ich …»

«Nein, Neklas!», unterbrach sie ihn erschrocken. «Das ist es doch gar nicht. Ich will nicht … ich will sie nicht aus dem Haus haben. Griet ist ein liebes Mädchen. Sie soll hier mit uns leben, als unser Kind.» Sie schluckte wieder.

Neklas ließ die Hände sinken und blickte ihr vollkommen verwirrt ins Gesicht. Deshalb nahm sie sich zusammen und setzte erneut an: «Es ist etwas geschehen, das du wissen musst. Es war an dem Tag, als Mira hier eintraf …» Sie berichtete von Meister Winklers Besuch, von Griets merkwürdiger Aufmachung und Miras geistesgegenwärtiger Reaktion, das kleine Mädchen im Hinterzimmer festzuhalten.

Neklas Miene wechselte von beunruhigt zu entsetzt, und als sie schließlich von ihrem Gespräch mit Griet erzählte, hatte sein Gesicht alle Farbe verloren.

«Du glaubst also … du sagst, sie ist von diesem Mistkerl gezwungen worden … sie ist …»

«Sie war eine Kindhure», bestätigte Adelina. Nachdem sie die schreckliche Nachricht los war, wurde sie etwas ruhiger.

Neklas ließ sich vollkommen kraftlos gegen das Kopfende sinken und starrte ins Leere. Sie schwieg und wartete. Er musste sich erst mit dieser Ungeheuerlichkeit abfinden.

Nach einer Weile drehte er ihr den Kopf zu. «Und was nun?»

«Sie ist deine Tochter.»

«Natürlich ist sie das.» Er setzte sich wieder auf und fuhr sich mehrmals durch die krausen Locken. «Natürlich ist sie das. O mein Gott, dieser Schweinehund! Man müsste ihn … Sie ist erst acht!» Er rieb sich die Augen.

Sanft legte Adelina ihm eine Hand auf den Arm.

«Vielleicht ist das unser Glück. Sie ist noch so jung. Vergessen wird sie wohl niemals, was ihr angetan wurde, aber sie wird lernen, damit zu leben.»

Neklas nickte, schüttelte aber gleichzeitig den Kopf. «Wenn es jemand erfährt! Und was ist mit ihrer Zukunft? Wird sie jemals einen Mann finden, der …?»

«Neklas», Adelina verstärkte den Druck ihrer Hand. «Habe ich einen Mann gefunden?»

Verwirrt blickte er sie an. «Das ist doch etwas Anderes.»

«Ist es das wirklich? War mein Schicksal weniger schlimm als das ihre? Und bedenke, sie konnte sich nicht wehren, sie hatte keine andere Wahl. Ich schon. Auch wenn es mich zerstört hätte. Ich hatte eine Wahl, Neklas. Sie nicht.» Sie hielt inne und lächelte leicht. «Und dennoch hast du mich genommen.»

«Ja.» Er rückte näher zu ihr und nahm sie in den Arm.

Adelina seufzte leise. «Griet wird einen Mann finden, wenn sie will. Einen Mann …»

«Der sie liebt», ergänzte Neklas.

«Bis dahin müssen wir uns um sie kümmern.»

«Das müssen wir», bestätigte er und drückte sein Gesicht in ihr Haar. «Und ihren Stiefvater, der diesen Namen nicht verdient, werde ich zur Rechenschaft ziehen!»

Adelina schüttelte den Kopf. «Das wirst du nicht tun. Du kannst ihm nichts beweisen. Griet ist noch ein Kind, ihr wird niemand glauben. Und ich halte es für besser, wenn sie nicht mehr daran denken muss. Stell dir vor, man ließe sie untersuchen, um zu sehen, ob sie noch … unversehrt ist. Das könnte ich ihr nicht antun.»

«Nein, das können wir nicht.» Aufgewühlt setzte er

sich auf, doch gleich presste er sein Gesicht wieder an ihre Schulter. «Wir können nichts tun! Müssen ihn ungeschoren davonkommen lassen. Aber ich kann doch nicht …»

«Ich weiß.» Sie streichelte ihm über die Locken, die ihn für sie von Beginn an so überaus anziehend gemacht hatten. «Aber wir müssen tun, was für Griet das Beste ist.»

«Adelina.» Er rückte ein klein wenig von ihr ab und strich mit dem Zeigefinger über ihre Wange. «Du bist die klügste und großherzigste Frau, die mir jemals begegnet ist.»

Sie lächelte. «Es gab einmal eine Zeit, da hast du gesagt, dass Großherzigkeit auch Dummheit sein kann.»

Um seine Mundwinkel zuckte es leicht. «Vielleicht stimmt das auch. Seit ich in dein Haus gekommen bin, hast du nur noch Scherereien.»

«Das ist wahr.»

15

Am übernächsten Tag saß Adelina bis zum späten Vormittag allein auf einem Hockerchen in der Apotheke. Nicht ein einziger Kunde hatte bisher den Weg zu ihr gefunden. Das konnte Zufall sein, die Geschäfte liefen nicht jeden Tag gleich gut; es war aber auch möglich, dass sie nun die Auswirkungen der kursierenden Gerüchte zu spüren bekam. In Köln blieb nun einmal nichts ein Geheimnis. Wahrscheinlich hatten auch Thomasius' Predigten dazu beigetragen, dass ihre Apotheke heute leer blieb.

Zum wiederholten Male zog Adelina ihre Geldkassette unter dem Tresen hervor und ging deren Inhalt durch, obwohl sie genau wusste, wie viele Silber- und Kupfermünzen sie enthielt.

Als die Tür ging, hob sie überrascht den Kopf und stand auf.

Ein rundlicher Mann im langen, für die Jahreszeit mit ungewöhnlich viel Pelz verbrämten Kaufmannsmantel trat ein und fuhr sich mit der flachen Hand über die Halbglatze, während er sich umsah. Erst dann kam er auf sie zu und grüßte. Er hatte eine ölige Stimme.

«Was kann ich für Euch tun?» Adelina lächelte ihm höflich abwartend zu. Sie war sich sicher, diesen Mann noch niemals zuvor gesehen zu haben.

«Die Frage lautet wohl eher, was ich für Euch tun kann», erwiderte der Mann, ohne zu lächeln. «Ein gemeinsamer Bekannter hat mir nahegelegt, Euch aufzusuchen, da ihr möglicherweise Interesse an wenig zugänglichen Ingredienzien für Eure Arzneien habt.»

«Van Cramen?»

«Die Dinge, die er mir aufgezählt hat, kann ich Euch beschaffen, allerdings nur, wenn Ihr mir die gesamte Summe des Preises im Voraus zahlt. Ihr versteht, gewisse Vorsichtsmaßnahmen sind vonnöten. Solltet Ihr Eure sogenannten Arzneien versehentlich falsch dosieren und damit Eure Kunden vergiften, landet Ihr bestenfalls im Kerker, und ich hätte das Nachsehen.»

«Natürlich.» Adelina fühlte sich in Gegenwart dieses Menschen äußerst unwohl, bemühte sich jedoch um ein neutrales Gesicht. «Wie viel?»

«Das hängt selbstverständlich von Art und Menge der Lieferung ab.» Der Mann bedachte sie mit einem Blick, der verriet, dass er sie für wenig helle hielt. «Was benötigt Ihr?»

Adelina überlegte fieberhaft, dann antwortete sie liebenswürdig: «Zunächst einmal wünsche ich Euren Namen zu erfahren.»

Der Kaufmann nickte ihr zu. «Berthold Magnussen», stellte er sich vor. «Kaufmann zu Hamburg.»

«Ein Hansekaufmann seid Ihr?»

Magnussen neigte bestätigend den Kopf. Adelina lächelte.

«Nun gut, also: Eingelegte Fledermausflügel. Froschaugen. Tollkirschensaft.» Sie beobachtete ihn prüfend. Da er keine Miene verzog, setzte sie noch hinzu: «Und falls Ihr es beschaffen könnt, Alraunenwasser.»

Der Kaufmann hob die Brauen. «Ist das alles?»

Adelina nickte.

Er zog ein Wachstäfelchen aus seinem Ärmel und ritzte mit einem Griffel einige Worte ein. «Van Cramen erwähnte noch andere Dinge», sagte er obenhin. «Ich will meine Quellen ungern zweimal ansprechen müssen, nur weil Ihr etwas vergessen habt.»

Adelina zuckte mit den Schultern. «Ich wüsste nicht, was ich vergessen haben sollte.»

Der Mann legte den Kopf auf die Seite. «Ich hörte von Eurem Wunsch nach Eisenhutessenz.» Er blickte sich in der Apotheke um und senkte die Stimme um ein Weniges. «Zwar habe ich meiner Lebtage noch von keiner Arznei gehört, die dieses Gift enthält, es sei denn, es handelt sich um ein Mittel zum … ähem, Entfernen von Mätressen, Ehefrauen oder -männern, deren man überdrüssig geworden ist, doch falls Ihr …»

«O nein, lieber Herr Magnussen.» Adelina schüttelte freundlich lächelnd den Kopf. «Da kann ich Euch beruhigen. Diese Essenz habe ich bereits durch jemand anderen erhalten. Aber vielen Dank, dass Ihr so aufmerksam wart, danach zu fragen. Nicht auszudenken, wenn ich sie vergessen hätte.»

«Jemand anderes hat Euch Eisenhutessenz verkauft?» Das Gesicht des Kaufmanns blieb ungerührt, nur seine rechte Braue zuckte kurz. Er fuhr sich wieder mit der Hand über den Kopf. «Darf ich erfahren, wer …»

«Leider kann ich meine Quellen nicht preisgeben», unterbrach Adelina ihn mit einem erneuten feinen Lächeln. «Ihr versteht, auch Euren Namen würde ich nicht preisgegeben haben. So ist es sicherer.»

«Natürlich, ich verstehe.» Magnussen verzog noch immer keine Miene, schien jedoch ein wenig ungehalten. «Nun gut. Ihr versteht vielleicht meine Überraschung, ich ging davon aus, dass Ihr die gesamte Bestellung über mich abwickeln würdet. Van Cramen ließ keinen Zweifel daran. Und ich möchte nicht, dass Ihr womöglich einem Quacksalber auf den Leim geht, der mindere Qualität verkauft.»

«Das ist sehr liebenswürdig von Euch.» Insgeheim wunderte sich Adelina über das Gebaren dieses Kaufmanns. «Aber ich versichere Euch, dass niemand mich übervorteilen wird.» Sie hielt inne, dann nannte sie ihm noch einmal ihre Wünsche, diesmal mit genauen Mengenangaben. Nachdem er sich alles aufgeschrieben hatte, wiederholte sie ihre Frage von vorher: «Wie viel?»

Ohne zu zögern nannte er ihr eine Summe, die sie innerlich zusammenzucken ließ. Sie schüttelte den Kopf. «Die Hälfte.»

Magnussen verzog die Mundwinkel nach unten. «Ich handele nicht.»

«Und ich lasse mich nicht übervorteilen, wie ich bereits sagte.» Adelina faltete die Hände vor dem Bauch. «Es hat mich gefreut, Eure Bekanntschaft zu machen.»

«Also gut.» Er nannte ihr erneut eine Summe.

Adelina kam hinter dem Tresen vor und ging an ihm vorbei zur Tür. «Ich wünsche Euch weiterhin gute Geschäfte in unserer Stadt.»

Magnussen schnaufte empört. Dann nannte er einen Betrag, der ihren Vorstellungen deutlich entgegenkam.

Adelina lächelte, ging zurück hinter den Tresen und zählte ihm die Münzen aus der Kassette in die Hand. «Ich erwarte die Lieferung noch diese Woche», sagte sie. «Einen schönen Tag wünsche ich Euch.»

Mit einem säuerlichen Brummen ging Magnussen zur Tür. Dort wandte er sich noch einmal um. «Ihr seid eine zähe Verhandlungspartnerin, Meisterin Burka.» Sein Ton war nun doch unüberhörbar anerkennend.

Dann legte er jedoch den Kopf auf die Seite und betrachtete sie eingehend. «Dennoch muss ich sagen, dass mir die Frauen dieser Stadt nicht gefallen. Eisenhutessenz, Tollkirschensaft … Glaubt mir, Euch möchte ich weder zum Freund noch zum Feind haben.» Damit verließ er endgültig die Apotheke. Durch das Fenster beobachtete Adelina, dass er auf halbem Weg über den Marktplatz stehen blieb und zurückblickte. Eine ganze Weile starrte er auf das Apothekenhaus, dann verschwand er mit eiligen Schritten im Gewühl.

«Er wird sich umgehend auf die Suche nach seinem Konkurrenten machen, der so dreist war, dir Eisenhutessenz zu verkaufen.»

Überrascht drehte sich Adelina um. In der Tür zum Hinterzimmer stand Neklas mit verschränkten Armen.

«Das will ich hoffen», erwiderte sie. «Was tust du hier?»

«Dich belauschen, wie immer.» Er lächelte. «Ich bin gerade von einem Besuch bei Magister Arnoldus an der Universität zurückgekommen und habe die Hintertür genommen. Ich muss schon sagen, du gibst unser Geld recht freizügig aus.»

«Hätte ich etwa nicht handeln sollen? Immerhin wissen wir jetzt, dass Magnussen der einzige Eisenhutlieferant in Köln ist.»

«Das können wir vermuten», wiegelte Neklas ab. «Zu beweisen ist es nicht. Und er wird ganz sicher nicht die Namen seiner Kunden verraten. Eher vermute ich, dass er mitsamt unserem Geld die Stadt verlässt, und zwar schnellstens und auf Nimmerwiedersehen. Wenn er klug ist, lässt er sich regelmäßig die Neuigkeiten aus der Stadt berichten. Wie lange, glaubst du, dauert es, bis er eins und eins zusammenzählt?»

«Du hast selbst gesagt, dass wir keinerlei Beweise haben. Wovor sollte er Angst haben?»

«Von Angst war nicht die Rede.» Neklas trat auf sie zu und strich ihr eine Haarsträhne, die sich unter ihrer Haube gelöst hatte, aus der Stirn. «Eher von gesundem Menschenverstand und der gebotenen Vorsicht. Wir sollten umgehend mit Reese sprechen.»

Adelina nickte zustimmend. «Ob er bereits von seinen Geschäften in Bonn zurückgekehrt ist?»

«Wir werden es erfahren.» Mit einem Blick durch die Apotheke setzte er hinzu: «Lass uns gleich zum Rathaus gehen. Wie es aussieht, bleibt deine Kundschaft heute aus. Mathys van Kneyart hat ganze Arbeit geleistet.»

Adelina gab Mira und dem Gesinde noch verschiedene Aufträge, bevor sie mit Neklas in Richtung Rathaus aufbrach. Die Luft war kühl und feucht, offenbar hatte der Herbst es endgültig geschafft, sich durchzusetzen. Der bleigraue Himmel ließ keinerlei Blick auf die Sonne zu. Den Menschen merkte man die veränderte Witterung deutlich an, denn sie eilten mit eingezogenen Köpfen und missgelaunten Gesichtern über den Marktplatz. Die allgemeine Fröhlichkeit, die den Kölnern normalerweise zu eigen war, würde erst wieder aufkeimen, wenn man sich an die Kälte gewöhnt hatte.

Im Rathaus schien eine Versammlung anberaumt zu sein, denn vor dem Eingang hatte sich eine Traube von Männern in Ratsmänteln versammelt. Nach und nach drängten sie in die trockene Wärme des Hauses.

Adelina und Neklas schlossen sich ihnen an und

folgten ihnen ins obere Stockwerk, wo sich der Ratssaal befand.

Als Werner Overstolz ihrer ansichtig wurde, kam er mit besorgtem Gesicht auf sie zu. «Frau Adelina! Oh, verzeiht, *Meisterin* Adelina. Magister Burka.» Mit einer angedeuteten Verbeugung begrüßte der kleine, kugelige Mann die beiden. «Was führt Euch hierher? Derzeit ist es äußerst ungünstig, den Rat um irgendwelche Bitten oder Beschwerden anzugehen. Die Sache mit dem Verbundbrief ist noch immer nicht unter Dach und Fach. Ach, ich weiß, Ihr wollt sicherlich zu Reese, wegen dieser leidigen Angelegenheit … Er ist leider noch nicht aus Bonn zurück, aber wir erwarten ihn …»

«Ihr hier? Was hat das zu bedeuten?», wurde er von Mathys van Kneyart grob unterbrochen. «Habt Ihr Euch entschlossen, endlich Eure Schuld am Tode meines Vetters zuzugeben? Sehr schön. Etwas anderes habe ich auch nicht erwartet von einer Person wie Euch. Ich sollte …»

«Einen Augenblick, Meister van Kneyart», fiel ihm Neklas nun ins Wort. «Davon kann keine Rede sein, und ich lege Euch nahe, Eure Zunge zu hüten. Wie könnt Ihr es wagen, meine Gemahlin öffentlich derart zu diffamieren? Das ist doch wohl die Höhe!»

Adelina legte ihm beruhigend eine Hand auf den Arm und trat dann selbst dem Goldschmied entgegen. «Ihr geht recht in der Annahme, dass wir wegen der beiden Todesfälle auf dem Berlich hier sind, aber ganz sicher nicht, um eine Mitschuld einzugestehen. Ganz im Gegenteil, die Informationen, die wir Herrn Reese überbringen möchten, setzen die ganze Angelegenheit in ein völlig neues Licht.»

«Neues Licht, äh?» Van Kneyart schüttelte verächtlich den Kopf. «Was kann Euch schon dazu eingefallen sein? Ihr habt ihm das vergiftete Konfekt verkauft, für mich ist der Fall klar.»

«Ich habe ihm Konfekt verkauft, wie so vielen anderen auch. Aber als es meine Apotheke verließ, war noch keine Spur von Eisenhut darin.»

«Beweist es», knurrte der Goldschmied.

«Das werde ich.»

Inzwischen waren auch die anderen Ratsherren auf das Streitgespräch aufmerksam geworden und hatten einen Ring um die vier Personen gebildet. Auch diejenigen Räte, die bereits im Saal gesessen hatten, kamen neugierig herbei.

Van Kneyart sah hierin seine Chance. «Tut, was Ihr nicht lassen könnt, aber ich wiederhole, dass es einfach unverantwortlich ist, einer Frau wie Euch weiterhin zu gestatten, Eure Quacksalbereien zu verkaufen. Ich sage, man sollte Eure Apotheke umgehend schließen und Euch die Meisterwürde entziehen.»

Hier und da kam zustimmendes Gemurmel auf. Overstolz wandte sich mit erbostem Gesicht seinem Ratskollegen zu. «Jetzt übertreibt mal nicht, mein Freund. Ihr wisst so gut wie ich, dass Ihr vollkommen überzogen reagiert. Frau … *Meisterin* Burka hat ihr Geschäft immer ordentlich geführt. Ordentlicher als so mancher ihrer Zunftgenossen, möchte ich sagen. Schon als ihr Vater noch die Apotheke geführt hat, gab es niemals Anlass zur Klage. Ihr könnt sie wegen dieser Sache nicht ihrer Lebensgrundlage berauben.»

«Berauben?», stieß van Kneyart zornig aus. «Ihr Gift hat meinen Vetter und einen weiteren guten Mann des Lebens beraubt.»

«Es war nicht mein Gift», mischte sich Adelina ein.

«Wollt Ihr etwa leugnen, dass Ihr mit dieser Weibsperson, dieser Kräuterhexe Ludmilla, bekannt seid, die wir gottlob schon längst im Kerker haben, wo auch Ihr hingehört?», fuhr der Goldschmied sie an.

Adelina riss verblüfft die Augen auf. «Ich …»

«Das kann ich bezeugen!», ertönte in diesem Moment die schneidende Stimme des Dominikanermönchs. In die Reihen der Räte kam Bewegung, als er sich hindurchdrängte und sich vor Adelina und Neklas aufbaute. «Sie hat das unselige Weib mehrfach aufgesucht. Ich sage Euch, sie steckt mit ihr unter einer Decke. Und dieser feine Herr Magister», er funkelte Neklas bösartig an, «ebenfalls.»

«Da seht Ihr es.» Van Kneyart nickte bestätigend. «Sie kennt die Alte, die nur zu gut dafür bekannt ist, dass sie den Menschen allerlei zwielichtige Arzneien verkauft und den Frauen im Kindbett Teuflisches ins Ohr flüstert.»

«Und das ist noch nicht alles», nahm Thomasius den Faden eifrig wieder auf. «Dieses gottlose Weib hat wahrscheinlich mehr Seelen auf dem Gewissen, als wir uns alle vorstellen können. Ihr habt gut daran getan, sie in den Turm zu sperren.»

Adelina blickte ihn empört an und stemmte die Hände in die Seiten. «Dieses gottlose Weib ist Eure Schwester!»

Nun richteten sich aller Augen auf den Mönch, der ob ihrer Worte zusammenzuckte. Doch er verschränkte die Arme vor dem Bauch und sagte mit hocherhobenem Haupt: «Ich habe keine Schwester.»

Nun wandte sich Neklas ihm voller Verachtung zu. «Mag sein, dass Ihr sie als Schwester verstoßen habt, weil sie nicht so lebt, wie Ihr es gerne hättet. Doch das ändert nichts an den natürlichen Tatsachen.»

Thomasius funkelte ihn herausfordernd an. «Da habt Ihr recht, Herr Magister. Die *Tatsachen* sind offensichtlich. Ihr macht mit Eurer feinen Gemahlin gemeinsame Sache. Einen teuflischen Plan habt Ihr ausgeheckt, der zwei Männer das Leben gekostet hat. Und alles nur zu Eurem Nutzen.»

«Zu meinem Nutzen?» Verwundert hob Neklas die Brauen. «Welchen Nutzen sollte ich wohl vom Tod zweier Ratsherren haben? Oder glaubt Ihr, ich wolle selbst in den Rat?» Er schüttelte den Kopf. «Es dürfte sogar einem frommen, hinter Klostermauern aufgewachsenen Mann klar sein, dass das nicht möglich ist, da ich noch nicht lange genug Kölner Bürger bin. Abgesehen davon schließt mein Beruf …»

«Ach was, redet doch nicht solchen Unsinn!», unterbrach Thomasius ihn erneut. «Ihr und im Kölner Rat, das ist ja lachhaft. Für so beschränkt halte selbst ich Euch nicht. Nein, aber Ihr hattet schon immer ein Talent, Euch ins gemachte Nest zu setzen und dann noch nach dem Gut anderer zu greifen. Oder bestreitet Ihr etwa, dass Ihr der Witwe Keppeler ein Kaufangebot für ihr Haus gemacht habt, kaum dass ihr Gemahl unter der Erde war? Ein Angebot, das sie, soweit ich gehört habe, nicht ausschlagen konnte? Leugnet Ihr, dass das Haus laut Kaufvertrag inzwischen Euch gehört?»

Nun hefteten sich alle Blicke auf Neklas. Auch Adelina sah ihn verblüfft und erschrocken zugleich an.

Neklas gab ihren Blick mit einem heiteren Blinzeln zurück, das sie maßlos aufbrachte. Doch sie biss sich nur auf die Lippen, um jetzt bloß nichts Falsches zu sagen.

«Ihr seid gut informiert», sagte Neklas nun äußerst aufgeräumt zu dem Dominikaner. «So gut, dass Ihr mir die Überraschung, die ich für meine Gemahlin plante, gründlich verdorben habt. Es ist wahr, ich habe Keppelers Haus gekauft, weil es gleich neben dem unseren liegt und man nur mittels eines Durchbruchs in der Wand … Aber lassen wir das. Das Haus gehört mir. Die Witwe Keppeler und ihre Kinder werden so lange dort wohnen, bis sie ihre Angelegenheiten erledigt haben und den Umzug in ihr neues Heim durchführen können. Soweit stimmen Eure Anschuldigungen. Jedoch solltet Ihr der Vollständigkeit halber noch erfahren, dass der Kaufvertrag bereits vor einigen Wochen aufgesetzt wurde.» Neklas blickte in die Runde. «Und zwar von Anton Keppeler selbst. Ihr werdet seine Schrift auf dem Dokument erkennen. Lediglich die Kaufsumme und die Bestimmungen hinsichtlich des Verbleibs der Witwe wurden von mir angefügt und vom Bruder der Witwe, der, wie bekannt sein dürfte, Advokat ist, unterzeichnet und gesiegelt. Aus welchem Grund hätte ich eine Sache, die schon so gut wie abgeschlossen war, durch einen Doppelmord», er betonte das letzte Wort, «beschleunigen sollen? Das wolltet Ihr mir doch unterstellen, nicht wahr, Bruder Thomasius? Betrachtet es genauer, und Ihr merkt, welchen Unsinn Ihr Euch da zusammengereimt habt.»

«Kein Unsinn, wenn man Euch kennt», knurrte der Mönch, nun jedoch deutlich kleinlauter.

«Was soll mir das Ganze?», fuhr jedoch der Goldschmied wieder dazwischen. «Ihr könnt meinetwegen einen ganzen Haufen solcher Ausreden erfinden. Für mich seid Ihr und Eure Gemahlin die Wurzel des gesamten Übels. Ich bestehe darauf, dass der Fall vor die Schöffen kommt, und zwar sofort. Die Apotheke wird geschlossen und …»

«Nichts und.» Mit von der Reise staubigem und am Saum verschmutztem Mantel schob sich Georg Reese durch den Ring der Ratsherren hindurch. Er wirkte erschöpft und ungehalten. «Ich muss schon sagen, Meister van Kneyart, Ihr setzt mich in Erstaunen. Es gibt weder einen Beweis noch Zeugen, dass die Meisterin Adelina Burka an den Giftmorden irgendeinen Anteil hätte. Die Tatsache, dass unseligerweise gerade ihr Konfekt vergiftet wurde, macht sie noch nicht zur Täterin. Ebenso wenig ihren Gemahl, den, wie ich betonen möchte, vom Rat eingesetzten städtischen Medicus. Selbst die Mittäterschaft der im Turm einsitzenden Kräuterfrau Ludmilla ist nicht zweifelsfrei geklärt. Dennoch setzt Ihr alles daran, diese Leute vorzuverurteilen und ihnen zu schaden. Denn das tut Ihr, Meister van Kneyart, indem Ihr sie ins Gerede bringt oder womöglich die Apotheke schließen lasst. Ist Euch daran gelegen, den Mörder Eures Vetters zu finden oder nur daran, möglichst schnell jemanden auf dem Richtplatz zu sehen?»

Erneut kam zustimmendes Gemurmel auf, doch das schien den Goldschmied nur noch zorniger zu machen.

«Ihr wart von Anfang an voreingenommen, Reese. Wie könnt Ihr behaupten, die beiden seien nicht schuldig? Nur, weil sie Euch einmal bei der Aufklärung eines Vorfalls geholfen haben? Und das noch, wie ich betonen will, unter äußerst denkwürdigen Umständen, die Ihr tunlichst verschleiert habt? Eine gute Tat macht noch keinen Heiligen.»

«Das ist wahr.» Reese nickte grimmig. «Aber ein Verdacht macht auch noch keinen Täter.»

Nun lief van Kneyart langsam puterrot an. «Was

macht Euch nur so sicher, dass diese beiden», er wies auf Neklas und Adelina, «nichts mit der Angelegenheit zu tun haben? Dieses unangebrachte Vertrauen kann doch letztendlich nur der Tatsache entspringen, dass Ihr ebenfalls in die Sache verwickelt seid.»

Das Gemurmel wurde zum empörten Aufruhr, der in der nun entstandenen Pause immer lauter wurde.

«Nun aber Schluss, Meister van Kneyart», empörte sich Overstolz. «Was ist nur in Euch gefahren, dass Ihr einen rechtschaffenen Mann nach dem anderen beschuldigt? So kommen wir doch nicht weiter. Ich schlage vor, wir vertagen diese Angelegenheit. Immerhin sind wir aus ganz anderen, jedoch nicht weniger wichtigen Gründen hier. Die anberaumte Sitzung muss abgehalten werden. Alles andere sollte warten, bis die Schöffen wieder vollzählig in Köln sind. Eine Entscheidung kann vorher auch überhaupt nicht gefällt werden.»

Reese nickte ihm zu und übernahm nun wieder das Wort: «Ich danke Euch, Herr Overstolz. Auch ich schlage vor, nun mit der Sitzung zu beginnen. Ich bringe recht gute Nachrichten aus Bonn, denen wir zu diesem Zeitpunkt den Vorrang geben müssen.» Er machte eine ausholende Geste. «Ich bitte Euch, werte Herren, geht einstweilen schon in den Saal. Ich möchte noch ein paar Worte mit Meisterin Burka und ihrem Gemahl wechseln und komme dann nach.»

Auf seine Aufforderung hin löste sich der Kreis der Männer zögernd auf. Die Ratsherren gingen, noch immer laut über den Vorfall diskutierend, in den Saal. Als sich die Tür schloss, drehte sich Reese aufatmend zu Adelina und Neklas um. Doch auch Thomasius war noch anwesend und machte keinerlei Anstalten, das Rathaus zu verlassen. Neklas bedachte ihn mit einem verächtlichen Blick. «Beachtet ihn nicht, Herr Reese. Das ist nur ein Schatten aus meiner Vergangenheit, der glaubt, er müsse mir noch immer das Leben schwer machen. Aber er kann ruhig erfahren, was wir zu besprechen haben.»

«Ihr habt einen ungünstigen Zeitpunkt gewählt, hierher zu kommen.» Mit einem scheelen Blick auf den Mönch hielt Reese kurz inne, dann fuhr er fort: «Die Nerven der Räte liegen blank wegen der Verhandlungen mit Erzbischof Friedrich. Und ich muss mich für van Kneyart entschuldigen. Er scheint davon besessen zu sein, Euch, liebe Frau Adelina, als Schuldige zu sehen.»

«Vielleicht nicht ganz zu Unrecht», mischte sich Thomasius ein.

Adelina warf ihm einen vernichtenden Blick zu, den er jedoch ungerührt erwiderte. Sie atmete tief ein und schluckte die bösen Worte herunter, die sich ihr auf die Lippen drängen wollten. Stattdessen erklärte sie: «Wir mussten herkommen, denn es gibt einige Neuigkeiten, die Ihr erfahren solltet.» Sie sah Neklas kurz an und setzte hinzu: «Vielleicht erklärt sich dadurch auch van Kneyarts Eifer, uns die Schuld an den Morden zu geben.»

«Es scheint tatsächlich so», übernahm Neklas wieder das Wort, «dass sein Vetter Thönnes dieser Hübschlerin Elsbeth die Ehe angetragen hat. Zumindest hat er sie oft genug aufgesucht, um ihr zu erzählen, dass er einer, wie sie es nannte, Schweinerei im Stadtrat auf der Spur sei. Wir können nur annehmen, dass es sich um jenen Verrat handelt, den Ihr durch die besagten Briefe aufgedeckt habt. Es gab also guten Grund, Thönnes van Kneyart aus dem Weg zu schaffen, wenn man davon ausgeht, dass der Verräter auch weiterhin unerkannt agieren wollte.»

«Frau Entgen ist sich sicher, dass kein Mitglied ihrer Familie in Frage kommt», ergänzte Adelina. «Doch da muss sie sich täuschen. Gesetzt den Fall, dass sie nicht selbst die Briefe an Hilger Quattermart verfasst hat, muss jemand aus ihrer Familie das Siegel benutzt haben. Vielleicht deckt sie denjenigen auch, was verständlich wäre.»

«Was uns zu Mathys van Kneyart führt, der so vehement uns die Schuld zuweisen will», schloss Neklas.

Reese runzelte die Stirn, verschränkte die Hände auf dem Rücken und begann, in der Vorhalle des Ratssaales auf und ab zu gehen.

«Mathys, meint Ihr? Liebe Zeit, das kann ich mir kaum vorstellen. Aber auszuschließen ist es wohl nicht. Wenn wir doch nur Beweise hätten! Doch wie soll er das Konfekt vergiftet haben? Wie es ins Hurenhaus gebracht haben?»

«Das sind die Fragen, die noch geklärt werden müssen.» Adelina rieb sich die Arme, über die sich eine unangenehme Gänsehaut ausbreitete. Im Zwielicht der Vorhalle fühlte sie sich plötzlich sehr unwohl. Dennoch fuhr sie fort: «Was das Gift angeht, so glaube ich, die tatsächliche Quelle gefunden zu haben. Ein hanseatischer Kaufmann namens Magnussen war nicht abgeneigt, mir Eisenhut zu beschaffen.»

Reese hob ruckartig den Kopf und trat interessiert auf sie zu. «Könnt Ihr das beweisen?»

Sie hob die Schultern und fröstelte erneut. «Noch nicht. Aber ich bin sicher, dass er es war, der dem Täter das Gift verschafft hat. Es war nicht Ludmilla.»

«Schön und gut.» Reese nahm seine Wanderung wieder auf. Aus dem Saal drangen aufgeregte Stimmen. «Doch solange wir keine Beweise oder Zeugen haben, müssen wir die Alte weiterhin festhalten.»

«Können wir noch einmal zu ihr?»

Reese zuckte mit den Schultern. «Ich wüsste nicht, was das bringen sollte.» Er blieb stehen und betrachtete Adelinas enttäuschtes Gesicht. «Meine Liebe, was liegt Euch nur an diesem Weib? Selbst wenn sie an den Morden unbeteiligt ist, wäre zu prüfen, ob sie nicht im Gefängnis zu verbleiben hat. Ihr wisst, dass sie eine Engelmacherin ist, und wer weiß, was sonst noch.»

Erbost funkelte Adelina den Ratsherrn an. «Habt Ihr dafür Beweise? Zeugen? Ihr werdet keine finden. Sie ist kein schlechter Mensch, und ganz sicher ist sie keine Hexe.»

«Ich weiß nicht …» Reese hob erneut die Schultern. «Jedenfalls bleibt sie vorerst eingesperrt. Wenn Ihr sie besuchen wollt, bitte. Doch ich rate Euch davon ab. Sie ist kein Umgang für Euch.»

Adelina ging nicht mehr weiter darauf ein, sondern wandte sich zur Treppe. «Wir sollten jetzt gehen.»

«Das ist wahr», stimmte Neklas zu. «Herr Reese, Ihr solltet nun an Eurer Sitzung teilnehmen. Und verliert vorerst noch kein Wort über das, was wir eben besprochen haben.»

«Selbstverständlich nicht.» Reese nickte ihm zu. «Doch was ist mit …» Er blickte sich suchend um. «Wo ist dieser Mönch hin?»

«Thomasius?» Nun sah sich auch Neklas im Zwielicht der Vorhalle um.

«Er ist fort.» Adelina war bereits auf der Treppe. «Hoffen wir, dass er unsere Erkenntnisse nicht auf den Straßen und Plätzen der Stadt verkündet.»

Als sie aus der Rathaustür trat, atmete Adelina tief durch und stützte sich kurz am Türpfosten ab. Neklas, der dicht hinter ihr gegangen war, prallte beinahe gegen sie.

«Was ist mit dir?» Alarmiert nahm er sie bei den Schultern, um sie zu stützen.

«Nichts. Die Luft im Rathaus ist mir nicht bekommen.» Sie fröstelte. «Mir ist kalt. Schon seit wir hier angekommen sind.»

Besorgt nahm Neklas ihre Hände und drückte sie. «Hast du dich erkältet?»

«Möglich.» Mit langsamen Schritten steuerte Adelina nun auf den Alter Markt zu. «Ich sollte mir heute Abend einen heißen Ziegelstein ins Bett legen.»

«Vielleicht solltest du das gleich tun, meine Liebe.» Neklas musterte sie von der Seite. «Vielleicht ist dir auch die ganze Aufregung nicht bekommen.»

Spöttisch blickte sie ihm in die Augen. «Ich hatte in meinem Leben schon weitaus mehr Aufregung als diese. Nein, es geht schon. Wegen einer kleinen Erkältung musst du kein Aufhebens machen.»

Neklas lächelte schief. «Ich erinnere mich noch recht gut an deine letzte Erkältung. Die war keinesfalls zum Spaßen. Nein, ich möchte, dass du dich gleich niederlegst und dich ausruhst.»

«Ich werde nichts dergleichen tun. Es geht mir gut; ich kann mich genauso gut heute Abend ausruhen.»

Mittlerweile hatten sie die Apotheke erreicht. Adelina atmete noch einmal tief ein und rümpfte dann die Nase. «Die Goldgräber sind gekommen.»

Auch Neklas hatte den Gestank bereits wahrgenommen. «Wollen sie etwa die Abortgrube jetzt leeren? Tun sie das nicht gewöhnlich bei Nacht?»

«Ich habe darauf gedrängt, dass sie kommen.» Als sie das Haus betraten, kam ihnen Mira entgegengeeilt.

«Meisterin, da war Besuch für Euch. Frau Entgen wollte Euch sprechen. Sie hat fast eine halbe Stunde gewartet und ist gerade wieder weg.»

Überrascht blieb Adelina stehen. «Was wollte sie denn?»

Mira zuckte mit den Schultern. «Das weiß ich doch nicht.»

«Mira!» Neklas hob die Brauen und blickte das Mädchen mahnend an. Daraufhin verzog Mira missmutig das Gesicht. «Ich weiß es wirklich nicht, Meisterin. Sie hat sich nur in die Küche gesetzt und Magda beim Gemüseputzen zugesehen.»

«Ich hoffe, du hast der guten Frau etwas zu trinken angeboten?»

«Natürlich.» Über Miras Gesicht huschte ein hochmütiger Ausdruck. «Ich weiß doch, was sich gehört. Ich habe ihr auch von dem Konfekt angeboten. Doch sie wollte gar nichts. Sie hätte, glaube ich, gerne etwas davon genommen. Aber sie meinte, es täte ihr leid, aber ihr Vetter habe ihr ausdrücklich untersagt, Euer Konfekt zu essen. Ich habe ihr Bier eingeschenkt, aber davon hat sie auch nur einen Schluck getrunken. Was sie dann noch getan oder gesagt hat, weiß ich nicht. Ich musste doch die Salbentiegel putzen.»

«Ist gut, Mira. Geh wieder an deine Arbeit. Wo ist Griet?»

«Sie ist noch nicht von den Beginen zurück», erklärte Mira. «Aber Franziska ist schon los, um sie abzuholen.» Mit diesen Worten machte sie kehrt und verschwand an ihre Arbeit.

Adelina seufzte und lockerte das Gebende ihrer Haube.

«Was Entgen wohl von dir wollte?» Neklas trat an die Tür zum Hinterzimmer, öffnete sie einen Spalt und warf vorsichtig einen Blick hindurch. Dann nickte er zufrieden und zog den Kopf zurück. «Mira scheint beschlossen zu haben, deinen Anweisungen doch noch Folge zu leisten.»

Adelina lehnte sich gegen den Tresen und blickte sich in der Apotheke um. «Wie ich Entgen kenne, wollte sie sich für den Auftritt ihres Vetters entschuldigen. Sie ist eine wirklich nette Person, aber auch bedauernswert.»

«So? Na ja, vermutlich ist sie das.» Neklas trat auf Adelina zu und strich ihr mit den Fingerspitzen über die Schläfe. «Du fühlst dich heiß an. Vielleicht bekommst du Fieber.»

«Ich werde mich nicht mitten am Tag ins Bett legen», grollte sie.

«Du bist das halsstarrigste Geschöpf, das mir je begegnet ist.»

«Und dennoch hast du mich geheiratet.»

Neklas grinste. «O ja, gottlob habe ich das. Die anderen Männer dieser Stadt werden mir dafür dankbar sein.»

Adelina kniff die Augen zu einem schmalen Spalt zusammen. «Hast du keine Patienten, die es zu besuchen gilt?»

«Die habe ich.» Er verschränkte die Arme vor der Brust. «Aber erst will ich sicher sein, dass du dich ausruhst.»

«Also gut. Sieh her, ich setze mich auf diesen Hocker und überprüfe meine Bestandslisten.» Adelina setzte sich demonstrativ hin und zog einen Stapel Papiere unter dem Tresen hervor. Neklas legte den Kopf auf die Seite. «Du wirst dich schonen. Lass die Apotheke heute Nachmittag geschlossen.»

Adelina warf ihm ein süßliches Lächeln zu und wartete, während er in die Küche ging und kurz darauf mit einem Apfel in der Hand wieder zurückkam. Er sah ihr noch einmal eindringlich in die Augen, biss in den Apfel und verließ das Haus. Kaum hatte sie ihn durch das Fenster auf dem Marktplatz aus den Augen verloren, stand Adelina auf, schob den Hocker beiseite und zog ihre Geldkassette hervor.

Als wenig später eine junge Frau mit einem hustenden Kleinkind an der Hand die Apotheke betrat, empfing sie die beiden mit einem freundlichen Lächeln.

16

Auch am Nachmittag fühlte sich Adelina noch elend; zu ihrem allgemeinen Unwohlsein hatten sich noch Kopfschmerzen gesellt, die sich auch durch die eingenommene Kräutermischung nicht vertreiben ließen. Dennoch bediente sie die wenigen Kunden, die den Weg in ihre Apotheke fanden, mit gleichbleibender Freundlichkeit. In den langen Pausen dazwischen grübelte sie darüber nach, wie man den Goldschmied seiner Vergehen überführen könnte. Dabei kam sie immer wieder zu dem Schluss, dass sie unbedingt noch einmal mit Ludmilla und auch den Dirnen sprechen musste. Vielleicht waren bisher noch immer die falschen Fragen gestellt worden. Mathys van Kneyart musste einen Weg gefunden haben, seinem Vetter das vergiftete Konfekt unterzuschieben. Vielleicht hatte er es selbst getan, vielleicht jemanden gedungen. Aber Ludmilla? Nein, die kam nicht in Frage. Eher hatte er einen seiner Knechte oder Gesellen damit beauftragt. Aber wie …?

Als die Schelle an der Tür ging, zuckte Adelina zusammen.

«Frau Entgen!» Sie trat der Besucherin entgegen. «Wie nett, Euch zu sehen. Wie ich hörte, wart Ihr heute schon einmal hier, leider vergebens.»

«Guten Tag, liebe Frau Adelina! Ich musste einfach noch einmal herkommen.» Entgen lächelte zwar, doch um ihre Augen lagen noch tiefere Schatten als sonst. Sie schien noch immer schlecht zu schlafen, und ihre

Wangen wirkten fahl und eingefallen. Dennoch sprach sie in ruhigem, aufgeräumtem Ton. «Es tut mir so leid. Ich muss mich für das Auftreten meines Vetters entschuldigen. Er war ja so erbost, als er das Konfekt bei mir fand. Ich hoffe, er ist nicht grob geworden. Nun ja …» Entgen lächelte verlegen. «Er kann recht jähzornig sein. Aber er meinte es wohl nur gut.»

«Macht Euch deswegen keine Gedanken», beruhigte Adelina sie und lächelte herzlich. «Belastet Euch nicht damit.»

«O doch, meine liebe Freundin, das belastet mich sehr.» Mit dem Rand ihres Ärmels tupfte Entgen sich die Augen und seufzte. «Es ist einfach unverzeihlich, wie er sich verhält. Dabei will er doch nur den Tod meines lieben Bruders aufklären. Habt Ihr inzwischen etwas herausgefunden?»

Adelina überlegte fieberhaft. Selbstverständlich durfte sie Entgen nichts von dem Verdacht gegen Mathys sagen.

«Leider treten wir noch immer auf der Stelle. Deshalb würde ich die Frage gerne an Euch zurückgeben. Ist Euch in der Zwischenzeit etwas eingefallen, das uns weiterhelfen könnte?»

«Ich, na ja, ich …» Entgen senkte verlegen den Kopf und nestelte an ihrer Gürteltasche herum. Dann hielt sie plötzlich etwas Goldenes in der Hand – einen Ring. «Dies hier habe ich gefunden.» Sie hielt inne und errötete leicht. «Ich musste doch Thönnes' Sachen aufräumen. Seine Kleider habe ich dem Leprosenhaus gespendet. Dann habe ich seine Truhen und das Schreibpult durchgesehen und fand dies.» Sie hielt Adelina den Ring hin. «Er lag zuunterst in einer Lade.»

Adelina nahm den Ring in die Hand. Er war sehr

kunstvoll mit einem stilisierten Lilienmuster verziert; die Arbeit eines geschickten Goldschmieds. «Hat Euer Bruder diesen Ring gemacht?»

«Bestimmt.» Entgen nickte. «Das Lilienmuster hat er gerne verwendet, vor allem bei Eheringen.» Sie biss sich auf die Lippen. «Er hat etwas eingraviert.»

Adelina sah genauer hin und fand tatsächlich eine zierliche Inschrift auf der Innenseite. «Elsbeth, ewiglich», las sie und drehte den Ring dabei.

Entgen stieß ein leises Schluchzen aus. «Er hat ihn dieser Dirne schenken wollen. Also hattet Ihr recht. Er wollte dieses Weib heiraten. Könnt Ihr Euch vorstellen, wie entsetzt ich war, als ich den Ring fand? Nie hätte ich gedacht … Was soll ich denn jetzt tun?»

Adelina gab ihr den Ring zurück. «Ich denke nicht, dass Ihr etwas tun müsst. Es gibt doch wohl keinerlei Verpflichtung dieser Frau gegenüber, oder?»

«Nein, nicht dass ich wüsste. Ich habe nichts weiter gefunden als diesen Ring.»

«Seht Ihr. Lasst es auf sich beruhen. Was auch immer er vorhatte, es betrifft Euch nicht.»

«Aber wenn sie ihn nun vergiftet hat?»

«Weshalb sollte sie das getan haben?» Adelina schüttelte nachsichtig den Kopf. «Das ist sehr unwahrscheinlich. Und sollte es dennoch so sein, werden es die Schöffen herausfinden. Ihr braucht Euch keine Sorgen zu machen, immerhin sitzt sie schon seit zwei Wochen im Turm.»

«Natürlich, wie dumm von mir.» Entgen lächelte gequält. «Aber wer war es dann?»

Nachdenklich faltete Adelina die Hände vor dem Bauch. «Wie ich schon einmal sagte, vermuten wir den Täter in Eurem engsten Familien- oder Bekanntenkreis. Es muss jemanden geben, der das Siegel Eures Bruders benutzt hat. Denn Ihr sagtet selbst, es sei ausgeschlossen, dass er diese Briefe an Hilger Quattermart verfasst hat.»

«Natürlich ist das ausgeschlossen! Er war kein Verräter!», bestätigte Entgen aufgeregt. «Aber es kann niemand aus der Familie sein. Vielleicht jemand von außerhalb, der das Siegel heimlich gefälscht hat. Das kommt doch häufig vor, nicht wahr, dass Siegel gefälscht werden.»

«Das wäre eine Möglichkeit», stimmte Adelina ihr zu. «Haltet bitte dennoch Augen und Ohren offen, Frau Entgen. Jeder Hinweis kann wichtig sein.»

«Das werde ich, das werde ich.» Entgen nickte eifrig und wandte sich dann zum Gehen. «Gebt mir bitte Nachricht, wenn Ihr etwas herausfindet.» Damit verließ sie die Apotheke und ließ Adelina höchst nachdenklich zurück.

Der Gestank aus der Abortgrube wurde immer unangenehmer, deshalb wurden die Fenster des Hauses fest verschlossen gehalten und die Ritzen mit Tüchern verstopft.

Dummerweise ging an diesem Tag nicht das kleinste Lüftchen, und die feuchte Dunstglocke, die über der Stadt hing, hielt alle Gerüche fest.

Die Goldgräber räumten nicht nur diese eine Grube. Offenbar hatte der Henker diese Arbeit für die gesamte Häuserfront vorgesehen. Also würden die Knechte ihre Karren noch bis tief in die Nacht zwischen Alter Markt und Rheinufer hin und her schieben.

Aus diesem Grund verzogen sich auch die ausdauerndsten Käufer viel früher als sonst vom Marktplatz. Die ersten Marktbuden wurden schon lange vor dem Schellen der Marktglocke geschlossen und abgebaut.

Auch Adelina schloss ihre Apotheke wieder und räumte dann ihre Regale auf. Dabei lauschte sie auf die gedämpften Geräusche im Haus: Hin und wieder waren Schritte zu hören sowie Vitus' Rufen und Lachen. Da Neklas die Tür zum Hinterzimmer nicht ganz geschlossen hatte, vernahm sie auch die leisen Geräusche, die Mira und Griet bei ihrer Arbeit – dem Zerstoßen von Aufgusskräutern im Mörser – machten, und dazwischen immer wieder leises Murmeln und Kichern. Sie lächelte bei sich. Dieses Kichern war Balsam für ihre angeschlagenen Nerven. Offenbar verstanden sich die beiden, trotz des Standesunterschieds, den Mira immer wieder herausstrich, recht gut. Mira war zwar ein aufmüpfiges Ding, doch der um drei Jahre jüngeren Griet gegenüber hatte sie noch nie ein unfreundliches Wort geäußert.

Von irgendwo, wahrscheinlich aus der Küche, schallte aufgeregtes, freudiges Bellen herüber. Wahrscheinlich spielte Vitus mit Moses und Fine, denn sein wiederholtes Lachen übertönte beinahe noch das Gebell.

Adelina überlegte gerade, ob dieser Krach die Nachbarn womöglich stören könnte, als ihr einfiel, was sie am Vormittag auf so unerfreuliche Weise hatte erfahren müssen. Neklas hatte das Haus der Familie Keppeler gekauft, ohne ihr etwas zu verraten. Sie nahm an, dass es als Überraschung gedacht war, das hatte er ja angedeutet. Doch warum hatte er daraus ein Geheimnis machen müssen? Nun mussten missgünstige Leute ja erst recht denken, dass der Kauf eine Folge von Keppelers

Tod war. Und wenn Thomasius dies in der Stadt verbreitete … Sie mochte gar nicht daran denken, welches Gerede damit ausgelöst würde.

Mit seinen Geheimnistuereien landete er noch im Turm! Sie runzelte verärgert die Stirn. Und wie sollte sie sich dann noch über den in Aussicht gestellten Zugewinn an Platz freuen?

Platz, den sie, wie sie zugeben musste, inzwischen mehr als gut gebrauchen konnten.

Vielleicht wollte er sich auch im Erdgeschoss so einen Behandlungsraum einrichten, wie ihn Doctore Bertini hatte. Neklas' Freund, der italienische Medicus, hatte sich mit einem bekannten Chirurgen zusammengetan, und beide benutzten diesen Behandlungsraum nun für jene Patienten, die sich nicht zu Hause behandeln lassen konnten oder wollten. Eine äußerst praktische Einrichtung. Und für Neklas wäre sie noch sinnreicher, da er dann einen Vorrat seiner Arzneien nebenan bei ihr lagern könnte.

Was wiederum Probleme mit sich bringen könnte, überlegte Adelina. Denn Arzt und Apotheker durften keine gemeinsame Sache machen. Nicht einmal den Anschein dessen durfte es geben, sonst säße ihnen der Büttel gleich im Nacken.

Sie schüttelte den Kopf. Dies war eigentlich nicht das Thema, über das es sich im Augenblick Gedanken zu machen galt.

Adelina schob die kleinen Fläschchen mit ätherischen Ölen, die sie auf dem Tresen arrangiert hatte, hin und her.

Es half nichts, sie musste noch einmal mit den Hübschlerinnen reden. Wenn sie Glück hatte, waren die Frauen inzwischen in besserer Verfassung. Da die

Verhandlungen mit dem Erzbischof laut Reeses Aussage die Schöffen derzeit weitaus mehr beschäftigten, war zu hoffen, dass keine weitere peinliche Befragung stattgefunden hatte.

Auch wenn die Dirnen für eine angesehene Bürgerin verachtenswerte Kreaturen zu sein hatten, mit denen man besser nicht einmal auf größte Entfernung zusammentraf, taten sie ihr doch von Herzen leid. Das Leben, das sie führen mussten, war in keiner Weise erstrebenswert, und viele von ihnen waren vermutlich von Kindesbeinen an dazu gezwungen worden.

Adelina dachte an Griet mit ihren hübschen schwarzen Löckchen und den zerbissenen Handballen, und das Herz tat ihr weh. Doch als sie das erneute leise Gekicher vom nebenan hörte, lächelte sie und atmete tief durch. Griet hatten sie wenigstens vor diesem Schicksal bewahrt. Ganz gleich, was sie bereits erlebt haben mochte – Adelina bezweifelte, dass sie je alles erfahren würden – Griet war nun in Sicherheit und konnte ein normales Leben führen, ein Handwerk erlernen und sich auf ehrbare Weise den Lebensunterhalt verdienen.

Als Neklas am frühen Abend von seinen Patientenbesuchen zurückkam, hatten die Kopfschmerzen Adelina doch noch gezwungen, sich ins Bett zurückzuziehen. Sie hörte seine eiligen Schritte auf der Treppe und schob den stark riechenden Kräuterumschlag, den sie auf Stirn und Augen gelegt hatte, ein wenig hoch. Seine Schritte verharrten kurz vor der Tür, die er schließlich sehr leise öffnete.

«Komm herein, ich bin wach», forderte sie ihn mit einem Lächeln in der Stimme auf.

Neklas schloss die Tür hinter sich und trat zu ihr ans Bett.

«Du hast den ganzen Nachmittag gearbeitet», sagte er vorwurfsvoll.

«Jetzt liege ich ja, wie du siehst.» Sie verzog kläglich die Mundwinkel. Nicht nur ihr Kopf schmerzte. Auch ihr Magen begann langsam zu rebellieren. Sie rückte den Umschlag, der erneut über ihre Augen zu rutschen drohte, wieder zurecht.

«Hat Magda das Abendessen gerichtet? Sicherlich hast du Hunger.»

«Ja, sie warten auf mich.» Neklas ließ sich auf seiner Seite des Bettes nieder und betrachtete sie besorgt. «Soll ich dir etwas heraufbringen lassen?»

«Lieber nicht.» Allein beim Gedanken an Essen gerieten ihre Magensäfte in Bewegung. «Wenn ich mich jetzt ausruhe, geht es mir sicher morgen wieder gut.»

«Schön.» Sein Ton klang zweifelnd. «Es gibt übrigens eine bedeutsame Neuigkeit, die dich interessieren dürfte.» Er strich ihr leicht über die Wange und zuckte erschrocken zurück. «Du hast Fieber!»

Adelina nickte nur leicht. «Ein wenig. Was für Neuigkeiten?»

«Du bist nicht in der Verfassung …»

«Neklas!» Sie verdrehte die Augen. «Was für Neuigkeiten?»

Er blickte sie einen langen Moment an, dann schmunzelte er. «Also gut, vielleicht heitert es dich auf. Man hat die Hübschlerinnen auf den Berlich zurückgebracht.»

«Man hat sie freigelassen?» Adelina fuhr hoch und packte gleichzeitig den Umschlag, damit er an Ort und

Stelle blieb. Die hastige Bewegung schadete jedoch weniger ihren Kopf als vielmehr ihrem Magen. Sie kniff Augen und Lippen zusammen und atmete einige Male tief durch, bis sich die Übelkeit langsam wieder legte.

Liebe Zeit, was war nur mit ihr los? Sie öffnete die Augen wieder und starrte Neklas verblüfft an. «Sie haben die Frauen tatsächlich wieder frei gelassen?»

«So ist es.» Er nickte, konnte seine Besorgnis über ihren Zustand jedoch kaum unterdrücken und drängte sie dazu, sich wieder hinzulegen. «Ich bin vorhin zur Weckschnapp gegangen, um unseren Besuch für morgen anzukündigen. Da erklärte mir dieser Wachmann, Pitter heißt er, wenn ich mich recht erinnere, dass wir dort nur unsere Zeit verschwenden würden, weil das elende Weibsgesindel, so nannte er sie, wieder im Haus *Zur Schönen Frau* abgeliefert worden sei. Fluchtgefahr besteht wohl nicht, und eine Mittäterschaft konnte ihnen nicht nachgewiesen werden.»

«Was ist mit Ludmilla?»

«Sie sitzt weiterhin im Turm.» Neklas zuckte mit den Schultern. «Solange nicht bewiesen ist, dass der Eisenhut von jemand anderem stammt, werden sie sie dort lassen. Und auch, wenn ihre Unschuld in diesem Falle bewiesen würde, du hast doch gehört, was Reese gesagt hat.»

«Ich will sie da herausholen!» Adelina setzte eine stoische Miene auf. «Sie hat es nicht verdient, im Kerker zu enden. Wenn sie noch viel länger dort bleiben muss, wird sie ernstlich krank und stirbt vielleicht. Sie ist nicht mehr die Jüngste.»

«Vielleicht legen sie es darauf an.»

«Dass sie im Turm stirbt?» Adelina starrte Neklas entsetzt an.

Er nahm ihre Hand und drückte sie leicht. «Für das Gericht die einfachste Lösung. Schau mich nicht so böse an. Ich sagte nicht, dass ich es gutheißen würde.»

«Und was sollen wir nun tun?»

Neklas ließ ihre Hand los und stand auf. «Ich werde morgen auf den Berlich gehen und versuchen, noch einmal mit Elsbeth und vielleicht auch mit den anderen Frauen zu sprechen.»

Adelina setzte sich wieder auf. «*Wir* werden morgen auf den Berlich gehen und mit ihnen sprechen.»

Neklas Augen verengten sich. «Du wirst hier bleiben und erst einmal wieder gesund werden.»

«Und dich allein in ein Hurenhaus gehen lassen?» Sie schüttelte den Kopf und lächelte schief. «Du kannst sicher sein, morgen bin ich wieder gesund.»

Überrascht legte er den Kopf auf die Seite. «Traust du mir etwa nicht? Glaubst du, ich würde …?»

«Red keinen Unsinn!» Sie musste trotz der erneuten Übelkeit leise lachen. «Ich würde dich sogar allein in ein Haus mit hundert nackten Heidinnen gehen lassen. Dir traue ich. Aber nicht unserem Freund Thomasius. Ich bin sicher, er erfährt davon, dafür scheint er ein Talent zu haben. Und dann verkündet er es mitten auf dem Marktplatz.»

Nun grinste auch Neklas. «Und du glaubst, es sei sinnvoller, wenn er gleich uns beide verunglimpft?»

«Ich glaube nicht, dass er das wagen wird.» Sie ließ sich in ihr Kissen zurücksinken und schloss die Augen. «Geh nun zum Essen. Und beschäftige Vitus noch ein Weilchen, bevor er zu Bett geht.»

Sie lauschte auf das Klappen der Tür und die sich entfernenden Schritte und stieß ein jämmerliches Seufzen aus. Sie konnte sich nicht entsinnen, jemals solche

Kopfschmerzen gehabt zu haben. Und ihr Magen … Sie beugte sich vorsichtig über die Bettkante und zog mit einer Hand die Nachtschüssel unter dem Bett hervor. Womöglich würde sie sie noch brauchen.

17

Als Adelina am folgenden Morgen erwachte, stellte sie mit Freude fest, dass der Kopfschmerz verschwunden war. Auch die Übelkeit kam nicht wieder, als sie die Beine über die Bettkante schwang. Es war noch dunkel, doch sie machte kein Licht, während sie sich rasch ankleidete und aus dem Zimmer schlüpfte.

Am Fuß der Treppe kam ihr Moses entgegen, der sie schwanzwedelnd umtänzelte. Sie bückte sich und streichelte ihn ausgiebig. Dann ließ sie ihn zur Hintertür hinaus, damit er sich erleichtern konnte. Es war empfindlich kühl, dennoch ging sie selbst ebenfalls zum Abtritt. Auf dem Rückweg nickte sie zufrieden. Die Goldgräber hatten gute Arbeit geleistet, und glücklicherweise hatte sich der Gestank über Nacht schon ein wenig gelegt.

In der Küche traf sie auf Franziska, die bereits eifrig das Feuer im Ofen schürte.

«Guten Morgen, Herrin. Geht es Euch besser? Wir hatten schon befürchtet, Ihr würdet ernsthaft krank.»

«Es geht mir gut.» Adelina lächelte. «Anscheinend ist mir die Aufregung nicht bekommen. Bitte geh rasch zum Marktbrunnen und hol frisches Wasser. Ich bereite derweil das Frühstück vor.»

Franziska nickte, nahm den großen Eimer und klapperte zur Tür hinaus. Zufrieden mit sich und der Welt holte Adelina eine Schüssel frisches Schrotmehl und den Rest Milch und begann, einen Brotteig anzusetzen. Wenig später kehrte Franziska zurück und half ihr beim Decken des Tisches und der Zubereitung des Hirsebreis.

Dann schickte Adelina die Magd los, die Mädchen aufzuwecken. Als sie kurz darauf den Brotlaib ins Backrohr schob, war das Haus bereits von lebhaften und geschäftigen Geräuschen erfüllt.

Vitus ließ sich von Magda in seine Kleider helfen, Adelinas Vater brachte zwei Weinkrüge aus seiner Kammer und bat seine Tochter, einen davon mit frischem Most zu füllen.

«Ich würde dir heute gerne in der Apotheke helfen», sagte er und tätschelte ihren Arm. «Leider bin ich ja in der letzten Zeit keine allzu große Stütze für dich, mein Kind.»

Adelina lächelte ihm liebevoll zu. «Mach dir darüber keine Gedanken, Vater. Wenn du mir helfen möchtest, freue ich mich natürlich. Aber nötig ist es nicht.»

Er seufzte leise. «Mir ist klar, dass ich krank bin, Lina. Manchmal weiß ich nicht, wie ich diesen Zustand aushalten soll. Es gibt Tage, da fühle ich mich so hilflos. Ich kann es nicht erklären.»

Adelina umfasste seine Hand. «Ich weiß, Vater.» Sie trat noch näher an ihn heran und nahm ihn in den Arm. «Es ist für uns alle nicht einfach.» Sie überlegte einen Moment, dann fügte sie hinzu: «Wie wäre es, wenn du mit Mira zusammen heute Vormittag in der Apotheke bleibst, solange ich fort bin. Ich habe mit Neklas ein paar Erledigungen zu machen, doch bis zum Mittag werden wir zurück sein.»

Albert nahm diesen Vorschlag mit Freuden an, und Adelina gab Mira nach dem Frühstück noch genaue Anweisungen: «Du nimmst nur Bestellungen von Kunden an, hast du mich verstanden? Weder du noch Meister

Merten werdet etwas verkaufen. Wenn mich jemand sprechen möchte, bittet ihn, am Nachmittag wiederzukommen.»

Mira nickte mit ernstem Gesicht. Sie war sich wohl darüber bewusst, dass es als eine Auszeichnung galt, bereits nach so kurzer Lehrzeit eine solche Aufgabe übertragen zu bekommen.

Adelina sah ihr noch einmal prüfend ins Gesicht. «Falls es mit meinem Vater Probleme geben sollte, ruf Magda und Franziska zu Hilfe.»

Mira nickte mit wichtigem Gesicht. «Ich komme schon zurecht, Meisterin. Macht Euch keine Sorgen. Wenn Ihr möchtet, kann ich mich auch um Griet kümmern.»

Adelina lächelte überrascht. Mit so viel Beflissenheit hatte sie nicht gerechnet. «Danke, Mira. Aber das wird nicht nötig sein. Wenn Griet von ihrem Unterricht zurückkommt, werde ich auch wieder hier sein.»

«Hältst du es für sinnvoll, Mira mit deinem Vater allein zu lassen?», fragte Neklas sie auf dem Weg zum Berlich. «Du hättest die Apotheke für heute Vormittag auch geschlossen halten können.»

«Vermutlich hätte ich das. Aber ich möchte den Gerüchten, die über uns im Umlauf sind, nicht noch mehr Vorschub leisten. Und Mira wird wohl in der Lage sein, meine Kunden zu vertrösten oder ihre Bestellungen aufzunehmen. Und Vater wird ihr mit Freuden dabei helfen. Ich glaube, er fühlt sich derzeit ziemlich unnütz.»

Neklas musterte sie von der Seite. «Das mag sein. Aber ich weiß nicht, ob es klug ist, deinen Vater in diese Aufgabe mit einzubeziehen.»

«Das weiß ich auch nicht.» Sie ließ den Kopf hängen.

Neklas zog sie schweigend an sich, und sie hakte sich bei ihm unter. Nach einigen Schritten mussten sie stehen bleiben, um ein kleines Mädchen vorbeizulassen, das mit einer, gemessen an ihrer Körpergröße, viel zu langen Rute eine Schar Gänse vor sich her trieb. Die Kleine war kaum größer als das Federvieh. Neklas blickte ihr sinnend nach. «Lange wird dein Vater nicht mehr in der Lage sein, solche Aufgaben zu übernehmen.»

Adelina nickte unglücklich. «Es schmerzt mich, dass wir nichts für ihn tun können. Ich möchte ihm so gern das Gefühl geben, dass er noch gebraucht wird. Sein Leben lang war er sein eigener Herr. Und jetzt …»

Da sie nun an eine Stelle kamen, wo die Räder der Karren und Fuhrwerke tiefe Furchen in den Boden gewühlt hatten, wechselten sie die Straßenseite. Adelina bemühte sich, das Thema zu wechseln. «Warum, glaubst du, haben sie die Hübschlerinnen so plötzlich freigelassen?»

Neklas schwieg einen Moment, grüßte einen Vorübergehenden und antwortete dann: «Du meinst, abgesehen davon, dass man ihnen nichts nachweisen konnte? Vielleicht wollte man sehen, wie sie sich verhalten, wenn sie sich wieder frei und unbeobachtet fühlen.»

Adelina blieb überrascht stehen. «Du glaubst, sie werden beobachtet?»

«Möglich wäre es immerhin.»

«Und glaubst du, dass sie etwas mit den Morden zu tun haben.»

«Nein.» Entschieden schüttelte Neklas den Kopf und zog sie weiter. «Wer auch immer der Täter ist, hat vielleicht gehofft, dass man sie anklagt, doch für seine Zwecke eingespannt hat er sie nicht.»

Sie bogen nun in eine Seitengasse ab, die geradewegs

zum Berlich führte. Hier trieben sich Hehler und abgerissene Gestalten herum, die jedoch gefährlicher aussahen, als sie wirklich waren. Es war ein ärmliches Viertel, doch der größte Teil der Bewohner ging dennoch einer zumindest einigermaßen legalen Tätigkeit nach.

«Steckt Mathys dahinter?» Adelina senkte ihre Stimme, obwohl nicht zu befürchten stand, dass jemand sie belauschte.

Neklas hob die Schultern. «Ich fürchte, ja. Zumindest dürfte er in die Sache verwickelt sein. Und da er nah mit Thönnes van Kneyart verwandt ist, hatte er auch sicherlich leichten Zugang zu dem Haussiegel. Wenn Thönnes dahintergekommen ist, dass sein Vetter ein falsches Spiel mit dem Stadtrat treibt, hat Mathys vielleicht keine andere Möglichkeit gesehen, als ihn aus dem Weg zu schaffen.»

«Aber warum auf diese Weise?» Adelina schüttelte ratlos den Kopf. «Wenn wir richtig vermuten, wurde das Konfekt vergiftet, als es bereits in Thönnes' Hände gelangt war. Er hat es dann mit in das Dirnenhaus genommen, um es Elsbeth zu schenken, aß selbst davon und …»

«Das klingt merkwürdig, das ist wahr», stimmte Neklas zu. «Es scheint, als würde uns noch eine wichtige Information fehlen, die das Geheimnis aufklärt.»

Vor dem Haus *Zur schönen Frau* angekommen, bedeutete Neklas Adelina, auf der Straße stehen zu bleiben. Er pochte an die Tür, und als Mutter Berta öffnete, sprach er leise auf sie ein.

Adelina konnte ihre Antwort nicht verstehen, doch die Frau gestikulierte wild und schien keinesfalls von Neklas' Anliegen angetan.

Entschlossen trat Adelina nun auch näher. «Gute

Frau, dürften wir wohl für einen kurzen Augenblick mit Elsbeth sprechen?»

Verärgert musterte Mutter Berta sie. «Ich habe schon zu dem Herrn Medicus gesagt, dass das jetzt nicht geht. Elsbeth ist beschäftigt. Es ist nicht leicht, nach so vielen Tagen wieder unser tägliches Geschäft aufzunehmen. Meine Mädchen sind noch lange nicht wiederhergestellt, und Elsbeth hat die wenigsten Blessuren davongetragen.»

Diese offenen Worte sollten Adelina wohl schockieren, doch obwohl sie peinlich berührt war, ließ sie sich nichts anmerken. «Dann wird ihr eine kurze Pause doch sicher guttun, nicht wahr? Also würdest du sie wohl herausbitten?»

Die Vorsteherin des Dirnenhauses verdrehte verärgert die Augen. Offenbar wurde ihr klar, dass sich die beiden Besucher nicht so einfach abweisen ließen. «Also gut, ich sehe nach. Wollt Ihr so lange drinnen warten?»

«Nein, danke.» Adelina schüttelte den Kopf. «Wir bleiben hier draußen.»

Mutter Berta verschwand im Inneren des Hauses, und sie hörten undeutliche Stimmen nach draußen dringen.

Neklas verzog das Gesicht. «Offenbar ist sie tatsächlich beschäftigt.» Als ihn ein Tropfen an der Stirn traf, blickte er überrascht zum Himmel. «Es scheint Regen zu geben», sagte er überflüssigerweise, denn im nächsten Moment gesellten sich zu dem einen Tropfen weitere. Adelina zog sich ihre Haube fester ums Gesicht.

«Das wird dir nichts nützen.» Neklas schüttelte den Kopf und zog sie an der Hand ins Haus. Kaum hatten sie die Türschwelle überquert, als der Regen auch schon in dichten Fäden auf die Erde niederprasselte.

Die Tür fiel hinter ihnen zu, und sie standen in beinahe völliger Finsternis in einem schmalen Gang.

Neklas schob den schweren wollenen Vorhang beiseite, der die Wohnräume abschirmte, und sie betraten einen kleinen, niedrigen Raum.

Hier stand ein massiver Eichentisch mit zwei Bänken. Auch an den Wänden befanden sich weitere Sitzgelegenheiten, die mit dicken Polstern belegt waren, deren Stoffbezug arg verschlissen aussah.

Adelina blickte sich neugierig um. «Keine sehr gastliche Umgebung», befand sie.

Vor irgendwo hörten sie undeutliche Stimmen. Offenbar bemühte sich Mutter Berta, Elsbeths Freier dazu zu überreden, die junge Dirne für eine kurze Weile gehen zu lassen.

Neklas durchmaß den Raum mit wenigen Schritten und schob einen weiteren dicken Vorhang beiseite, der diese Kammer von der angrenzenden trennte.

Das hintere Zimmer entsprach in der Möblierung der ersten, jedoch standen dort statt des großen Tisches weitere gepolsterte Bänke mitten im Raum. Rechts ging eine sehr schmale Stiege hinauf in das obere Geschoss. Dort oben mussten sich wohl die Kammern der Dirnen befinden.

Adelina folgte Neklas und prallte beinahe gegen ihn, als er plötzlich wie angewurzelt stehen blieb. Sie blickte über seine Schulter und erstarrte. In der linken Ecke des Hinterzimmers wurde eine Bank von zwei Menschen belagert; der dicken Trin und einem Mann in Schuhmacherkleidung.

Der Mann hatte eine Hand tief in Trins Ausschnitt

vergraben. Wo ihre Hände sich befanden, konnte man in dem von leisem Gekicher begleiteten Gerangel von Gliedmaßen nur vermuten.

Adelina zog sich eilig wieder in das vordere Zimmer zurück. Neklas wandte sich ebenfalls mit betretenem Gesicht ab und folgte ihr.

In diesem Moment wurden Schritte auf der Stiege laut, und gleich darauf erschienen Mutter Berta und Elsbeth.

«Dass Ihr mir die Kleine aber nicht zu lange mit Euren Fragen aufhaltet!», murrte Berta. «Sie hat einen Kunden oben, der nicht gerne wartet.»

«Schon wieder Fragen? Ich will keine Fragen mehr beantworten», jammerte Elsbeth mit weinerlicher Stimme. «Mein Thönnes ist tot, und ich werde niemals seine Frau sein können.»

Mutter Berta strafte sie mit einem spöttischen Blick und verzog sich ins Hinterzimmer. Elsbeth rieb sich mit dem Ärmel ihres fadenscheinigen Kleides über die Augen. «Was wollt Ihr schon wieder von mir?»

«Wir glauben, dass du uns helfen kannst, den Mörder deines Gönners ausfindig zu machen. Er läuft schließlich noch immer frei herum, und bestimmt willst auch du, dass Thönnes van Kneyart Gerechtigkeit widerfährt.»

«Wo gibt es schon Gerechtigkeit», maulte Elsbeth. «Und wie könnte ich Euch wohl helfen?»

«Indem du scharf nachdenkst», erklärte Adelina und verschränkte die Arme vor dem Leib. «Hat Thönnes jemals jemanden aus seiner Familie erwähnt, wenn er hier war? Seinen Vetter Mathys vielleicht? Hat er über ihn gesprochen? Wie stand er zu ihm?»

Elsbeths Miene verfinsterte sich schlagartig. «Mathys

ist ein Schwein», brach es voller Zorn aus ihr heraus. «Das sage ich, nicht Thönnes. Mathys war bei fast allen Befragungen im Gefängnis dabei, und es schien ihm Vergnügen zu bereiten, wenn der Folterknecht die Daumenschrauben immer enger drehte. Er hat dabei gelächelt! Und dabei gab er sich früher immer so freundlich.»

«Früher», hakte Neklas nach. «Heißt das, du warst schon länger mit ihm bekannt?»

«Sicher.» Elsbeth zuckte mit den Schultern. «Er war manchmal hier, jedenfalls bis zum Frühjahr. Seitdem haben wir ihn nicht mehr gesehen. Bei mir war er auch nie, er zog Alwina und Änne vor.»

«Hat Thönnes gewusst, dass sein Vetter hier im Haus ein und aus ging?»

«Bestimmt.»

«Also hat er hin und wieder über ihn gesprochen?», fragte Adelina noch einmal.

Doch Elsbeth schüttelte den Kopf. «Nie. Ich glaube, er mochte seinen Vetter nicht besonders. Wenn er überhaupt von seiner Familie sprach, dann nur von seiner Schwester. Die hatte er, glaube ich, sehr gern.»

Mit nachdenklichem Gesicht trat Adelina an eines der kleinen Fensterchen, schob die Schweinshaut beiseite, die die Zugluft abhielt, und blickte nach draußen. Es regnete noch immer in Strömen. Sie wandte sich wieder um. «Du hast gesagt, dass Thönnes dir gegenüber behauptet hat, er habe seiner Familie von seiner Verbindung zu dir erzählt. Frau Entgen sagte uns aber, dass sie nichts von dir gewusst habe.» Den Ring erwähnte sie lieber nicht. Vermutlich hatte Elsbeth keine Ahnung, dass er existierte, denn sonst hätte sie ihn bestimmt selbst bereits erwähnt.

«Das wundert mich nicht.» Elsbeth kicherte leise. «So, wie Thönnes sie mir beschrieben hat, wird sie wohl kaum erfreut gewesen sein, als er ihr von mir erzählt hat. Bestimmt war sie ihm deswegen böse. Thönnes sagte, sie ist manchmal anstrengender als eine Ehefrau. Aber er fand das nicht weiter schlimm, denn er wusste ja, dass sie nur um ihn besorgt war. Schließlich hat sie ja niemanden sonst, weil sie doch schon so lange Witwe ist und auch keine Kinder hat.»

«Also hat er Mathys nicht erwähnt», kam Neklas wieder auf das ursprüngliche Thema zurück. «Du hast uns doch erzählt, dass Thönnes irgendeiner Sache auf der Spur sei. Könnte die mit seinem Vetter zu tun gehabt haben?»

«Was habt Ihr nur dauernd mit diesem Mathys?» Elsbeths Augen verengten sich argwöhnisch. «Glaubt Ihr, er hat Thönnes umgebracht?»

«Wir glauben gar nichts.» Adelina kam wieder näher. «Wir halten es jedoch für möglich, dass Mathys etwas gegen seinen Vetter im Schilde führte, und dass Thönnes ihm bereits auf der Spur war. Das muss nicht bedeuten, dass Mathys ihn deswegen getötet hat, legt aber nahe, dass er vielleicht darin verwickelt ist. Hat er möglicherweise auch Freunde mitgebracht, wenn er hier … zu Gast war?»

«Mathys? Nein.» Elsbeth schüttelte entschieden den Kopf. «Der war immer alleine hier. Er kam auch immer zu Fuß. Hatte wohl Angst, dass man seine Sänfte erkennen würde. Thönnes kam auch meistens zu Fuß. Aber das tat er, damit Entgen die Sänfte immer zur Verfügung hatte. Er hat sie so gut wie nie benutzt.»

Adelina legte nachdenklich die Stirn in Falten. So kamen sie nicht weiter. Ein Blick auf Neklas zeigte ihr, dass auch er mit dem Verlauf des Gesprächs noch nicht zufrieden war.

Doch als er gerade eine weitere Frage stellen wollte, raschelte der Vorhang zum Hinterzimmer, und nacheinander traten der Schuhmacher und die dicke Trin ins Zimmer. Der Mann grinste dümmlich, zwinkerte der Dirne zu und murmelte einen Gruß. Mit einem neugierigen Blick auf Adelina und Neklas schob er sich durch den Raum und verschwand im Gang. Augenblicke später ging die Haustür.

Trin zupfte unbeeindruckt und ohne Scham ihr Kleid zurecht und zog den Ausschnitt so tief, dass man möglichst viel von ihrem ausladenden Busen zu sehen bekam.

«Elsbeth.» Sie stieß die junge Dirne unsanft an. «Wenn du nicht willst, dass dein Kunde da oben deine Kammer auseinandernimmt, solltest du dich langsam wieder um ihn kümmern.» Ihre Worte wurden von einem Lächeln in Neklas' Richtung begleitet. Trin trat etwas näher an ihn heran und beugte sich ein wenig vor, sodass er vollen Einblick in ihr reizvolles Dekolleté bekam.

«Oh, sicher.» Achselzuckend wandte sich Elsbeth an Adelina. «Ich muss wieder rauf. Mehr kann ich Euch auch nicht sagen, bestimmt nicht.» Sie trat zu dem Wollvorhang, blieb stehen, drehte sich jedoch nicht um, als sie sprach: «Wenn Ihr den Mörder findet, gebt mir Bescheid. Ich will bei seiner Hinrichtung dabei sein.» Mit diesen ungewöhnlich harschen Worten verschwand sie im Hinterzimmer.

«Lass uns gehen.» Adelina fühlte sich mehr als unbehaglich in diesem Haus, und Trins unverhohlen einladende Blicke und Gesten stießen sie ab. Ohne sich um

Neklas zu kümmern, stürmte Adelina hinaus auf die Straße. Sie schlug den Weg zum Alter Markt ein und stapfte mit gerafften Röcken durch den noch immer heftigen Regen. Ihre Schuhe wurden durchnässt, und mehrfach glitt sie fast in den morastigen Wasserlachen aus. Hinter ihr wurden eilige Schritte laut.

«Das letzte Mal, als du so vor mir davongerannt bist, bist du gestürzt und hast dir die Hand verstaucht.» Neklas hatte sie eingeholt und hielt sie am Arm fest, sodass sie stehen bleiben musste. Sie funkelte ihn gereizt an, doch er verzog die Mundwinkel nur zu einem spöttischen Lächeln. «Mit hundert nackten Heidinnen würdest du mich also allein lassen, wie?»

Adelina gab keine Antwort und ging etwas langsamer weiter. Doch Neklas blieb gutgelaunt an ihrer Seite. «Eigentlich müsste ich beleidigt sein, dass du mir so wenig guten Geschmack zubilligst. Dabei dachte ich, ich hätte ihn hinreichend bewiesen, als ich dich zur Frau nahm.»

Als sie ihn nun doch von der Seite ansah, lächelte er ihr liebevoll zu. «Dieser Besuch im Hurenhaus war in jeder Hinsicht aufschlussreich.» Er nahm ihren Arm und führte sie umsichtig um die tiefen Wasserlöcher herum. Der Regen ließ langsam etwas nach, dennoch waren sie einigermaßen durchnässt, als sie endlich zu Hause ankamen.

«Es war nicht ein Kunde hier», wurden sie von Mira begrüßt, als sie die Apotheke betraten. «Aber Meister Albert hat mir gezeigt, wie man die Waage benutzt und wie man auch ganz kleine Mengen genau abmessen kann.» Das Mädchen lächelte vergnügt. Adelina nickte ihr wohlwollend zu und wandte sich an ihren Vater: «Das war sehr nett von dir, Vater. Ich bin bisher noch nicht dazu gekommen, den Mädchen die Waage zu erklären.»

«Wir hatten genug Zeit dazu.» Albert machte ein ernstes Gesicht. «Das Geschäft scheint dieser Tage schlecht zu laufen, Lina. Nicht ein Kunde in der ganzen Zeit. Sag, schneiden sie dich, weil du als Frau mein Geschäft weiterführst?»

Überrascht blickte sie ihren Vater an. «Nein, Vater, deswegen nicht. Es …» Sie überlegte fieberhaft. Ihr Vater durfte nichts von den Geschehnissen erfahren. Die Aufregung würde ihm ganz sicher schaden. «Es ist heute einfach ein sehr ruhiger Tag. Du wirst sehen, spätestens morgen rennen sie mir wieder die Türe ein.»

Das hoffe ich zumindest, dachte sie, setzte jedoch nichts weiter hinzu. Albert fand sich mit dieser Antwort ab. Aus alter Gewohnheit wischte er mit einem Leinentuch über den sauberen Verkaufstresen.

Neklas zog seinen Mantel aus und drückte ihn Adelina in die Hand. «Ich ziehe mir rasch trockene Sachen an, dann muss ich noch einen Besuch machen. Zum Essen bin ich aber wieder zurück.»

«Gehst du zur Weckschnapp?», wollte Adelina wissen, doch er hob nur mit einem Blick auf Albert die Schultern und verschwand durch das Hinterzimmer.

«Fleißig», sagte Albert. «Dein Gemahl ist sehr fleißig. Das ist ein feiner Charakterzug. Mit ihm bist du gut versorgt.» Er lächelte. «Aber dass er als städtischer Medicus auch die Gefangenen in den Gefängnistürmen betreuen muss, halte ich für sehr unvernünftig. In der Weckschnapp sitzt doch nur Gesindel ein, nicht wahr? Was brauchen die einen Arzt? Ein Bader täte es bestimmt auch, und der wäre viel billiger. Für solche Dinge verschwendet der Rat Geld!»

«Ist schon gut, Vater.» Beruhigend tätschelte sie seinen Arm. «Das sind ja nicht unsere Entscheidungen. Und Neklas hat einen guten Verdienst damit.»

«Mag sein, mag sein. Wo steckt eigentlich unsere kleine Griet? Ich habe sie den ganzen Morgen noch nicht gesehen!»

Adelina gab Mira ein Zeichen, die Gewichte der Waage wieder einzusammeln und zu verstauen, während sie antwortete: «Griet ist bei den Beginen in der Mühlengasse. Sie lernt dort bei Frau Martha Lesen, Schreiben und Rechnen.»

«Die Beginen geben Unterricht? Wie schön, dann muss das Kind nicht in diese teure Klosterschule, wo mehr mit der Rute als mit dem Griffel gearbeitet wird.» Albert nickte anerkennend. «Ich hoffe, sie ist ebenso fleißig wie ihr Vater und lernt gut.» Er zog seine Tochter ein Stück beiseite und senkte seine Stimme. «Mira jedenfalls ist sehr gescheit. Du solltest sie für ihr verständiges Lernen belohnen.»

«Belohnen?» Adelina hob die Brauen. Die Idee war nicht schlecht. Mira gab sich schließlich nicht immer so einsichtig. Vielleicht half eine kleine Belohnung dabei, ihrem Eifer auf die Sprünge zu helfen.

Adelina bat ihren Vater, noch ein Weilchen in der Apotheke zu bleiben, während sie sich ebenfalls umzog und ihre Kleider sowie Neklas' Mantel am Ofen in der Küche zum Trocknen aufhängte. Dabei fiel ihr Blick auf die Schale mit dem Konfekt, die sie in eines der Regalfächer neben einen Behälter mit Aufgusskräutern gestellt hatte.

Franziska und Magda waren bereits eifrig dabei, das Mittagessen zu bereiten. Es roch köstlich nach geschmortem Gemüse und fetten, gebratenen Würsten. Genau das Richtige für einen nasskalten Herbsttag.

Bis zum Essen löste Adelina ihren Vater in der Apotheke ab. Albert beschloss daraufhin, sich ein Weilchen auf die Ofenbank zu legen und den Mägden zuzusehen. Erfreut, ihn so aufgeräumt zu sehen, setzte sich Adelina auf den Hocker in der Apotheke und wartete auf Kundschaft. Sie fragte Mira über die Waage aus und stellte fest, dass das Mädchen, wenn es wollte, tatsächlich eine rasche Auffassungsgabe besaß. Alle Fragen beantwortete sie ausführlich und richtig. Zufrieden gab Adelina ihr bis zum Essen frei.

Da sie nun allein war, rief sie sich noch einmal das Gespräch mit Elsbeth ins Gedächtnis. Im Grunde traten sie noch immer auf der Stelle. Und Reese brachte auch keinerlei Neuigkeiten. Es schien, als habe der Rat den Vorfall bereits als ungeklärtes Missgeschick abgetan.

Nein. Sie schüttelte über sich selbst den Kopf. Reese hatte ja erwähnt, dass die Verhandlungen mit dem Erzbischof Vorrang hätten. Doch immerhin sah es so aus, als habe zumindest der Mord an Thönnes van Kneyart direkt etwas mit diesen Verhandlungen zu tun. Das sollte Grund genug sein, den Giftmörder so rasch wie möglich zu stellen.

In einem Anflug von Ärger runzelte Adelina die Stirn. Dass die Aufklärung auf diese Weise verschleppt wurde, war im Grunde typisch für Köln. Möglicherweise wusste der Rat schon mehr, als er zugab, möglicherweise waren die Männer, die dazu abgestellt waren, Köln zu regieren, bereits über den Täter im Bilde. Vielleicht brachten sie ihr Wissen nur deshalb nicht ans Tageslicht, weil dies einen Verlust an Autorität gegenüber den Bürgern bedeuten könnte. Der Verbundbrief war neu, die Tinte gerade getrocknet und das Wachs der Zunftsiegel eben erst erkaltet. Einigkeit war ganz sicher vonnöten. Handwerker, Kaufleute und das übriggebliebene Patriziat wollten vollständiges Einvernehmen beweisen, damit der Erzbischof seinen Segen zur neuen Verfassung gab und jeder Bürger sich zu dem Umsturz in der Kölner Stadtregierung beglückwünschen konnte.

Sollte sich Mathys tatsächlich als Verräter entpuppen, würde ihm der Prozess, falls überhaupt, erst dann gemacht, wenn des Erzbischofs Siegel unter der Anerkennungsurkunde klebte.

Als ihr diese Gedanken durch den Kopf gingen, wurde Adelina immer ungehaltener.

Wegen dieses Klüngels musste eine alte Frau im Gefängnisturm leiden, und Magnussen, der das Gift mit großer Wahrscheinlichkeit an van Kneyart verkauft hatte, war vermutlich längst auf einem der Lastschiffe oder Treidelkähne rheinabwärts unterwegs und unauffindbar.

Als Franziska hereinkam und verkündete, das Essen sei fertig, hob Adelina verblüfft den Kopf. Sie hatte gar nicht bemerkt, wie lange sie schon vor sich hin gebrütet hatte.

«Ich komme sofort.» Sie nickte der Magd zu, die daraufhin kehrtmachte und in die Küche zurückging.

Adelina straffte die Schultern und verzog das Gesicht. Sie hatte auf dem Hocker höchst unglücklich gesessen, ihre Nackenmuskeln hatten sich verspannt.

Rasch stand sie auf und hielt sich im nächsten Moment erschrocken an der Theke fest. Eine Sekunde lang wurde ihr schwarz vor Augen, dann flimmerten

Sternchen in ihrem Blickfeld, die sich nur langsam verflüchtigten. Das Blut rauschte ihr heftig durch die Adern.

Adelina atmete mehrmals langsam ein und aus. Irgendetwas stimmte mit ihr nicht. Vielleicht sollte sie Neklas fragen, er war schließlich Arzt. Aber sie wollte ihn nicht mit ein bisschen Schwindel und Magenweh belästigen. Die Sorge um die Apotheke war schon groß genug, und dann war da noch Griet.

Neklas sprach nicht darüber, doch Adelina wusste, dass ihn die Vergangenheit seiner Tochter beschäftigte. Sie sah es an den Blicken, die er Griet zuwarf, und in einer der vergangenen Nächte war sie davon aufgewacht, dass er aufgestanden und nach oben in die Dachkammer geschlichen war, um nach dem Rechten zu sehen. Nach seiner Rückkehr hatte er noch lange wach im Bett gesessen. Adelina hatte ihn nicht angesprochen. Sie wusste, dass er damit erst einmal allein fertig werden musste.

Entschlossen wischte Adelina die Gedanken fort, schloss die Haustür ab und ging in die Küche. Offenbar war Neklas aufgehalten worden. Schade, dachte sie. Das Essen roch wirklich köstlich!

18

«Ein vorzügliches Essen», lobte Adelina, als alle Schüsseln und Platten geleert waren.

Magda hob erfreut den Kopf. «Vielen Dank, Herrin.»

«Lina hat recht», stimmte Albert zu. «Das Essen war sehr gut. Ich habe viel zu viel gegessen! Sollte mich vielleicht etwas hinlegen und ein Schläfchen halten.» Er klopfte sich bedeutungsvoll auf den Bauch.

«Tu das, Vater.» Adelina lächelte ihm zu, kniff dann jedoch die Augen zusammen und betrachtete sein Gesicht näher. «Du siehst blass aus. Und auf deiner Stirn sehe ich Schweißperlen. Ist dir zu warm, Vater?»

«Nein, nein.» Er winkte ab. «Es geht mir gut. Mein Kopf schmerzt ein wenig, vielleicht ist es das Wetter. In meinem Alter plagt einen so manches Zipperlein.» Er stand auf, schob sich an den Sitzenden vorbei und verließ die Küche.

Adelina lauschte, bis sie die Tür zu seiner Kammer gehen hörte, dann entspannte sie sich wieder und lächelte in die Runde. Ihre beiden Lehrmädchen blickte sie dabei besonders wohlwollend an. Dann begann sie: «Griet, Mira, lange seid ihr noch nicht hier, und sicherlich gab es anfangs einige Schwierigkeiten bei der Eingewöhnung.» Hier fixierte sie Mira. «Und ich vermute, die wird es auch noch weiterhin geben. Doch ich sehe, dass ihr euch beide Mühe gebt, und das freut mich.» Sie stand auf und ging um den Tisch herum, nahm die

Schüssel mit dem Konfekt aus dem Regal und stellte sie vor die beiden hin. «Deshalb sollt ihr heute mal eine kleine Belohnung bekommen.»

Die Mädchen sahen sie gespannt an, und sie fuhr mit einem Nicken fort: «Jede von euch beiden darf sich drei Stücke von dem Konfekt nehmen.» Sie lächelte wieder, als sie das Glänzen in den Augen der beiden wahrnahm. «Ob ihr sie gleich esst oder aufhebt, überlasse ich euch. Und nun …»

«Lina, darf ich auch ein Onfett?», mischte Vitus sich aufgeregt ein. «Ich bin auch ganz brav gewesen und habe Ludowig beim Holz geholfen!»

«Er hat recht.» Ludowig schien es für seine Pflicht zu halten, den Jungen zu unterstützen. Er grinste schief. «Vitus hat das ganze Holz, das ich gehackt habe, ordentlich aufgestapelt.»

«So, hast du das?» Adelina verkniff sich ein Lachen über das eifrige Gesicht ihres Bruders, der so heftig nickte, dass seine Haare vor- und zurückflogen.

Ich muss ihn zum Barbier bringen, dachte sie. «Also gut, Vitus bekommt auch drei Süßigkeiten für seine fleißige Arbeit.» Sie rückte die Schüssel in die Mitte des Tisches und wandte sich zur Tür. Bevor sie die Küche verließ, sagte sie noch über die Schulter: «Griet, du gehst am Nachmittag mit Magda einkaufen und zum Schuhmacher. Du benötigst dringend ein Paar neue Schuhe und Trippen. Und Mira hilft mir in der Apotheke, sobald sie sich ihr Konfekt ausgesucht hat.» Sie war schon halb aus der Tür, als sie sich noch einmal umwandte und zum Tisch zurückkehrte. Gerade hatten die Mädchen ihre Hände nach der Schüssel ausgestreckt, zogen sie jedoch rasch wieder zurück. Adelina beachtete sie nicht, nahm sich selbst ein Stück Konfekt, schob es sich in den Mund und verließ die Küche. Auf dem Weg in die Apotheke schmunzelte sie vor sich hin und genoss den süßen Geschmack auf der Zunge. Nur selten gönnte sie sich diese Leckerei selbst. Sie fuhr sich mir der Zungenspitze über die Lippen. Vielleicht sollte sie sich einen kleinen Vorrat in ihrer Schlafkammer anlegen.

Sie schloss die Haustür wieder auf und warf einen Blick auf den Marktplatz. Die Händler und Kaufleute hatten Planen über ihren Ständen angebracht, die zwar den Regen abhielten, doch dieser schien seinerseits auch die Käufer abzuhalten. Es war sehr ruhig ringsum. Weiter hinten, am Kax, meinte sie, eine weiße Kutte aufblitzen zu sehen. Mit einem verärgerten Grummeln warf sie die Tür wieder ins Schloss.

Da nicht zu erwarten stand, dass heute viele Kunden kommen würden, beschloss Adelina, Mira eine weitere Unterrichtsstunde zu geben. Sie würde ihr zeigen, welche Kräuter in welchen Behältnissen gelagert werden mussten.

Mitten in ihre Gedanken hinein wurde die Hintertür aufgestoßen, und Mira trat ein.

«Hier bin ich, Meisterin.» Sie hielt ihre drei Konfektstücke auf der flachen Hand, betrachtete sie beim Eintreten, wählte eines aus und schob die anderen beiden in die Tasche ihrer Schürze. «Vitus kann sich gar nicht entscheiden. Ich glaube, Franziska muss ihm dabei helfen», grinste sie und hob das Konfekt an die Lippen. Adelina lächelte und ging derweil schon hinter den Tresen, um einige Tiegel und Gläser aus dem Regal zu ziehen.

«Meisterin?»

Sie drehte sich zu Mira um, die ihr Konfekt noch

immer zwischen Daumen und Zeigefinger hielt und es eingehend betrachtete. «Was ist denn, Mira? Wir haben zu tun.»

«Meisterin, seht mal. Das Konfekt sieht aus, als sei es angeschmolzen. Habt Ihr die Schüssel mal auf den Ofen gestellt?» Sie hielt Adelina die Süßigkeit hin.

Adelina lächelte. «Ach, du weißt doch, dass es das Konfekt ist, das wir aussortiert haben, weil es nicht mehr schön aussah. Wenn man es eine Zeitlang in den Schachteln aufbewahrt.» Plötzlich stutzte sie. «Was hast du gesagt? Es sieht angeschmolzen aus?» Sie griff nach dem Konfekt und beäugte es misstrauisch. An der Unterseite wies der teure Zuckerüberzug eine unregelmäßige Farbe auf, und es schien tatsächlich, als habe ihn jemand über offener Flamme weich gemacht und sich bemüht, ihn so glatt zu streichen wie an der Oberseite.

Adelina starrte sekundenlang auf die Süßigkeit in ihrer Hand. Plötzlich wurde ihr eiskalt, vor Entsetzen quollen ihr beinahe die Augen aus dem Kopf. Unfähig, sich zu rühren, hing ihr Blick an der unregelmäßigen Stelle. Das musste eines der vergifteten Stücke sein!

«Meisterin, was ist mit Euch?»

Miras erschrockene Stimme riss sie aus ihrer Erstarrung. Sie packte das Mädchen, zog es zu sich heran, griff in seine Schürzentasche und zog die beiden anderen Süßigkeiten heraus. Keines der beiden schien versehrt, nur ein wenig eingedellt von der Lagerung. Griet und Vitus fielen ihr ein.

«O mein Gott!» Sie warf das Konfekt auf den Tresen und stürzte zur Tür. «Rühr das Konfekt nicht an, Mira! Rühr es nicht an, hörst du!» Wie von Furien gehetzt, rannte Adelina zur Küche. Die Tür flog auf und krachte gegen das Regal.

«Lasst das Konfekt liegen!», schrie sie, noch bevor sie richtig im Raum war. «Ihr dürft es nicht essen!»

«Aber Herrin, was …» Magda und Franziska starrten sie überrascht an. Griet ließ vor Schreck die angebissene Süßigkeit auf den Tisch fallen.

Adelina stürzte zum Tisch, griff sich die Schale und wühlte darin. Die meisten Stücke schienen ganz normal, bei einigen jedoch war sie sich nicht sicher, und an zweien fand sie die Zeichen am Überzug, die besagten, das auch diese manipuliert worden waren. «O Gott!», würgte sie. «Griet, hast du davon gegessen? Vitus?»

«Ich hab nur einmal abgebissen, Frau Adelina.» Griet hatte ihren Kopf eingezogen und deutete zaghaft auf ihr Stück. Die Unterseite fehlte.

«Die schmecken lecker!», quiekte Vitus dazwischen. «Ich hab alle drei schon gegessen, obwohl Franziska gesagt hat, ich wär' ein Vielfraß.»

«O nein, nein!» Adelina hielt sich an der Tischkante fest. Was war zu tun? «Brechmittel!» Mit wenigen Schritten war sie wieder aus der Tür. «Ich hole Brechmittel!» Sie rannte zurück in die Apotheke, stürzte zum Regal und griff nach einer Holzdose. Mit fliegenden Fingern öffnete sie sie und roch am Inhalt. Der Geruch der Mischung war scharf und beißend.

«Hol Wasser, so viel du kannst!», rief sie der noch immer vollkommen überraschten Mira zu. «Beeil dich, geh zum Marktbrunnen!»

Adelina brachte das Kästchen in die Küche, schnappte sich einen Becher, gab ein gutes Quantum der Kräutermischung hinein und füllte Wasser auf. «Trink das, Griet!», befahl sie. «Sofort!» Sie wandte sich zu den verblüfften Mägden um. «Franziska, bring Griet hinaus», befahl sie harsch. «In dem Becher ist Brechmittel.»

«Natürlich, aber was …?»

«Einige der Konfektstücke sind vergiftet!»

«Heilige Maria!» Franziska wurde aschfahl. Sie griff sich den Becher, packte Griet am Arm und zerrte sie hinter sich hinaus.

«Vitus, komm her. Du musst das trinken!» Adelina winkte ihren Bruder zu sich.

Zwar kam er zögernd näher, doch als er den Geruch, der aus dem Becher aufstieg, wahrnahm, schüttelte er den Kopf. «Nein, das trink ich nich'. Das is' eklig.»

«Komm schon, du musst es trinken, Vitus», rief sie ungehalten und fasste ihn am Arm. Doch der Junge war kräftig und wehrte sich.

«Ich will aber nich', Lina. Warum soll ich so was Ekliges trinken?»

«Du musst das Konfekt wieder ausspucken!» Adelina versuchte, ihm das Getränk einzuflößen, doch er wand sich und stieß sie zur Seite. Magda kam ihr zu Hilfe, doch selbst sie schaffte es nicht, Vitus festzuhalten.

«Ich will nich', will nich', will nich'!», kreischte der Junge und schlug um sich.

In Adelina stieg Panik auf. Was, wenn eines der Stücke, die er gegessen hatte, tatsächlich vergiftet war? Sie mussten handeln, sofort, sonst war es zu spät. Eisenhut wirkte in kürzester Zeit.

«Was ist denn hier los?» Verblüfft trat Ludowig ein, in der Hand einen Korb mit Brennholzscheiten. Hinter ihm kam Moses hereingeschwänzelt.

«Hilf uns!», schrie Adelina verzweifelt. «Das Konfekt ist vergiftet! Vitus hat drei Stücke gegessen. Er muss das Brechmittel – Au!»

Vitus hatte ihr in seiner Abwehr den Ellenbogen in die Magengrube gerammt. Moses bellte empört.

Ludowig sprang auf den wildgewordenen Jungen zu, packte ihn an beiden Armen und hielt ihn fest wie in einem Schraubstock. Magda fasste Vitus' Kopf und zwang ihn, die Lippen zu öffnen. Trotz der Schmerzen im Magen hob Adelina den Becher und brachte ihren Bruder dazu, von dem Brechmittel zu trinken. Er jaulte auf, schluckte jedoch etliches von der Flüssigkeit. Im nächsten Moment würgte er. Adelina machte einen Satz zur Seite und konnte gerade noch einen leeren Eimer unter der Ofenbank hervorziehen.

Vitus erbrach sich heftig, Magda stützte ihn, Moses hüpfte wild bellend um sie herum.

Heftig atmend ließ sich Adelina auf die Bank sinken. Plötzlich wurde ihr klar, dass sie selbst ebenfalls von dem Konfekt gegessen hatte.

«Herrin, geht es Euch gut?» Ludowig trat auf sie zu. «Ihr seid blass. Soll ich den Herrn Magister suchen gehen?»

Zitternd atmete sie aus. «Ja, Ludowig, such ihn. Aber ich glaube …» Ihr stieg der Geruch aus dem Eimer in die Nase. «O Gott!» Sie presste eine Hand vor den Mund und stürzte an ihm vorbei hinaus, stieß die Hintertür auf und kam gerade noch bis zum Abort, bevor sie sich ebenfalls heftig erbrach.

Ein Stück neben ihr hockte Franziska mit Griet auf einem Holzstoß. Das Mädchen hustete noch, schien sich jedoch bereits wieder zu erholen. Adelinas Anfall von Übelkeit ging so rasch vorbei, wie er gekommen war, und sie wischte sich mit einer Handvoll Sauerampferblätter über den Mund. Dann trat sie auf ihre Stieftochter zu und streichelte ihr sanft übers Haar.

«Verzeih, aber es musste sein. Ich weiß nicht, ob das Stück, das du gegessen hast, vergiftet war. Aber wenn …»

Griets Gesicht war gerötet, in ihren Augen standen Tränen, die sie jedoch tapfer wegblinzelte. Sie blickte Adelina jedoch vorwurfsvoll an. Dann stand sie plötzlich auf und streckte ihre Arme nach ihr aus.

Adelina war überrascht, zog das Mädchen jedoch fest in ihre Arme. Griet presste ihr Gesicht an ihren Bauch und klammerte sich an ihrem Rock fest. So standen sie eine geraume Weile. Franziska begab sich eilig ins Haus, um in der Küche zu helfen. Vitus' lautes Jammern und Heulen war deutlich zu vernehmen.

«Komm, wir gehen auch wieder hinein.» Adelina löste Griets Hände von ihrem Rock und führte sie ins Haus. «Möchtest du dich ein bisschen hinlegen?»

«Ja.» Griet schniefte. «Nein … Ja.»

In diesem Moment kam Neklas auf sie zugestürzt. «Was ist geschehen?» Seinem alarmierten Tonfall war zu entnehmen, dass Ludowig ihn bereits in groben Zügen über den Vorfall ins Bild gesetzt hatte.

«Gleich.» Adelina schob ihn beiseite und brachte Griet hinauf in die Dachkammer. Das Mädchen kroch unter die Bettdecke und schniefte erneut. «Mein Bauch tut weh.»

«Ich weiß. Meiner auch. Das kommt von dem Brechmittel», erklärte Adelina, obwohl ihre eigenen Schmerzen natürlich anderer Art waren. «Das geht gleich vorbei. Ich habe Mira nach frischem Wasser geschickt. Davon mache ich dir einen Kräuteraufguss mit Honig. Ruh dich solange aus, ja?»

Hinter ihr spürte sie Neklas' ungeduldige Blicke. Auf der Stiege wurden polternde Schritte laut. Im nächsten Moment kam Franziska herein. «Soll ich mich um Griet kümmern, Herrin?»

«Ja, tu das bitte.» Adelina nickte dankbar, strich Griet

noch einmal über die Wange und eilte dann wieder die Treppe hinab. Vor ihrer Schlafkammer machte sie Halt und drehte sich zu Neklas um, der ihr auf dem Fuß gefolgt war. «Sie …» Adelina suchte nach Worten. «Das Konfekt, Neklas! Es war vergiftet. Ich glaube, es war vergiftet. Ich habe Griet und Vitus Brechmittel gegeben.» Mit einem Mal fühlte sie sich vollkommen schwach und ausgelaugt.

«Komm.» Neklas zog sie in seine Arme, und nun klammerte sie sich an ihm fest. «Es ist ja gut», raunte er.

Doch sie schüttelte den Kopf und presste dann ihr Gesicht an seine Schulter. Der typische, leicht metallische Geruch seines Mantels wirkte beruhigend und tröstlich.

«Ich hätte sie beinahe alle vergiftet!»

«Nein, das hättest du nicht.»

«Ich hätte das Konfekt noch einmal überprüfen sollen.»

«Du konntest nicht wissen, dass etwas damit nicht in Ordnung war.»

«Jemand muss die vergifteten Stücke heimlich untergemischt haben.» Adelina hob den Kopf und sah ihn alarmiert an. «Jemand war im Haus und hat die vergifteten Stücke in die Schüssel gemischt!»

Neklas nickte grimmig. «Das fürchte ich auch.» Er legte Adelina einen Arm um die Schulter und führte sie in die Schlafkammer, schloss die Tür und drängte sie zum Bett. «Setz dich, du bist ganz blass.»

«Ich kann jetzt nicht. Vitus …»

«Magda kümmert sich um ihn.» Erregt ging Neklas im Raum auf und ab. «Ich fürchte, wir haben da in ein verdammtes Wespennest gestoßen. Ich war eben auf dem Weg zur Weckschnapp, als ich Georg Reese begegnete. Offenbar war unser Verdacht berechtigt. Mathys van Kneyart ist heute früh in seinem Haus festgesetzt worden. Man hat einen Boten abgefangen, der mit einer Botschaft Hilger Quattermarts an van Kneyart unterwegs war. Aus dem Schreiben scheint eindeutig hervorzugehen, dass Mathys schon seit langem mit ihm korrespondiert.»

«Haben sie ihn zu Turme gebracht?»

«Davon gehe ich aus. Sein Pakt mit Hilger wird ihm als Hochverrat ausgelegt werden. Darauf steht der Tod.»

Adelina nickte und sah zu Boden. «Ich hätte nicht gedacht, dass der Rat doch noch so entschlossen handelt. Nicht während der Verhandlungen mit dem Erzbischof.»

«Gerade während der Verhandlungen», widersprach Neklas und blieb stehen. «Je mehr Einigkeit sie zeigen, desto entschlossener können sie auftreten. Der Erzbischof ist nicht dumm. Wenn er für sich den Anschein, das Stadtoberhaupt von Köln zu sein, aufrechterhalten und seinen Einfluss nicht gänzlich verlieren will, tut er gut daran, sich weiterhin auf die Seite des Rates zu schlagen. Die Kölner sitzen am längeren Hebel.»

«Und er wird weiterhin von Bonn aus herüberblicken und mit seinem Schicksal hadern?» Adelina zog skeptisch die Nase kraus. Neklas ging weiter im Zimmer auf und ab. «So grausam ist sein Schicksal nicht, will ich meinen. Immerhin wird die Stadt ihm für sein Wohlwollen sicherlich eine stattliche Summe zum Ausgleich zahlen. Ein geringer Preis für die Unabhängigkeit. Und wenn dem Erzbischof danach ist, kann er weiterhin nach Herzenslust Streit anfangen und Widersacher exkommunizieren.»

Erstaunt hob Adelina den Kopf. «Soll denn jemand exkommuniziert werden?»

«Bisher nicht», schmunzelte Neklas und ließ sich neben ihr nieder. «Noch gibt es dazu keinen Anlass. Der Rat ist zufrieden, Erzbischof Friedrich ist zufrieden, oder wird es sein, wenn er sein Geld bekommt … und ich werde froh sein, wenn diese Angelegenheit endlich bereinigt ist. Mathys wird seiner gerechten Strafe zugeführt, und diese Sache heute wird ihm vermutlich den Rest geben.»

«Dann bist du sicher, dass er es war, der das vergiftete Konfekt ins Haus brachte?»

«Ganz sicher», bestätigte er. «An jenem Tag, als er dir die Süßigkeiten vor die Füße warf. Du warst verwirrt, ich war erbost. Wer hätte schon darauf geachtet, ob das Konfekt manipuliert war? Er ist ein Risiko eingegangen, aber kein sehr großes.»

«Er hat in Kauf genommen, dass der gesamte Haushalt an dem Gift stirbt!» Erregt und aufgewühlt stand nun Adelina auf und machte ein paar unsichere Schritte. «Er musste doch davon ausgehen, dass, wenn wir das Konfekt nicht wegwerfen würden, alle im Haus die Gelegenheit hätten, davon zu essen. Auch die Kinder. So war es ja auch.» Sie schauderte. «Neklas, auch ich habe vorhin davon gegessen. Wenn ich eines der vergifteten Stücke genommen hätte …»

«Sprich nicht mehr davon.» Neklas trat neben sie, und sie sah, wie blass er geworden war. «Wir haben Glück gehabt, dass du so geistesgegenwärtig gehandelt hast. Und gleich morgen werden wir die Sache vor den Schöffen zur Anklage bringen.»

«Das müssen wir.» Adelina hielt inne. «Warum hat er das wohl getan? Für Geld?»

«Ein Grund, der schon viele vor ihm ins Verderben gerissen hat. Aber was ihn letztlich zu seinem Verrat bewegt hat, werden wir möglicherweise nie erfahren. Es sei denn, die Verhandlung wird öffentlich gemacht. Doch vermutlich werden wir nur die Hinrichtung miterleben.»

«Vermutlich.» Adelina öffnete die Tür. «Ich werde sie mir nicht ansehen.» Sie wandte sich noch einmal zu ihm um. «Sind wir jetzt also wieder in Sicherheit?»

Neklas hob die Schultern. «Davon ist auszugehen.»

«Wird Thomasius dann auch Ruhe geben?»

«Niemals.» Neklas lächelte spöttisch. «Er wird uns wohl noch eine Weile erhalten bleiben.»

«Dann lässt du deine Bücher also auch in ihrem Versteck?» Adelina ging langsam zur Treppe und hörte, wie Neklas ihr folgte.

«Dort sind sie besser aufgehoben als irgendwo sonst.»

Auf der obersten Stufe blieb sie noch einmal stehen und drehte sich um. «Wo hast du sie hingebracht?»

Wieder lächelte Neklas, diesmal jedoch einigermaßen verschlagen. «An einen Ort, wo nicht einmal der Erzbischof sie suchen würde.»

Adelina starrte ihn so verblüfft an, dass sich sein Lächeln zu einem Grinsen verbreiterte. «Es sei denn, er käme auf den Gedanken, den Kehricht unter seinem eigenen Fußabtreter hervorzuklauben.» Sie schluckte und schüttelte den Kopf. «Du hast doch nicht etwa …?» Sie fasste sich stöhnend an den Kopf. «Hast du sie im erzbischöflichen Palast versteckt?»

Er schwieg und grinste noch immer.

Adelina konnte es nicht fassen. «Ich dachte, du seiest nach Bonn geritten. Wie …?»

«Das bin ich auch. Mit einem Sack voller Holzscheite. Nachts kam ich zurück und brachte die Bücher in Doctore Bertinis Haus. Und von dort am nächsten Tag in den Palast des Erzbischofs. Du erinnerst dich vielleicht, dass ich dir erzählte, bei meiner Ankunft in der Stadt im vergangenen Jahr habe mich ein Legat des Erzbischofs empfangen. Es traf sich, dass der Mann an Gicht und Verdauungsstörungen litt, die ich seit einigen Monaten schon behandle. Es war also nicht weiter schwierig, mir Zutritt zu verschaffen. Und du musst zugeben, dass es kein besseres Versteck gibt als die Bibliothek des Erzbischofs selbst.»

«Du bist wahnsinnig!» Adelina verschränkte die Arme vor dem Leib und marschierte die Treppe hinab. «Vollkommen wahnsinnig», murmelte sie vor sich hin.

Neklas antwortete nicht darauf, doch sie spürte sein Grinsen geradezu im Nacken, und sie argwöhnte, dass er ihr einige Details der Angelegenheit verschwieg. So einfach kam man nicht in die Bibliothek des Erzbischofs. Langsam kam ihr der Verdacht, dass Thomasius sie nicht ganz zu Unrecht gewarnt hatte. Neklas war nicht der einfache Medicus, für den er sich ausgab. Vermutlich würde sie mit ihm noch so manche Überraschung erleben.

Entschlossen, die Sache fürs Erste auf sich beruhen zu lassen, da sie sie ohnehin nicht mehr ändern konnte, wandte sie sich der Küche zu. Doch bevor sie die Tür öffnen konnte, kam Ludowig aus dem Hintereingang herein.

«Herrin, hier ist etwas für Euch abgegeben worden.» Er hielt ihr ein verschnürtes Päckchen hin. «Der Bote sagte, es wäre von einem gewissen Magnussen.»

«Liebe Zeit!» Adelina nahm das Päckchen an sich

und drehte es unschlüssig in den Händen. «Danke, Ludowig. Geh wieder an deine Arbeit.»

«Dann hat er also doch Wort gehalten?» Neklas trat neugierig näher.

«Es sieht so aus.» Adelina wickelte die Verschnürung ab und schlug das Wachstuch auseinander. «Alraune, Tollkirschenelixier …» Sie schüttelte sich. «Ich werde alles in die Abortgrube werfen. Nicht, dass wir noch … Was ist das?»

Sie zog ein kleines gefaltetes Stück Pergament aus einer Falte des Wachstuchs hervor. Neklas nahm ihr das Päckchen ab, und sie faltete das Blatt auseinander.

«Ihr habt die Unwahrheit gesagt», las sie leise vor. «In Köln leben tatsächlich die gefährlichsten Frauen, die man sich vorstellen kann. Der Mann ist glücklich, der nichts mit ihnen zu schaffen hat.» Sie ließ das Pergament sinken.

Neklas legte den Kopf auf die Seite. «Er scheint dich zu mögen. Und er weiß, dass du ihn angelogen hast, um herauszufinden, wer dem Mörder den Eisenhut verschafft hat.»

«Vermutlich werden wir ihn in Köln nicht mehr wiedersehen.»

«Nicht, nachdem er sich dir zu erkennen gegeben hat», bestätigte Neklas. «Aber nun solltest du dich um Griet und Vitus kümmern.» Er wickelte den Inhalt des Päckchens wieder sorgfältig ein. «Ich bringe dies hier derweil hinaus und werfe es in den Abort.»

Adelina nickte. «Tu das.» Sie fixierte ihn streng. «Tu es wirklich.»

19

Vitus hatte sich mittlerweile wieder beruhigt und spielte in der Küche mit Fine und Moses. Adelina ließ es sich nicht nehmen, den frischen Kräuteraufguss selbst herzustellen und Griet zu bringen. Das Mädchen schlief jedoch, das Püppchen fest an sich gedrückt, als Adelina die Dachkammer betrat, und so stellte sie Krug und Becher neben dem Bett ab und schlich wieder hinaus. Neklas hatte währenddessen alle Überreste des Konfekts eingesammelt und sicherheitshalber in den Keller gebracht. Dort hielt er sich auch jetzt noch auf, und Adelina konnte nur vermuten, dass er die Süßigkeiten genau untersuchte.

Sie überlegte, ob sie die Apotheke für den Rest des Tages schließen sollte. Noch immer zitterten ihr die Knie von all der Aufregung, und nach Vitus Ellenbogenschlag fühlte sich ihr Unterleib nicht eben angenehm an. Sie fürchtete eine erneute Welle von Übelkeit und sann darüber nach, wann dieses stete Unwohlsein begonnen hatte. Als sie nachdenklich an der Kammertür ihres Vaters vorüberschritt, blitzte plötzlich in ihrem Hinterkopf ein Gedanke auf. Sie blieb stehen und blickte auf die verschlossene Tür. Weshalb hatte ihr Vater eigentlich nichts von all dem Aufruhr bemerkt? So tief konnte sein Schlaf doch nicht sein. Ob er womöglich in einem unbeobachteten Moment wieder das Haus verlassen hatte?

Besorgt drückte Adelina die Tür auf und streckte

den Kopf in die Kammer. Albert lag ruhig auf dem Bett. Erleichtert atmete sie auf und wollte die Tür schon wieder schließen. Doch etwas ließ sie aufmerken. Wenn Albert so auf dem Rücken lag, schnarchte er normalerweise.

Beunruhigt trat sie an sein Bett und blickte auf ihn hinab. Sein Gesicht war völlig entspannt, sein Brustkorb hob und senkte sich leicht. Und dennoch …

«Vater?» Sie tippte sanft gegen seine Schulter, aber er reagierte nicht. «Vater?», wiederholte sie etwas lauter und rüttelte ihn nun leicht. Doch noch immer regte er sich nicht. Adelinas Beunruhigung wuchs und wich schließlich einer unbestimmten Angst. «Vater!», rief sie laut, packte ihn an beiden Schultern und schüttelte ihn heftig.

«Herrin, was ist geschehen?» Magda kam eilig aus der Küche herbei und blieb neugierig in der Tür stehen.

Adelina beachtete sie kaum. «Vater! Etwas ist mit ihm. Er wacht nicht auf!» Wieder schüttelte sie ihn.

In diesem Moment kam auch Neklas aus dem Keller, schob Magda beiseite und eilte zu Alberts Bett.

«Was ist los, Adelina?»

«Vater wacht einfach nicht auf. Ich habe mich gewundert, warum ihn der Krach vorhin nicht gestört hat. Er wacht nicht auf!»

«Atmet er noch?» Neklas hielt seine Hand an Alberts Nase und nickte. Dann hob er eines von Alberts Augenlidern an, fühlte seinen Puls und hob noch einmal das Augenlid. «Er ist bewusstlos.»

«Aber warum?» Adelinas Herz krampfte sich zusammen. «Hat er von dem Konfekt gegessen? Neklas, hat er das Gift …?»

«Nein.» Entschieden schüttelte Neklas den Kopf. «Wenn er von dem Gift gegessen hätte, wäre er jetzt nicht mehr am Leben. Und er sähe … anders aus.» Über die Schulter blickte er zu Magda, die erschrocken auf Anweisungen wartete. «Geh und hol eine Schüssel Wasser und ein paar Tücher. Vielleicht bekommen wir ihn damit wach.» Als die Magd fort war, sah er Adelina mit tiefer Besorgnis an. «Das ist nicht gut, Adelina. Es sieht so aus … es scheint …», er zögerte und legte ihr eine Hand auf die Schulter. «Ich fürchte, ihn hat der Schlag getroffen.»

«O Gott, nein!» Erschüttert griff Adelina nach der Hand ihres Vaters, die reglos auf der Bettdecke ruhte. Sie streichelte seine schlaffen Finger und schluckte heftig an dem Kloß in ihrer Kehle. «Und was nun?»

«Wir müssen abwarten.» Neklas zog sie an sich. «Vielleicht wacht er wieder auf, vielleicht auch nicht. Aber wenn er aufwacht …» Er biss sich auf die Lippen. «Wenn er aufwacht, Adelina, müssen wir auf das Schlimmste gefasst sein. Ich habe solche Fälle schon hin und wieder gesehen. Manche können nie wieder gehen, andere nicht mehr sprechen oder sind sogar ganz gelähmt.»

«Nein!»

«Adelina, ich weiß nicht, was ich dir sagen soll. Aber ich muss ehrlich sein. Vielleicht ist es nicht so schlimm. Vielleicht aber …» Er seufzte. «Wir müssen ihn aus der Bewusstlosigkeit zurückholen. Wir versuchen es mit kaltem Wasser. Dann muss jemand ständig bei ihm bleiben, damit er nicht wieder ohnmächtig wird.»

«Ich mache das.»

«Magda wird das machen. Du musst dich um die Apotheke kümmern. Außerdem geht es dir auch nicht gut, meinst du, das merke ich nicht? Glaubst du, dein Vater möchte, dass du dein Geschäft vernachlässigst und wegen ihm ernsthaft krank wirst?»

«Aber ich kann ihn doch jetzt nicht allein lassen.»

«Er ist nicht allein. Ich bin schließlich auch noch da. Komm.» Er zog sie sanft, aber bestimmt von Alberts Bett fort.

«Hier ist das Wasser, Herr.» Magda brachte eine Schüssel; über ihrem Arm hingen mehrere Leinentücher.

«Gut.» Neklas nahm ihr die Schüssel ab und stellte sie neben das Bett. Dann tauchte er eines der Tücher in das Wasser, wrang es leicht aus und ließ es nicht eben sanft in Alberts Gesicht klatschen.

«Neklas!» Entrüstet wollte Adelina einschreiten, doch er machte ruhig weiter. Dann rieb er das nasse Tuch über Alberts Hals und die Hände, tauchte es in die Schüssel und fing wieder von vorne an. «Wenn er noch nicht lange ohnmächtig ist, bekommen wir ihn so am ehesten wieder wach», erklärte er. Dann gab er Albert ein paar leichte Ohrfeigen und setzte die Behandlung mit dem nassen Lappen fort. Adelina wandte sich ab. Sie konnte bei dieser rohen Vorgehensweise nicht zusehen. Als sie jedoch ein leises Stöhnen vernahm, fuhr sie wieder herum.

Albert bewegte sich leicht, schien sich unbewusst gegen das kalte Wasser zu sträuben.

«Kommt schon, Schwiegervater», murmelte Neklas verbissen. «Kommt zu uns zurück. Ihr könnt Euch nicht einfach so aus dem Staub machen.»

Aus Alberts Kehle drangen ein paar undeutliche Laute, sein Kopf ruckte von einer Seite zur anderen. Dann schlug er die Augen auf.

«Vater!» Adelina war mit zwei Schritten zurück am Bett und ergriff Alberts Hände. «Vater, wach auf.»

Alberts Augenlider zuckten, doch er hielt sie offen. Seine Pupillen flackerten unstet von einem zum anderen, und es war ungewiss, ob er einen von ihnen erkannte.

«Er hat meine Hände gedrückt!», rief Adelina aufgeregt.

«Beide?» Neklas sah sie von der Seite an, und sie nickte heftig.

«Gut, du musst ...»

Wieder drangen aus Alberts Kehle einige unartikulierte Laute.

«Er will etwas sagen.» Adelina beugte sich über ihren Vater, um besser zu hören.

«Ii...naa», kam es schwerfällig aus seinem Mund.

«Ja, ich bin hier, Vater.» Adelinas Herz pochte heftig gegen ihre Rippen. «Ich bin ja hier.»

«Iii... Lii...aa.» Mehr brachte Albert nicht heraus.

Adelina traten Tränen in die Augen, und sie wandte sich rasch ab, damit ihr Vater sie nicht sah.

Neklas legte den nassen Lappen beiseite und winkte Magda heran. «Bleib bei ihm. Wenn es aussieht, als würde er wieder bewusstlos, mach mit dem Wasser weiter. Wir müssen ihn eine Weile wach halten.» Er nahm Adelina in den Arm und führte sie zur Tür. «Es sieht so aus, als wäre nur seine Sprache beeinträchtigt. Wir haben rasch gehandelt. Vielleicht erholt er sich wieder davon. Ich werde ihn genau untersuchen, Adelina. Und du gehst jetzt besser hinaus. Hier kannst du im Augenblick nichts tun.»

«O Neklas.» Sie schüttelte betrübt den Kopf. «Ich hatte solche Angst.» Sie versuchte ein Lächeln. «Danke.»

«Wofür?»

«Du hast gewusst, was zu tun war. Wenn du nicht gewesen wärst …»

«Adelina, dazu bin ich schließlich Arzt, nicht wahr?» Er legte den Kopf auf die Seite und lächelte. «Und auch wenn du so gut wie nie auf den Medicus des Hauses hören willst, ordne ich hiermit an, dass du hinüber in die Apotheke gehst und dich um Mira kümmerst. Wahrscheinlich sitzt sie schon seit über einer Stunde dort und hält Maulaffen feil.»

«Also gut.» Zögernd wandte sich Adelina noch einmal um und blickte zu ihrem Vater, dann verließ sie schweren Herzens die Schlafkammer ihres Vaters.

In der Apotheke saß Mira, den Rücken gegen ein Regal gelehnt, und war doch tatsächlich eingeschlafen. Adelina schüttelte den Kopf und fasste sie an der Schulter. Erschrocken fuhr Mira auf.

«Meisterin!» Fahrig strich sie sich den Rock glatt. «Verzeiht, ich habe Wasser geholt und dann … Es waren keine Kunden da.»

«Ist schon gut, Mira.» Nachsichtig lächelte Adelina, obwohl sie sich äußerst angespannt fühlte. «Wir werden für heute die Apotheke schließen. Griet schläft, also wirst du mit mir und Franziska zum Einkaufen gehen. Geh und hol schon mal deinen Mantel. Wir brechen gleich auf.»

Mira rannte los; Adelina rief nach Franziska und gab ihr einige Anweisungen. Wenig später gingen die drei los in Richtung Fischmarkt, da Adelina eingelegten Hering erstehen wollte. Sie fühlte sich erleichtert, als sie dem Haus und der Aufregung, die heute dort geherrscht hatte, für ein Weilchen entfliehen konnte, und sie schämte sich für diese Empfindung. Andererseits konnte sie bei der einfachen Tätigkeit des Einkaufens wieder ein bisschen neue Kraft schöpfen. Denn just war ihr klar geworden, dass sie davon in der nächsten Zeit mehr als nur ein wenig benötigen würde. Seit Neklas' Reise nach Kortrijk hatte sie sich nicht mehr so hilflos gefühlt. Wie lange war das schon her! Und wie wenig Zeit war seit seiner Rückkehr vergangen. Keine drei Wochen. Wenige Tage vor seiner Rückkehr hatte es zwei tote Ratsherren gegeben, dann hatte sie eine Stieftochter bekommen, ein Lehrmädchen, einen Hund und jetzt auch noch einen schwerkranken Vater. Und ein größeres Haus, fiel ihr ein. So, wie die Dinge lagen – sie hielt inne, als sie auf dem Fischmarkt ankamen und betrachtete die Auslage eines Verkaufsstandes – würden sie den Platz wirklich gut brauchen können.

«Dieser Fisch ist nicht mehr frisch», sagte sie mit gerümpfter Nase zu Franziska und ging weiter zum nächsten Händler.

In ihrer Magengrube machte sich ein flaues Gefühl breit, als sie darüber nachdachte, wie dringend sie Platz benötigen würden. Und noch merkwürdiger wurde ihr bei dem Gedanken an die vielen Aufgaben und Pflichten, die auf sie zukommen würden. Denn es war möglich, dass ihr Vater sich nicht wieder erholen würde. Dann die beiden Mädchen und eine Apotheke, der die Kunden ausblieben. Es war ein Wunder, dass der Zunftmeister noch nicht bei ihr vorgesprochen hatte, um sie eingehend wegen Mathys' Anschuldigungen zu befragen. Wenn diese Angelegenheit nicht bald öffentlich bereinigt würde, hätte sie vielleicht bald kein Geschäft mehr, um das es sich zu sorgen galt. Und auf eine solche Veränderung konnte sie herzlich gern verzichten, da ihr, wie sie mittlerweile fast sicher war, noch einige weitere schwerwiegende Veränderungen bevorstanden. Ihr Herz begann bei diesem Gedanken zu klopfen, und sie fragte sich gerade, ob sie mit all dem fertig werden würde, als Franziska sie ansprach.

«Herrin, geht es Euch nicht gut? Ihr seid so still, und Ihr seht ein bisschen blass aus.»

«Nein, nein», beeilte Adelina sich, sie mit einem Lächeln zu beruhigen. «Mit mir ist alles in Ordnung.» Sie blieb neben einem geöffneten Heringsfass stehen und schnüffelte daran. «Dieser Fisch scheint in Ordnung zu sein», meinte sie nach eingehender Prüfung und gab bei der Fischersfrau ihre Bestellung auf. Dann ging sie weiter und überlegte, ob sie van Cramen am Hafen antreffen würde. Vielleicht wusste er mehr über Magnussen und dessen Verbleib.

Franziska und Mira folgten ihr überrascht, als sie statt des Weges über den Marktplatz eine Gasse Richtung Rhein einschlug.

«Herrin?»

Adelina blieb stehen und ließ Franziska zu sich aufschließen. Die junge Magd biss sich auf die Lippen. «Warum war Euer Konfekt vergiftet? Ihr habt doch mit den toten Ratsherren nichts zu tun, außer, dass Herr Keppeler Euer Nachbar war.»

Schweigend blickte Adelina die Gasse auf und ab. In den Furchen, die die Fuhrwerke in den Boden gerissen hatten, stand das Wasser. In einer dieser Schlammlachen suhlte sich ein Schwein, und unweit davon planschte ein höchstens dreijähriger Junge in einer weiteren. Sein Gesicht war über und über mit braunen Spritzern bedeckt, und seine Bruch vollkommen durchnässt, seine Lippen blaugefroren. Doch seine Mutter war weit und breit nicht zu entdecken. Vermutlich war sie in einem der angrenzenden Häuser mit wichtigeren Dingen beschäftigt.

«Vielleicht hatte der Mörder Angst, wir könnten ihm auf die Schliche kommen», entschloss sie sich schließlich, mit einem Seitenblick auf Mira, zu sagen.

«Aber jetzt ist er doch trotzdem gefasst worden», warf Mira kühn ein. Keine Frage, sie hatte mehr mitbekommen, als vielleicht gut war.

«Das ist er», bestätigte Adelina.

Am Hafen angekommen, suchte sie mit Blicken das umtriebige Gewühl von Hafenarbeitern, Händlern und Gassenjungen ab, konnte sich aber nicht entscheiden, in welcher Richtung sie nach van Cramen suchen sollte. Die Kaufmannskogge, mit der er nach Köln gekommen war, lag allerdings am Kai vertäut. Am besten versuchte sie es dort, beschloss sie und steuerte darauf zu.

«Meisterin Burka!»

Sie blickte zur Seite und erkannte den Ratsherrn Overstolz, der mit Holz handelte. Überrascht grüßte sie ihn. «Was macht Ihr denn am Hafen?»

Overstolz lächelte ihr zu. «Dieselbe Frage könnte ich Euch stellen, liebe Dame. Als Frau am Hafen … Aber gut, gut, ich sehe, Ihr habt das Mädchen und eine Magd dabei, und ich sehe ein, dass Ihr in Geschäften hier sein müsst.» Er deutete auf den Einkaufskorb an Franziskas Arm. «Habt Ihr die Neuigkeiten schon gehört? Mathys van Kneyart sitzt im Turm! Ich fasse es nicht. Dass er es gewesen sein soll, der seinen Vetter … und dann noch Keppeler! Ich sage Euch, die Schlechtigkeit der Menschen kennt keine Grenzen.» Er senkte die Stimme. «Im Vertrauen, er war mir nie sehr angenehm, aber dass er zu so etwas fähig sein soll! Dabei legen die van Kneyarts so viel Wert auf Familienehre und Zusammenhalt. Nichts Verfängliches ist je über sie nach außen gedrungen. Nicht einmal …» Er blickte sich vorsichtig um, und sein Blick blieb an Franziska und Mira hängen. Es war offensichtlich, dass er noch etwas mitzuteilen hatte.

«Franziska, geh mit Mira dort hinüber zu dem Höker.» Adelina wies auf einen Mann mit einem Karren voller Kurzwaren. «Seht bitte nach, ob er brauchbare Haarbänder hat. Falls ja, kauft ein halbes Dutzend.» Sie drückte Franziska einige kleine Kupfermünzen in die Hand.

Die beiden verließen sie zögernd und offensichtlich enttäuscht darüber, das Gespräch nicht weiter verfolgen zu können.

Overstolz lächelte wieder. «Gut, gut», sagte er. «Wo war ich? Ach ja, wisst Ihr, die van Kneyarts sind eine äußerst standesbewusste Sippe. Und warum auch nicht? Zwei gut gehende Goldschmieden. Die Vettern schienen sich vielleicht nicht allzu sehr zu mögen, doch beide hielten strikt ihre Hand über die Familienangelegenheiten. Darin waren sie sich einig. Was glaubt Ihr, warum Frau Entgen nicht mehr geheiratet hat? Sie war schließlich noch jung, als ihr Gemahl starb. Aber Thönnes ließ es nicht zu. Er wollte sie bei sich haben, das Verhältnis der beiden Geschwister war immer sehr eng, und kein Mann war ihm gut genug für sie. Das muss, wenigstens zu Beginn, schwer für sie gewesen sein. Nun ist sie kinderlos und schließlich gezwungen, doch noch unter ihrer Würde zu heiraten. Und weiß Gott, nach Mathys' Verhaftung wird es um die Familie nun noch schlimmer stehen. Das könnte sie alle ruinieren, nicht nur Mathys' Zweig der Familie. Und deshalb halte ich es auch für so unfassbar, dass er Thönnes so hintergangen und ihn schließlich sogar umgebracht haben soll. Und er leugnet, wie zu erwarten war.»

«Er leugnet seinen Verrat an der Stadt?», wunderte sich Adelina.

«O nein, das nicht.» Overstolz schüttelte den Kopf. «Das dürfte ihm auch kaum gelingen, denn alle Beweise sprechen gegen ihn. Nein, der Richtplatz ist ihm sicher. Obwohl … in der Tat leugnet er, seinen Vetter umgebracht zu haben. Wie ich hörte, stößt er wüste Verdächtigungen aus, auch gegen Euch, meine Liebe. Es tut mir leid, Euch das sagen zu müssen. Aber ich fürchte, für Euch ist die Sache noch nicht ganz ausgestanden. Die Schöffen müssen allen Hinweisen nachgehen, Ihr versteht. Aber macht Euch keine zu großen Sorgen. Niemand glaubt ernsthaft, dass Ihr etwas mit den Morden zu tun habt. Mathys versteift sich zwar darauf, aber es gibt ja keine Beweise. Wenn es sie gäbe … Aber nein, wenn er ausschließlich mit einer Verurteilung wegen Hochverrats zu rechnen hat, könnte sich der Richter vielleicht zu lebenslanger Turmhaft überreden lassen. Darauf soll es hinauslaufen.»

«Er will also mit den Morden nichts zu tun haben? Und wie soll die Wahrheit nun ans Licht gebracht werden?», hakte Adelina nach.

Overstolz zuckte mit den Schultern. «So, wie es immer gemacht wird, wenn Beweise fehlen. Er wird peinlich befragt. Wenn er bis zum dritten Grad durchhält und nicht gesteht, werden weitere Untersuchungen zu seinen Anschuldigungen angestellt.»

Adelina schauderte. Den dritten Grad wollte sie sich lieber gar nicht vorstellen; ihr reichte schon, welche Folgen des ersten Grades sie bei den Hübschlerinnen gesehen hatte.

«Dann fürchtet Ihr, dass ich auch vorgeladen werde?»

«Vielleicht, meine Liebe, vielleicht. Aber bisher hat noch kaum jemand so lange durchgehalten. Und falls doch, falls er unschuldig sein sollte, dann wäre es wohl nur gerecht, den wahren Täter zu finden, meint Ihr nicht? Auch wenn ich fürchte, dass es Euch Unannehmlichkeiten bringen wird.»

«Ihr habt recht.» Adelina nickte mit unguten Gefühlen.

«Jetzt darf ich Euch aber nicht weiter aufhalten, Meisterin Burka.» Overstolz' mitfühlende Miene sollte sie wohl trösten. Er verbeugte sich leicht. «Ich muss weiter. Bitte macht Euch nicht zu viele Sorgen. Ich bin sicher, die Angelegenheit wird sich rasch erledigen. Reese ist davon überzeugt, und wie gesagt, der dritte Grad … Alles deutet auf Mathys hin. Wer sonst sollte wohl einen Grund gehabt haben, Thönnes und Keppeler zu vergiften?» Er nickte mit einem Blick auf Franziska und Mira, die sich gerade von dem Höker verabschiedeten und wieder zu ihnen zurückkamen. «Niemand, seht Ihr. Ich wünsche Euch alles Gute. Gehabt Euch wohl.»

Adelina blickte ihm mit gemischten Gefühlen nach. Ihre Besorgnis wuchs, als sie über seine letzten Worte nachdachte. Gab es tatsächlich niemanden sonst, der Thönnes van Kneyarts Tod gewünscht hatte? Konnten sie da so sicher sein? Wenn Mathys doch unschuldig war … Ihr fielen die wüsten Beschimpfungen des Goldschmieds ein, als er ihr das Konfekt vor die Füße geworfen hatte, und auch später im Rathaus. Er schien so entschlossen gewesen zu sein, den Mörder zu entlarven. Konnte er sich so gut verstellen? Es musste so sein. Immerhin hatte er auch seine Kontakte zu Hilger Quattermart lange Zeit geheim halten können.

«Lasst uns zum Alter Markt zurückkehren», sagte sie zu Franziska und Mira, die ihr die gewünschten Haarbänder aushändigten. «Hier ist heute zu viel los, da werde ich van Cramen niemals finden.» Sie ging ein Stück am Hafen entlang, um eine andere Gasse zu finden, die sie wieder in die Stadt führen sollte. Dem armen Kleinkind im Matsch wollte sie nicht noch einmal begegnen.

«Herrin, seht mal, dort am *Aalen Hecht.* Die Sänfte.» Franziska deutete zu der Hafentaverne. «Sind das nicht die Wimpel von Mathys van Kneyart? Ich dachte, er sei eingesperrt. Wie kann er dann hier am Hafen sein?»

Adelina blickte in die angegebene Richtung und schüttelte den Kopf. «Vielleicht hat seine Gemahlin …» Aber im gleichen Moment, als sie die Worte aussprach, wurde ihr bewusst, wie unsinnig sie waren. Mathys' Gemahlin würde unter den gegebenen Umständen niemals das Haus verlassen. Vermutlich stand sie sogar unter Hausarrest. Sie blickte noch einmal zu der Sänfte hinüber. «Das ist nicht Mathys' Sänfte», erkannte sie. «Der Wimpel zeigt das Wappen seines Vetters. Die Zeichen ähneln sich zwar …» Sie stockte, als ihr die Bedeutung ihrer Worte klar wurde.

Franziska sah sie mit großen Augen von der Seite an.

Mira sprach schließlich aus, was alle dachten: «Was hat denn dann Frau Entgen hier am Hafen zu suchen?»

Sie blickten alle drei neugierig zu der Taverne, über deren Eingang ein Holzschild in Form eines Hechts in der leichten Brise schaukelte. Adelinas erster Impuls war, hinzugehen und Entgen anzusprechen, doch als sich die Wirtshaustür öffnete und Entgen in Begleitung eines jungen Mannes in Reiterkleidung herauskam, blieb sie stehen, wo sie war. Der junge Mann, ein Bote vielleicht, ging mit eiligen Schritten fort, Entgen sprach kurz mit den Sänftenträgern und ließ sich dann in die Sänfte hineinhelfen.

In Adelina arbeitete es; mehrere Gedanken stürmten gleichzeitig auf sie ein, einer absurder und beängstigender als der andere. Was machte Entgen allein im *Aalen Hecht*, einer Seemannstaverne mit zweifelhaftem, wenn auch nicht üblem Ruf? Wer war der junge Mann gewesen, und hatte sie sich überhaupt mit ihm getroffen oder mit jemand anderem?

«Herrin?» Franziska lenkte ihre Aufmerksamkeit von der sich entfernenden Sänfte ab. «Wolltet Ihr nicht zurückgehen? Wenn wir noch ein paar frische Sachen haben wollen, müssen wir uns beeilen.»

Adelina nickte unbestimmt und setzte sich zögernd in Bewegung. Da die Sänfte mittlerweile um eine Ecke verschwunden war, gab es auch weiter nichts zu sehen.

Auf dem Weg zum Alter Markt grübelte Adelina vor sich hin. Etwas von dem, was Overstolz ihr erzählt hatte, nagte an ihr. Sie versuchte, es mit Entgens Anwesenheit am Hafen zusammenzubringen. Wen konnte man am Hafen treffen? Magnussen vielleicht? Aber der war längst fort. Nur … vielleicht hatte Entgen das nicht gewusst? Doch wenn sie ihn hatte treffen wollen … Adelina biss sich auf die Lippen. Hatte sie nicht schon einmal eine Sänfte der van Kneyarts am Hafen gesehen? Als sie selbst mit van Cramen gesprochen hatte?

War es möglich, wirklich möglich, das Entgen hinter den Giftmorden steckte? Hatte sie ihren Bruder vielleicht aus Eifersucht vergiftet? Eiskalte Schauer rannen Adelina den Rücken hinunter. Konnte das sein? Diese gutherzige, brave Witwe?

Sie rief sich Entgens Besuche in der Apotheke ins Gedächtnis. Denn wenn sie ihren Bruder vergiftet hatte, musste sie auch für das vergiftete Konfekt im Apothekerhaus verantwortlich sein. Aber nein, Entgen war niemals unbeobachtet gewesen, hatte also auch keine Gelegenheit gehabt, das Konfekt mit dem in der Schale zu vermischen.

Und dennoch …

Adelina fasste sich an die Stirn. Natürlich! Entgen hatte Mathys erzählt, dass sie in der Apotheke Konfekt gekauft habe, und er war darüber erwartungsgemäß zornig geworden und hatte es zurückgebracht. Und er hatte nicht geahnt, dass das Konfekt, welches er ihr, Adelina, vor die Füße geworfen hatte, tatsächlich vergiftet gewesen war, jedoch von seiner eigenen Base. Dann war er womöglich an den Morden wirklich unschuldig.

Plötzlich fielen ihr auch wieder Magnussens Worte über die gefährlichen Frauen in Köln ein und der kurze Brief, den er seinem Päckchen beigelegt hatte. Das war ein Hinweis für sie gewesen, den sie zunächst nicht verstanden, ja nicht einmal wahrgenommen hatte.

So setzte sich nach und nach ein Mosaiksteinchen an das nächste, und je sicherer Adelina über den Tathergang wurde, desto elender fühlte sie sich. Sie hatte sich täuschen lassen, wieder täuschen lassen von einer Person, die sie als so vollkommen liebenswürdig und gut eingeschätzt hatte.

Doch nicht nur sie hatte sich täuschen lassen, auch der Rat, ja die gesamte Stadt war von falschen Voraussetzungen ausgegangen.

Am oberen Ende der Mühlengasse blieb Adelina plötzlich stehen. Von hier aus konnte sie bereits ein Stück des Alter Marktes überblicken. Am Kax hatte sich wieder einmal eine Menschentraube gebildet. Und die laute Stimme, die daraus hervordrang, war ihr nur allzu bekannt.

«Thomasius!», stieß sie verärgert hervor. Dieser grässliche Mönch predigte mal wieder über Unzucht und Sittenlosigkeit. Sie knirschte mit den Zähnen. Das hatte ihr gerade noch gefehlt.

Doch offenbar war Thomasius bereits zum Ende seiner Predigt gekommen, denn zwischen unverständlichen Wortfetzen waren deutlich die Worte «Dominus vobiscum» zu verstehen.

«Was ist denn dort?», wollte Mira wissen und spähte zwischen den Verkaufsständen hindurch zu dem Menschenauflauf, der sich nun offenbar langsam auflöste.

«Nichts von Bedeutung», sagte Adelina und drückte Mira in einem plötzlichen Entschluss das Wachstäfelchen mit der Einkaufsliste in die Hand. «Ich muss noch etwas erledigen», erklärte sie. «Geht ihr zwei derweil weiter einkaufen.» Sie zückte ihre Geldbörse und zählte Franziska einige Münzen in die Hand.

«Aber Herrin, Ihr könnt doch nicht alleine irgendwo hingehen!», protestierte die Magd. «Ihr müsst jemanden mitnehmen. Soll ich Ludowig holen?»

«Nein.» Entschieden schüttelte Adelina den Kopf. «Kümmert Euch um die Einkäufe.» Aus den Augenwinkeln beobachtete sie, wie Thomasius, auch heute wieder in eine makellose weiße Kutte gekleidet, noch ein paar Worte mit zwei Handwerkern wechselte und dabei langsam in ihre Richtung kam. Doch noch hatte er sie nicht gesehen.

Der Entschluss, den Adelina fasste, war beinahe so absurd wie der Verdacht, der ihn ausgelöst hatte. Sie nickte Franziska noch einmal zu. «Mach dir keine Sorgen, ich gehe nicht allein. Der Mönch dort wird mich begleiten.»

«Der Mönch?» Franziskas Gesichtsausdruck wechselte von Verblüffung zu Verständnislosigkeit. «Das ist doch dieser Dominikaner, über den Ihr Euch geärgert habt. Warum sollte er …?»

«Geht jetzt», schnitt Adelina ihr das Wort ab und trat auf den Marktplatz. Kurz dachte sie daran, Neklas Bescheid zu geben, doch da er sich um ihren Vater zu kümmern hatte, verwarf sie den Gedanken sofort wieder. Albert durfte nicht allein gelassen werden.

Entschlossen ging sie auf Thomasius zu und sprach ihn an. Die beiden Handwerker waren glücklicherweise mittlerweile weitergegangen.

Die Überraschung war dem Mönch deutlich anzusehen, als er erkannte, wer vor ihm stand. «Was wünscht Ihr, meine Tochter?», brachte er dennoch in aufreizend salbungsvollem Ton hervor.

«Ich möchte, dass Ihr mich begleitet, Bruder Thomasius.»

«Begleiten? Wohin und warum?» Sein Tonfall war eher ungnädig, vermutlich hatte er vorgehabt, noch anderswo eine seiner Hetzreden zu halten.

Adelina verschränkte die Arme vor dem Leib. «Ich muss einen Besuch machen, und ich will, dass Ihr dabei seid. Und danach werdet Ihr ein für alle Mal aufhören, Neklas und mich öffentlich zu verunglimpfen. Und Ihr werdet auch niemals wieder ein böses Wort über Eure Schwester sagen.»

«Was meint Ihr damit?» Thomasius schüttelte nur

verständnislos den Kopf. «Seid Ihr von Sinnen? Alles, was ich gesagte habe …»

«War mehr als schändlich», ergänzte Adelina. «Begleitet mich, und ich versichere Euch, Ihr werdet etwas erfahren, das Euch zeigen wird, *wie* schändlich. Ihr habt Euch von gemeinen Vorurteilen verleiten lassen … Ich leider auch», ergänzte sie etwas ruhiger. «Ich bitte Euch, begleitet mich zum Haus von Thönnes van Kneyart.»

«Also gut, wenn Euch daran so viel liegt. Aber deutet dies nicht als Zugeständnis.» Thomasius' Stimme bekam wieder ihren hochfahrenden Klang. «Ich lasse mich nicht davon abbringen, dass Ihr und Euer feiner Gemahl und weiß Gott wer noch Euch zu gottlosen Taten habt hinreißen lassen. Und nur, weil niemand es Euch bisher beweisen kann …»

«Haltet den Mund!», fuhr Adelina ihn zornig an. «Ich bin Eure Hassreden leid. Ich weiß nicht, weshalb Ihr Neklas, und jetzt auch mich, mit Euren Verdächtigungen verfolgt. Ihr seid der nachtragendste und gemeinste Mann, der mir je begegnet ist. Kommt einfach mit, aber hört auf mit Eurem Gewäsch!»

Schockiert über ihre brüsken Worte und ihren Blick, der noch immer fuchsteufelswild auf ihm ruhte, hielt er tatsächlich den Mund und folgte ihr zum Haus des verstorbenen Goldschmieds.

Auf ihr Klopfen öffnete ein Knecht die Tür und ließ sie ein. Er führte sie in die gute Stube und bat sie, dort zu warten, bis er seiner Herrin den Besuch gemeldet habe.

«Was wollt Ihr den nun eigentlich hier?», fragte Thomasius mit deutlicher Ungeduld. Neugierig blickte er sich in dem hübsch möblierten Raum um und verschränkte die Hände in den Ärmeln seiner Kutte.

«Ich bin ja gerne bereit, einer Trauernden Beistand zu leisten, doch ich habe den Eindruck, Ihr bezweckt mit diesem Besuch etwas anderes, und ich wüsste gerne, was.»

Auch Adelina betrachtete nicht ohne Bewunderung den mit Schnitzereien versehenen Tisch und die leicht verblichenen, jedoch noch immer edel aussehenden Kissen und Überwürfe auf den Stühlen. «Ihr werdet gleich erfahren, was uns hierherführt, Bruder Thomasius, aber es wird Euch nicht gefallen. Mir auch nicht, denn es handelt sich um eine heikle Sache. Ich beabsichtige …»

Im Haus wurden Stimmen und Schritte laut, und gleich darauf betrat Entgen die Stube. «Adelina, meine Liebe, Ihr kommt ja wie gerufen», grüßte sie und lächelte herzlich. Auch heute trug sie tiefes Schwarz, doch ihre Gesichtsfarbe wirkte nicht mehr ganz so blass wie an den vorangegangenen Tagen. Adelina wunderte sich einen Moment darüber, bis sie erkannte, dass Entgen dezent Farbe auf ihre Wangen aufgetragen hatte. «Ich hätte beinahe angefangen, Trübsal zu blasen», fuhr sie fort, ohne den Mönch zunächst zu bemerken. «Diese ganze Sache, Ihr versteht, macht mir die größten Sorgen. Aber ich freue mich sehr, dass Ihr mich besucht. Und Glück hattet Ihr, denn ich bin noch nicht lange wieder hier. Wichtige Angelegenheiten haben mich gezwungen, das Haus zu verlassen. Äußerst unangenehm, das versichere ich Euch. Aber was führt Euch denn zu mir?»

«Die wichtigen Angelegenheiten.» Adelina erwiderte Entgens Lächeln nicht.

Diese wiederum hob überrascht die Brauen, und erst jetzt fiel ihr Blick auf Thomasius. «Ich verstehe nicht.»

Entgen blickte zwischen ihren beiden Besuchern hin und her. «Wer ist dieser Mönch, und weshalb bringt Ihr ihn in mein Haus?»

«Er wird mein Zeuge sein», erklärte Adelina. «Und vielleicht, nur vielleicht, hat er, wenn Ihr Eure Taten gestanden habt, noch ein Gebet für Eure Seele übrig.»

«Zeuge? Wovon sprecht Ihr?» Zwar tat Entgen verblüfft, doch an ihrem flackernden Blick sah Adelina ihren Verdacht bestätigt.

«Ich spreche von dem Gift, mit dem Ihr Euren Bruder getötet habt, und das auch für den Tod des Ratsherrn Keppeler verantwortlich ist.»

«Meine Tochter, was redet Ihr denn da?», mischte Thomasius sich erschrocken ein. «Wir wissen doch inzwischen, wer für die Morde verantwortlich ist. Und es ist ganz bestimmt nicht diese arme Frau hier.»

Mit einem Nicken wandte Adelina sich ihm zu. «Ihr habt die Neuigkeiten also bereits erfahren, schön. Ich hatte auch nichts anderes erwartet, denn Ihr scheint Eure Ohren überall zu haben. Doch Ihr irrt Euch. Nicht Mathys hat seinen Vetter vergiftet.»

«Aber Frau Adelina, wie könnt Ihr so etwas behaupten?», rief Entgen, nachdem sie einige Augenblicke um ihre Fassung gerungen hatte. Doch ihre Stimme hatte bereits den sicheren Klang verloren und zitterte leicht. «Niemals hätte ich ihm Leides getan. Ich habe meinen Bruder geliebt!»

«Das habt Ihr?» Adelina wandte sich ihr wieder zu. «Das habt Ihr», wiederholte sie und ergänzte: «Vielleicht zu sehr?»

Entgen riss entsetzt die Augen auf. «Was wollt Ihr damit sagen?»

«Dass Ihr wahrscheinlich eifersüchtig wart», antwortete Adelina. «Eifersüchtig auf die Hübschlerin Elsbeth, mit der Euer Bruder so viel Zeit verbrachte, der er, wie Ihr vielleicht schon lange wusstet, ein Eheversprechen gab und einen Ring schenken wollte. Wie demütigend muss es für Euch gewesen sein, von einer solch niederen Person verdrängt zu werden? Auch ich wundere mich, dass er es überhaupt in Erwägung zog, bei der Stellung, die er in der Stadt einnahm. Ich weiß nicht, was er vorhatte, um den Leuten ihre legitime Herkunft vorzugaukeln, doch das ist ja jetzt auch nebensächlich, nicht wahr?»

«Ihr seid verrückt! Wie könnt Ihr mir so etwas nur vorwerfen?» Entgen machte zwei unsichere Schritte an Adelina vorbei und ließ sich dann kraftlos auf einen der Stühle sinken.

«Bin ich das wirklich, Frau Entgen?»

«Das geht ja nun wirklich zu weit», mischte sich Thomasius erneut ein und gestikulierte aufgebracht. «Was tut Ihr dieser armen Frau an?»

«Ich tue ihr gar nichts an», zischte Adelina in seine Richtung. «Alles, was mit ihr geschieht, hat sie sich selbst zuzuschreiben.» Sie blickte mit einer Mischung aus Widerwillen und Mitleid auf Entgen hinab. «Ihr habt Euren Bruder vergiftet, war es nicht so? Ihr konntet es nicht ertragen, dass er Elsbeth liebte, sie Euch womöglich als Schwägerin ins Haus bringen würde.»

«Ihr seid verrückt!», wiederholte Entgen. «Niemals würde ich …»

«Was habt Ihr dann heute am Hafen zu suchen gehabt?»

Entgens Kopf ruckte hoch, entgeistert starrte sie Adelina an.

«Ich habe Euch dort gesehen», fuhr diese unbarmherzig fort. «Wen habt Ihr dort treffen wollen? Magnussen?»

Beim Klang dieses Namens quollen Entgen beinahe die Augen aus dem Kopf. Adelina nickte. «Ich sehe, Ihr wisst, von wem die Rede ist. Er hat Euch den Eisenhutextrakt verkauft.»

«Ich weiß nicht, wovon Ihr redet», sagte Entgen, jedoch klang sie so schwach, dass nun selbst Thomasius näher trat. «Gute Frau, wenn es stimmt, was Frau Adelina da sagt, müsst Ihr gestehen!»

So in die Enge getrieben, wich Entgen auf ihrem Stuhl zurück, soweit es die hohe Lehne zuließ und zupfte fahrig an ihrem Kleid herum. «Ich habe niemanden getötet! Ich habe nicht … wollte nicht …» Ihr Blick flackerte von Thomasius zu Adelina und dann quer durch den Raum. Dann blickte sie zu Boden. «Ich wollte doch meinen Bruder nicht töten! Niemals hätte ich das gewollt.»

«Aber Ihr habt es getan.»

Entgens Kinn zuckte, als sie Adelina wieder anblickte. «Nein, nein, das war ich nicht, das war … war … ein Unfall.» Plötzlich nickte sie bekräftigend. «Jawohl, ein Unfall. Das Konfekt wollte er Elsbeth schenken. Er selbst aß niemals davon. Immer hat er es bei Euch gekauft und dann mir geschenkt. Immer, bis diese Hure daherkam. Plötzlich gab es nichts mehr für mich, nur noch für sie. Aber er mochte keine Süßigkeiten, das weiß ich bestimmt, und deshalb …»

«Deshalb habt Ihr es vergiftet, um Elsbeth loszuwerden.» Adelina schauderte, als ihr die Zusammenhänge klar wurden. Nicht Thönnes war das Opfer gewesen, sondern die Hübschlerin! Angeekelt von solch abscheulicher Tat, trat Adelina einen Schritt zurück. «Warum,

Frau Entgen? Warum musstet Ihr sie töten? Hätte es nicht einen anderen Weg gegeben, Euren Bruder zur Vernunft zu bringen?»

«Zur Vernunft?», fuhr Entgen auf. «Er war doch wie von Sinnen! Er war ihr hörig! Die kleine Hure hatte ihn doch in ihrem Netz eingefangen wie die Spinne die Fliege. Hätte ich da einfach zusehen sollen? Zusehen, wie mein Bruder ... mein geliebter Bruder», schluchzte sie, «in sein Verderben rennt? Nein, sie hatte kein Recht auf ihn. Ich habe mich so viele Jahre um ihn gekümmert, habe seinen Haushalt versorgt, war für ihn da, wie es eine Ehefrau nicht besser hätte sein können.»

«Dann habt Ihr also wirklich ...», begann Thomasius erschüttert, doch Adelinas Seitenblick ließ ihn sogleich wieder verstummen.

«Ihr hättet sie nicht umbringen müssen», sagte sie ruhig. «Und Ihr hättet es vielleicht auch nicht versucht, auch wenn Eure Eifersucht noch so groß war. Ihr hättet Mittel und Wege gehabt, Euren Bruder von ihr abzubringen. Euer Einfluss auf ihn war doch groß genug, oder nicht? Ihr wart ihm wichtig, und er hätte vermutlich irgendwann auf Euch gehört. Aber die Familienehre stand auf dem Spiel. Denn vielleicht, nur vielleicht, hätte Elsbeth irgendwann erfahren, dass Ihr Eurem Bruder nicht nur den Haushalt besorgt habt, sondern dass Ihr ihm auch in jedweder anderen Hinsicht zu Willen wart.» Bei ihren eigenen Worten sträubten sich Adelina die Nackenhaare vor Abscheu. «Ihr habt Euch tatsächlich nicht wie eine Schwester um ihn gekümmert, sondern wie eine Ehefrau.»

Von Entgen kam kein Widerspruch, sie sank auf ihrem Stuhl zusammen und schluchzte herzzerreißend.

Thomasius stand wie erstarrt neben Adelina. Offenbar konnte er nicht fassen, was er da erfuhr.

Adelina blickte ihn von der Seite an. «Das ist es, weshalb ich Euch dabeihaben wollte.»

«Unfassbar», stieß er schließlich hervor, seine Stimme kippte vor Ekel beinahe über. «Eine Frau, die mit ihrem Bruder verkehrt, endet in den tiefsten Tiefen der Hölle!»

«Das ist wahr», stimmte Adelina ihm zu. Sie fühlte sich mit einem Mal vollkommen ausgelaugt, doch ebenso erleichtert war sie, Entgen zu einem Geständnis gebracht zu haben. «Wir müssen jemanden zum Rathaus schicken. Die Schöffen müssen den Büttel schicken und Frau Entgen mitnehmen.»

«Nein, nein, es war ein Unfall!», begehrte Entgen auf. «Ich wollte ihn nicht töten!»

«Das habt ihr aber. Und dass das Gift nicht für ihn bestimmt war, macht die Sache nicht besser für Euch», fuhr Adelina sie an. «Seht Ihr nicht, wie viel Leid ihr angerichtet habt, nicht nur für Euch selbst? So dumm es von dem Ratsherrn Keppeler auch gewesen sein mag, während seiner Befragung das Konfekt von der Hübschlerin Alwina anzunehmen, er würde noch leben, wenn Ihr es nicht vergiftet hättet. Und die Hübschlerin ebenso.»

Adelina hatte sich in rechtschaffenen Zorn geredet und fuhr noch fort: «Ihr wisst, dass es so gewesen ist. Und als Euch klar wurde, dass wir Euch auf die Spur kommen könnten, kamt Ihr in meine Apotheke und habt nochmals Konfekt gekauft und damit Euren Vetter so in Rage gebracht, dass er es mir zurückbrachte. Ihr wusstet um seinen Jähzorn.» Sie hielt inne, um Luft zu holen. Beim Gedanken an den Schrecken, den sie ausgestanden hatte, pochte ihr das Herz schmerzhaft gegen die Rippen. «Ihr konntet Euch denken, was passieren würde, und da Ihr meine Sparsamkeit kanntet, konntet Ihr davon ausgehen, dass ich die Süßigkeiten nicht einfach wegwerfen würde. Ihr wolltet, dass auch wir von den Konfekt essen, wolltet uns aus dem Weg räumen!» Ihre Stimme kippte beinahe über vor Zorn. Thomasius starrte sie mit offenem Mund an. Entgen gab keinen Ton von sich. Doch das machte Adelina erst recht fuchsteufelswild. «Ihr wolltet uns vergiften und den Verdacht auf Mathys lenken. Ihr seid abscheulich, Frau Entgen!»

«Nein, nein! Ihr wisst ja nicht, wie das ist! Ich musste etwas unternehmen. Er war dieser Hure hörig! Und wenn er auch nur ein Wort … Ich konnte es nicht riskieren. Und Ihr», sie blickte Adelina aus geröteten Augen an. «Ihr hättet Euch niemals einmischen sollen. Hättet Ihr Euch mit Mathys' Verrat zufrieden gegeben, wir hätten Freunde bleiben können», schluchzte Entgen und schlug die Hände vors Gesicht. Dabei sah Adelina etwas aufblitzen.

Mit einem Schritt war sie bei Entgen und packte ihre Handgelenke. «O nein!», rief sie. «Nicht schon wieder.» Sie zerrte an Entgens Handgelenken, doch diese wehrte sich. In der rechten Hand hielt sie eine winzige Phiole, die sie beharrlich versuchte, an die Lippen zu führen.

Adelina gab sich alle Mühe, das zu verhindern, doch Entgen war erstaunlich stark. «Bruder Thomasius, so helft mir doch!», rief sie dem Mönch zu. «Nehmt ihr das Gift ab!»

Als Thomasius endlich begriff, eilte er herbei, fasste Entgens Hand und entwand ihr die winzige Glasflasche.

«Was auch immer Ihr getan haben mögt», wetterte er los. «Ladet Euch nicht auch noch die Schuld eines Selbstmordes auf. Ihr seid der Sünde, der widerlichen Sünde verfallen. Eure Seele ist verdammt, macht es nicht noch schlimmer.»

Seine Stimme war immer lauter geworden, woraufhin der Knecht seinen Kopf neugierig durch die Tür streckte. «Herrin, braucht Ihr Hilfe?»

Adelina drehte sich mit grimmiger Miene zu ihm um. «Deiner Herrin ist nicht mehr zu helfen. Geh und hol den Büttel ins Haus.»

Der Knecht blickte sie überrascht und einigermaßen verständnislos an. Adelina stemmte die Hände in die Seiten. «Tu, was ich dir sage! Hol den Büttel.»

«Nein», sagte Thomasius. «Bleib hier. Ich werde den Büttel holen.» Er blickte Adelina mit plötzlich aufflackernder neuer Achtung an. «Werdet Ihr mit der Übeltäterin allein fertig?»

«Das wird nicht nötig sein», erklang Georg Reeses Stimme aus der Empfangshalle. Er trat in die Stube, gefolgt von Neklas und Ludowig. «Der Büttel ist bereits auf dem Weg hierher.»

Neklas legte Adelina eine Hand auf die Schulter. «Franziska hat mir gesagt, wohin du gegangen bist. Du hättest mir Bescheid geben müssen.»

«Das hätte ich auch, aber Vater …»

«Ist bei Magda in guten Händen. Glücklicherweise traf ich Herrn Reese im Rathaus an, sodass er mich hierher begleiten konnte.»

«Ein Glück, in der Tat», bestätigte Reese. Er blickte auf die in sich zusammengesunkene Frau auf dem Stuhl und verzog bitter das Gesicht. «Wie konntet Ihr nur, Frau Entgen? Euer Bruder …»

«War gar nicht das Ziel ihres Anschlags», beeilte sich Adelina zu sagen. «Sie wollte Elsbeth treffen.» Auf Reeses erstaunten Blick ergänzte sie: «Ich erkläre es Euch später. Doch nun möchte ich, dass Ludmilla frei kommt. Sie ist unschuldig, wie ich gesagt habe. Entgen wird es Euch bestätigen. Der Kaufmann, der ihr das Gift verschafft hat, ist allerdings über alle Berge.»

«Das hatten wir befürchtet», nickte Reese. «Nun gut, was Ludmilla angeht, hattet Ihr recht, das will ich nicht bestreiten. Allerdings braucht Ihr einen schriftlichen Beschluss der Schöffen, um sie aus dem Gefängnis zu holen. Den kann ich Euch, denke ich, beschaffen. Morgen.»

«Morgen erst? Gibt es keine andere Möglichkeit?»

«Wohl kaum.» Bedauernd hob Reese die Schultern. «Der Schöffenmeister wird sich zunächst mir diesem Fall hier befassen wollen.» Er wies auf Entgen.

«Aber Ludmilla …»

«Morgen, Frau Adelina. Habt noch ein wenig Geduld.»

Verärgert biss sich Adelina auf die Lippen, doch sie sah, dass es keinen Zweck hatte, weiter zu drängen. Sie warf Entgen noch einen letzten Blick zu, wandte sich ab und verließ das Haus. Neklas und Ludowig folgten ihr. Auf der Straße kam ihnen der Büttel mit zwei Helfern entgegen, die eine Kette und Handschellen bei sich trugen. Adelina blieb stehen und sah ihnen schaudernd nach, wie sie das Haus betraten.

«Es wird ihr schlecht ergehen», meinte Neklas und zog Adelina an sich. Sie nickte und ging schweigend weiter.

«Wir müssen zum Rathaus und auf Reese warten», fuhr er fort. Hinter ihnen wurden Schritte laut. Thomasius kam hinter ihnen hergelaufen. Als er sie eingeholt hatte, atmete er schwer.

«Eine Ungeheuerlichkeit», schnaufte er. «Ich habe keine Ahnung, woher Ihr wusstet, dass sie es war. Aber ich muss Euch zugestehen, dass Ihr im Recht wart.»

Neklas blieb stehen und zwang damit auch Adelina, in ihrem Schritt innezuhalten. Thomasius schob die Hände wieder in die Ärmel seiner Kutte. Er wirkte äußerst niedergeschlagen. «Sie hat ihr Seelenheil verwirkt, wegen dieser unaussprechlichen Sünde. Ich fürchte, alles Beten wird ihr nicht helfen können. Gott, der Allmächtige, wird sie richten.»

«Zunächst einmal werden die Schöffen sie richten», meinte Neklas, doch das ließ Thomasius nicht gelten.

«Ihre Strafe auf Erden ist nichts, verglichen mit dem Zorn des Herrn», widersprach er heftig. «Ihr solltet längst einen Vorgeschmack davon haben.»

«Das habe ich, das ist wahr», bestätigte Neklas. «Doch hat sich Gottes Zorn auf mich vermutlich längst gelegt, und das könnt auch Ihr nicht ändern.»

«Fangt Ihr schon wieder an!» Adelina zog ärgerlich die Brauen zusammen. «Bruder Thomasius, ich habe Euch als Zeugen mitgenommen, damit Ihr erkennt, dass Ihr uns nichts vorwerfen könnt. Und dabei solltet Ihr es nun auch belassen. Sucht Euch gefälligst jemand anderen, den Ihr mit Euren Verdächtigungen verfolgen könnt.» Sie wandte sich ab und marschierte, ohne sich noch einmal umzublicken, davon.

Nach wenigen Metern hatte Neklas sie eingeholt. «Wenn du weiter so mit ihm sprichst, wird er beginnen, dich zu mögen.» Er warf einen Blick über die Schulter. «Er ist fort, gut. Vermutlich trägt er den neuesten Klatsch in sein Kloster, von wo er sich binnen weniger

Tage über die ganze Stadt verbreiten wird. Weshalb hast du ausgerechnet ihn mit in Entgens Haus genommen?»

«Er ist unausstehlich. Ich dachte, er würde einsehen, dass er im Unrecht war.»

«Das hat er auch, glaub mir. Ich kenne ihn gut genug, um das zu wissen. Doch er würde es niemals zugeben, und eine Entschuldigung wirst du erst recht nicht von ihm zu hören bekommen. Nein, für den Augenblick hast du ihm vielleicht den Wind aus den Segeln genommen, doch solange er in der Stadt bleibt, wird er immer wieder versuchen, uns, und vor allem mich, unlauterer Taten zu überführen. Ich fürchte, an ihm werden wir also noch lange Freude haben, denn er machte nicht den Eindruck, als würde er bald zurück nach Frankreich oder Italien gehen.»

«Du meinst, er bleibt für immer hier, nur um dich zu quälen?»

«Nun, er würde es den Versuch nennen, meine Seele zu retten, aber ja, ich denke, das dürfen wir befürchten.» Neklas drückte ihren Arm. «Allerdings werde ich diesmal nicht fortgehen, wie ich es früher getan habe. Ich … Wir», verbesserte er, «werden ihm die Stirn bieten müssen.»

Adelina nickte mit ernstem Gesicht. «Das müssen wir wohl. Aber du musst mir eines versprechen.» Sie sah ihn finster von der Seite an. «Verstecke niemals wieder verbotene Schriften in der Bibliothek des Erzbischofs. Verbrenne sie, bring sie außer Landes, aber bleib dem Palast fern. Ich will nicht, dass du jemals wieder ein solches Risiko eingehst.»

«Ein Risiko war es, da gebe ich dir recht.» Mit einem Lächeln drückte er sie erneut an sich. «Also gut. Sobald ich die Bücher aus der erzbischöflichen Bibliothek entfernt habe, bringe ich sie an einen ungefährlichen Ort.»

Adelina blieb stehen und starrte ihn entsetzt an. «Neklas, was ich meinte, war …»

«Ich weiß, mein Schatz. Und nun lass uns etwas schneller gehen. Es sieht aus, als ob es gleich Regen gibt, und das Rathaus ist nicht mehr weit.» Er zog sie einfach mit sich, und angesichts der vielen Menschen auf dem Alten Markt sah sich Adelina gezwungen, das Thema fallenzulassen.

20

Adelinas Laune hob sich, als sie erfuhr, dass Ludmilla doch noch am gleichen Abend freigelassen werden sollte. Gemeinsam mit Neklas machte sie sich auf zur Weckschnapp. Sie ließ Ludowig die Kutsche einspannen, denn sie fürchtete, dass Ludmilla nicht in der Lage sein würde zu laufen.

Pitter öffnete ihnen heute bereitwillig die Tür und brachte sie zu der Zelle. Als Adelina jedoch sah, in welch jämmerlichem Zustand sich Ludmilla befand, schwanden ihre Hoffnungen. Sie kniete neben der alten Frau nieder und fasste sie vorsichtig an der Schulter.

«Ludmilla? Ich bin es, Adelina. Du bist frei, Ludmilla, hörst du?»

«Die is' hinüber, was?» Pitter trat neben sie und tippte Ludmilla mit der Stiefelspitze an. «Auf mein Wort, Ihr solltet sie hier lassen. Wir kümmern uns dann schon um sie.»

«Raus!» Adelina sprang wieder auf die Füße und baute sich drohend vor Pitter auf. «Ludmilla ist eine freie Frau. Verschwindet und wagt es nicht mehr, mir unter die Augen zu kommen.»

«Ach herrje.» Pitter zog den Kopf ein und ging einen Schritt zurück. «Dann nehmt sie halt mit. Umso weniger Arbeit macht sie uns. Aber wenn sie Euch stirbt, müsst Ihr das Begräbnis bezahlen.»

Adelina warf ihm noch einen bitterbösen Blick zu, dann drehte sie sich wieder zu Ludmilla um. «Ludowig, komm her. Kannst du sie hochheben? Aber vorsichtig. Trag sie zur Kutsche und bring sie auf dem schnellsten Weg zu uns nach Hause. Wir kommen zu Fuß nach.»

Der Knecht nickte, nahm Ludmilla auf den Arm, als wöge sie nicht mehr als eine Feder und stapfte aus der Zelle.

Als Ludowig die alte Frau auf die Kutsche hievte, trat Adelina noch einmal zu ihr und nahm ihre Hand. «Ludmilla, hörst du mich?»

«Ich bin doch nicht taub.» Die krächzenden Worte der Alten wurden von einem Hustenanfall begleitet. Ludmilla schlug die Augen auf und musterte Adelina spöttisch. «Du hast es also geschafft, was? Sag, wer war denn nun der Giftmischer?»

«Frau Entgen, die Schwester des getöteten Ratsherrn.»

«Die Schwester?» Ludmilla hustete erneut. «Alle Achtung, das hätte ich nicht gedacht. Du musst mir bei Gelegenheit die ganze Geschichte erzählen.»

«Das werde ich. Wir bringen dich jetzt zu uns nach Hause, und dort bleibst du, bis es dir wieder besser geht.»

«Zu dir? Liebe Zeit, bist du verrückt geworden?»

«Es muss ja niemand erfahren.»

«Adelina», Neklas zog sie ein Stück zur Seite. «Dir ist doch hoffentlich bewusst, dass wir kein Zimmer mehr frei haben, oder? Wo willst du sie unterbringen?»

«In Griets Kammer», erklärte Adelina. «Griet kann solange bei Mira schlafen, deren Kammer ist groß genug für zwei. Und wenn die Witwe Keppeler ausgezogen ist, werden wir genug Platz haben.»

«Das kann aber noch eine Weile dauern», warf er

mit gerunzelter Stirn ein. «Bist du sicher, dass das gut geht?»

«Hast du eine bessere Lösung?» Adelina trat wieder an die Kutsche und zupfte gereizt an der Decke herum, die Ludowig um Ludmillas Schultern gelegt hatte. «Ludmilla ist sehr schwach; sie muss gesund gepflegt werden.»

«Das mag ja sein, aber …»

«Wir werden sie pflegen», fiel Adelina ihm ins Wort. «Mein Entschluss steht fest. Bis zum Frühjahr muss sie wieder gesund und kräftig sein, denn ich wünsche keine andere Hebamme als sie.»

Neklas seufzte. «Ich sehe ja ein, dass ihr geholfen werden muss, und als Medicus bin ich auch gerne bereit dazu, aber …» Plötzlich stutzte er. «Was hast du da eben gesagt?»

Adelina verkniff sich ein Lächeln. Doch als sie sein vollkommen verblüfftes Gesicht sah, fiel die Anspannung und Sorge der vergangenen Tage plötzlich wie von selbst von ihr ab. «Ich sagte, dass Ludmilla bis zu Frühjahr wieder bei Kräften sein muss.»

«Nein.» Neklas fasste sie bei den Händen. «Du hast etwas von einer Hebamme gesagt.»

«Habe ich das? Nun ja, in der Tat.» Sie warf Ludmilla einen Seitenblick zu und fing ihr Lächeln auf. «Du wünschst doch bestimmt auch nur die beste Hebamme Kölns bei der Geburt deines Sohnes … oder deiner Tochter, nicht wahr?»

Neklas starrte sie fassungslos an. Ludowig hingegen tat, als höre er nichts und machte sich am Zaumzeug des Pferdes zu schaffen. Dennoch war klar, dass er nicht ein Wort der Unterhaltung verpasste.

Ludmilla kicherte vor sich hin. «Jetzt hast du es deinem armen Mann aber gegeben, Mädchen. Aber ich dachte es mir gleich, als ich dein Gesicht vorhin sah. Deine Wangen sind runder, aber du bist ein wenig blass, will ich meinen. Bist du über die Zeit?»

«Lange genug, dass es mir bereits früher hätte auffallen müssen.»

«Übelkeit am Morgen?»

«Am ganzen Tag», lächelte Adelina. «Sogar Kopfschmerzen und Fieber.»

«Oje, dann wird es bestimmt ein Mädchen», kicherte Ludmilla.

«Ist das wirklich wahr?» Neklas zog Adelina zu sich herum und betrachtete sie mit großen Augen von Kopf bis Fuß.

«Ich fürchte, ja», lächelte sie und ließ es zu, dass er sie auf offener Straße in die Arme zog und küsste.

Anmerkung

Im September 1396 wurde nach dem Sturz des alten patrizischen Stadtrates die neue Kölner Stadtverfassung, der Verbundbrief, beschlossen und gesiegelt. Zukünftig sollten die Zünfte der Stadt, Gaffeln genannt, die beherrschende Kraft des Stadtrates bilden und damit den Handwerkern und «kleinen Leuten» mehr Stimmgewalt geben.

Die patrizischen und adeligen Geschlechter, die sich nach dem Umsturz nach Bonn geflüchtet hatten, setzten alles daran, die alte Ordnung wiederherzustellen und schreckten auch vor bewaffneten Anschlägen nicht zurück.

Rädelsführer war der Ritter Hilger Quattermart von der Stesse, der nach seiner Flucht vor dem Pöbel mit dem Stadtbann belegt worden war. Bereits im März 1396 schrieb er an den Erzbischof Friedrich von Saarwerden sowie an einige Reichsfürsten einen offenen Klagebrief, aus dem ich mir in der vorliegenden Geschichte zu zitieren erlaubt habe.

Der Erzbischof reagierte jedoch nicht auf diesen Brief, sondern empfing die Vertreter der Stadt, die mit ihm über die Anerkennung der neuen Verfassung verhandeln wollten. Offenbar war ihm bewusst, dass die Gaffeln zu allem entschlossen waren und durch den Rückhalt der Kölner Bevölkerung auch am längeren Hebel saßen.

Im Dezember 1396 kam es dann auch tatsächlich zu

einer Einigung, auf die im Januar 1397 die Anerkennung des Verbundbriefs durch König Wenzel folgte. Damit brach nun die Herrschaft des Gaffelrates an, die bis zum Einmarsch der napoleonischen Truppen andauern sollte.

Den Verrat, den ich dem Ratsherrn Mathys van Kneyart angedichtet habe, hat es nie gegeben, doch unter den herrschenden Umständen dürfte es nicht unwahrscheinlich gewesen sein, dass die Patrizier in der Stadt Kontaktpersonen bezahlten. Und so hoffe ich, dass mir die Andichtung einiger Übeltaten von möglichen Nachfahren der alten Sippen nicht krumm genommen wird.

Noch ein Wort zu den «leichten Mädchen»: Bereits im 13. Jahrhundert wird der Berlich als üble Gegend genannt, spätestens im 15. Jahrhundert galt er als Kölns «Rotlichtbezirk», der mit allen dort arbeitenden Dirnen dem Kölner Henker unterstand. Schon im Jahre 1286 wird ein Haus *sconevrowe* (Schönefrau) in der Schwalbengasse erwähnt, vermutlich ist es eines der ältesten Freudenhäuser Deutschlands.